우리의 옛글

생각하며 읽기

우리의 옛글

생각하며 읽기

김명순·나정순

도서출판 역락

머리말

    수필은 인간의 삶을 가장 진솔하게 보여주는 문학 장르의 하나이다. 특히 오늘날 남아 있는 고전수필은 현재를 살아가는 우리들에게 교육적인 가치와 의미를 줄 수 있는 소중한 문화유산이다. 그럼에도 불구하고 실상 학계에서 고전수필에 대한 연구나, 교육의 지표에 대한 설정은 여타 문학 장르에 비해 그리 본격적으로 이루어지지 않고 있다. 이러한 현실에 비추어 볼 때 고전수필에 대한 관심은 매우 유효하다.

    지금까지 대학에서의 고전수필 교육 현황은 열악하다고 할 수 있다. 그 이유로는 여러 가지를 들 수 있겠지만 우선 학생들이 쉽고 유용하게 접맥할 수 있는 교재를 구하기가 어렵다는 것이고, 그 다음으로 설령 교재가 있어 수업을 한다 하더라도 과연 어떻게 수업을 풀어나갈 수 있는가 하는 문제 등이 있다. 이러한 시점에서 앞으로 국어교육을 담당할 학생들에게 고전수필 교육의 지표를 마련해 주는 것은 무엇보다도 시급하고 절실한 과제가 아닐 수 없다. 그간 고전수필 관련 과목을 강의하면서 어려웠던 점의 하나는 강독할 자료를 찾는 일이었다. 되도록이면 중등학교 교육 현장에서 쓰이고 있는 교육 자료를 선택하여, 원문과 함께 강독해 보려고 의도를 해도 실상 자료의 전문(全文)이나 원문(原文)을 수록한 교재를 찾는 일은 쉽지가 않았다. 개별 작품에 대한 연구들은 있었지만, 정작 그 연구의 대상이 된 작품의 원전에 대해서는 연구자들조차도 모르는 경우가 있었다.

사정이 그러하다 보니 매학기 여기저기 흩어져 있는 강독 자료들을 찾아 복사해서 학생들에게 나누어주고 강의를 하곤 하였는데, 안타까운 것은 그 강의가 끝나고 나면 기껏 애써 찾은 작품들이 휴지 조각이 되어버리곤 하는 것이었다. 이 책을 엮고자 한 까닭의 하나가 여기에 있다. 게다가 수업 시간에 활발하게 벌어졌던 토론의 쟁점들이나 과정들이 매우 소중하게 생각되었는데 그때그때 수업이 끝나면 사라져 버리는 것도 안타까운 일이었다. 이러한 과정을 쉽게 전달할 수 있는 방법을 궁리해보다가 궁극적으로 원문 뒤에 '생각해 보기'라는 항목의 문제점 부각을 통해 이 책을 편저(編著)하게 된 것이다.

이 책은 한문 수필과 국문 수필의 두 영역으로 나뉜다. 그 내용을 보면 지금까지 학생들이 중·고등학교에서 쉽게 접할 수 있었던 고전 수필도 있고 그렇지 않은 경우도 있다. 학생들이 그간 쉽게 접할 수 있었던 작품들을 수록하게 된 것은 '생각해 보기'의 과정을 통해 대학 교육의 시각에서 다시 한 번 정리할 필요성이 있기 때문이다. 한편 쉽게 접할 수 없었던 작품들을 수록한 것은, 오늘의 현실에 비추어 우리의 삶에 문제의식을 던져 줄 수 있는 유용한 내용들을 위주로 선별하였던 것들이, 학생들에게 교양의 정신을 전해 줄 수 있는 자료라 판단되었기 때문이다.

한문 수필을 수록하는데 있어서 무엇보다도 민족문화추진회의 한문 자료와 번역에서 크게 도움을 받았음을 밝혀 두지 않을 수 없다. 국문 수필의 경우 이 책에 수록한 원전은 국립중앙도서관, 규장각, 서울대학교 도서관 자료를 통해 실체를 확인할 수 있었고, 『조선역대여류문집』(민병수 편, 을유문화사, 1950)도 매우 귀중한 자료가 되었다.

특히 그동안 <고전수필강독> 수업을 수강하였던 학생들이 수업 중에 열심히 토론하였던 과정들이 이 책을 내는데 크게 보탬이 되었다. 모든 학생들의 이름을 일일이 열거하지 못하는 형편을 이해하기 바라며 이 자리를 빌려 수강 학생들에게 고마움의 마음을 전하고 싶다.

앞으로 국어교육을 전공하는 학생들이 대학을 졸업하고 교사가 되어서 수업을 할 때에도 이 책을 통하여 도움이 될 수 있기를 기대해 본다. 뿐만 아니라 고전 명문에 관심 있는 일반 독자들도 쉽게 접할 수 있도록 하기 위하여 배려하였음을 밝혀 두고자 한다.

마지막으로 출간을 위해 도움을 주신 도서출판 역락의 편집진께도 감사드린다.

2006년 8월
편저자 김명순·나정순

한문수필

우리의 옛글
생각하며 읽기

우리의 옛글
생각하며 읽기

한문수필

소단적치인

騷壇赤幟引

연암 박지원(朴趾源)이 지은 글로 『연암집(燕巖集)』 연상각선본(烟湘閣選本)에 실려 있다. <소단적치인(騷壇赤幟引)>은 연암의 처남 이재성(李在誠 ; 1751~1809)이 우리나라 고금의 과체(科體)를 모아 열 권으로 묶은 『소단적치』란 책에 연암이 써준 글이다.

역문 • • •

글을 잘 하는 자는 병법을 아는 것일까? 글자는 비유컨대 병사이고, 뜻은 비유하면 장수이다. 제목이라는 것은 적국이고, 전장(典掌) 고사(故事)는 싸움터의 진지이다. 글자를 묶어 구절이 되고, 구절을 엮어 문장을 이루는 것은 부대의 대오(隊伍) 행진과 같다. 운(韻)으로 소리를 내고, 사(詞)로 표현을 빛나게 하는 것은 군대의 나팔이나 북, 깃발과 같다. 조응이라는 것은 봉화이고, 비유라는 것은 유격의 기병이다. 억양 반복이라는 것은 끝까지 싸워 남김없이 죽이는 것이고, 제목을 깨뜨리고 나서 다시 묶어주는 것은 성벽을 먼저 기어 올라가 적을 사로잡는 것이다. 함축을 귀하게 여긴다는 것은 반백의 늙은이를 사로잡지 않는 것이고, 여음이 있다는 것은 군대를 떨쳐 개선하는 것이다.

대저 장평의 군사가 그 용감하고 비겁함이 지난날과 다름이 없고, 활·창·방패·짧은 창의 예리하고 둔중함이 전날과 변함이 없건만, 염파(廉頗)가 거느리면 제압하여 이기기에 족하였고, 조괄(趙括)이 대신하자 스스로를 파묻기에 충분하였다. 그런 까닭에 병법을 잘 하는 자는 버릴만한 병졸이 없고, 글을 잘 짓는 자는 가릴 만한 글자가 없는 것이다. 진실로 그 장수를 얻는다면 호미·곰방메·가시랑이·창자루로도 모두 굳세고 사나운 군대가 될 수 있고, 천을 찢어 장대에 매달아도 정채가 문득 새롭다. 진실로 그 이치를 얻는다면 집안사람의 일상 이야기도 오히려 학관(學官)에 나란히 할 수 있고, 어린아이들의 노래나 마을의 상말도 또한 ≪이아(爾雅)≫에 넣을 수 있다. 그런 까닭에 글이 좋지 않은 것은 글자의 잘못이 아니다.

저 글자나 구절의 우아하고 속됨을 평하고, 편(篇)과 장(章)의 높고 낮음을 논하는 자는 모두 합하여 변하는 기미와 제압하여 이기는 저울질을 알지 못하는 자이다. 비유컨대 용감하지도 않은 장수가 마음에 정한 계책도 없이 갑작스레 제목에 임하고 보니, 아마득하기 굳센 성과 같은지라, 눈앞의 붓과 먹은 산 위의 풀과 나무에 먼저 기가 꺾여 버리고, 가슴 속에 외웠던 것들은 벌써 사막 가운데 원숭이와 학이 되고 마는 것과 같다. 그런 까닭에 글을 잘하는 자는 그 근심이 항상 혼자서 갈 길을 잃고 헤매거나, 요령을 얻지 못하는 데 있다.

대저 갈 길이 분명치 않으면 한 글자도 내려 쓰기가 어려울 뿐 아니라 항상 더디고 껄끄러운 것이 병통이 되고, 요령을 얻지 못하면 두루 헤아림을 비록 꼼꼼히 하더라도 오히려 그 성글고 새는 것을 근심하게 된다. 비유하자면 음릉(陰陵)에서 길을 잃자 명마인 추도 나아가지 않고, 굳센 수레로 겹겹이 에워싸도 여섯 마리 노새가 끄는 수레는 이미 달아나 버린 것과 같다. 진실로 능히 말이 간단하더라도 요령만 잡게 되면 마치 눈 오는 밤에 채(蔡) 성을 침입하는 것과 같고, 토막말이라도 핵심을 놓치지 않는다면 세 번 북을 울리고서 관(關)을 빼앗는 것과 같게 된다. 글을 하는 도가 이와 같다면 지극하다 할 것이다.

나의 벗 이중존(李仲存)이 우리나라 고금의 과체(科體)를 모아 엮어

열 권으로 만들고, 이를 이름하여 소단적치(騷壇赤幟)라 하였다. 아아! 이것은 모두 승리를 얻은 군대요 백 번 싸워 이긴 나머지이다. 비록 그 체재와 격조가 같지 않고, 좋고 나쁨이 뒤섞여 있지만 제각기 이길 승산이 있어, 쳐서 이기지 못할 굳센 성이 없고, 그 날카로운 칼끝과 예리한 날은 삼엄하기가 마치 무고(武庫)와 같아, 때를 따라 적을 제압하여 움직임이 군대의 기미에 맞으니, 이를 이어 글 하는 자가 이 방법을 따른다면, 정원(定遠)의 비식(飛食)과 연연산(燕然山)에 공을 적어 새기는 것이 그 여기에 있을 것이다. 비록 그렇지만 방관(房琯)의 수레싸움은 앞 사람을 본받았어도 패하고 말았고, 우후(虞詡)가 부뚜막을 늘인 것은 옛 법을 반대로 하였지만 이겼으니, 합하여 변화하는 저울질이란 것은 때에 달린 것이지 법에 달린 것은 아니다.

원문 • • •

善爲文者。其知兵乎。字譬則士也。意譬則將也。題目者。敵國也。掌故者。戰場墟壘也。束字爲句。團句成章。猶隊伍行陣也。韻以聲之。詞以耀之。猶金皷旌旗也。照應者。烽埈也。譬喩者。遊騎也。抑揚反復者。鏖戰撕殺也。破題而結束者。先登而擒敵也。貴含蓄者。不禽二毛也。有餘音者。振旅而凱旋也。夫長平之卒。其勇㤼非異於昔時也。弓矛戈鋋。其利鈍非變於前日也。然而廉頗將之。則足以制勝。趙括代之。則足以自坑。故善爲兵者。無可棄之卒。善爲文者。無可擇之字。苟得其將。則鉏耰棘矜。盡化勁悍。而裂幅揭竿。頓新精彩矣。苟得其理。則家人常談。猶列學官而童謳里諺。亦屬爾雅矣。故文之不工。非字之罪也。彼評字句之雅俗。論篇章之高下者。皆不識合變之機。而制勝之權者也。譬如不勇之將。心無定策。猝然臨題。屹如堅城。眼前之筆墨。先挫於山上之草木。而胸裏之記誦。已化爲沙中之猿鶴矣。故爲文者。其患常在乎自迷蹊逕。未得要領。夫蹊逕之不明。則一字難

下。而常病其遲澁。要領之未得。則周匝雖密。而猶患其踈漏。譬如陰陵失
道而名雖不逝。剛車重圍而六驃已遁矣。苟能單辭而挈領。如雪夜之入蔡。
片言而抽綮。如三鼓而奪關。則爲文之道如此而至矣。友人李仲存集東人古
今科軆。彙爲十卷。名之曰騷壇赤幟。嗚呼。此皆得勝之兵而百戰之餘也。
雖其軆格不同。精粗雜進。而各有勝籌。攻無堅城。其鈷鋒利刃。森如武庫。
趨時制敵。動合兵機。繼此而爲文者。率此道也。定遠之飛食。燕然之勒銘。
其在是歟。其在是歟。雖然。房琯之車戰。效跡於前人而敗。虞詡之增竈。
反機於古法而勝。則所以合變之權。其又在時而不在法也。

―『燕巖集』卷之一　煙湘閣選本

🐾 생각해 보기 ....

1. 연암의 문장론에 대하여 말해 보자.

2. 이 글에 나타난 글쓰기와 전쟁의 수사학에 대하여 정리해 보자.

3. 이 글의 제목인 '소단적치인(騷壇赤幟引)'의 의미를 조사해 보자.

4. 연암이 말하는 문장론의 성격과 관련하여 그의 문체적 특성을 보
   여 주는 글을 찾아 그 연관성을 논의해 보자.

불이당기

조선후기의 학자로 북학파의 영수였던 연암 박지원이 지은 글이다. 연암은 16세에 처삼촌 영목당 이양천에게서 글을 배우기 시작했다. 이 글은 『燕巖集』에 실려 전한다.

역문 • • •

사함(士涵) 유한렴(劉漢廉)이 죽원옹(竹園翁)이라 자호하고 거처하는 집에 불이당(不移堂)이란 편액을 걸고는 내게 서문 지어주기를 청하였다. 내가 일찍이 그 집에 올라보고 그 동산을 거닐어 보았지만 한 그루의 대나무도 보이지 않았었다. 내가 돌아보고 웃으며 말하였다.

"이것은 이른바 무하향(無何鄕)의 오유선생(烏有先生)의 집이 아니겠는가? 이름이란 것은 실질의 손님이거늘, 나더러 장차 손님을 위하란 말인가?"

사함이 머쓱해져서 한동안 있더니만,

"애오라지 스스로 뜻을 부쳐본 것일 뿐이라오."

라고 하였다.

내가 웃으며 말하였다.

"상심하지 말게. 내 장차 자네를 위해 이를 채워 줌세. 지난번에 학사 이양천(李亮天)이 한가롭게 지내며 매화시를 지었는데, 심사정(沈師正)의 묵매(墨梅)를 얻어 시축(詩軸)에 얹었더랬네. 인하여 웃으며 내게 말하지 않겠나. '심하도다! 심씨가 그림을 그리는 것은. 능히 사물과

17
한문수필

꼭 같게만 할 뿐이로다. 내가 의아해서 말했지. "그림을 그리면서 꼭 같게 그린다면 좋은 화가일터인데, 학사께서는 어찌 웃으십니까?" 그러자 학사는 이렇게 말했었네.

'까닭이 있다네. 내가 예전에 이인상(李麟祥)과 노닐었는데, 일찍이 비단 한 폭을 보내 제갈공명 사당의 잣나무를 그려달라고 했었지. 이인상은 한참 있다가 전서로 <설부(雪賦)>를 써서는 돌려 보냈더군. 내가 전서를 얻고는 또 기뻐서 더욱 그 그림을 재촉했더니, 이인상은 웃으면서 말했지. "자네 아직 몰랐던가? 예전에 이미 보냈던걸? 내가 놀라서 말했네. 지난 번 온 것은 전서로 쓴 <설부>였을 뿐일세. 자네가 어찌 그것을 잊었단 말인가?" 이인상은 웃으며 말했지. "잣나무는 그 가운데 있다네. 대저 바람 서리가 모질다 보니 능히 변치 않을 것이 있겠는가? 자네 잣나무를 보고 싶거든 눈 속에서 구해보게." 내가 그제서야 웃으며 대답하였네. "그림을 구했건만 전서를 써주고, 눈을 보면서 변치 않는 것을 생각하라니, 잣나무와는 거리가 머네 그려. 자네의 도(道)란 것이 너무 동떨어진 것이 아닌가?"

그런 일이 있은 뒤 내가 어떤 일에 대해 말하다 죄를 얻어, 흑산도 가운데 위리안치(圍籬安置) 되었었네. 일찍이 하루 낮 하루 밤에 7백리를 내달리는데, 길에서 전하는 말이 금부도사가 장차 이르러 후명(後命) 즉 사약을 내리는 명령이 있을 거라는 게야. 하인들은 온통 놀라 떨며 울어댔지. 그때 날씨는 추운데 눈은 내리고, 앙상한 나무와 허물어진 벼랑은 들쭉날쭉 무너져 길을 막아 아무리 바라보아도 가이 없었다네. 그런데 바위 앞의 늙은 나무가 거꾸러져서도 가지를 드리우고 있었는데 마치 마른 대나무와 같지 뭔가. 내가 바야흐로 말을 세우고 도롱이를 걸치고 멀리 가리키며 기이함을 일컫고는, "이 어찌 이인상이 전서로 쓴 나무가 아니겠는가?"라고 하였었네.

위리안치 되고 나서는 장독(瘴毒)을 머금은 안개가 어두침침하고, 독사와 지네가 베개와 자리에 얽혀 있어 해입음을 헤아릴 길이 없었지. 어느날 밤에는 큰 바람이 바다를 뒤흔들어 마치 벽력이 이는 듯 하므로 아랫것들은 모두 넋이 나가 구토하며 어지러워들 하였네. 내가 노래를 지어 말하기를, "남쪽바다 산호야 꺾인들 어떠하리. 오늘밤 다만 근심 옥루(玉樓)의 추움일세."라 하였다네.

이인상이 편지를 보내왔는데, "근자에 산호곡을 얻어보매, 완미하면서도 상심하지 않아 원망하고 후회하는 뜻이 없으니, 능히 환난에 잘 대처해가고 있더군. 접때 그대가 일찍이 잣나무를 그려달라 하더니만, 그대 또한 그림을 잘 그린다고 말할 만 하네 그려. 그대가 떠난 뒤, 잣나무 그림 수십 폭이 서울에 남았는데, 모두 이조(吏曹)의 벼슬아치들이 끝이 모지라진 붓으로 베껴 그린 것이라네. 그런데도 그 굳센 줄기와 곧은 기운은 늠연하여 범할 수가 없고, 가지와 잎은 무성하여 어찌나 성대하던지?"라고 하였더군. 내가 나도 몰래 실소하고 나서 이렇게 말했다네. "이인상은 몰골도(沒骨圖), 즉 형체없는 그림이라 말 할만 하구나." 이로 말미암아 보건데, 좋은 그림이란 그 물건과 꼭 닮게 하는 데 있지 않을 뿐이라네. 나 또한 웃고 말았었지.

얼마 후 학사 이양천 공은 세상을 뜨고 말았네. 내가 그 시문을 편집하다가 적소(謫所)에 있을 때 형에게 보낸 편지를 얻었는데, 쓰여 있기를 '근자에 아무개의 편지를 받아보니, 날 위해 당로자(當路者)에게 석방을 구해보려 한다는데, 어찌 저를 이리도 박하게 대우하는지요. 비록 바다 가운데서 썩어 죽을망정 나는 그리하지 않겠습니다.'라고 하였었네. 내가 그 글을 들고서 슬피 탄식하며 말하기를, '이학사는 참으로 눈 속의 잣나무로구나. 선비는 궁하게 된 뒤에 평소 품은 뜻이 드러나는 법이다. 환란과 재앙을 만나서도 그 절조를 고치지 아니하

고, 높고도 외로이 우뚝 서서 그 뜻을 굽히지 않는 것은 어찌 날씨가
추워진 때라야 볼 수 있는 것이 아니겠는가?'라고 하였었네.

이제 우리 사함은 성품이 대나무를 사랑한다. 아아! 사함은 참으로
대나무를 아는 사람이란 말인가? 날씨가 추워진 뒤에 내 장차 그대의
집에 올라보고 그대의 동산을 거닐면서 눈 속에서 대나무를 구경해도
좋겠는가?"

원문 • • •

士涵自號竹園翁。而扁其所居之堂曰不移。請余序之。余嘗登其軒而涉其園。
則不見一挺之竹。余顧而笑曰。是所謂無何鄕。烏有先生之家耶。名者實之
賓。吾將爲賓乎。士涵憮然爲間曰。聊自寓意耳。余笑曰。無傷也。吾將爲
子實之也。曩李學士功甫。閒居爲梅花詩。得沈董玄墨梅以弁軸。因笑謂余
曰。甚矣。沈之爲畵也。能肖物而已矣。余惑之曰。爲畵而肖良工也。學士
何笑爲。曰有之矣。吾初與李元靈遊。嘗遺綃一本。請畵孔明廟柏。元靈良
久。以古篆書雪賦以還。吾得篆且喜。益促其畵。元靈笑曰。子未喩耶。昔
已往矣。余驚曰。昔者來乃篆書雪賦耳。子豈忘之耶。元靈笑曰。柏在其中
矣。夫風霜刻厲。而其有能不變者耶。子欲見柏。則求之於雪矣。余乃笑應
曰。求畵而爲篆。見雪而思不變。則於柏遠矣。子之爲道也不已離乎。旣而
余言事得罪。圍籬黑山島中。嘗一日一夜疾馳七百里。道路傳言金吾郞且至。
有後命。僮僕驚怖啼泣。時天寒雨雪。其落木崩崖。嵯砑虧蔽。一望無垠。而
岩前老樹。倒垂枝若枯竹。余方立馬。披簑遙指。稱奇曰。此豈元靈古篆樹
耶。旣在籬中。瘴霧昏昏。蝮蛇蜿蚰。糾結枕茵。爲害不測。一夜大風振海。
如作霹靂。從人皆奪魄嘔呟。余作歌曰。南海珊瑚折奈何。秖恐今宵玉樓寒。
元靈書報近得珊瑚曲。婉而不傷。無怨悔之意。庶幾其能處患也。曩時足下
嘗求畵柏。而足下亦可謂善爲畵耳。足下去後。柏數十本留在京師。皆曹吏
輩禿筆傳寫。然其勁榦直氣。凜然不可犯。而枝葉扶踈。何其盛也。余不覺

失笑曰。元靈可謂沒骨圖。由是觀之。善畫不在肖其物而已。余笑。旣而學
士歿。余爲編其詩文。得其在謫中所與兄書。以爲近接某人書。欲爲吾求解
於當塗者。何待我薄也。雖腐死海中。吾不爲也。吾持書傷歎曰。李學士眞
雪中柏耳。士窮然後見素志。患害憫厄而不改其操。高孤特立而不屈其志者。
豈非可見於歲寒者耶。今吾士涵性愛竹。嗚呼士涵。其眞知竹者耶。歲寒然
後。吾且登君之軒而涉君之園。看竹於雪中可乎。

─『燕巖集』卷之三

😊 생각해 보기 ···

1. 이 글과 관련하여 진정한 창조성이란 무엇인지 논의해 보자.

2. 이 글에 나타난 선비 정신에 대하여 생각해 보자.

3. 연암의 글쓰기 방식을 보여 주는 특징에 대하여 말해 보자.

4. 또 다른 대나무 소재의 글을 찾아보고 조선시대에 대나무를 소재
   로 했던 예술의 특징과 의미에 대하여 살펴보자.

논뢰유
論賂遺

조선 후기의 학자 성호 이익(李瀷, 1681~1763)이 지은 글로『星湖先生全集』에 수록되어 있다. 이익은 1705년(숙종 31) 증광문과(增廣文科)에 응시, 낙방하였다. 이듬해 형 잠(潛)이 장희빈(張禧嬪)을 두둔하다가 당쟁의 제물로 장살(杖殺)되자 벼슬할 뜻을 버리고 낙향, 학문에만 몰두하였다. 처음에는 성리학(性理學)에서 출발하였으나 차차 이이(李珥)·유형원(柳馨遠)의 학문에 심취하였는데, 특히 유형원의 학풍을 계승하여 천문·지리·율산(律算)·의학(醫學)에 이르기까지 능통하였으며, 서학(西學)에도 관심을 가졌다. 투철한 주체의식과 비판정신을 토대로 그의 주요저서인『성호사설(星湖僿說)』을 통해 당시의 사회제도를 실증적으로 분석·비판하여 정책적 대안을 제시하고자 하였다.

역문 • • •

뇌물을 주는 것은 우리나라의 오랜 병증이다. 국가의 피폐(疲弊)와 백성의 빈곤이 이에 연유한다. 조정에서 금하지 않을뿐더러 가르치는 실정이다. 외국에서 사신이 오면 각 고을에 서간을 띄워 그 여비를 떠맡기는데 일정한 액수도 없다. 그러므로 음직(蔭職)과 무관(武官)으로 수령이 된 자는 앞을 다투어서 재물을 실어 나른다. 또, 나라에 크고 작은 잔치가 있으면 반드시 여러 가지 물품을 각 고을에 떠맡겨서 구해 들인다. 각 고을에서는 각 마을에 배당하여 구하여 들이니 그 잔학함이 매우 심하다. 이와 같이 하면서 어찌 사람들의 뇌물 통래(通來)를 금하겠는가. 명절에는 반드시 각 고을에서 고관(高官)에게 문안차 보내는 선물이 있다. 무식하고 벼슬을 탐내는 무리는 반드시 이런 기회를 틈타 승진되기를 바란다. 구관(舊官)이 이미 후하게 실어 보냈으므로 신관(新官)은 더욱 많이 실어 보낸다. 뇌물을 더 보내는 자는 유능한 수령이라고 하고 그렇지 못한 자는 중상을 당한다.

뇌물을 보내는 물품은 원래 국비(國費)에서 계산한 것이 아닌데 어디서 구해 오는 것인가. 받는 자는 아무렇지도 않게 여기지만 백성은 점차 병들게 된다. 그러므로 조정에서도 예사로 알고 따라서 상하의 풍습이 되어 버렸다. 한 물건을 실어 오는 것이 관가의 수입에는 사소하지만 덧붙여서 백성의 재물은 남김이 없게 된다. 이런 짓을 어찌 그만둘 수 없는가.

법이란 마땅히 조정에서 지키기 시작하여야 한다. 연향이나 사신의 접대 같은 일은 모름지기 국비 중에서 마련할 것이지 정당한 세금(稅金) 외에 더 걷는 일은 없어야 한다. 그리고 각 고을에서 고관에게 문안차 보내는 것은, 곧 옛날의 의장¹이라는 것이나 비록 말채찍이나 구두신과 같은 하찮은 물품이라 하더라도 모두 막는 것이 마땅하다.

문한차 내는 물건은 그 품목과 수량을 정하도록 건의한 자가 있었다. 그러나 사사로 주고받는 것을 누가 살필 것인가. 또, 숙폐(宿弊)²를 갑자기 금할 수 없다. 그러므로 사헌부 감찰관에게 그 일을 맡기는 것이 마땅하다. 고을에서는 조정에 있는 신하에게 보내는 물품은 그 건수를 문서에 기록하고 먼저 사헌부에 보내어 날인(捺印)하여 증명한 다음 받도록 한다. 그리고 지나치게 많으면 대관(臺官)이 증거를 들어 논평한다. 이와 같이 하면 오직 일종의 비열한 자 외에는 감히 턱없이 주고 받지 못한다. 이것도 또한 백성을 유익하게 하는 일단이다.

---

1 정부에서 묵인해 주는 장물.
2 오래된 폐단.

賂遺。我邦之宿證。國弊民殘。職此之由。朝廷不但不之禁。又有以敎之。姑擧
一條。如朝聘使价。發簡列邑。責其盤費。靡有定限。蔭職武弁。爭頭委輸。又
如國有宴饗大事。必徵責列邑。列邑攤索閭里。殘虐尤甚。如是而猶禁人之關節
乎。列邑必有歲時問遺。無識貪戀之徒。必以此媒進。前官旣已厚載。後官輒益
爭高。增之爲能。否者中傷。此物元非國儲會減。從何求得來乎。受者安之而民
漸凋瘵矣。夫然故朝廷視以爲常。上下因以成風。一物之輸。官入些細。而轉轉
刀蹬。在在殫竭。是豈不可以已者耶。法者當自朝廷始。如宴饗使价之類。須於
經費中磨鍊。無得賦外加斂。其列邑問遺。卽古所謂義贓。雖鞭靴微物。悉宜杜
漸也。向者有建白定其物數。然私遺而私受。誰得以察之。如又曰宿弊不可頓
禁。則宜令司憲監察官領之。凡州郡之間遺廷臣者。必須以其件記帖子。先謁憲
府。落印爲證。然後方許受之。其有過制者。臺官擧以論評。如是則惟一種鄙劣
之外。必不敢冒遺而冒受矣。此又神民之一端。

—『星湖先生全集』卷之四十五

🗨 생각해 보기

1. 이 글을 지은 성호 이익에 대하여 조사해 보자.

2. 이 글이 현대를 살아가는 우리들에게 주는 가치와 의미는 무엇인지
   논의해 보자.

3. 오늘날의 뇌물 문화를 없애는 여러 가지 방법에 대하여 논의해 보자.

4. '뇌물'을 자신의 경우와 결부하여 생각해 보고 그 구체적인 경험담
   을 이야기해 보자.

도자설
盜子說

강희맹(姜希孟, 1424~1483)의 자는 경순(景醇), 호는 사숙재(私淑齋), 본관은 진주(晉州)이다. 조선 초기의 학자이며 정치가로서 문장과 서화에도 능했다. 이 글은 아들을 훈계하려고 쓴 5편의 글 중 하나로 『私淑齋集』에 실려 있다.

역문 • • •

도둑질을 업으로 삼는 사람이 있었다. 그는 아들에게 자신의 솜씨를 모두 가르쳐 주었다. 아들은 자신의 재능을 자부하여 자기가 아비보다도 훨씬 낫다고 생각했다. 도둑질을 나갈 때에는 언제나 반드시 아들이 먼저 들어가고 나중에 나오며 가벼운 것은 아비에게 맡기고 무거운 것을 들고 나왔다. 게다가 먼 곳에서 나는 소리까지도 들을 수 있고 어둠속에서도 사물을 분별하는 능력이 있어서 도둑들 간에 기림의 대상이 되었다.

하루는 아비에게 자랑삼아서,

"내가 아버지의 솜씨에 비해 조금도 손색이 없고, 억센 힘은 오히려 나으니 이대로 나간다면 무엇은 못하겠습니까?"

하니, 아비 도둑이,

"아직 멀었다. 지혜란 배워서 이르는 데는 한계가 있는 법이어서 자득(自得)함이 있어야 되는 것이다. 그러니 너는 아직 멀었다."

하였다. 아들 도둑이,

"도둑이란 재물을 많이 얻는 것이 제일인데, 나는 아버지에 비해 소득이 항상 배나 되고 나이도 아직 젊으니 아버지의 연배가 되면 틀림없이 특별한 재주를 터득하게 될 것입니다."

하니 아비 도둑이 다시

"그렇지 않다. 나의 방법을 그대로 행하기만 해도 겹겹의 성에도 들어갈 수 있고 깊이 감춘 물건도 찾아낼 수는 있다. 그러나 조금이라도 실수를 하면 화가 따른다. 아무런 단서도 남기지 않고 임기응변하여 거침이 없는 그런 수준은 자득(自得)의 묘(妙)를 터득한 자만이 할 수 있는 것이다. 너는 아직 멀었다."

하였지만 아들은 건성으로 들어 넘겼다.

다음날 밤 아비 도둑은 아들을 데리고 어느 부잣집에 들어갔다. 아들을 보물창고 안으로 들어가게 하고는 아들이 보물을 챙기느라 정신이 없을 때쯤 밖에서 문을 닫고 자물쇠를 건 다음 자물통을 흔들어 주인이 듣게 하였다. 주인이 달려와 쫓아가다가 돌아보니 창고의 자물쇠는 잠긴 채였다. 주인은 방으로 되돌아갔고 아들 도둑은 창고 속에 갇힌 채 빠져 나올 길이 없었다. 그래서 손톱으로 박박 쥐가 문짝을 긁는 소리를 냈다. 주인이 소리를 듣고,

"창고 속에 쥐가 들었군. 물건을 망치니 쫓아버려야지."

하고는 등불을 들고 나와 자물쇠를 열고 살펴보려는 순간. 아들 도둑이 쏜살같이 빠져 달아났다. 주인집 식구들이 모두 뛰어나와 쫓았다. 아들 도둑은 더욱 다급해져서 벗어나지 못할 것을 알고는 연못가를 돌아 달아나다가 큰 돌을 들어 못으로 던졌다. 뒤쫓던 사람들이,

"도둑이 물속으로 뛰어들었다."

하고는 못가에 빙 둘러서서 찾았다. 아들 도둑은 그 사이에 빠져나갔다. 집으로 돌아와 아비에게,

"새나 짐승도 제 새끼를 보호할 줄 아는데, 제가 무슨 큰 잘못을 했다고 이렇게 욕을 보입니까?"
하며 원망하였다. 아비 도둑이,

"이제 너는 천하의 독보적인 존재가 될 것이다. 사람의 기술이란 남에게서 배운 것은 한계가 있기 마련이지만 스스로 터득한 것은 그 응용이 무궁한 법이다. 더구나 곤궁하고 어려운 일은 사람의 심지(心志)를 굳게 하고 솜씨를 원숙하게 만드는 법이다. 내가 너를 궁지로 몬 것은 너를 안전하게 하자는 것이고 너를 위험에 빠뜨린 것은 너를 건져 주기 위한 것이다. 네가 창고에 갇히고 다급하게 쫓기는 일을 당하지 아니하였던들 어떻게 쥐가 긁는 시늉과 돌을 던지는 기발한 꾀를 냈겠느냐. 너는 곤경을 겪으면서 지혜가 성숙해졌고 다급한 일을 당하면서 기발한 꾀를 냈다. 이제 지혜의 샘이 한번 트였으니 다시는 실수하지 않을 것이다. 너는 천하의 독보적인 존재가 될 것이다."
하였다. 그후에 과연 그는 천하 제일의 도둑이 되었다.

도둑질 같은 악한 일도 반드시 자득(自得)의 묘(妙)를 터득한 뒤에야 비로소 천하 제일이 될 수 있었다. 하물며 도덕과 공명에 뜻을 둔 선비야 더 말할 것이 있겠는가. 대대로 벼슬하여 국록(國祿)을 누리는 집 자식들은 인의를 행하는 것이 얼마나 훌륭한 일인지, 학문을 연마하는 것이 얼마나 유익한 것인지는 모른 채 현달하고 나면,

"선대의 공업을 능가할 수 있다."
고 함부로 말하는데 이는 바로 아들 도둑이 아비에게 자랑하는 꼴이다. 만약 높은 것을 사양하고 낮은 데를 택하며 호방한 것을 버리고 담박한 것을 좋아하며 자신을 굽히고 학문에 뜻을 두어 성리(性理)의 연구에 마음을 쏟아서 습속에 휩쓸리지 아니할 수 있다면 능히 남들과 대등해질 수도 있고, 공명도 이룰 수 있으며, 등용되면 자신의 경

륜을 행하고 등용되지 아니하면 자신의 길을 지켜서 어떤 경우라도 합당하지 않음이 없게 되리니, 이는 바로 아들 도둑이 곤경을 겪으면서 지혜가 성숙해졌고 마침내는 천하의 독보적인 존재가 될 수 있었던 것과 같다.

　너도 또한 이 경우와 비슷하다. 도둑이 창고에 갇히고 다급하게 쫓기던 그와 같은 공경을 겪는 어려움을 피하지 말아서 마음속에서 자득함이 있어야 한다는 것을 생각해야 한다. 이 말을 잊지 말라.

원문 • • •

民有業盜者。敎其子盡其術。盜子亦負其才。自以爲勝父遠甚。每行盜。盜子必先入而後出。舍輕而取重。耳能聽遠。目能察暗。爲羣盜譽。誇於父曰。吾無爽於老子之術。而强壯過之。以此而往。何憂不濟。盜曰。未也。智窮於學成而裕於自得。汝猶未也。盜子曰。盜之道。以得財爲功。吾於老子。功常倍之。且吾年尙少。得及老子之年。當有別樣手段矣。盜曰。未也。行吾術。重城可入。祕藏可探也。然一有蹉跌。禍敗隨之。若夫無形跡之可尋。應變機而不括。則非有所自得者。不能也。汝猶未也。盜子猶未之念聞。盜後夜與其子。至一富家。令子入寶藏中。盜子耽取寶物。盜闔戶下鑰。攪使主聞。主家逐盜返。視鎖鑰猶故也。主還內。盜子在藏中。無計得出。以爪搔爬。作老鼠嚙嚙之聲。主云鼠在藏中損物。不可不去。張燈解鑰將視之。盜子脫走。主家共逐。盜子窘。度不能免。繞池而走。投石於水。逐者云。盜入水中矣。遮躝尋捕。盜子由是得脫歸。怨其父曰。禽獸猶知庇子息。何所負。相軋乃爾。盜曰。而後乃今汝當獨步天下矣。凡人之技。學於人者。其分有限。得於心者。其應無窮。而況困窮咈鬱。能堅人之志而熟人之仁者乎。吾所以窘汝者。乃所以安汝也。吾所以陷汝者。乃所以拯汝也。不有入藏迫逐之患。汝安能出鼠嚙投石之奇乎。汝因困而成智。臨變而出奇。心源一開。不復更迷。汝當獨步天下矣。後果爲天下難當賊。夫盜賊。惡之術也。

猶必自得。然後乃能無敵於天下。而況士君子之於道德功名者乎。簪纓世祿
之裔。不知仁義之美。學問之益。身已顯榮。妄謂能抗前烈而軼舊業。此正
盜子誇父之時也。若能辭尊居卑。謝豪縱。愛淡泊。折節志學。潛心性理。
不爲習俗所搖奪。則可以齊於人。可以取功名。用舍行藏。無適不然。此正
盜子因困成智。終能獨步天下者也。汝亦近乎是也。毋憚在藏迫逐之患。思
有以自得於心可也。毋忽。

—『私淑齋集』卷之九

😊 생각해 보기

1. 이 글의 표현적 특징에 대하여 말해 보자.

2. 여기서 말하는 '자득의 묘'란 무엇인지 논의해 보자.

3. 지혜를 긍정적으로 사용하는 방법에 대하여 논의해 보자.

4. 이 글을 바탕으로 우리들이 가져야 할 학문적 자세와 방법에 대하여
   말해 보자.

창맹설

倉氓說

권필(權韠 : 1569∼1612)은 조선시대의 문인으로 자는 여장(汝章), 호는 석주(石洲), 본관은 안동(安東)이다. 정철(鄭澈)의 문인으로서 과거에 뜻이 없어 시주(詩酒)를 벗삼아 살다가 유희분(柳希奮) 등 척족들의 방종을 비방한 궁류시(宮柳詩)로 인하여 유배되고 귀양길에 폭음을 하고 급서하였다. 이 글은 그의 문집 『석주집(石洲集)』에 실려 있다.

역문 • • •

태창(太倉) 옆에 살고 있는 사람이 있었다. 그는 장사를 하거나 농사를 짓지는 않았지만 날이 저물 무렵에 나갔다가 밤이 으슥하면 돌아왔는데 언제나 쌀 닷 되를 가지고 왔다. 물어도 대답을 하지 않았으므로 가족들도 어떻게 생긴 것인지 알지 못했다. 이런 식으로 수십 년간을 넉넉한 음식과 번드레한 옷으로 살았으나 집안을 살펴보면 언제나 비어 있었다.

어느날 그가 병으로 앓아누웠다. 병세가 위독해지자 은밀히 아들을 불러놓고 일렀다.

"창고 몇 번째 기둥을 자세히 살펴보면 손가락이 들어갈만한 구멍이 하나 있을 것이다. 그 작은 구멍으로 손가락만한 나무를 넣어 후비면 쌀이 조금씩 흘러나올 것이다. 쌀을 하루에 닷 되씩만 꺼내오고 절대로 그 이상은 가져오지 마라."

아비가 죽자 아들은 아비가 일러 준대로 하여 예전과 같이 넉넉히 살 수 있었다. 그런데 몇 달이 지난 어느날 조금씩 욕심이 생기기 시작했다. 그래서 구멍을 조금 크게 뚫고 하루에 서너 말씩을 가져왔다. 그러자 쌀이 없어지는 것을 안 창고지기한테 발각되어 죽음을 당하고 말았다.

생각해보면, 도둑질은 본래 나쁜 일이지만 그래도 만족할 줄 안다면 그 아비의 경우처럼 큰 화는 면할 수 있다. 그러나 아들처럼 분수를 모르고 욕심을 부리면 죽음을 자초하게 되는 것이다. 도둑질도 그러한데 더구나 군자가 만족할 줄 알 때 그 결과가 어떠하겠으며, 천하의 큰 이익을 얻고도 만족할 줄 모른다면 그 결과는 어떠하겠는가.

원문 • • •

氓有室于太倉之傍者。不廢著。不耕收。每夕出而夜歸。則必持五升米焉。問所從得。不告。雖其妻兒。莫覺也。如是者積數十年。其食粲如也。其衣華如也。而視其室則空如也。氓病且死。密詔其子曰。倉之第幾柱。有竇焉。其大客指。米之堆積于內者。咽塞而不能出。爾取木之如指者。約于竇中。迎而流之。日五升卽止。無取贏焉。氓旣死。子嗣爲之。其衣食如氓時。旣而。恨竇小不可多取。鑿而巨之。日取數斗。猶不足。又鑿而巨之。倉吏覺其奸。拘而戮之。噫。穿窬。小人之惡行。苟能知足。亦可以保身氓是也。升斗。利之細者。苟不能知足。亦可以殺身。氓之子是也。況君子而知足者耶。況取天下之大利而不知足者耶。高靈申貿夫。爲余言

—『石洲外集』卷之一

1. 도둑을 소재로 한 〈도자설(盜子說)〉과 관련하여 비교해 보자.

2. 이와 유사한 설화를 찾아 조사해 보고 그 차이점을 비교해 보자.

3. 이 글에서 말하는 '만족'에 대하여 생각해 보고 자신의 체험담을 말해 보자.

4. 오늘날의 시대 현실에 맞는 진정한 군자상은 무엇인지 논의해 보자.

만록('대화')

漫錄

김창흡(金昌翕 : 1653~1722)은 조선 후기의 학자로, 호는 삼연(三淵), 자는 자익(子益), 본관은 안동(安東)이다. 영의정 수항(壽恒)의 아들이며 창집(昌集)·창협(昌協)의 아우이다. 숙종 15년(1689) 기사환국(己巳換局) 때 아버지가 사사(賜死)되자 경기 영평(永平)에 은거하였다. ≪장자≫와 ≪사기≫를 좋아하고 시도(詩道)에 힘썼으며, 친상(親喪)을 당한 뒤에는 불전(佛典)을 탐독해 슬픔을 잊으려 하였다. 그 뒤 주자의 글을 읽고 깨달은 바 있어 유학에 전심하였다. 그는 형 창협과 함께 성리학과 문장으로 널리 이름을 떨쳤다. 이 글은 김창흡의 문집인 『삼연집(三淵集)』 권36 「만록(漫錄)」 가운데 한 부분이다.3

역문 • • •

사람들은 말을 하면서, 경솔하게 하다가 잘못되는 경우가 많다. 또 다른 사람의 말을 잘 살펴 듣지도 않는다. 그렇기 때문에 말을 주고받을 때 십중팔구는 앞뒤가 서로 들어맞지 않는다. 때로는 거칠고 엉성하여 말의 맥락을 살피지 못하기도 하며, 때로는 치밀하고 고지식하여 말의 논리에 얽매이기도 하며, 때로는 너무 영특하여 억측하는 실수를 저지르기도 하며, 때로는 어리석고 식견이 짧아 귀착점을 찾아내지 못하기도 하며, 때로는 비근한 말을 듣고서 고원한 데에서 탐구하기도 하며, 때로는 오묘한 의론을 듣고서 천박하다고 생각하기도

---

3 '만록' 가운데 수록된 글의 한 부분이라서 편의상 '대화'라는 제목을 붙여 보았다.

한다. 이렇기 때문에 하루 종일 만나서 대화를 하지만 그 말이 어긋나고 모순되지 않는 경우가 거의 없다.

그러나 남의 말을 들을 줄 모르는 것은 단지 성격이 편협하기 때문만은 아니다. 대체로 마음을 안정되게 갖는 자는 적고 방심(放心)하는 자는 많아서, 바쁘고 정신없는 가운데 간신히 시간을 내어 말을 주고받으니, 곡절을 잘 살펴 제대로 말이 오갈 수가 없는 것은 당연하다. 예컨대 동문서답하는 것은 자세하게 듣지 않아서 생기는 실수이니 허물이 그래도 적다. 그러나 낮을 이야기하는 말을 반대로 밤에 대해서 말하는 것으로 듣고, 추위에 대해서 이야기하는 말을 반대로 더위에 대해서 말하는 것으로 듣는 경우는 바로 미장(迷藏)⁴의 경우이니 더욱 가증스럽다. 심지어 "흐르는 물을 베고 자며 돌로 양치를 한다.[枕流漱石]"⁵는 말과 "노루 옆에 있는 것이 바로 사슴이고, 사슴 옆에 있는 것이 바로 노루이다.[獐邊鹿鹿邊獐]"⁶ 같은 경우는, 골계적인 말을 하여 자기잘못을 완성시키거나, 혹은 얼버무려서 자신의 졸렬함을 감추는 것이니 마음에 가장 큰 해가 되는 것이다. 다른 사람들과 논쟁할 때에 이 같은 증후가 있다고 생각되면 과감히 제거하여, 뿌리를 남기지 말아야 한다.

---

4 미장(迷藏)은 아이들의 놀이의 일종인 착미장(捉迷藏)을 말하는데, 곧 베[布]로 눈을 싸매고 하는 숨바꼭질이다. 여기서는 서로 모순됨을 가리킨다.

5 진(晉) 나라 때 손초(孫楚)가 왕제(王濟)에게 "돌을 베고 흐르는 물에 양치질한다.[枕石漱流]"고 해야 할 것을 잘못하여 "돌로 양치하고 흐르는 물을 벤다.[漱石枕流]"고 하였다. 그러자 왕제가 "물을 어떻게 베며 돌로 어떻게 양치질하는가?" 하니, 손초가 "물을 베는 것은 귀를 씻고자 해서이고, 돌로 양치질하는 것은 이를 단단하게 하고자 해서이다."라고 하였다. ≪世說新語 排調≫

6 왕안석(王安石)의 아들 원택(元澤)은 어려서부터 총명하였다. 어떤 사람이 노루와 사슴 한 마리씩을 왕안석에게 보낸 적이 있었는데, 원택은 이 사실을 모르고 있었다. 혹자가 묻기를 "어느 놈이 사슴이고 어느 놈이 노루인가"라고 하자, 원택이 답하기를 "노루 옆에 있는 놈이 사슴이고 사슴 옆에 있는 놈이 노루다."라고 하였다. 그는 이후 경전을 해석할 때도 이와 같았다. ≪朱子語類 권130≫

또한 남에게 논리상 밀리게 되면 발끈하고 이기려는 마음이 발동하여, 이윽고 남의 말이나 글에서 흠집을 찾아내어 억지로 그를 꺾으려고, 앞뒤는 다 잘라버리고 달랑 한 구절만 거론하거나, 본뜻을 살피지 않고 지엽적인 것만 끝까지 물고 늘어지는 경우도 있으니, 이는 모두가 자기 마음을 가라앉히지 못하고 남을 이기려고 힘쓰는 데서 나온 것이다. 이런 생각이 깊을수록 병은 더욱 중해지는 법이다.

순자(荀子)가 말하기를 "싸우려는 기세가 있는 자와는 변론하지 말라."고 하였으니 다른 사람과 만나 이야기할 때 만약 이와 같은 부류를 만난다면 입을 꾹 다물고 말하지 않는 것이 좋다. 이로써 본다면, 함께 마음을 터놓고 이야기할 만한 사람이 세상에 적다는 것을 알 수 있다.

공자(孔子)가 말하기를 "함께 말할 만한 상대인데 말하지 않으면 사람을 잃는 것이고, 함께 말할 만한 상대가 아닌데 말하면 말을 잃는 것이다." 하시고, 또 말하기를 "중등 이상의 자질이 되는 사람에게는 고원한 도리를 말해줄 수 있지만, 중등 이하의 자질을 가진 사람에게는 고원한 도리를 말해줄 수 없다."고 하셨으니, 남과 말을 주고받는 사람은 이 가르침을 언제나 가슴 속에 깊이 새겨야 할 것이다.

원문 • • •

凡人發言。多失之率易。而亦未能審聽他人之言。故酬酢之間。十八九不湊著。或齟疏而不尋語脉。或密固而滯於言詮。或英邁而失之臆度。或昏短而不究歸著。 或聽邇言而尋之於高遠。 或聽玅論而忽以爲膚淺。 以此終日接話。而其不爲齟齬矛盾者幾希。然其不會聽言者。非但由性質有偏而然也。大抵定心者少而放心者多。忿忿擾擾之中。撥忙酬應。宜未能審悉曲折而善爲往復也。如問東答西。則失之未詳。其過猶少。如聞說晝。必反以夜聞。說寒。必反以暑。乃迷藏之類。尤爲可憎。至於枕流漱石。獐邊鹿鹿邊獐之類。或滑稽而遂非。或依違而藏拙。最爲心術之害。與人爭辨之際。乍覺有如此證候。不可不痛祛而不留根也。亦有理屈於人而怫然勝心之發。尋討人言句罅漏而强拗折之。或截去首尾而孤擧一句。或窮搜枝葉而不察本旨。此則全出於未能平心而務欲勝人。蓋用意愈深而做病愈重。荀子曰。有爭氣者。勿與較。凡與人接話。如逢如此之類。括囊可也。以此知可與晤語之人。天下鮮矣。孔子曰。可與言而不言。謂之失人。未可與言而言。謂之失言。又曰。中人以上。可以語上。中人以下。不可以語上。凡與人酬酢者。不可不服膺此訓。

— 『三淵集』卷三十六, 漫錄

😊 생각해 보기

> 1. '만록(漫錄)'의 글쓰기 방식에 대하여 조사해 보자.
> 2. 우리 일상 생활의 대화에서 드러나는 그릇된 점을 찾아 구체적 경험을 바탕으로 자유롭게 말해 보자.
> 3. 이 글과 관련하여 우리들의 토론문화를 비판적 관점에서 논해 보자.
> 4. 올바른 대화를 위해 우리들이 지녀야 할 자질과, 그것을 갖추기 위한 방안에 대하여 논의해 보자.

장설

葬說

　　김주신(金柱臣 : 1661(현종2)~1721(경종1))의 자는 하경(廈卿), 호
는 수곡(壽谷)·세심재(洗心齋). 본관은 경주이다. 박세당(朴世堂)의 문인
으로 1696년(숙종 22) 생원시에 합격하고 이듬해 장원서별검(掌苑署別檢)
이 되었다. 1702년(숙종 28)에 딸이 숙종의 계비가 되자 돈령부 도정에,
그리고 이어 영돈령부사에 이르고 경은부원군(慶恩府院君)에 봉해졌다.
시호는 효간(孝簡)이며, 저서로는 『수곡집(壽谷集)』등이 있다. 이 글은 『수
곡집(壽谷集)』에 실린 것이다.

역문 • • •

　　선한 자에게 복을 내리고 악한 자에게 화를 내리는 것이 천도(天道)
의 대원칙이라 한다. 그러나 선한 자가 도리어 일찍 죽거나 곤궁하게
살고, 악한 자는 오히려 오래오래 영화를 누리며 잘살기도 한다.

　　현자(賢者)를 등용하고 사악(邪惡)한 자를 물리치는 것이 왕정(王政)의
기본이다. 그러나 정직한 도로 충성을 다해도 반드시 대가를 보답받
지는 못한다. 그런가 하면 소인(小人)은 항상 등용되어 죄를 저질러도
때로는 벌을 받지 않기도 하는데 군자(君子)는 언제나 쫓겨나니, 천리
(天理)와 인간사(人間事)를 무엇을 가지고 징험하며 어떻게 믿겠는가?

　　후세에 이러한 현실을 답답하게 여긴 나머지 길흉(吉凶)과 궁달(窮達)
의 원인을 땅에다 돌리어, 어버이 무덤을 길지(吉地)에다 쓰면 그 자손
이 부귀번창하고 흉지(凶地)에다 쓰면 자손이 빈천하고 번창하지 못한

다 하니, 온 세상이 앞을 다투어 마치 집을 이사하듯이 묘지를 옮겨서 웬만한 산은 온전하게 남아나지 못하게 되었다.

내 비록 풍수지리(風水地理)에 대해서는 잘 모르지만 하늘이나 땅이나 사람이나, 이치는 모두 같다는 것만은 안다. 위로는 하늘이 엄연한 위엄을 지니고 있지만, 이처럼 화(禍)와 복(福)을 선과 악의 구분없이 내리고, 아래에는 군주(君主)가 상벌권(賞罰權)을 확실하게 쥐고 있지만 이처럼 정상적이지 못하다. 그런데 하물며 가장 아래에 위치하여 이 것저것 잡된 것이 섞여있는 아무 생명력 없는 땅이 어떻게 죽은 조상의 뼈를 빙자하여 사람에게 복을 주거나 화를 주는 것이, 위에 있는 하늘이나, 확실하게 상벌권을 쥐고 행사하는 군주보다도 더 분명할 수 있다는 말인가.

선유(先儒)의, 조상이 편해야 자손도 편하다고 한 말은 사리를 미루어서 잘 설명한 것이다. 그러나 한 가지 일을 들어서 대강을 살펴보자. 세상에 어떤 사람이 십 년간 감옥살이를 하면서 추위와 더위에 모진 고생을 하는 사람이 있는 경우나, 또는 저 멀리 변방으로 귀양을 가서 풍토병에 갖은 고초를 끝없이 겪고 있는 조상이 있다고 치자. 그 자손은 그로 인하여 항상 가슴을 에이는 고통을 받으며 살기는 하겠지만 그렇다고 꼭 죽어 없어지지는 않는다. 어떤 경우는 건강을 누리며 장수하는 경우도 있다. 반대로 현달하여 부귀를 누리고 매일같이 잔치를 벌리며 즐겁고 편안하게 지내는 집안이라도 그 자손이 꼭 다 편안하지는 못하고 전염병에 시달리고 죽기도 한다.

이러한 논리로 논한다면, 살았을 적에도 자손의 안위(安危)는 내 몸의 안위와는 관계가 없는 것인데, 어떻게 죽어서 내가 편해야 자손이 편하고 내가 위태로우면 자손도 반드시 위태롭게 된다고 할 수 있단 말인가. 이는 살았을 때의 이치를 가지고 따져보면 알 수 있는 일이 아니겠는가.

  자식 된 자의 도리로서는 할 수 있는 정성을 다 해야 되는 것이다. 따라서 화복(禍福)의 유무(有無)는 논할 것 없이 나라에서는 금하는 곳만을 피하고 바람 닿지 않고 양지 바른 곳 그리고 토질이 보송보송하며 윤기가 있는 곳에다 묘를 쓰고 그런 뒤에는 꼴 베고 소 먹이는 자들이 함부로 범하지 못하게만 잘 관리하면 그만이다. 구차하게 화복의 설(設)에 동요되어, 선령(先靈)을 편안하게 모시겠다는 생각은 하지 않고 여기저기 묘를 옮긴다면 그 마음은 이미 조상보다도 자기 자신을 앞세운 잘못을 범한 것이다. 가령, 지리(地理)가 과연 분명 있고 천리(天理)가 있다면 그러한 사람에게 어찌 복을 내리겠는가.

  송(宋) 나라 유현(儒賢)은 "인생의 부귀와 빈천은 타고난 천품에 정해진 것인데 어떻게 무덤속의 말라빠진 뼈다귀가 마음대로 할 수 있단 말인가." 하였다. 만일 풍수지리를 주장하는 사람의 말대로라면 이는 하늘의 명(命)이 도리어 한 줌 흙에 제어를 받는다는 말이 아니겠는가. 아, 너무나도 지당한 말이다. 어찌 지금 세상에 약석(藥石)이 되는 말이 아니라 하겠는가.

원문 • • •

福善禍淫。天道之大常也。然善人多夭閼窮困。而不善者。亦壽考尊榮。進賢退邪。王政之大端也。然直道盡瘁。未必酬報。而小人常進。干紀犯科。或漏刑章。而君子常退。天理人事。將奚徵而奚信哉。後世悶其如此。始乃以吉凶窮達責之於地道。以爲葬其親者處得吉地。則子孫富貴蕃昌。處非其地。則子孫貧賤絶滅。於是。擧世競趨。遷移丘墓。視同屋宅。而原陵少完土矣。堪輿家書。余雖未講。然天地人三才。其理則一也。仰而觀。則以天命之不僭。而使禍福。混施於善惡如此。俯而察。則人主之於爵賞刑戮。執此之政。堅如金石。而其不可常又如此。則況玆隤然處下磅礴至靜之物。又安能藉死祖禍福人。反有著於上天之載。而信於金石之典哉。先儒彼安此安之論。是固推理之善諭也。然試以一事槃之。世或有十載重囚。夏暑冬寒。辛苦萬千。又如遷客謫戍瘴海絶域。沒齒荼毒。是其子孫。雖常腐心痛恨如受鋒鏑。而未必死滅。或康健壽考顯榮之家。若祖若考燕樂歡娛。而子孫不必皆安。或札瘥相屬。由是以論。其生也。子若孫之安危。旣不能一如吾身矣。其死也。又惡能吾安而子孫必安。吾危而子孫必危。反有驗於其生之時之理哉。唯是人子奉先之道。靡不用其極。則無論禍福有無。唯當慎五患。避風就陽。擇其地氣堅貞光潤。而旣窆之後。謹守芻牧而已。苟撓於禍福之說。不念先靈之安土。重遷而累移塋域。則其心已有先己後親之失。假令地理果不昧昧。倘有天理。亦豈肯施福於如此之人哉。宋儒有言。人生富貴貧賤。天稟有定。豈塚中枯骨所能轉移哉。若如葬師之言。則是上天之命。反制於一抔之土。至哉斯言。豈非今世之藥石耶。

―『壽谷集』卷之一

😊 **생각해 보기** ....

1. 이 글의 표현 방식과 주제를 논의해 보자.

2. 조선 시대 풍수설화와 이 글을 연관하여 생각해 보자.

3. '운명'에 대한 자신의 관점을 숙고한 후 토론해 보자.

4. 조상을 섬기는 우리 문화에 대하여 다각적인 관점에서 생각해 보고 오늘날의 매장 문화에 대하여 논의해 보자.

훼예설증장생치운
毁譽說贈張生致雲

이시발(李時發, 1569(선조2)～1626(인조4))은 조선조 중기의 문신으로 자는 양구(養久), 호는 벽오(碧梧)·후영어은(後穎漁隱), 본관은 경주(慶州), 시호는 충익(忠翼)이다. 임진난 때 유성룡의 종사관으로 활약한 것을 비롯하여 이몽학의 난, 정유재란(丁酉再亂)에 모두 전공을 세워, 벼슬이 함경도 관찰사에 이르렀다. 광해군 때 폐모론에 반대했다는 이유로 탄핵받아 사직했다가 인조반정 후 재등용되어, 형조 판서와 삼남도 검찰사(三南道檢察使)를 역임했다. 이 글은 한국문집총간 제74집 『벽오유고(碧梧遺稿)』에 실려 있다.

역문 • • •

나의 문하에 장생이란 자가 있는데 하루는 두려운 듯이 와서 말하기를,

"저는 스스로 몸가짐을 언제나 조심하였고 사람들을 대할 때에도 싫어하는 짓은 한 적이 없었으므로 마을에서 모두 훌륭하다고 칭찬하곤 하였습니다. 그런데 갑이란 자만은 유독 헐뜯고 미워하기를 마지 않으니 제가 감히 그에게 원망하는 마음을 갖지 않을 수가 없습니다." 하기에, 내가 말하였다.

"내가 자네에게 말해줄 것이 있으니 앉게나. 자네는 어찌하여 그 사람을 원망하는가. 그는 자네를 헐뜯는 것이 아니라 바로 칭찬하는 것이요, 자네를 미워하는 것이 아니라 사랑하는 것일세.

자네 스스로 보기에 자네가 몸가짐에 있어서 그 도리를 다하였고,

사람을 대할 때도 해야 할 예를 다하였는가? 몸가짐을 한 도리가 과연 집에서는 효도하고 나와서는 공경하며, 거처할 때는 공손하고 일을 할 때는 삼가하였으며, 안으로는 용모와 신체에 있어서 밖으로는 보고 듣고 말하고 행동하는 사이에 한 가지라도 그 당연히 해야 할 도리를 다하지 않음이 없었던가? 또 남을 대하는 방법도 과연 노인을 노인 대접하고 어린이를 어린이로 대하며, 윗사람에게 교만히 굴지 않고 아랫사람에게 소홀히 하지 않으며 그러한 마음을 이웃과 마을 사람들에게까지 미루고 친근하거나 소원한 구분에 따라 적절히 베풀어서 한 가지라도 그 교제하는 예를 다하지 않음이 없었던가? 이 두 가지에 대해서 과연 모두 극진히 하였다면 내가 또 할 말이 있네.

자네 생각하기에, 사람이 태어난 이후로 주공·공자·맹자 같은 성인이나 굴평·가의·정자·주자 같은 현인이나 순경·한유·소식 같은 재사들이 어떠한가. 저처럼 성스럽고 어질고 재주가 있었는데도, 관숙과 채숙은 주공에 대해 유언비어를 퍼뜨렸고, 숙손씨는 공자를 헐뜯었으며, 장씨의 아들은 맹자를 비방했고, 초란은 굴평을 참소하였고, 강후와 관후는 가의를 참소했고, 정자와 주자는 당론으로 몰려 위학(僞學)이라고 금지를 당하였네. 또 순경은 등용되지 못했고, 한유는 좌천되었으며 소식은 귀양갔으니, 그 나머지를 어찌 다 꼽을 수 있겠는가. 아아! 저 몇몇 성현과 군자들도 오히려 헐뜯는 자가 있음을 면치 못하였으니, 이 세상에 나서 사람들 사이에 살펴서 기필코 자신을 헐뜯는 자가 없기를 바라기는 어려운 것이라네. 그러므로 군자가 이 세상에 처신하면서 돌보아야 할 것은 상대에게 달려 있지 않고 자신에게 달려 있는 것이니, 어째서이겠는가.

이미 자신이 할 도리를 과연 다하였는데도 또 헐뜯는 자가 있다면, 그것은 저 몇몇 성현이나 군자를 헐뜯던 자들처럼, 성현들과 군자들의 덕과 재주는 오히려 여전하되, 미워하고 질투하는 자가 대부분 제 분수를 모르는 것을 드러내는 것과 같다네. 혹 자신이 할 도리를 다하지 못했을 경우에는, 헐뜯는 사람이 없다 할지라도 실정보다 지나친 명예나 입을 모아 칭찬하는 말이 날마다 들어온다면 스스로 반성하여 돌아봄에 어찌 마음에 부끄럽지 않겠는가. 어찌 혼자 있을 때에 방 한 귀퉁이에서 부끄럽고 혼자 잘 때에 금침에 부끄럽지 않겠는가. 또한 우러러 하늘에 부끄럽고 아래로 사람들에게 부끄럽지 않겠는가.

스스로 도리를 다하지 못했을 뿐만 아니라 또 혹시 지적할 만한 잘못이 있고 심지어 방일하고 편벽되고 사치하는 등 하지 않는 짓이 없는 데까지 이른다면, 내 스스로 부끄러워하는 것만으로는 부족하다는 것을 알아 반드시 정차 남에게 질정을 받기에도 겨를이 없을 것이요, 질정을 받아도 부족할 경우에는 반드시 장차 뭇사람들의 비난을 받을 것이요, 뭇사람들의 비난으로도 부족할 경우에는 반드시 형륙에 빠진 뒤에야 그칠 것일세. 그렇고 보면 나는 그 헐뜯는 자가 잘못한 것이 아니라 비방을 받은 자 자신이 잘못한 것이라고 보네. 참으로 훌륭한 말이다! 자산(子産)이 말하기를 '남들이 잘한다고 하는 것은 내가 행하고, 나쁘다고 하는 것은 내 고치겠다.' 하였으니, 상대의 말이 어쨌든 간에 내가 듣고 약석으로 삼는다는 뜻이라네.

지금 자네가 이 두 가지 점에 있어서 이미 미진한 점이 없다면 우선 몇몇 성현들조차 비방을 면치 못했다는 것으로 스스로 위안을 삼고, 만일 혹 미진한 점이 있거나 또 다시 지적할 만한 과실이 있다면 자네가 어찌 저 사람을 원망할 수 있겠는가. 반성하여 자기자신에게 허물을 찾아볼 것이니 '저가 나를 헐뜯는 것은 나에게 비방을 받을 만한 잘못이 있어서인가 보다. 저가 나를 미워하는 것은 나에게 미움을 받을 만한 허물이 있어서인가 보다. 나의 몸가짐이 그 도리를 다하지 못했던가. 사람을 상대할 때에 그 예를 다하지 않았던가.'라고 생각하여야 하네. 그래서 허물이 있으면 고치고 없으면 더욱 힘써서 나날이 새롭게 하여 부지런히 힘쓰고 순순히 해서 종당에는 지선의 경지에 이르게 해야 할 것일세.

이렇게 된다면 내가 보기에 오늘날 자네를 헐뜯는 자는 반드시 훗날 자네를 칭찬하게 될 것이요, 오늘 자네를 미워하는 자는 반드시 훗날 자네를 사랑하게 될 것이네. 아아! 비방이 무슨 해될 것이 있겠는가. 백성들의 비방은 나라의 다행이요 쇠미한 세상에서 귀감으로 삼아야 할 것이며, 동료의 비방을 군자는 다행으로 여기고 소인은 원망한다네. 사람들은 항상 잘못을 저지른 후에야 고칠 줄을 알며 비방을 받은 후에야 그 잘못을 아는 법이지. 지금 자네가 갑아무개의 비방이 없이 한갓 마을 사람들의 칭찬만 들었다면 반드시 스스로 할만큼 다했다고 만족스럽게 여겨서 안일하고 방자해져 날로 게으르고 사벽한 지경에 빠져 들어갔을 것이고 오늘날처럼 두려워하는 일이 없었을 것일세. 지난번에 자네를 헐뜯고 미워하던 것은 자네의 병통이었는데 지금 자네의 두려워하는 마음이 바로 그 병통을 고칠 수 있는 약인 것일세. 그렇다면, 지난번의 자네를 헐뜯고 미워하던 것은 바로 훗날에 자네를 사랑하고 칭찬하는 것일 뿐만 아니라, 오늘날 자네가 덕을 훌륭하게 이루는 데에도 이미 많은 보탬을 주었을 것이니, 어찌 저 사람을 원망하겠는가."

물러나서 그 내용을 글로 써서 또한 스스로를 경계하노라.

원문 • • •

有張生者遊於余之門。致雲一日。瞿然進曰。某知己自不敢不謹。且於接乎人也。未嘗以所惡加之。故鄉里或皆稱善。而某甲者獨毀之不已。嫉之不已。吾不敢不致怨於彼。余曰。坐。吾語子。子烏彼之怨。是非毀子者。乃譽子也。非嫉子者。乃愛子也。子自視。子之持己盡其道乎。接人盡其禮乎。所以爲持乎己者。果能入則孝。出則弟。居處恭。執事敬。內而容貌四枝之上。外而視聽言動之間。無一不盡其當然之則乎。所以爲接乎人者。果能老其老幼其幼。上不驕下不慢。推之鄉黨都鄙之下。施之厚薄親疏之分。無一不盡其交接之禮乎。於斯二者。果無不盡。則吾且有說焉。子謂自生民以來。聖何如周公，孔，孟。賢何如屈，賈，程，朱。才何如荀卿，韓愈，蘇軾諸人。聖如彼。賢如彼。才如彼。流言周公者管蔡。毀仲尼者叔孫。謗孟氏者臧氏之子。椒蘭讒屈平。絳灌譖賈生。程朱以黨論放。以僞學禁。荀卿廢。韓愈貶。蘇軾謫。其餘何限。噫。彼數聖數賢與數君子者。猶不免有毀之者。則生乎世。立乎人之類。必欲人之無毀己。難矣。然而君子處乎此也。所恤者。不在彼而在己。何者。己果能自盡。而猶且有毀之者。則有若毀彼數聖賢數君子者。其於數聖賢數君子之德之才猶自若。而多見其媢嫉者之不知量也。己或未能自盡。則雖人無毀之。而過情之譽。交口之稱。日至於前。自反而顧。寧不愧于心。獨居寧不愧于屋漏。獨寢寧不愧于衾。仰不愧于天而俯不怍于人乎。非惟不能自盡。且或有過失之可指。甚至放僻奢侈。無所不爲。則吾知自愧之不足。必將見正於人之不暇。見正之不足。必將被人群起而攻之。群起而攻之不足。必將陷於刑戮而後已。然則吾見其毀者之非失。而見毀者之自失也。善乎子產之言曰。其善者。吾則行之。其惡者。吾則改之。不如吾聞而藥之也。今子之於所謂二者。既無未盡。則姑且以數聖賢之不能免自寬。如或未盡而且復有過失之可指。則子盍無怨乎彼。反求諸己曰。彼之毀我者。我有見毀之失歟。彼之嫉我者。我有取嫉之過歟。吾所以持己者未盡其道歟。接人者未盡其禮歟。有則改之。無則加勉。既日新之。又日新之。勉勉循循。終至於至善之地而後已乎。夫如是則吾見今日之毀子者。必將譽子於後日。今日之嫉子者。必將愛子於後日矣。於乎。夫謗何傷焉。

庶人之謗。有國之幸。而衰世鑑之。朋友之謗。君子之幸。而小人怨之。人恒過然後知改。謗然後知其過。今子無某甲之謗。而徒有鄉里之譽。則必且自以爲盡矣足矣。安然肆然。日入於怠惰非僻之境。無今日之瞿然矣。向之毀子嫉子。乃子之疢疾。而今日之瞿然。是子能改之藥也。然則向之毀子嫉子者。非特將譽子愛子於後日。今日所以譽子愛子。庸玉汝于成者。亦已厚矣。烏彼之怨。退而書其說。且以自警云。

—『碧梧先生遺稿』卷之六

 생각해 보기 ....

1. 이 글의 중심 의미에 관하여 논의해 보자.

2. 이 글에서 예로 들었던 성현에 대하여 구체적으로 조사해 보자.

3. 자신의 경험담을 토대로 '칭찬과 비방'에 대하여 생각해 보자.

4. 우리들 자신은 과연 진정한 친구를 위하여 올바른 비판을 할 수 있었는지 생각해 보자.

공졸변

工拙辨

유몽인(柳夢寅 : 1559(명종14)~1623(인조1))은 조선 중기의 문신이자 설화문학가이다. 자는 응문(應文), 호는 어우당(於于堂)·간재(艮齋)·묵호자(默好子), 본관은 고흥(高興)으로 문장가 또는 외교가로서 이름을 떨쳤으며 전서·예서·해서·초서에 모두 뛰어났다. 저서로는 야담집 『어우야담(於于野談)』과 시문집 『어우집(於于集)』이 있다. 이 글은 『어우집(於于集)』에 실린 것이다.

역문 • • •

참의 홍혼(洪渾)의 집에 열여섯 살 난 어린 종이 하나 있었는데, 그 아이는 제법 총명하여 나이 든 사람들도 하기 힘든 일을 곧 잘 해내고는 하였다. 그래서 홍 대감 집에서는 장정이나 할 수 있는 일을 그에게 시키곤 하였다.

서문 밖 치마바위 아래에 목화밭이 있었는데, 목화가 만개하여 수확할 때가 되자 그 종을 보내어 목화를 따 오게 하였다. 온종일 땀을 흘리며 일하여 목화 열 근을 따서 돌아오려고 할 때는 날이 저물어 이미 성문이 닫힌 뒤였다. 어쩔 줄 몰라 서성대던 어린 종은 남루한 옷에 다 떨어진 갓을 쓴 키 큰 사내와 마주치게 되었다. 사내가 어린 종을 훑어보면서 물었다.

"날이 저물었는데 어린 녀석이 뭣 때문에 길거리에서 방황하고 있는 게냐?"

어린 종이 사연을 말하자 사내는 놀라는 척하면서 자기를 모르겠냐고 물었다. 모르겠다고 대답하자,

"내가 너희 대감님을 뵈느라고 문턱이 닳도록 드나들었는데도 나를 모른단 말이지. 그래, 저녁은 먹었느냐?"

하였다. 아직 못 먹었다고 하자 잘 곳은 있느냐고 물었다. 없다고 하자,

"대감님을 봐서 내가 오늘 밤 너에게 밥과 술을 사 주고, 따뜻한 방을 마련해 주마."

하였다. 종이 기뻐하면서 정말 고맙다고 말하자,

"대신 너는 내가 하는 대로 구경만 하고 있어야 한다. 그러면 내가 내일 아침 일찍 너와 함께 가서 대감님을 뵙고 잘 말씀드려 주마. 그러나 내가 시키는 대로만 해야 한다."

하였다. 종은 그렇게 하겠다고 약속을 하고 그를 따라 갔다. 길가에 있는 여관의 문을 두드리자 여주인이 나왔다.

"나는 홍대감댁 종인데, 어린 아이를 데리고 성 밖에서 목화를 따오는 길이라오. 그런데 그만 날이 저무는 바람에 성문이 닫혀 아이가 굶게 생겼지 뭐요. 이 목화를 드릴 테니 밥을 좀 주시구려."

여주인이 선뜻 밥을 내 오자, 사내는 종에게 목화 한 근을 밥값으로 치르게 하였다. 밥을 먹고 나서는 마당 한 구석에 좀 재워 달라고 부탁하였다. 여주인이 멍석을 펴 주자 한 근을 더 주었다.

"밤기운이 썰렁하니 술 좀 사다 주시구려."

여주인이 술을 사다 주자 또 두어 근을 주고, 이번에는 예쁜 여자를 불러 달라고 하였다. 여주인이 여자를 불러다 술을 따르게 하자, 한 근을 더 주면서 술을 더 사다 달라고 하였다. 어린 종이 더 이상은 내놓지 않으려 하자, 사내는 그의 발을 밟으면서 귀에다 대고,

"처음에 나와 약속을 해놓고 왜 내가 하라는 대로 하지 않는 게냐? 우리 집에 목화가 많이 있으니 나중에 배로 갚아 주겠다. 내가 너는 몰라도 대감님을 뵙고 다 말씀드릴 테니 염려할 것 없다."

하였다. 술에 취한 어린 종이 피곤하여 멍석에 쓰러져 잠이 들고 난 뒤에, 사내는 여자를 데리고 따뜻한 방으로 들어가서 잠자리에 들었다.

이튿날 아침에는 또 여자에게,

"어제는 밤이 늦었길래 집에서 입고 있던 옷차림 그대로 나왔었는데, 날이 밝고 보니 이대로 길에 나갈 수가 없겠지 뭐냐. 다른 방 사람들에게 외출복과 새 갓을 좀 빌려다 줄 수 있겠냐? 그러면 시장에 가서 너에게 가죽신을 사다 주마."

하였다. 그러자 여자가 다른 방 사람들에게 사정사정하여 옷과 갓을 빌려다 주었다. 시장에 가서는 어린 종이 지고 있는 목화를 가리키면서,

"이 목화만으로는 신을 사기에 조금 부족하구려. 이 신을 가지고 가서 아내에게 보여 주고 나머지 돈을 가지고 오면 안 되겠소? 나는 바로 옆 동네에 살고 있다오. 대신 이 아이를 맡겨놓고 갔다 오겠소."

하였다. 신장수가 그렇게 하라고 하자 사내는 어린 종을 가게에다 남겨 둔 채 신을 가지고 갔다. 한번 간 사내는 정오가 지나도록 돌아오지 않았다. 신장수가 종을 다그치자, 자기는 어제 저녁에 만나 함께 잤을 뿐이지 사내의 집은 모른다고 하였다. 화가 난 신장수는 종을 끌고 서문밖 여관으로 갔지만 사내는 없었다. 다른 방 사람들이 종에게 외출복과 갓을 내놓으라고 다그쳤다. 종이 자기는 모르는 일이라고 하자, 그를 앞세우고 홍대감 집으로 우르르 몰려갔다. 온집안 식구들이 깜짝 놀라서 물었다.

"어제 아침에 성밖으로 나간 네가 오늘 저녁까지 돌아오지 않기에

벌써 호랑이 밥이 되었다고 여겼다. 그런데 어쩐 일로 이렇게 많은 사람들에게 끌려 왔느냐?”

종은 울면서 그간에 있었던 일을 다 말하였다. 그러자 신을 잃은 사람, 옷을 잃은 사람, 갓을 잃은 사람이 모두 박장대소를 하면서,

“능구렁이 같은 도둑이 빈손으로 나왔다가 길에서 어린 아이를 만나 한판 도박을 한 게로구나. 열 근의 목화로 밥과 술을 사 먹고, 예쁜 여자를 데리고 따뜻한 방에서 자고, 옷과 갓을 빌리고 신을 사 가지고 줄행랑을 치다니…… 이렇게 희한한 일은 내 평생 처음 보네 그려.”

하였다.

근래 어떤 사람이 열 자쯤 되는 널빤지를 구하여 목수에게 선반을 만들어 달라고 하였다. 그릇이나 책, 음식 등을 올려 두는 데에 쓰는 선반은 얇고 길면서도 반듯한 나무로 만드는 것이다. 목수가 도끼로 자르다가 잘못하여 중앙이 잘려 나가 선반을 만들 수 없게 되었다. 그러자 주인에게 선반 대신 도투마리를 만들라고 권하였다. 도투마리는 양 끝은 네모나고 가운데는 잘록한 모양인데, 날줄을 감고 사이에다가 가는 대나무를 끼워서 베틀 위에다 가로질러 놓는 기구이다. 그런데 목수가 자르다가 잘못하여 한 모퉁이가 잘려 나가 도투마리도 만들 수 없게 되었다. 그러자 주인에게 도투마리 대신 가랫장부를 만들라고 권하였다. 가랫장부는 자루가 길고 끝이 넓게 생겼는데, 끝에다 가랫날을 끼워 땅을 파는 기구이다. 목수가 자르다가 또 잘못하여 오른쪽이 잘려 나가 가랫장부도 만들 수 없게 되었다. 이번에는 주인에게 가랫장부 대신 말목을 만들라고 권하였다. 그러자 주인은 벌컥 화를 내면서 지팡이를 휘두르며 목수를 내쫓았다.

세상에는 빈손으로 몸 하나만을 밑천으로 삼는 사람이 있는가 하면, 긴 널빤지를 잘라서 하찮은 말목이나 만드는 사람도 있는데, 이는 재

주가 있고 없는 데에서 생기는 차이일 뿐이다. 재주 있는 자는 빈손으로도 여유있게 밥이며 예쁜 여자에다 옷, 갓, 신까지 얻는다. 그런 반면 재주가 없는 자는 선반을 만들려다가 도투마리를 만들고, 도투마리를 만들려다가 가랫장부를 만들고, 가랫장부를 만들려다가 말목을 만들어 끝내는 남에게 매 맞고 쫓겨나고야 만다.

아! 지금의 나는 좋은 널빤지로 하찮은 말목을 만들어 결국은 남에게 매를 맞는 사람이 아닐는지……

원문 • • •

昔參議洪渾。有蒼頭年十六。頗辨慧。能壯老所不能。洪家任使之當長鬚。西郊裙巖下有木綿田。方甲坼茸敷。使蒼頭收之。得十斤負以來。會日暮。後郭門廻翔岐路。不知所止。薄有一長漢破衣弊冠而來者。遇諸路。問曰日已昏矣。何物小廝。乃於周道棲遑。蒼頭具其由。長漢大驚曰。爾不記我乎。曰。不記。曰。余每造謁爾老爺。吾足跡陞乎階而入乎室。靡日靡月。爾小子何不知。又曰。爾已哺食乎。曰。未也。曰。爾今止宿。有相識乎。曰。無有。曰。吾爲若老爺。能使若今夕飽且醉。投宿得房室可乎。蒼頭喜曰。苟若是。大人之賜也。曰。爾觀吾所爲。一任吾指。使吾明早便偕謁老爺。俱道所爲。且進膳焉。爾不從事不諧。曰。諾。敬奉教。遂與偕行。見路上甲第長廊明燈。乃扣其窓。有一女人出曰。爾爲誰。曰。小人洪爺奴子。帶小兒收木綿於郊外。日暮城門關。兒且飢。願進綿求食。女人喜。仍飯蒼頭。長漢肘蒼頭。稱木綿一斤償之。旣飯。又請曰。願借門間隙地假宿。女人仍席藁以安之。又稱一斤進之。曰。夜涼願沽酒。女人覓酒與之。又稱一兩斤。曰。願與女伴共之。女人復邀幼艾侑酌。又稱一斤請添沽。蒼頭不肯。長漢躪其足耳語曰。吾始與若約。何如任吾所爲。吾家多綿。當倍償償爾。爾可負。老爺不可負。明朝謁老爺。吾舌在。爾無疑。酒酣。蒼頭困寢藁席上。長漢自擁幼艾於房室宿焉。明朝又謂幼女曰。昨因昏黑。弊衣冠而出。天已

明。不可路也。願借表衣新冠於同舍人。將爲若之市貿鞾來。女人再三懇同
舍人以衣冠假之。乃如鞋市。指蒼頭背上木綿。與市人約曰。此綿斤若干。
價虧若干。當以新鞾歸示婦。謀添餘價。吾住近在里門內。請留是兒爲證。
市人信之。長漢留蒼頭廛下。取鞾而去。日過午。長漢不來。市人詰諸蒼頭。
蒼頭曰。吾不知乃家。昨暮因共宿識面。俱道所以。市人大駭。乃縛蒼頭詣
郭門外女人舍。長漢不在焉。同舍人責衣冠蒼頭。蒼頭亦道顚末。仍相與執
蒼頭。至參議洪家。擧家大驚曰。昨朝出郭。今夕不還。謂已爲虎餌。緣何
被縛。又何與人偕來之衆耶。蒼頭泣陳如右。於是失鞾失衣失冠之人。相與
拍手而笑曰。老賊空手而出。路遇一小兒爲孤注。以十斤木綿。買飯與酒。
擁幼艾宿燠室。借衣冠貿鞾而走。吾儕雖失是物。平生始見天下一奇事。近
者有一人。得十尺長板。召匠人造懸板。懸板者。所以衡之屋壁上。以安㢑盤
觶豆書帙飯飱。取薄板長而整者爲之。匠人持斧斲之。誤缺其中央。已不可爲
懸板。請主人爲織軸。織軸者。首尾方中央細。所以繞經緯。間以細竹。以
橫諸機上者也。匠人斲之。誤斫一片缺之。已不可爲織軸。仍請主人斲以爲
銛本。銛本者。柄長而末廣。所以冒銛其末。以破土者也。匠人斲之又缺右
邊。已不可爲銛本。復請主人斲以爲綆馬杌。主人大怒。提杖而驅之。凡人
有以空手而資其身者。有以長材而斲爲小者。無他。工與拙之殊也。工者。
以無有而得飯得酒得幼艾得衣冠與鞾而有裕焉。拙者。懸板而斲爲織軸。織
軸而斲爲銛本。銛本而斲爲綆馬杌。終未免被驅於人。嗚呼。我今斲綆馬杌。
被人之驅之也哉。

―『於于集後集』卷之六

생각해 보기 ....

1. 이 글의 표현 방식에 대하여 발표해 보자.

2. '재주 있는 자'와 '재주 없는 자'의 의미를 말해 보자.

3. 이 글에 나타난 '재주 있는 자'의 한 예로서 '어린 종을 속인 남자'에 대하여 오늘날의 세태와 관련하여 생각해 보자.

4. 유몽인의 여타 작품을 읽고 그와 관련하여 그의 문학이 지니는 특징에 대하여 조사해 보자.

야언

野言

　　신흠(1566(명종 21)~1628(인조 6))의 본관은 평산(平山). 자는 경숙(敬叔), 호는 상촌(象村)·현헌(玄軒)·방옹(放翁)으로 조선 중기의 문인이며 정치가였다. 이정구(李廷龜)·장유(張維)·이식(李植)과 함께 '월상계택'(月象谿澤)이라 통칭되는 조선 중기 한문사대가(漢文四大家)의 한 사람이다. 개방적인 학문적 태도와 다원적 가치관을 지니고 있어서 당시 지식인들이 주자학에 매달리고 있었던 것과는 달리 이단으로 공격받던 양명학에 매료되어 있기도 했다. 그의 문학론은 당대 문학론이 대부분 내면적 교화론(教化論)을 중시했던 것과는 구별된다. 63권 22책 분량의 방대한 『상촌집』을 남겼는데 이 글도 여기 실린 것이다.

역문 • • •

　　전원생활을 해 온 세월이 오래 흐르다 보니 이제는 세상 밖의 사람이 다 되었다. 어느 날 예전에 지었던 글들을 펼쳐 보다가 마음속으로 부합되는 것이 있기에, 자그마한 책자로 엮어 그 속에 나의 뜻을 곁들이고 야언이라고 이름 하였는데, 이는 나의 현실 생활을 그대로 반영한 것이다. 여기에 나오는 말들은 그저 야어(野語)라고나 해야 맞을 것이니, 야인(野人)을 만나서 한번 이야기해 볼 만한 것들이라고 하겠다. 입 속에 자황을 담지 않고 미간에 번뇌의 그림자를 드리우지 않으면 연화의 신선이라고 이를 수 있을 것이다.7 뜻 가는 대로 꽃이나

---

7 《晉書 王衍傳》에 "의리상 타당치 못한 점이 있으면 즉시 고쳐 바로잡았으므로 세상에서 입 속의 자황이라고 하였다."라고 하였는데, 자황은 원래 몸을 가볍게 하며 늙지

대나무를 재배하고 성미에 맞게 새나 물고기를 키우는 것, 이것이 바로 산림(山林)에서 경영하는 생활이라 하겠다.

자운(子雲 한(漢) 나라 양웅(楊雄))의 현정(玄亭)엔 배를 타고 와 기이한 문자를 배우려는 사람들이 몰려들고, 연명(淵明 진(晉) 나라의 도잠(陶潛))의 국화길엔 술병을 들고 찾아오는 손님들이 많았는데, 이러한 일들은 아무래도 번잡스럽게만 느껴진다. 쑥대밭 속에 묻혀 살았던 중울(仲蔚, 후한(後漢)의 장중울(張仲蔚))이나 태평스럽게 누워 있었던 원안(袁安, 후한의 명신)의 처지가 낫지 않겠는가.8

모든 병을 고칠 수 있으나 속기(俗氣)만은 치유할 수 없다. 속기를 치유하는 것은 오직 책밖에 없다. 술을 마시는 진정한 아취(雅趣)가 있는데, 그것은 취하는 데에도 있지 않고 취하지 않는 데에도 있지 않다. 한 잔만 마셔도 얼굴이 발그레해지는 사람으로는 소요부(邵堯夫, 송

않게 하는 신선술사(神仙術士)의 약품이었으나, 뒤에 잘못 쓴 글자를 고칠 때 그 위에 발라 사용했으므로, 보통 개찬(改竄)이나 비평의 뜻으로 쓰인다. 여기서는 세상 일에 대한 비평의 의미로 썼는데, 연화(烟火), 즉 익혀먹는 세속의 '신선'이라는 의미와 어울리도록 절묘하게 시어(詩語)로 구사하였다.

8 《漢書 卷八十七 下》에 "양웅은 본래 가난하였고 술을 좋아했는데, 집에 찾아오는 사람도 드물었다. 그러나 때로는 호사가들이 술과 안주를 싣고 와 배우기도 하였는데, 거록(鉅鹿)과 후파(侯芭)는 늘 그를 따라 생활하면서 태현(太玄)과 법언(法言)을 수학하였다." 하였다. 도잠은 찾아오는 손님이 있어도 병을 핑계로 만나지 않았는데, 당시 그 지방의 자사(刺史) 왕홍(王弘)이 도잠의 친구인 방통지(龐通之)를 통해 술로 도잠을 유인해 한번 만난 뒤로, 보고 싶을 때마다 임택(林澤) 사이에서 그의 동태를 살피곤 하였으며, 술과 쌀이 떨어지면 채워주었다는 일화가 전한다. 《晉書 卷九十四》 장중울에 대해서는 《高士傳 中 張仲蔚傳》에 "늘 빈궁한 생활을 하였는데, 집 주위에는 사람 키를 넘을 정도로 쑥대가 우거졌으며, 문을 닫고 성품 공부만 할 뿐 명예를 탐하지 않았으므로, 당시에 아무도 알아주는 사람이 없었으나, 유공(劉龔)만은 그를 인정하였다."라고 하였다. 원안에 대해서는 《後漢書 卷四十五 袁安傳》의 주석에 소개된 《汝南先賢傳》에 "당시 큰 눈이 와 몇 길이나 쌓였으므로 낙양령이 직접 순시하였는데, 집마다 제설 작업을 하고 있었으며 걸식하는 자들도 있었다. 그런데 원안의 문 앞에만 발자국이 없었으므로 죽었다고 생각하고 사람을 시켜 눈을 치운 뒤 들어가 보니 원안이 쓰러져 누워 있었다. 어째서 나오지 않느냐고 물으니, 원안이 말하기를 '눈이 많이 와 사람들이 모두 굶어죽는 판에 남에게 요구할 수는 없는 일이다.' 하였다. 이에 낙양령이 그를 현인으로 여기고 효렴으로 천거하였다."라고 하였다.

(宋) 나라의 소옹(邵雍)를 들 수 있고 곤드레만드레 취하는 사람으로는 유백륜(劉伯倫, 서진(西晉)의 유영(劉伶))을 들 수 있다.

일객(逸客)의 고상한 행적과 유인(幽人)의 절묘한 운치에 대해서 마음에 맞는 친구와 이야기를 나누다 보면, 나 또한 신기(神氣)가 저절로 뛰놀게 된다.

현실 생활과는 거리가 있어도 의기(義氣)가 드높은 친구를 만나면 속물 근성을 떨어버릴 수가 있고, 두루 통달한 친구를 만나면 부분에 치우친 성벽(性癖)을 깨뜨릴 수가 있고, 학문에 박식한 친구를 만나면 고루함을 계몽받을 수 있고, 높이 광달(曠達)한 친구를 만나면 타락한 속기(俗氣)를 떨쳐 버릴 수가 있고, 차분하게 안정된 친구를 만나면 성급하고 경망스런 성격을 제어할 수 있고, 담담하게 유유자적하는 친구를 만나면 화사한 쪽으로 치달리려는 마음을 해소시킬 수가 있다.

명예심을 극복하지 못했을 때에는 처자의 앞에서도 뽐내는 기색이 드러나게 마련이지만, 무의식에까지 침투했던 그 마음이 완전히 풀어지면 잠이 들어도 청초한 꿈을 꾸게 될 것이다.

일은 마음에 흡족하게 될 때 전환할 줄 알아야 하고, 말은 자기 뜻에 차게 될 때 머물러 둘 줄 알아야 한다. 이렇게 하면 허물과 후회가 자연히 적어지게 될 뿐만 아니라 그 속에 음미할 것이 무궁무진하게 되는 것을 느끼게 될 것이다.

주선(周旋)하다 보면 파탄(破綻)되는 곳이 눈에 보이고, 애호(愛護)하다 보면 지적할 곳이 나타나고, 욕심에 끌려 연연하다 보면 어려운 곳에 봉착하게 되는 법이다.

독서는 이로움만 있고 해로움은 없으며, 시내와 산을 사랑하는 것은 이로움만 있고 해로움은 없으며, 꽃·대나무·바람·달을 완상(玩賞)하는 것은 이로움만 있고 해로움은 없으며, 단정히 앉아 고요히 입을 다무는 것은 이로움만 있고 해로움은 없다.

차가 끓고 청향(淸香)이 감도는데 문 앞에 손님이 찾아오는 것도 기뻐할 일이지만, 새가 울고 꽃이 지는데 찾아오는 사람 없어도 그 자체로 유연(悠然)할 뿐. 진원(眞源)은 맛이 없고 진수(眞水)는 향취가 없다. 흰 구름 둥실 산은 푸르고, 시냇물은 졸졸 바위는 우뚝. 새들의 노랫소리 꽃이 홀로 반기고, 나뭇꾼의 콧노래 골짜기가 화답하네. 온갖 경계 적요(寂寥)하니, 인심(人心)도 자연 한가하네.

표현하고 싶은 생각을 말하고 그치는 것은 천하의 지언(至言)이다. 그러나 표현하고 싶은 생각을 다 말하지 않고 그치는 것은 더욱 지언이라 할 것이다. 사람이 살아가면서 하루에 착한 말을 한 가지라도 듣거나 착한 행동을 한 가지라도 보거나 착한 일을 한 가지라도 행한다면, 그날이야말로 헛되게 살지 않았다고 할 것이다.

시(詩)는 자신의 성향(性向)에 맞게 할 따름이니 이를 벗어나면 각박하고 고달프게만 되고, 술은 정서를 부드럽게 푸는 정도로 그쳐야 할 것이니 이를 지나치면 뒤집혀 질탕(佚蕩)하게 되고 만다.

아무리 만족스럽게 풍류(風流)를 즐겨도 그 시간이 한번 지나고 나면 문득 비애의 감정이 솟구치는데, 적막하면서도 맑고 참된 경지에서 노닐게 되면 시간이 가면 갈수록 점점 더 의미(意味)가 있음을 느끼게 된다.

너무 화려한 꽃은 향기가 부족하고 향기가 진한 꽃은 색깔이 화려하지가 않다. 이와 마찬가지로 부귀의 자태를 한껏 뽐내는 자들은 맑게 우러나오는 향기가 부족하고 그윽한 향기를 마음껏 내뿜는 자들은 낙막(落寞)한 기색이 역력하다. 그러나 군자는 차라리 백세(百世)에 향기를 전할지언정 한 시대의 아리따운 모습으로 남기를 원하지는 않는다.

한 시대의 사람들이 모두 애호하게 할 목적 의식을 갖고 지은 문장은 지극한 문장이 아니고, 한 시대의 사람들이 모두 좋아하게끔 다듬어진 인물이라면 바른 인물이 아니다.

산중 생활이 수승(殊勝)한 것이기는 하지만 조금이라도 얽매여 연연하는 마음이 있으면 또한 시조(市朝, 사람이 북적대는 시장이나 조정)와 같고, 서화(書畵)가 아취(雅趣) 있는 일이긴 하지만 한 생각이라도 이를 탐(貪)하게 되면 또한 장사꾼과 같게 되고, 한 잔 술 드는 것이 즐거운 일이긴 하지만 한 생각이라도 남의 흥취에 따라가는 것이 있게 되면 또한 감옥처럼 답답하기 그지없게 되고, 객(客)을 좋아하는 것이 화통(和通)한 일이긴 하지만 조금이라도 속된 흐름에 떨어진다면 또한 고해(苦海)라 할 것이다.

뛰어난 사람은 공근(恭謹)함을 배워야 하고, 총명한 사람은 침후(沈厚)함을 배워야 한다. 속된 말을 하면 장사치에 가깝고 섬세한 말을 하면 창기(娼妓)에 가깝고 농담을 하면 광대에 가깝게 된다. 사대부의 말이 이 중 한 가지에라도 관련이 되면 위중(威重)함을 잃는 것이 된다.

인후하게 하느냐 각박하게 하느냐의 여부가 장(長)과 단(短)의 관건이 되고, 겸손하게 자신을 제어하느냐 교만을 부리느냐의 여부가 화와 복을 초래하는 관건이 되고, 검소하게 하느냐 사치하게 하느냐의 여부가 가난과 부귀를 결정짓는 관건이 되고, 몸을 보호하여 양생(養生)을 하느냐 욕심대로 방자하게 행동하느냐의 여부가 죽음과 삶의 관건이 된다.

이름을 드날리게 되면 반드시 중한 책임이 뒤따르게 되고, 너무 기교를 부리다 보면 반드시 뜻밖의 어려움을 당하게 마련이다. 중인(中人)을 보는 요령은 큰 대목에서 나대지는 않는가 하는 것을 살피는 데에 있고, 호걸을 보는 요령은 작은 대목이라도 빠뜨리지는 않는가 하는 것을 살피는 데에 있다.

성색(聲色)을 너무 좋아하다 보면 허겁병(虛怯病)에 걸리고, 화리(貨利)에 빠지다 보면 탐도병(貪饕病)에 걸리고, 공업(功業)만 추구하다 보면 주작병(走作病, 마구 치달려 궤도를 이탈하는 폐단을 말함)에 걸리고, 명예에만 신경을 쓰다 보면 교격병(矯激病, 과격하게 일을 처리하는 폐단)에 걸리고, 옛 학문에만 관심을 쏟다 보면 호로(葫蘆)를 그리는 병9에 걸린다.

손님은 가고 문은 닫혔는데 바람은 선들 불고 해가 떨어진다. 술동이 잠깐 기울임에 시구가 막 이루어지니, 이것이야말로 산인(山人)이 희열을 맛보는 경계라 하겠다. 긴 행랑 넓은 정자 굽이쳐 흐르는 물에 돌아드는 오솔길, 떨기 진 꽃 울창한 대숲 산새들과 강 갈매기, 질그릇에 향 피우고 설경(雪景) 속에 선(禪) 이야기, 이것이야말로 진정한 경계인 동시에 담박한 생활이라고 하겠다.

해야 할 일이 있고 해서는 안 될 일이 있는 것, 이것은 세간법(世間法)이고, 할 일도 없고 해서는 안 될 일도 없는 것, 이것이 출세간법(出世間法)이다. 옳은 것이 있고 그른 것이 있는 것, 이것은 세간법이고, 옳은 것도 없고 옳지 않은 것도 없는 것, 이것은 출세간법이다.

사슴은 정(精)을 기르고 거북이는 기(氣)를 기르고 학은 신(神)을 기른다. 그래서 오래 살 수 있는 것이다. 고요한 곳에서는 기(氣)를 단련하고 움직이는 곳에서는 신(神)을 단련한다.

군자는 사람들이 감당해내지 못한다고 모욕을 가하지 않고, 무식하다고 사람들을 부끄럽게 만들지 않는다. 때문에 원망이 적은 것이다.

봄철도 저물어 가는데 숲 속으로 걸어 들어가니 오솔길이 아슴프레하게 뚫리고 소나무와 대나무가 서로 비치는가 하면 들꽃은 향기를

---

9 주체성이 없이 구태의연하게 남만 모방하는 것을 말함. ≪東軒筆錄≫에 "한림 도학사는 우습기도 해. 해마다 호로만 그리고 있으니[堪笑翰林陶學士 年年依樣畫葫蘆]."라고 하였음.

내뿜고 산새는 목소리를 자랑한다. 거문고를 안고 바위 위에 올라 앉아 두서너 곡조를 탄주(彈奏)하니 몸도 두둥실 마치 동천(洞天)의 신선인 듯 그림 속의 사람인 듯하였다. 뽕나무 숲과 일렁이는 보리밭, 위와 아래에서 경치를 뽐내는데, 따스한 봄날 꿩은 서로를 부르고, 비오는 아침 뻐꾸기 소리 들리네. 이것이야말로 농촌 생활의 참다운 경물(景物)이라 할 것이다.

납자(衲子, 선승(禪僧))와 소나무 숲 바위 위에 앉아 인과(因果)에 대해서 이야기하고 공안(公案, 우주와 인생의 궁극적 질문. 화두(話頭))에 대해 이야기하다 보니, 시간이 오래 흘러 어느새 소나무 가지 끝에 달이 걸렸기에 나무 그림자를 밟고 돌아왔다.

마음에 맞는 친구와 산에 올라 가부좌(跏趺坐)를 틀고 내키는 대로 이야기하다가 이야기하기도 지쳐 바위 끝에 반듯이 드러 누웠더니, 푸른 하늘에 흰 구름이 둥실 날아와 반공중(半空中)을 휘감았는데, 그 모습을 접하면서 문득 흔연해지며 자적(自適)한 경지를 맛보게 된다. 찬 서리 내려 낙엽 질 때 성긴 숲 속에 들어가 나무 등걸 위에 앉으니, 바람에 나부껴 누런 단풍잎 옷소매 위에 떨어지고 산새 나무 끝에서 날아와 나의 모습을 살핀다. 황량한 대지가 청명하고 초연한 경지로 바뀌어지는 순간이었다.

문을 닫고 마음에 맞는 책을 읽는 것, 문을 열고 마음에 맞는 손님을 맞이하는 것, 문을 나서서 마음에 맞는 경계를 찾아가는 것, 이 세 가지야말로 인간의 세 가지 즐거움이다.

찬 서리 내려 바위가 드러났는데 고인 물 잠잠히 맑기만 하다. 깎아 지른 듯 가파른 암벽, 담쟁이로 휘감긴 고목, 모두가 물 속에 거꾸로 그림자를 드리운다. 지팡이 짚고 이곳에 오니 내 마음과 객관세계 일체로 맑아지누나.

거문고는 오동나무 가지에 바람이 일고 시냇물 소리가 화답하는 곳에서 연주해야 마땅하니, 자연의 음향이야말로 이것과 제대로 응하기 때문이다. 살구꽃에 성긴 비 내리고 버드나무 가지에 바람이 건듯 불 때 흥이 나면 혼자서 흔연히 나서 본다.

일 많은 세상 밖에서 한가로움을 맛보고 세월이 부족해도 족함을 아는 것은 은둔 생활의 정(情)이요, 봄철에 잔설(殘雪)을 치워 꽃씨를 뿌리고 밤에 향을 피우며 도록(圖錄, 도참(圖讖))을 보는 것은 은둔 생활의 흥(興)이요, 연전(研田, 문필 생활)은 흉년을 모르고 주곡(酒谷)에 언제나 봄 기운이 감도는 것은 은둔 생활의 맛이다.

어느 쾌적한 밤 편안히 앉아 등불 빛을 은은히 하고 콩을 구워 먹는다. 만물은 적요한데 시냇물 소리만 규칙적으로 들릴 뿐, 이부자리도 펴지 않은 채 책을 잠깐씩 보기도 한다. 이것이 첫째 즐거움이다. 사방에 비바람이 몰아치는 날 문을 닫고 소제한 뒤 책들을 앞에 펼쳐 놓고 흥이 나는 대로 뽑아서 검토해 보는데, 왕래하는 사람의 발자욱 소리 끊어져 온 천지 그윽하고 실내 또한 정적 속에 묻힌 상태, 이것이 두 번째 즐거움이다. 텅 빈 산에 이 해도 저무는데 분가루 흩뿌리듯 소리 없이 내리는 눈, 마른 나뭇가지 바람에 흔들리고 추위에 떠는 산새 들에서 우짖는데, 방 속에 앉아 화로 끼고 차 달이며 술 익히는 것, 이것이 세 번째 즐거움이다.

짧은 돛에 가벼운 노를 장치한 작은 배 한 척을 마련하여 그 속에 도서(圖書)며 솥이며 술과 음료수며 차[茶]며 마른 포(脯) 등속을 싣고는 바람이 순조롭고 길이 편하면 친구들을 방문하기도 하고 명찰(名刹)을 탐방하기도 한다. 그리고 노래 잘하는 미인 한 명과 피리 부는 동자 한 명과 거문고 타는 한 사내와 이이를 태우고는 안개 감도는 물결을 헤치고 마음 내키는 대로 왕래하면서 적막하고 고요한 심회를 푼다. 이

것이야말로 가장 기막힌 운치라 할 것인데, 다만 우리 나라에는 이렇게 할 만한 경개도 없을 뿐더러 이런 도구를 마련하기도 쉽지가 않다.

초여름 원림(園林) 속에 들어가 뜻 가는 대로 아무 바위나 골라잡아 이끼를 털어내고 그 위에 앉으니, 대나무 그늘 사이로 햇빛이 스며들고 오동나무 그림자가 뭉실 구름 모양을 이룬다. 얼마 뒤에 산속에서 구름이 건듯 일어 가는 비를 흩뿌리니 청량감(淸凉感)이 다시 없다. 탑상(榻床)에 기대어 오수(午睡)에 빠졌는데, 꿈속의 흥취 역시 이때와 같았다.

집안일을 정리한 뒤 동자 2, 3명을 골라 따라오게 한다. 근력이 있는 자는 불 때고 밥 짓는 일을 맡기고 힘이 약한 자는 청소나 글 베끼는 일을 맡게 한다. 믿음이 가는 자손이 있으면 공양(供養)하러 보내고 서로 염려해주는 빈붕(賓朋)이 있으면 선물 꾸러미를 보내 문안을 통한다. 이러면 족할 것이다.

《형초세시기(荊楚歲時記)》[10]에 의하면, 소한(小寒)의 3신(信, 소식)은 매화(梅花)・산다(山茶)・수선(水仙)이고, 대한(大寒)의 3신은 서향(瑞香)・난화(蘭花)・산반(山礬)이고, 입춘(立春)의 3신은 영춘(迎春)・앵도(櫻桃)・망춘(望春)이고, 우수(雨水)의 3신은 채화(菜花)・행화(杏花)・이화(李花)이고, 경칩(驚蟄)의 3신은 도화(桃花)・체당(棣棠)・장미(薔薇)이고, 춘분(春分)의 3신은 해당(海棠)・이화(梨花)・목란(木蘭)이고, 청명(淸明)의 3신은 동화(桐花)・능화(菱花)・유화(柳花)이고, 곡우(穀雨)의 3신은 모란(牡丹)・다미(茶蘼)・연화(楝花)이다.

사람이 사는 동안 한식(寒食)과 중구(重九)만은 삼가서 헛되이 보내지 말아야 한다. 사시(四時)의 변화 가운데 이들 절기만한 것이 없기 때문이다.

---

10 양(梁) 나라 종름(宗懍)의 저서로 초 나라 풍속과 연중 행사를 기록한 책.

대나무 안석(案席)을 창가로 옮긴 뒤 부들 자리를 땅에 폈다. 높은 봉우리는 구름 속으로 모습을 감추었고 시내는 바닥까지 보일 정도로 맑기만 하다. 울타리 옆에 국화 심고 집 뒤에는 원추리를 가꾼다. 둑을 높여야 하겠는데 꽃이 다치겠고 문을 옮기자니 버들이 아깝다. 구비진 오솔길 안개에 묻혔는데 그 길을 따라가면 주막이 나타나고, 맑게 갠 강 해가 저무는데 고깃배들 어촌에 정박한다.

산중 생활을 위해서는 여러 경적(經籍)과 제자(諸子)·사책(史冊)을 갖추어둠은 물론 약재(藥材)와 방서(方書)도 구비해야 한다. 그리고 좋은 붓과 이름있는 화선지도 여유있게 비치하고 맑은 술과 나물 등속을 저장해두는 한편 고서(古書)와 명화(名畵)도 비축해두면 좋다. 그리고는 버들가지로 베개를 만들고 갈대꽃을 모아 이불을 만들면 노년 생활을 보내기에는 충분할 것이다.

깊이 산중에서 고아(高雅)하게 지내려면 화로에 향 피우는 것 또한 빼놓을 수 없는데, 벼슬길에서 떠나온 지도 이미 오래되고 보니 품질이 괜찮은 것들이 모두 떨어지고 없다. 그래서 늙은 소나무와 잣나무의 뿌리며 가지며 잎이며 열매를 한데 모아 짓찧은 뒤 단풍나무 진을 찍어 발라 혼합해서 만들어 보았는데, 한 알씩 사를 때마다 또한 청고(淸苦)한 분위기를 조성하기에 충분하였다.

죽탑(竹榻)·석침(石枕)·포화욕(蒲花褥, 갈대꽃을 넣어만든 요)·은랑(隱囊)·포화피(蒲花被, 갈대꽃 이불)·지장(紙帳)·의상(欹床)·등돈(藤墩, 등나무 의자)·포석분(蒲石盆)·여의(如意, 등 긁는 막대)·죽발(竹鉢, 대나무 바리)·종(鍾)·경(磬)·도복(道服)·문리(文履)·도선(道扇)·불진(佛塵, 먼지 떨이개로서 일종의 지휘봉으로 쓰이는 불구(拂具))·운석(雲潟, 등산용 신발)·죽장(竹杖)·영배(甖杯)·운패(韻牌)·주준(酒罇)·시통(詩筒)·선등(禪燈) 등은 모두 산중 생활에서 빼놓을 수 없는 물건들이다.

田居歲久。已作世外人。適披前修著撰。有會心者。錄爲小帙。間附己意。
名以野言。迹其實也。其言宜於野。可與野人言也。口中不設雌黃。眉端不
掛煩惱。可稱煙火神仙。隨意而栽花竹。適性而養禽魚。此是山林經濟。子
雲玄亭。停橈問字。淵明菊逕。携酒款扉。終覺多事。不如仲蔚逢蒿。袁安
高臥。諸病皆可醫。惟俗不可醫。醫俗者唯有書。

飮酒有眞趣。不在醉。不在不醉。微酡有邵堯夫。酩酊有劉伯倫。逸客高蹤。
幽人妙韻。與會心友談之。亦自神王。友之疏狂者。足啓庸俗。通達者足破
拘攣。博學者足開孤陋。高曠者足振頹墮。鎭靜者足制躁妄。恬淡者足消濃
艶。名心未化。對妻孥亦自矜莊。隱衷釋然。卽夢寐亦成淸楚。事當快意處
能轉。言當快意處能住。不特尤悔自少。且覺趣味無窮。破綻處。從周旋處
見。指摘處。從愛護處見。艱難處。從貪戀處見。惟讀書。有利而無害。愛
溪山。有利而無害。玩花竹風月。有利而無害。端坐靜默。有利而無害。茶
熟香淸。有客到門可喜。鳥啼花落。無人亦自悠然。眞源無味。眞水無香。
雲白山靑。川行石立。花迎鳥歌。谷答樵謳。萬境俱寂。人心自閑。意盡而
言止者。天下之至言也。然言止而意不盡。尤爲至言。人生一日。或聞一善
言。見一善行。行一善事。此日方不虛生。詩堪適性。過則刻苦。酒取怡情。
過則顚佚。風流得意之事。一過輒生悲涼。淸眞寂寞之鄕。愈久轉增意味。花
太麗者馨不足。花多馨者色不麗。故侈富貴之容者少淸芬之氣。抗幽芳之姿者
多莫落之色。君子寧馨百世。不求一時之艶。爲文而欲一世之皆好之。非至
文也。爲人而欲一世之皆好之。非正人也。山棲是勝事。稍有繫戀則亦市朝。
書畫是雅事。稍一貪念則亦商賈。杯酒是樂事。稍一徇人則亦狴牢。好客是
達事。稍涉俗流則亦苦海。才俊人宜學恭謹。聰明人宜學沈厚。俗語近于市。
纖吾近于娼。諢語近于優。士夫一涉乎此。損威重。仁厚刻薄。是修短關。
謙抑盈滿。是禍福關。勤儉奢惰。是貧富關。保養縱欲。是人鬼關。盛名必有
重責。大巧必有奇窮。看中人。要在大處不走作。看豪傑。要在小處不滲漏。
濃於聲色生虛怯病。濃於貨利生貪饕病。濃於功業生走作病。濃於名譽生矯
激病。濃於學古生畫葫蘆病。客散門扃。風微日落。酒甕乍開。詩句初成。

便是山人得意處。長廊廣樹。曲水回磴。叢花深竹。野鳥江鷗。瓦鑪爇香。玉塵談禪。是爲眞境界。亦爲淡生活。有可有不可是爲世法。無可無不可是爲出世法。有是有不是是爲世法。無是無不是是爲出世法。鹿養精。龜養氣。鶴養神。故能壽。靜處煉氣。動處煉神。君子不辱人以不堪。不愧人以不知。卽寡怨。

春序將闌。步入林巒。曲逕通幽。松竹交映。野花生香。山禽哢舌。時抱焦桐。坐石上。撫二三雅調。幻身卽是洞中仙畫中人也。桑林麥壟。高下競秀。雉雊春陽。鳩呼朝雨。卽村居眞景物也。與衲子坐松林石上。談因果說公案。久之松際月來。踏樹影而歸。同會心友登山。趺坐。浪談。談倦仰臥巖際。見青天白雲飛繞半空中。便欣然自適。霜降木落時。入疏林中。坐樹根上。飄飄黃葉點衣袖。野鳥從樹梢飛來窺人。荒涼之地。乃反清曠。閉門閱會心書。開門迎會心客。出門尋會心境。此乃人間三樂。霜降石出。潭水澄定。懸巖峭壁。古木垂蘿。皆倒影水中。策杖臨之。心境俱清。鼓琴偏宜于桐風澗響之間。自然之聲正合類應。杏花疏雨。楊柳輕風。興到忻然獨往。得閑多事外。知足少年中。棲遁之情也。種花春掃雪。看籙夜焚香。棲遁之興也。研田無惡歲。酒谷有長春。棲遁之味也。良宵宴坐。篝燈煮茗。萬籟俱寂。溪水自韻。衾枕不御。簡編乍親。一樂也。風雨載途。掩關却掃。圖史滿前。隨興抽檢。絶人往還。境幽室寂。二樂也。空山歲晏。密雪微霰。枯條振風。寒禽號野。一室擁爐。茗香酒熟。三樂也。

須一小舟。短帆輕棹。舟中雜置圖書鼎彝酒漿菜脯。風利道便。或訪故人。或訪名刹。且畜一歌娃一笛童一琴奚。與兒小隨意往來煙波間。以弭寥靜。最勝致。顧我國無此境。亦難辦此具爾。初夏園林。隨意拂苔蘚坐石上。竹陰漏日。桐影扶雲。俄而山雲乍起。微雨生涼。就榻午眠。夢亦得趣。勑斷家事。擇二三童子自隨。其强幹者以備炊爨。弱者以備洒掃抄寫。子孫能相體者則送供養。賓朋能相念者則通餽問足矣。荊楚歲時記。小寒三信梅花山茶水仙。大寒三信瑞香蘭花山礬。立春三信迎春櫻桃望春。雨水三信菜花杏花李花。驚蟄三信桃花棣棠薔薇。春分三信海棠梨花木蘭。清明三信桐花菱花柳花。穀雨三信牡丹荼蘼楝花。人生唯寒食重九愼不可虛擲。四時之變。無如此節者。竹几當窓。蒲團坐地。高峯入雲。清流見底。籬邊種菊。堂後生萱。

花妡過塢。柳礙移門。曲逕煙深。路接青帘。澄江日落。船泊漁村。凡山具設
經籍子史。備藥餌方書。儲佳筆名繭。留清醪雜蔬。畜古書名畫。製絮枕蘆被。
足以遣老。
深山高居。爐香不可缺。退休旣久。佳品乏絶。取老松柏根枝葉實擣之。斫
楓肪和之。每焚一丸。亦足助清 苦。竹榻石枕蒲花褥。隱囊蘆花被紙帳。
攲床藤墩蒲石盆。如意竹鉢鍾磬道服。文履道扇拂塵。雲舃竹杖。癭杯韻牌。
酒罇詩筒禪燈。皆山居之不可闕者也。

ー『象村稿』卷之四十八 外稿第七

😊 생각해 보기

---

1. 이 글에서 '수필을 읽는 즐거움'을 찾는다면 무엇인지 말해 보자.

2. 상촌 신흠의 시조와 관련하여 그의 문학적 세계의 심미성에 대하여
   논의해 보자.

3. 지은이가 이 글에서 말하는 '인생을 사는 즐거움'은 무엇인지 발표
   해 보자.

4. '책을 읽는 즐거움'에 대하여 경험한 사실들을 토대로 이야기해 보자.

호민론

豪民論

허균(許筠, 1569~1618)의 본관은 양천(陽川), 자는 단보(端甫), 호는 교산(蛟山)·성소(惺所)·백월거사(白月居士)이다. 광해군 폭정에 항거하여 반란을 계획하다가 탄로되어 1618년 가산이 적몰(籍沒)되고 참형되었다. 시문(詩文)에 뛰어난 천재로 여류시인 난설헌(蘭雪軒)의 동생이며 소설 <홍길동전(洪吉童傳)>은 사회모순을 비판한 조선시대 대표적 걸작이다. 이 글은 그의 문집인 『성소부부고(惺所覆瓿藁)』(1611년)에 실려 있다.

역문 • • •

천하에 두려워해야 할 바는 오직 백성일 뿐이다.

홍수나 화재, 호랑이, 표범보다도 훨씬 더 백성을 두려워해야 하는데, 윗자리에 있는 사람이 항상 업신여기며 모질게 부려먹음은 도대체 어떤 이유인가?

대저 이루어진 것만을 함께 즐거워하느라, 항상 눈앞의 일들에 얽매이고, 그냥 따라서 법이나 지키면서 윗사람에게 부림을 당하는 사람들이란 항민(恒民)이다. 항민이란 두렵지 않다. 모질게 빼앗겨서, 살이 벗겨지고 뼈골이 부서지며,[11] 집안의 수입과 땅의 소출을 다 바쳐서, 한없는 요구에 제공하느라 시름하고 탄식하면서 그들의 윗사람을 탓하는 사람들이란 원민(怨民)이다. 원민도 결코 두렵지 않다. 자취를

---

11 한유(韓愈)가 사용했던 말. [剝膚椎髓]는 살을 깎고 골수를 부순다는 의미이나 가혹한 수탈 정책을 상징하는 말임.

푸줏간 속에 숨기고 몰래 딴 마음을 품고서, 천지간(天地間)을 흘겨보다가 혹시 시대적인 변고라도 있다면 자기의 소원을 실현하고 싶어 하는 사람들이란 호민(豪民)이다. 대저 호민이란 몹시 두려워해야 할 사람이다.

호민은 나라의 허술한 틈을 엿보고 일의 형세가 편승할 만한가를 노리다가, 팔을 휘두르며 밭두렁 위에서 한 차례 소리 지르면, 저들 원민이란 자들이 소리만 듣고도 모여들어 모의하지 않고도 함께 외쳐대기 마련이다. 저들 항민이란 자들도 역시 살아갈 길을 찾느라 호미·고무래·창자루를 들고 따라와서 무도한 놈들을 쳐 죽이지 않을 수 없는 것이다.

진(秦) 나라의 멸망은 진승(陳勝)·오광(吳廣)[12] 때문이었고, 한(漢) 나라가 어지러워진 것도 역시 황건적(黃巾賊)이 원인이었다. 당(唐) 나라가 쇠퇴하자 왕선지(王仙芝)와 황소(黃巢)[13]가 틈을 타고 일어섰는데, 마침내 그것 때문에 인민과 나라가 멸망하고야 말았다. 이런 것은 모두 백성을 괴롭혀서 자기 배만 채우던 죄과이며, 호민들이 그러한 틈을 편승할 수 있어서였다.

대저 하늘이 사목(司牧, 임금)을 세운 것은 양민(養民)하기 위함이고,

---

12 진승은 진(秦) 나라 양성인(陽成人). 자(字)는 섭(涉). 진 나라 2세 때 오광(吳廣)과 함께 어양(漁陽)에서 군인으로 근무하다가 진에 반기를 들고 일어났음. 스스로 초왕(楚王)이 되어 세력을 확장했으나 마침내 패망하였음. 그러나 승(勝)의 반진(反秦) 봉기는 진이 망하고 한(漢) 나라가 일어난 계기가 되었음. 오광은 진 나라 양하인(陽夏人). 자(字)는 숙(叔). 진승과 함께 진 나라에 반기를 들고 항거함. 가왕(假王)이 되었다가 뒤에 피살됨.
13 왕선지는 당(唐)의 복주인(濮州人). 희종(僖宗) 초에 무리를 모아 난을 일으킴. 뒤에 황소(黃巢)가 호응해 주어 크게 세력을 떨쳤으나 진압된 후 죽었다. 황소는 당(唐)의 조주인(曹州人). 대대로 소금장사였다. 많은 재산을 모아 망명객들을 길러줌. 무예에 뛰어나 왕선지가 난을 일으키자 호응했다. 왕선지가 죽은 뒤 왕으로 추대되고 충천대장군(衝天大將軍)이 되었다. 10년 동안 여러 지역을 점령하여 큰 세력을 떨쳤으나 뒤에 패망하여 자결함.

한 사람이 위에서 방자하게 눈을 부릅뜨고, 메워도 차지 않는 구렁 같은 욕심을 채우게 하려던 것이었다. 그러므로 저들 진(秦)・한(漢) 이래의 화란은 당연한 결과이지 불행한 일이 아니었다.

지금의 우리나라는 그렇지 않다. 땅이 좁고 험준하여 인민도 적고, 백성은 또 나약하고 좀 착하여 기절(奇節)이나 협기(俠氣)가 없다. 그런 까닭에 평상시에도 큰 인물이나 뛰어나게 재능 있는 사람이 나와서 세상에 쓰여지는 수도 없었지만, 난리를 당해도 호민・한졸(悍卒)들이 창란(倡亂)하여, 앞장서서 나라의 걱정거리가 되게 하던 자들도 역시 없었으니 그런 것은 다행이었다.

비록 그렇다 하더라도, 지금의 시대는 고려 때와는 같지 않다. 고려 시대는 백성에게 부세(賦稅)하는 것이 한정되어 있었고, 산림(山林)과 천택(川澤)에서 나오는 이익도 백성들과 함께 나누어 가졌다. 상업은 자유롭게 통행되었고, 공인(工人)에게도 혜택이 돌아가게 하였다. 또 수입을 헤아려 지출할 수 있도록 하였으니 나라에는 여분을 저축해 둔 것이 있었다. 그래서 갑작스런 큰 병화(兵禍)와 상사(喪事)가 있더라도 그 부세(賦稅)를 증가하지 않았었다. 고려는 말기에 와서까지도 삼공(三空)¹⁴을 오히려 걱정해 주었다.

우리나라는 그렇지 않아, 변변치 못한 백성들에게서 거두어들이는 것으로써 귀신을 섬기고 윗사람을 받드는 범절만은 중국과 동등하게 하고 있다. 백성들이 내는 세금이 5푼(分)이라면 공가(公家, 관청)로 돌아오는 이익은 겨우 1푼(分)이고 그 나머지는 간사스런 사인(私人)에게 어지럽게 흩어져버린다. 또 고을의 관청에는 남은 저축이 없어 일만 있으면 1년에 더러는 두 번 부과하고, 수령(守令)들은 그것을 빙자하여

---

14 흉년이 들어 제사를 궐하고, 서당에 학도들이 오지 않고, 뜰에 개가 없음을 비유한 가난을 상징하는 말임.

마구 거두어들임은 또한 극도에 달하지 않음이 없었다.

그런 까닭으로 백성들의 시름과 원망은 고려 말엽보다 훨씬 심하다. 그러나 위에 있는 사람은 태평스러운 듯 두려워할 줄을 모르니 우리 나라에는 호민(豪民)이 없기 때문이다. 불행스럽게 견훤(甄萱)·궁예(弓裔)15 같은 사람이 나와서 몽둥이를 휘두른다면, 시름하고 원망하던 백성들이 가서 따르지 않으리라고 어떻게 보장하며, 기주(蘄州)·양주(梁州)·6합(合)의 변란16은 발을 제겨 딛고서 기다릴 수 있으리라. 백성 다스리는 일을 하는 사람이 두려워할 만한 형세를 명확히 알아서 전철(前轍)을 고친다면 그런 대로 유지할 수 있으리라.

원문 • • •

天下之所可畏者。唯民而已。民之可畏。有甚於水火虎豹。在上者方且狎馴而虐使之。抑獨何哉。夫可與樂成而拘於所常見者。循循然奉法役於上者。恒民也。恒民不足畏也。厲取之而剝膚椎髓。竭其廬入地出。以供无窮之求。愁嘆咄嗟。咎其上者。怨民也。怨民不必畏也。潛蹤屠販之中。陰蓄異心。僻倪天地間。幸時之有故。欲售其願者。豪民也。夫豪民者。大可畏也。豪民。伺國之釁。覘事機之可乘。奮臂一呼於壟畝之上。則彼怨民者聞聲而集。不謀而同唱。彼恒民者。亦求其所以生。不得不鉏耰棘矜往從之。以誅无道也。秦之亡也。以勝，廣。而漢氏之亂。亦因黃巾。唐之衰而王仙芝，黃巢乘之。卒以此亡人國而後已。是皆厲民自養之咎。而豪民得以乘其隙也。夫天之立司牧。爲養民也。非欲使一人恣睢於上。以逞溪壑之慾矣。彼秦漢以下之禍。宜矣。非不幸也。今我國不然。地陜阨而人山。民且告疲醒冔。无奇節俠氣。

---

15 견훤은 후백제의 왕. 신라 말엽 신라에 반기를 들고 후백제를 세움. 궁예는 신라 말엽 후고구려의 왕. 뒤에 태봉국을 세워 왕이 됨.
16 기주와 양주(梁州)를 거점으로 했던 황소(黃巢)의 난을 가리킴.

故平居雖无鉅人雋才出爲世用。而臨亂亦无有豪民悍卒。倡亂首爲國患者。其亦幸也。雖然。今之時與王氏時不同也。前朝賦於民有限。而山澤之利。與民共之。通商而惠工。又能量入爲出。使國有餘儲。卒有大兵大表。不加其賦。及其季也。猶患其三空焉。我則不然。以區區之民。其事神奉上之節。與中國等。而民之出賦五分。則利歸公家者纔一分。其餘狼戾於姦私焉。且府無餘儲。有事則一年或再賦。而守宰之憑以箕斂。亦罔有紀極。故民之愁怨。有甚王氏之季。上之人恬不知畏。以我國無豪民也。不幸而如甄萱, 弓裔者出。奮其白挺。則愁怨之民。安保其不往從而祈, 梁, 六合之變。可蹻足須也。爲民牧者。灼知可畏之形。與更其弦轍。則猶可及已。

-『惺所覆瓿稿』卷之十一 文部八

생각해 보기

1. '논'의 성격에 대하여 조사해 보자.

2. 이 작품에서 허균이 말하고자 하는 주제는 무엇인지 설명해 보자.

3. <홍길동전>과 관련하여 허균의 작가의식에 대하여 논의해 보자.

4. <호민론>의 한계와 시사점에 대하여 논의해 보자.

기예론

技藝論

조선 후기의 실학자인 다산(茶山) 정약용(1762(영조 38)~1836(헌종 2))이 지은 글로 『여유당전서 與猶堂全書』 시문집(詩文集)에 실려 전한다.

역문 • • •

― 기예론 1 ―

하늘이 금수(禽獸)에게는 발톱[爪]을 주고 뿔[角]을 주고 단단한 발굽[硬蹄]을 주고 날카로운 이[利齒]를 주고 독(毒)을 주어서, 그들로 하여금 각기 하고 싶은 것을 얻게 하고, 사람에게서 받게 되는 환난(患難)을 방어하도록 하였다. 그런데 사람에게는, 벌거숭이로 태어나서 연약하여 마치 그 생활을 영위해 나갈 수 없을 것처럼 만들었으니, 어찌하여 하늘은 천하게 여길 데는 후하게 하고 귀하게 여길 데는 박하게 하였을까. 그것은 바로 사람에게는 지려(智慮)와 교사(巧思)가 있음으로써 그들로 하여금 기예(技藝)를 습득하여 스스로 자기의 생활을 영위하도록 한 것이다. 그러나 지려를 미루어 운용(運用)하는 것도 한계가 있고, 교사로써 사리를 연구하는 것도 차서가 있다. 그러므로 아무리 성인(聖人)이라 하더라도 천 명이나 만 명의 사람이 함께 의논한 것을 당해낼 수 없고, 아무리 성인이라 하더라도 하루아침에 그 아름다운 덕(德)을 모조리 갖출 수는 없는 것이다.

그렇기 때문에 사람이 많이 모일수록 그 기예(技藝)가 정교하게 되고, 세대(世代)가 아래로 내려올수록 그 기예가 더욱 공교하게 되니, 이는 사세가 그렇지 않을 수 없는 것이다.

　그러므로 촌리(村里)에서 사는 사람은 공작(工作)이 있는 현읍(縣邑)에서 사는 사람만 못하고, 현읍에서 사는 사람은 기교가 있는 명성(名城)이나 대도(大都)에서 사는 사람만 못하며, 명성이나 대도에서 사는 사람은 신식 묘제(新式妙制, 새로 나온 기계(機械)에 의한 제작)가 있는 경사(京師, 서울)에서 사는 사람만 못하다. 그런데 저 궁벽한 촌리(村里) 밖에 사는 사람이 옛날에 경사에 한 번 갔다가 우연히 그 시작만 되었을 뿐 아직 구비되지 않은 법(法)을 보고서 기꺼이 돌아와서 시험해 보고는, 대번에 아는 체하고 스스로 만족해하면서 '천하(天下)에 이 법보다 나은 것이 없다.'하고, 그의 아들과 손자에게 경계하기를 '경사에서 이른바 기예(技藝)라는 것을 내가 모두 알았으니, 이제부터는 경사에서는 다시 더 배울 것이 없다.' 하니, 이런 사람은 그 하는 일이 거칠고 누악(陋惡)하지 않은 것이 없다.

　우리나라에 있는 백공(百工)의 기예는 모두 옛날에 배웠던 중국(中國)의 법인데, 수백 년 이후로 딱 잘라 끊듯이 다시는 중국에 가서 배워 올 계획을 세우지 않고 있다. 이와 반대로 중국의 신식 묘제(新式妙制)는 날로 증가하고 달로 많아져서 다시 수백 년 이전의 중국이 아닌데도 우리는 또한 막연하게 서로 모르는 것을 묻지도 않고 오직 예전의 것만 만족하게 여기고 있으니, 어찌 그리도 게으르단 말인가.

　－ 기예론 2 －
　농업(農業)의 기예(技藝)가 정교하면 그 차지한 전지(田地)는 적어도 생산된 곡식은 많을 것이고, 그 힘은 적게 들이고도 곡식은 아름답고

충실할 것이니, 무릇 묵은 땅을 개간(開墾)하고 땅을 갈고 곡식의 씨앗을 뿌리고 김을 매고 곡식을 베어 거두고 곡식의 껍질을 벗겨서 키로 까불고 절구에 찧고 물에 반죽하고 불을 때서 밥을 짓는 일에 이르기까지 모두 그 편리함을 돕고 그 수고로움을 덜게 될 것이다. 직조(織造)의 기예가 정교해지면 그 소비되는 물질은 적으면서도 생산된 실[絲]은 많아지고, 그 힘들이는 시간은 매우 단축되면서도 포백(布帛)은 올이 섬세하고 결이 아름다울 것이니, 무릇 물에 담그고 씻고 실을 만들고 실을 뽑고 베를 짜고 표백(漂白)하여 물들이고 풀을 하고 바느질을 하는 일에 이르기까지 모두 그 편리함을 돕고 그 수고로움을 덜게 될 것이다.

병기(兵器)의 기예가 정교해지면 무릇 공격하고 찌르고 방어하고 운반하고 수축(修築)하는 일이 모두 그 용맹(勇猛)을 돕고 그 위태로움을 보호할 수 있을 것이며, 의원(醫員)의 기예가 정교해지면 무릇 맥(脈)을 보고 병증(病證)을 살피고 약의 성분을 분변하고 사시의 절기를 살피는 것이 모두 옛사람의 몽매(蒙昧)한 점을 발견하고 이전 사람의 그릇된 것을 논박(論駁)하게 될 것이다. 백공(百工)의 기예가 정교해지면 무릇 궁실(宮室)과 기구(器具)를 제조하여 성곽(城郭)과 배와 수레의 제도에 이르기까지 모두 튼튼하고 편리하게 될 것이다. 진실로 그 법을 다 터득해서 힘써 실행한다면 나라가 부유하게 되고, 군대가 강하게 되고, 백성들이 유족(裕足)하여 오래 살 수 있을 것이다.

그런데 방금 이를 눈여겨보면서도 도모하지 않으면서 수레에 대한 일을 말하는 사람이 있으면 '우리나라는 산천(山川)이 험악해서 사용할 수가 없다.' 하고, 목양(牧羊, 양을 기름)을 말하는 사람이 있으면 '조선(朝鮮)에는 양(羊)이 없다.' 하며, 말[馬]을 죽[粥]으로 기르기가 적당치 않다고 말하는 사람이 있으면 '풍토(風土)가 각기 다르다.' 하니, 이와 같은 사람들을 낸들 또한 어떻게 하겠는가.

글씨를 배워서 미불(米芾, 송(宋) 나라 때의 명필(名筆))·동기창(董其昌, 명(明) 나라 때의 명필)과 같이 잘 쓰는 사람이 있으면 대뜸 '왕희지(王羲之 동진(東晉)의 명필)의 순수(純粹)한 필법(筆法)만 못하다.' 하고, 의술(醫術)을 배워서 설기(薛己, 명(明) 나라 때의 명의(名醫))·장개보(張介寶, 명 나라 때의 명의)와 같이 된 사람이 있으면 '옛날의 단계(丹溪, 원(元) 나라 때의 명의인 주진형(朱震亨)의 호)·하간(河間, 금(金) 나라 때의 명의인 유완소(劉完素)의 호)만 못하다.' 하면서, 은연중에 옛사람을 기대어 성세(聲勢)로 삼아서 한 세상을 호령(號令)하려고 하는데, 저 왕희지·단계·하간의 무리들이 과연 우리나라의 안동부(安東府) 사람이나 된단 말인가. 시속(時俗)에서 말하는 왕희지의 서법(書法)이란 곧 우리나라에서 새긴 목판본(木版本) 필진도(筆陣圖)를 가리킨 것이다. 그러므로 도리어 미불(米芾)과 동기창(董其昌)의 진적(眞蹟)만 못한 것이다.

― 기예론 3 ―

옛날에 소식(蘇軾)이, 경적(經籍)을 고려(高麗)에 주지 말고 아울러 구입(購入)하는 것도 금(禁)할 것을 청하면서, "오랑캐가 글을 읽으면 지려(智慮)가 높아질 것입니다."하였으니, 어쩌면 그리도 마음이 좁고 은혜가 적었던가. 비록 그렇다 하더라도 이 의논이 그때에는 중국에서 시행되었던 것이다. 경적도 그렇게 서로 보여주지 않으려 하였는데, 하물며 그들로 하여금 기예(技藝)와 여러 가지 기능(技能)을 배우게 하여 그 나라를 강하게 하였겠는가.

옛날에는 외이(外夷)들이 자제(子弟)들을 중국(中國)에 보내어 입학(入學)시킨 자가 매우 많았는데, 근세에는 유구국(琉球國) 사람이 중국의 태학(太學)에 10년 동안이나 있으면서 오로지 그 문물(文物)과 기능만을 배워갔다. ≪지봉집(芝峯集)≫에서 나온 말인데, 일본(日本) 사람 역시 중국의 강소성(江蘇省)과 절강성(浙江省)을 왕래하면서 다만 백공(百工)의 섬세하고 정교한 기술만을 배워오도록 힘썼다. 그러므로, 유구와 일본은 바다 가운데 멀리 떨어진 지역에 위치해 있으면서도 그 기능은 중국과 대등(對等)하게 되어, 백성들은 부유하고 군대는 막강하여 이웃나라에서 감히 침략(侵略)하지 못하게 되었으니, 그 이미 그렇게 된 효과가 이러한 것이다.

마침 지금은 규모(規模)가 소활(疏闊)하여 좁고 비루하지 않은데, 이 시기를 놓치고 도모하지 않을 경우, 만일 갑자기 다시 소식(蘇軾) 같은 자가 있어 위[上]에 의견을 아뢰어, 중국(中國)과 외이(外夷)의 한계를 엄격하게 해서 금지(禁止)하는 명령을 내리기라도 한다면, 아무리 예폐(禮幣)를 가지고 가서 하찮은 것이나마 얻어 오려 한다 할지라도 어찌 그 뜻을 이룰 수 있겠는가.

대저 효도와 우애는 천성(天性)에 근본하고, 성현(聖賢)의 글에 밝혀졌으니, 진실로 이를 넓혀서 충실하게 하고, 닦아서 이를 밝힌다면 곧 예의(禮義)의 풍속을 이루게 될 것이다. 이는 진실로 밖[外]으로부터 기다릴 필요가 없는 것이요, 또한 뒤에 나오는 것에 힘입을 필요도 없는 것이다.

만일 백성이 사용하는 기물(器物)을 편리하게 하고 재물(財物)을 풍부히 하여 백성의 생활을 윤택하게 하는 데에 사용되는 것과, 백공(百工)의 기예의 재능은, 그 뒤에 나온 제도를 가서 배우지 않는다면 그 몽매하고 고루함을 타파하고 이익과 은택(恩澤)을 일으킬 수 없는 것이니, 이것이 국가를 도모하는 사람으로서 마땅히 강구해야 할 일이다.

天之於禽獸也。予之爪予之角。予之硬蹄利齒。予之毒。使各得以獲其所欲
而禦其所患。於人也則倮然柔脆。若不可以濟其生者。豈天厚於所賤之。而
薄於所貴之哉。以其有知慮巧思。使之智爲技藝以自給也。而智慮之所推運
有限。巧思之所穿鑿有漸。故雖聖人不能當千萬人之所共議。雖聖人不能一
朝而盡其美。故人彌聚則其技藝彌精。世彌降則其技藝彌工。此勢之所不得
不然者也。故村里之人不如縣邑之有工作。縣邑之人。不如名城大都之有技
巧。名城大都之人。不如京師之有新式妙制。彼處窮村僻里之外者。舊至京
師。偶得其草刱未備之法。欣然歸而試之。竊竊然以自滿曰天下未有賢於此
法者。戒其子若孫曰。京師之所謂技藝者。吾盡得之。自此京師無所復學矣。
若是者其所爲。未有不鹵莽陋惡者也。我邦之有百工技藝。皆舊所學中國之
法。數百年來。截然不復有往學中國之計。而中國之新式妙制。日增月衍。
非復數百年以前之中國。我且漠然不相問。唯舊之是安。何其懶也。 －(技
藝論一)

農之技精則其占地少而得穀多。其用力輕而穀美實。凡所以菑之耕之播之芸
之銍之剝之。以至簸舂溲炊之功。皆有以助其利而省其勞者矣。織之技精則
其費物少而得絲多。其用力疾而布帛緻美。凡所以漚之浴之紡之繰之織之練
之。以至染采糠鍼之功。皆有以助其利而省其勞者矣。兵之技精則凡所以擊
刺防禦轉輸修築之功。皆有以益其猛而護其危者矣。醫之技精則凡所以切脈
審祟辨藥性察時氣者。皆有以發前人之蒙。而駁前人之謬者矣。百工之技精
則凡所以製造宮室器用。以至城郭舟船車輿之制。而皆有以堅固便利矣。苟
盡得其法而力行之。則國可富也。兵可强也。民可裕而壽也。方且熟視而莫
之圖焉。有說車者曰我邦山川險惡。有說牧羊者曰朝鮮無羊。有說馬不宜粥
者曰風土各異。 若是者吾且奈何哉。學書而有爲米董者曰不如羲之之純也。
學醫而有爲薛張者曰不如丹溪河間之古也。 隱然倚之爲聲勢。而欲號令一世。
彼羲之丹溪河間之屬。果雞林之安東府人耶。俗所云羲之。卽鄉刻木板筆陣
圖也。故反不如米董眞蹟。 －(技藝論二)

昔蘇軾請勿以經籍賜高麗。竝禁其購求。謂夷狄讀書。長其智慮也。何其狹隘而少恩哉。雖然此論則以時得行於中國也。經籍且不欲相示。況使之學技藝諸能。以彊其國哉。 古者外夷遣子弟入學者甚多。 近世琉球人處太學十年。專學其文物技能。芝峰集日本往來江浙。唯務移百工纖巧。故琉球日本在海中絶域。而其技能與中國抗。民裕而兵强。鄰國莫敢侵擾。其已然之效如是也。 適今規模疏豁不狹陋。 捨此不圖。 若一朝有如蘇軾者建言。 嚴華夷之界。申禁遏之令。則雖欲執贄奉幣。冀得其咳唾之餘。尙安能遂其志哉。夫孝弟根於天性。明於聖賢之書。苟擴而充之。修而明之。斯禮義成俗。此固無待乎外。亦無藉乎後出者。若夫利用厚生之所須。百工技藝之能不往求其後出之制。則未有能破蒙陋而興利澤者也。此謀國者所宜講也。 ㅡ (技藝論三)

ㅡ『與猶堂全書』第一集詩文集第十一卷○文集

생각해 보기

1. 이 작품의 구성에 대하여 생각해 보자.

2. 조선조 실학 사상과 관련하여 작품의 성격을 논의해 보자.

3. 다산의 과학 기술 사상에 대하여 조사해 보자.

4. 이 글의 내용에서 발견할 수 있는 긍정적인 측면과 한계점에 대하여 논의해 보자.

동행기

東行記

고려 의종~명종 때의 문인인 임춘(생몰년 미상)의 기행문이다. 이 글은 그가 죽은 뒤 지우(知友) 이인로에 의하여 엮어진 『서하선생집(西河先生集)』에 수록되어 전한다.

역문 • • •

세상에서 산수를 얘기하는 사람들이 강동(江東) 지방을 가장 좋은 곳이라 하는데 나는 그렇게 믿지 아니하였다. 내 생각으로는, "하늘이 물(物)을 창조할 때에 어디는 좋게 어디는 나쁘게 하려는 마음이 본시부터 없었을 터이니, 어찌하여 한 쪽 지역에만 후하게 했겠는가." 하였었다. 그러다가 남쪽 지방으로 다니면서 경치가 빼어난 곳은 모조리 찾아다니며 실컷 보았다. 그리고 천하의 좋은 경치라는 것이 아마 이 이상 더 나은 곳은 없으리라고 생각하였다. 또 그곳을 떠나서 동쪽으로 갔는데 명주(溟州)·원주(原州)의 경계부터는 풍토가 특별히 달라지는데 산은 더욱 높고 물은 더욱 맑았다. 일천 봉우리와 일만 골짜기는 서로 빼어남을 경쟁하는 듯하였다. 백성들이 그 사이에 거주하는데 모두 비탈에서 밭을 갈고 위태롭고 거두어들이는 것을 보니, 딴 세상이 있는 듯 놀라워, 과거에 다니며 보던 곳은 마땅히 여기에 비하여 모두 모자라고 꿀려 감히 거둘 수가 없었다. 그리고 나서야 태초에 천지를 창조할 때에 순수하고 웅장한 기운이 홀로 어리어서 이곳이 된 줄을 알게 되었다.

죽령(竹嶺)에서 서쪽으로 20여 리를 가면 당진(唐津)이라는 물이 있다. 아래에는 자갈이 많은데 모양이 모두 둥글고 반질반질하며 푸른 빛이 난다. 빛은 투명하여 물이 푸르게 보이며 잔잔하여 소리가 나지 아니하고, 물고기 수백 마리가 돌 사이에서 장난을 하고 있다. 좌우편은 모두 어마어마하게 깎아 세운 듯 산이 솟아서 만 길이나 될 듯한데 붉은 바탕에 푸른 채색을 올린 것처럼 보인다. 벼랑과 골짜기의 모양은 요철(凹凸)같아 움푹하기도 하고 불룩하기도 하여 두둑 같기도 하고 굴 같기도 하다. 기이한 화초, 아름다운 대나무가 엇갈리게 자라서 그림자가 물밑에 거꾸로 비친다.

이러한 것은 그 대략만을 적었을 뿐이요, 그 기묘하고 수려한 점은 무어라 형언할 수가 없다. 마침내 끊어진 벼랑 어귀에서 말에서 내려 석벽(石壁)이 있던 자리에서 배를 띄웠다. 배 안에서 사람이 말을 하면 산골짜기는 모두 메아리를 친다. 곧 휘파람을 불며 노래를 부르고 스스로 만족스럽게 놀면서 하루 종일 돌아설 줄을 모르고 있었다. 어두운 저녁 빛이 먼 데서부터 스며들었다. 그곳이 너무 싸늘하여 오래 머무를 수가 없기에 시(詩) 한 편을 읊어서 거기에 써놓고 그곳을 떠났다.

푸른 물 출렁출렁 쪽빛과 같은데	碧水溶溶色似藍
물결에 비친 푸른 절벽은 험한 바위가 거꾸로 서 있는 듯	映波青壁倒巉巖
만리 길 정처없이 동으로 가는 나그네는	飄然萬里東征客
홀로 돛대 한 폭을 가을 바람에 달고 가네	獨掛秋風一幅帆

내가 동쪽 지방으로 수레바퀴와 말발굽을 끌고 다닌 곳이 많았으나, 여기보다 더 좋은 곳은 없었다. 만일 서울 부근에 가까이 있었다면, 놀기 좋아하는 귀족들은 반드시 하루에 천 냥씩이라도 값을 올려 가면서 다투어 사들일 것이다. 다만 먼 지역에 떨어져 있기 때문에 오는

사람이 적고 간혹 사냥꾼이나 어부가 여기를 지나지만 별로 거들떠보지도 않는다. 이것은 반드시 하늘이 장차 여기를 숨겨 두었다가 우리같이 궁하고 근심 있는 사람을 기다린 것일 듯하다. 명주(溟州)의 남쪽 재를 넘어서 북으로 해변에 이르니, 조그마한 성(城)이 있는데 동산(洞山)이라 한다. 민가가 사는 촌락은 쓸쓸하고 매우 궁벽하였다. 그 성에 올라서 바라보니 어스름 저녁 빛이 어둑어둑하여지는데, 길 옆에 고기잡이하는 집에는 등불이 가물거렸다. 사람으로 하여금 고향을 그리워하게 하며 고장을 떠난 서글픔에 쓸쓸한 감상이 일어나서 슬픔을 자아내게 하였다.

밤에 객주집에서 잤다. 석벽에 기대어 무릎 꿇고 앉으니, 강물 소리 출렁거리며 그칠 줄을 모른다. 우레가 터지는 듯, 번개가 치는 듯, 사람의 머리 끝을 쭈뼛하게 하였다. 부견(符堅)이 군사 백만을 거느리고 와서 강남(江南)을 공격할 때에 군사를 지휘하여 퇴각시키다가 엉겁결에 대오가 무너져 걷잡을 수 없어 장비와 물자를 다 내버리고 빨리 달아나던 모양과 같았다. 어쩌면 그렇게도 웅장한 것인가. 마침내 시(詩)를 썼다. 이르기를,

바다에 나간 사람 반이나 되니 주민들은 적막하고	居民寂寞半溟濤
백 길이나 되는 산마루에 높은 건물이 솟아 있구나	百丈峯頭挿麗譙
돛대 그림자 가볍게 날아오니 생선 파는 시장은 넓어만 가고	帆影輕飛魚市闊
물결이 다투어 주름지니 바다의 어귀는 아득하여라	浪花爭蹙海門遙
싸늘한 황혼이 달빛을 띠고 말안장에 실려 왔는데	征鞍冷帶黃昏月
밤중 밀물 소리에 나그네의 베개머리는 시끄럽구나	客枕頻喧半夜潮
오강정 위에서 바라보는 운치만 못하지 않아	不減吳江亭上望
붉은 단풍 푸른 귤이 긴 다리에 비쳤어라	丹楓綠橘映長橋

새벽에 마을에서 들려오는 닭소리를 듣고 떠나서 낙산(洛山) 서쪽을 지나는데, 길 옆에 외따로 서 있는 소나무가 있었다. 마디와 눈[芽]이 또렷하고 가지와 줄기가 구불구불하여 땅을 덮고 있는데, 그 그늘 주위가 몇 십 보(步)나 되었다. 특이하도다. 소나무로서 이렇게 기괴하게 생긴 것이 세상에 또다시 있을까. 골 안은 깊숙하고 고요하며 구름 어린 물은 흐릿하여 아마도 인간이 사는 곳이 아니요 신선이 거주하던 곳인 듯, 높은 선비의 유적이 완연히 있었다. 나는 옛날 신라(新羅)의 원효(元曉)와 의상(義相) 두 법사가 신선굴 속에서 관음보살을 직접 보았다는 사실을 생각했는데, 스스로 범상한 몸과 속된 정신이라 신선을 만나지 못하고 돌아감을 탄식하였다. 남아 있는 이야기를 물어보려 하였으나 다만 산만 길게 뻗쳤고, 물만 흐르고 있음을 볼 수 있을 뿐, 수백 년 동안에 옛집과 남은 풍속이 모두 없어졌다. 이에 절구(絶句) 두 편을 지어서 이를 그리워하였다.

일찍이 들었노라 거사인 늙은 유마힐은	曾聞居士老維摩
지팡이를 휘날리며 허공을 건너서 만리 길을 지나갔다	飛錫凌空萬里過
벌써 문수보살을 보내어 문병하러 왔으니	已遣文殊來問疾
일 없이 비사리17를 나오지는 않았으리라	不應無事出毘耶

　　이것은 원효를 가리킨 것이다.

지팡이를 휘날리며 좋은 곳을 찾아 외로운 바닷가에 이르렀더니	飛錫尋眞海岸孤
묘한 양상 바라보니 허무에서 나왔도다	親瞻妙相出虛無
대사로 인연하여 신령한 응답을 돌리지 못하였다면	不緣大士廻靈應
어떻게 신룡의 진주 한 덩이를 얻어낼 수 있었으랴	爭得神龍一顆珠

---

17 중인도의 지명.

이것은 의상(義相)을 가리킨 것이다.

한성(捍城)에서부터 북쪽은 가보지 못하였다. 세상에서 전하는 총석(叢石), 명사(鳴沙)같은 곳은 모두 보지 못하였다. 그러므로 지금 강동에서 구경한 것은 정말 극히 일부분에 불과하다. 만약 모조리 구경하였더라면 비록 수만 장의 종이를 다 쓰며 천 자루의 붓이 다 망가진들 어떻게 모두 적을 수 있었으랴. 옛날에 사마태사(司馬太史)는 일찍이 회계(會稽)에 가서 우혈(禹穴)을 구경하여 천하의 장관을 다 보았으므로, 더욱 기걸차져서 그 문장이 시원스럽고 웅장한 기운이 있었다. 무릇 대장부가 널리 돌아다니며 먼 곳으로 구경을 다니어 천하를 휘젓는다면, 장차 그 가슴속의 수려한 기운을 넓히게 되는 것이다. 내가 만일 명예나 벼슬에 얽매어 있었다면 반드시 그 기이한 것들을 끝까지 찾아다니면서 평소에 가졌던 뜻을 달성하지 못했을 것이다. 여기에서 하늘이 나에게 후한 혜택을 베풀어 주셨음을 볼 수 있다. 월 일 모(某)는 적는다.

원문 • • •

世之論山水者。以江東爲秀地。余獨未信曰。造物者固無心於與奪。安肯私于一方耶。及遊南國。凡以奇勝絶特自名者。咸所冥搜黲見。以爲天下之奇觀殆無出於此矣。又去而之東。自溟原二州之境。風土特變。山增高水益淸。千峯萬壑。誇奇競秀。民居其間。皆側耕危種。怳然若別造一世界。向之所歷者。宜皆遜讓屈伏。無敢與抗矣。然後知混沌氏始判淸濁。崑崙磅礴。獨凝結而爲是也。竹嶺之西二十餘里。有水名唐津。下多細石。皆圓熟而靑色。色徹而水碧。沈沈無聲。魚可數百尾戲于石間。左右皆巖巖靑峙。壁立萬仞。如丹而碧之。崖谷之勢呀然窪然。若垤若穴。奇卉美箭。交生羅絡。影倒水底。大略如此。而其奇麗不可狀。遂下馬斷岸口。泛舟於石壁之趾。舟中人語。山谷皆應。乃嘯詠自得。終日忘歸。蒼然晚色。自遠而至。其境過淸。不可久留。吟一詩題之而去。碧水溶溶色似藍。映波靑壁倒巉巖。飄然萬里東征客。獨掛秋風一幅帆。自余東邁。車轍馬迹之所及多矣。淸絶之地莫有過此者。如近置於京邑。則貴遊必日增千金而爭買矣。以僻在荒壤。人罕能至。時時有獵夫漁老過而不顧。此必天將祕之。以待吾輩窮愁之人爾。至登溟州南嶺。北出海畔。有小城曰洞山。人民聚落。蕭然甚僻。登其城以望之。薄暮冥冥。道傍漁舍。燈火隱顯。使人有懷鄉去國。凄然感極而悲者。夜宿傳舍。倚壁危坐。江聲淘淘不已。雷輥電擊。豎人毛髮。若符堅以百萬之師來伐江南。靡陣而却。驚潰不止。棄器械輜重而疾走也。何其壯哉。遂題詩曰。居民寂寞半溟濤。百丈峯頭揷麗譙。帆影輕飛魚市闊。浪花爭矗海門遙。征鞍泠帶黃昏月。客枕頻喧半夜潮。不減吳江亭上望。丹楓綠橘映長橋。曉聞村雞一號。行過洛山之西。路有孤松。節目碌砢。枝幹屈盤。蔭地而周圍者數十步。異哉松之奇怪。世復有如是者耶。洞天幽寂。雲水沈沈。殆非人間之境。仙靈之所居。高士之逸迹。宛然在焉。余感昔新羅元曉，義相二法師親謁觀音於仙窟中。自歎其骨凡氣俗。未遇而返。欲問遺事則徒見其山長水流。而數百年間。故家遺俗盡矣。乃作二絶以懷之曰。曾聞居士老維摩。飛錫凌空萬里過。已遣文珠來問疾。不應無事出毗耶。謂元曉也。飛錫尋眞海岸孤。親瞻妙相出虛無。不緣大士廻靈應。爭得神龍一顆珠。謂義相也。自捍城以北。未有所歷。若世所傳叢石鳴沙皆不目焉。則今之見於江東者。眞大倉一稊稗耳。設使盡觀。雖窮萬穀之皮。禿千兔之翰。安能盡紀耶。昔司馬太史嘗遊會稽。窺禹穴以窮天下之壯觀。故氣益奇偉。而其文頗疏蕩而有豪壯之風。則大丈夫周遊遠覽。揮斥八極。將以廣其胸中秀氣耳。余若桎梏於名檢之內。則必不能窮其奇摻㝵001其異。以賞其雅志也。有以見天之厚余多矣。月日。某記。

─『西河先生集』卷第五

1. 이 작품의 서술 방식에 대하여 설명해 보자.

2. 임춘이 살던 시대와 관련하여 작품에 나타난 당시의 시대상에 대하여 말해 보자.

3. 원효 의상에 관한 시의 내용과 관련하여 『삼국유사』에 실린 원효 의상에 대한 기록을 조사해 보고 그것의 전승력에 대하여 논의해 보자.

4. 서술 방식의 특징에 따라 작품을 세 단락으로 나누어 보고 이 작품의 수필적 성격에 대하여 말해 보자.

동유기

東遊記

고려 후기에 이곡(李穀)이 지은 기행문으로 작자의 문집인『가
정집(稼亭集)』권5에 수록되어 있다. 1349년(충정 1) 가을에 금강산 및 동
해안 지방을 유람하고 지은 글이다.

역문 • • •

지정 9년 기축년 가을에, 금강산을 유람하려고 14일에 송도(松都)를
출발하여 21일에 천마령(天磨嶺)을 넘어 산밑 장양현(長陽縣)에서 자니
산과의 거리가 30여 리이다. 이튿날 일찍 조반을 먹고 산에 오르는데
구름과 안개가 자욱하여 어두웠다. 고을 사람이 말하기를, "풍악산(楓
岳山)을 구경하러 오는 사람이 구름과 안개 때문에 보지 못하고 돌아
가는 일이 번번이 있다." 하였다. 동행들이 모두 걱정하는 빛이 있고
무언(無言) 중에 기도를 하였다.

산과의 거리가 5리쯤 되자 어두운 구름이 차츰 엷어지고 햇빛이 새
어나오더니, 절재[拜岾]에 오르니 하늘이 개고 날씨가 맑아 산의 또렷
함이 마치 칼로 긁어낸 듯, 이른바 1만 2천 봉(峰)을 뚜렷이 셀 만하였
다. 이 산에 들어가려면 반드시 이 재를 경유하는데, 재에 오르면 산
이 보이고 산을 보려면 저절로 고개를 숙이게 되므로, 이 재를, '절재'
라 한다. 재에는 옛날에 집이 없었고 돌을 쌓아 대(臺)를 만들어 쉴 곳
을 마련했었다. 지정 정해년에 지금 자정원사(資正院使) 강공(姜公) 금강
(金剛)이 천자(天子, 원제(元帝))의 명을 받들고 와서 큰 종을 주조해서 종

각(鐘閣)을 지어 재 위에 달고, 그 곁에 절을 지어 종 치는 일을 맡게 하여 우뚝한 금벽(金碧)의 빛이 설산(雪山)을 쏘니, 또한 산문(山門)의 일대 장관(壯觀)이다. 낮이 못 되어 표훈사(表訓寺)에 이르러 잠깐 쉬었다. 한 사미(沙彌, 동승(童僧))가 인도하여 산을 오르는데 그가 말하기를, "동쪽에 보덕관음굴(普德觀音窟)이 있어서 절을 찾는 사람들이 반드시 먼저 그리로 가는데 길이 험하고 깊으며, 서북쪽에 있는 정양암(正陽菴)은 태조(太祖, 왕건(王健)가 창건(刱建)한 절로 법기보살(法起菩薩)의 존상(尊相)을 모신 곳으로 좀 높기는 하지만 비교적 가까와서 올라감직하며, 또 그 암자에 오르면 풍악산의 여러 봉우리들을 한 눈에 다 볼 수 있다." 하였다. 내가 말하기를, "관음보살(觀音菩薩)이야 어느 곳엔들 안 계시랴. 내가 여기 온 것은 이 산의 뛰어난 경치를 보고자 함이니, 그 암자로 먼저 감이 어떠하냐." 하였다. 이에 붙들고 기어서 올라가니, 과연 그의 말대로 매우 마음에 흡족하였다. 보덕관음굴에 가려 하였는데 날도 이미 저물어 가고 또 산속에서 묵을 수도 없기에, 신림(新林)·삼불(三佛) 등 여러 암자에 들러 시내를 따라 내려와 날이 저물어 장안사(長安寺)에 이르러 잤다.

이튿날 일찍이 산을 나오니, 철원(鐵原)에서 산까지가 3백 리인즉 서울과의 거리는 실로 5백여 리이다. 그러나 강이 거듭있고 고개가 첩첩하여 깊고 험절하니, 이 산에 출입하는 것이 어려운 일이다. 일찍이 듣건대, "이 산의 이름이 불경(佛經)에 나타나 있고 천하에 널리 알려져 먼 건축(乾竺, 인도(印度)) 사람도 때때로 와 구경하는 이가 있다." 한다. 대체로 보는 것은 듣는 것만 못하니, 우리나라 사람이 서촉(西蜀)의 아미산(峨眉山)과 남월(南越)의 보타산(補陀山)을 구경한 자가 있었으되 모두 말하기를, "들은 것만 못하더라."한다. 나는 비록 아미산과 보타산을 보지는 못하였으나, 내가 본 이 산은 실로 들은 바보다 나으니,

비록 화가의 재주와 시인의 재능으로도 비슷하게 형용할 수 없을 것이다.

23일에 장안사로부터 천마서령(天磨西嶺)을 넘어 또 통구(通溝)에 이르러 갔다. 모든 금강산에 들어가는 자는 천마의 두 고개를 경유하는데, 고개에 오르면 산이 바라보이므로 고개를 넘어 산으로 들어가는 자가 처음에는 험준한 것을 걱정하지 않으나, 산으로부터 고개를 넘어 본 뒤에야 길이 험난한 줄을 알게 된다. 서령은 조금 낮은데 오르고 내림이 30여리요, 몹시 험한 까닭에 발단령(髮斷嶺)이라 한다.

24일에 회양부(淮陽府)에 이르러 하루를 묵고, 26일에 철령관(鐵嶺關)을 넘어 복령현(福靈縣)에서 잤다. 철령은 우리 나라 동쪽의 요새이니, 이른바 한 사람이 관문을 지키고 있으면 만 명이라도 열 수 없다는 것이다. 그러므로 고개 동쪽의 강릉(江陵) 여러 주(州)를 관동(關東)이라 한다. 지원(至元) 경인년에 배반한 왕 내안(乃顔)의 무리인 합단(哈丹) 등 적(賊)이 패하여 도망하여 동쪽으로 와서 개(開)·원(元) 여러 군(郡)으로부터 관동에 마구 들어오니, 나라에서 만호(萬戶) 나유(羅裕) 등을 보내 군사를 거느리고 철령관을 지키게 하였더니, 적이 화주(和州)·등주(登州)의 서쪽 여러 주의 백성들을 노략질하고, 등주(登州)에 이르러 그 고을 사람을 척후(斥候)로 보내어 엿보니, 나공(羅公)이 적이 왔다는 말을 듣고 철령관을 버리고 달아났으므로, 적이 마치 무인지경(無人之境)을 밟듯이 쳐들어와 온 나라가 들끓고, 인민이 그 해를 입어 혹 산성(山城)에 오르고 혹 해도(海島)에 들어가 그 적군의 칼날을 피하였다가 원 나라의 군사를 빌어 온 뒤에 섬멸(殲滅)할 수 있었다. 내가 본 철령관의 험함은 참으로 한 사람을 시켜 지키게 하면, 비록 천만 명이 우러러 공격하더라도 어지간한 세월로는 들어갈 수 없을 터이다. 나공은 참으로 대담하지 못하였구나.

27일에 등주에 이르러 이틀을 묵으니, 지금은 화주(和州)라 한다. 30일에 일찍 화주를 떠나 학포(鶴浦) 어귀로부터 배를 타고 바다에 들어가 국도(國島)를 구경하였다. 국도는 해안(海岸)에서 10리 쯤에 있는데, 서남쪽 모퉁이로 들어간다. 물가에 흰 모래가 새하얀 비단을 깐 듯하고, 그 위에 평지(平地)가 5·6묘(畝)는 됨직한데, 모양이 구슬 반쪽 같고, 가운데에 집터가 있는데, 사람들이 말하기를, "중이 살던 곳이다." 한다. 그 위에 산이 옥결(玉玦)처럼 둘러 있는데, 산세(山勢)는 그리 높지 않으며 덩굴풀이 덮여 있고 나무도 없으니 그저 한 개의 흙언덕이다. 배를 타고 조금 서쪽으로 가니 석벽(石壁)과 언덕이 차츰 달라진다. 그 석벽의 돌은 직방체(直方體)로 나란히 우뚝 서 있고, 그 언덕의 돌은 다 둥글게 배열되어 있는데, 한 면에 한 사람이 앉을 수 있으나 가지런하지 않다. 수백 보를 가니 석벽의 높이가 수백 척쯤 되는데 그 돌이 흰 빛이고, 바르고 곧으며 장단(長短)이 똑 같으며, 한 줄기마다 그 꼭대기에 각각 한 개의 작은 돌을 이고 있어 마치 화표주(華表柱)의 머리 같은데, 머리를 들어 쳐다보매 아슬아슬 떨리고 놀라왔다. 작은 굴(窟)이 하나 있기에 배를 삿대질하여 들어가니, 점점 좁아져 배를 댈 수 없고, 굴을 들여다보니 깊이를 헤아릴 수 없는데, 그 좌우에 묶어 선 돌이 외면(外面)과 같되 더욱 가지런하고 그 위에 돌고 드름이 늘어진 것이 다 반듯하여 바둑판을 엎은 듯, 마치 한 톱으로 잘라 놓은 것 같으니, 이로 본다면 외면만이 이러할 뿐 아니라, 온 섬이 하나로 묶어진 모난 돌줄기이다. 그 굴이 깊고 험하여 정신이 떨려 오래 머무르지 못하겠기에 배를 돌려 북쪽으로 가니, 또 병풍을 두른 것 같은 한 면이 있다. 배를 버리고 내려가 서성거리며 만져보니 대개 돌이 굴과 다름이 없는데, 석벽이 그리 높지 않고 그 밑은 차츰 평이(平易)한데 둥근 돌이 널찍이 배열되어 천 명이 앉을 만하다. 구경 온 사람들이 반드시 여기에 앉아서 쉬되, 누가 머물러서 술을 마시면 풍파가 인다 하며, 또 화식(火食)하는 자가 머물 곳도 아니라 한다. 석벽 옆으로 끼고 동남쪽으로 또 수백 보를 가니 석벽의 돌이 차츰 달라지는데, 네모난 철망(鐵網)을 이루어 물을 담아 조그만 둥근 돌을 가는데 길이는 5·6척이요, 줄기마다 똑 같이 한면이 다 그러하니 사람들이 철망석(鐵網石)이라 이른다. 이것이 국도(國島)의 대강의 경치인데, 그 기이한 모양은 도저히 글이나 말로는 그려낼 수 없으니, 참으로 조물주가 이처럼 만들었는지 모르겠다. 포구로 돌아와 술을 들며 서로들 치하하였으니, 하나는 승경(勝境)을 보아서이고, 하나는 풍랑이 일지 않아서이다. 포구로부터 배를 저어 이른바 학포(鶴浦)라는 곳에 들어가 원수대(元帥臺)에 오르니, 백 이랑의 맑은 호수에 한 점 외로운 섬 또한 일대 기이한 장관이었다. 날이 저물어 머무를 수 없어 현관(縣舘)으로 돌아와 잤다.

9월 초하룻날에 흡곡현(歙谷縣) 동령(東嶺)을 넘어 천도(穿島)에 들어가려고 그 형상을 물으니, 섬에 구멍이 있어 남북으로 통하는데 풍랑이 서로 드나들 뿐이라 한다. 그러나 천도로부터 바다를 건너 남쪽으로 가면 총석정(叢石亭)에 갈 수 있는데 그 사이가 8·9리이고, 또 총석정으로부터 바다를 건너 남쪽으로 가면 금란굴(金蘭窟)에 갈 수 있는데, 그 사이가 또 10여 리인데, 주중(舟中)의 승경(勝景)을 이루 말할 수 없다 한다. 이 날에 약간 바람이 불어 배를 탈 수 없어서 굴(窟)과 섬에 들어가지 않고 해변을 따라 총석정에 이르니, 애주수(崖州守) 심군(沈君)이 정상(亭上)에서 기다리고 있었다. 이른바 사선봉(四仙峰)이란 것은 그 돌이 묶여 서 있고 그 줄기가 반듯하고 곧은 것은 대개 국도(國島)와 같은데, 다만 그 빛이 붉고 그 석벽(石壁)의 돌이 울퉁불퉁 가지런하지 않을 뿐이다. 그 위에서 내려다보니 네 봉우리가 따로 따로 우뚝 솟아 있고 절벽이 깎아지른 듯 동쪽 바다 만 리를 바라보고 서령(西嶺) 천겹을 마주 대하고 있으니, 실로 관동(關東)의 장관이다. 옛날엔 비(碑)가 석벽 위에 있었다 하나 지금은 보이지 않고 유적이 있을 뿐이다. 또 동봉(東峰)에는 옛 비갈(碑碣)이 있는데, 표면이 떨어지고 닳아져 한 글자도 알 수 없으니, 어느 시대에 세운 것인지 모르겠다. 사람들이 말하기를, "신라(新羅) 때에 영랑(永郎)·술랑(述郎) 등 네 선동(仙童)이 그의 무리 삼천 명과 바닷가에서 놀았다." 하니, 이 비갈을 그 무리가 세운 것일까. 역시 상고할 수 없다. 사선봉(四仙峰)에 가니 작은 정자가 있기에 그 위에서 술자리를 베풀고 해가 늦어서야 통주(通州)에 이르러 잤다.

통주는 옛날의 금란현(金蘭縣)으로 옛 성(城) 북쪽 모퉁이에 석굴(石窟)이 있는데, 사람들이 금란굴이라 하며 관음보살이 머문 곳이라 한다. 다음 날 배를 타고 들어가 바라보니 어렴풋이 보살의 형상 같은 것이 굴 안에 있는데, 그 굴이 깊고 또 좁아서 들어갈 수 없었다. 뱃사공이 말하기를, "제가 여기에 산 지 오래입니다. 위로는 원나라 조정의 사화(使華)와 본국의 경사(卿士)들, 방백(方伯)·수령(守令)들로부터 아래로는 유람객들에 이르기까지 귀천을 막론하고 반드시 이 곳을 구경하려 하여 매양 저로 하여금 배로 인도하게 하옵기에 제가 실로 귀찮게 여겨 일찍이 조그만 통나무배를 만들어 혼자 굴 안으로 들어가 맨 끝까지 보고 나왔사온데, 특별히 보이는 것이 없기에 손으로 만져 보니 하나의 이끼가 낀 돌 뿐이었나이다. 그러나 나와서 돌아보니 또 무슨 형상이 있는 듯하였습니다. 아, 저의 정성이 부족한 때문입니까. 혹은 마음 속에 늘 생각했기 때문에 실제인 듯 보인 것입니까." 하였다. 내가 그 말을 듣고 상당히 이해되는 바가 있었다. 굴 동쪽에 석지(石池)가 있는데, 사람들이 말하기를, "관음보살이 목욕하는 곳이라 하며, 또 바윗돌이 뾰족뾰족한데 그 크기는 사방 한 치쯤 되며 넓이는 몇 묘(畝)나

되고 모두 한편으로 기울어졌는데, 사람들이 통족암(痛足岩)이라 이른다. 관음보살이 발로 밟아 아팠으므로 바위가 그 때문에 기울어진 것이라 한다. 금란(金蘭)으로부터 임도현(林道縣)에 이르러 잤다.

3일에 고성군(高城郡)에 이르렀다. 통주로부터 고성까지는 1백 50리인데 실로 풍악산의 등으로 그 산은 깎아 지른 듯 험절하여 사람들이 외산(外山)이라 부른다. 이 산은 내산(內山)과 기이함을 다툴 만하다. 그 동남쪽에 유점사(楡岾寺)가 있는데, 그 절에는 큰 종과 53불(佛)의 동상(銅像)이 있다. 사람들이 말하기를, "신라 때에 53불이 이 종을 타고 서천축(西天竺, 인도(印度))에서 바다에 떠서 와 고성(高城) 해안에 정박했다가 다시 유점에 와서 머물렀다." 한다. 고성 남쪽에 게방촌(憩房村)이 있으니 실로 그것이 산록(山麓)이다. 게방에서 60리를 올라가면 유점사에 이른다. 내가 처음에 동행자들과 반드시 유점사에 가서 이른바 종과 불상을 보리라 약속하였는데, 오는 길이 이미 멀고 험하여 말들이 다 등창이 나고 발굽이 아파 혹 뒤쳐지는 자가 생겨 다시 산에 오르지 못하였다.

4일에 일찍 일어나 삼일포(三日浦)에 이르렀다. 삼일포는 성 북쪽 5리 쯤에 있는데, 배에 올라 서남쪽 조그만 섬에 이르니, 활처럼 생긴 하나의 큰 돌이다. 그 꼭대기에 돌감실이 있고 그 안에 석불(石佛)이 있으니, 세칭 미륵당(彌勒堂)이다. 그 석벽 동북쪽에 여섯 글자 붉은 글씨가 있기에 가서 보니, 두 줄에 석 자씩 썼는데 그 글에, '술랑도 남석행(述郞徒南石行)'이라 하였다. 그 '술랑남석' 네 자는 아주 분명하나, 그 아래 두 자는 희미하여 알아볼 수 없었다. 옛날에 고을 사람들이 유람하는 사람들을 대접하기가 괴로와서 쪼아 버릴 때 깊이가 5치쯤에 이르렀는데도 자획(字畫)이 없어지지 않았다 하니, 지금 두 자가 분명치 못한 것은 대개 그 때문이다.

이윽고 배를 돌려 사선정(四仙亭)에 오르니, 이 또한 호수 가운데의 한 섬이다. 난간을 의지하여 빙 둘러보니, 이른바 36봉의 그림자가 호수 한 가운데에 거꾸로 되어 있는데, 호수는 백 이랑쯤 되고 맑고 깊고 넘실거려 실로 관동의 승경(勝境)으로 국도에 다음 갈 만하다. 그때에 마침 군수(郡守)가 없어 그 고을의 아전이 조촐한 술자리를 차렸는데, 혼자 마실 수 없어서 배를 명하여 나왔다. 사람들이 말하기를, "이 호수가 사선(四仙)이 놀고 간 36봉이라 하며, 봉우리에는 비(碑)가 있던 것을 호종단(胡宗旦)이 모두 가져다 물속에 넣었다. 지금도 그 대석(臺石)이 여전히 남아 있다."한다. 호종단이란 자는 이승(李昇)으로 당나라 사람인데 우리나라에 와서 벼슬하여 5도(道)를 순찰하면서, 가는 곳마다 번번이 비갈(碑碣)을 가져다가 혹은 그 글자를 긁어버리고, 혹은 부수고, 혹은 물속에 넣었으며, 종(鍾)·경(磬)으로 이름 있는 것들도 혹 쇠를 녹여 틀어막아 소리가 나지 못하게 하였다. 이를테면 한송정(寒松亭)·총석정(叢石亭)·삼일포(三日浦)의 비(碑)와 계림부(鷄林府) 봉덕사(奉德寺)의 종들에서 볼 수 있다. 사선정(四仙亭)은 박군(朴君) 숙정(淑貞)이 존무사(存撫使)로 있을 때 세운 것으로 좌주(座主) 익재(益齋, 이제현(李齊賢) 선생이 기(記)를 지었다. 삼일포로부터 성남하(城南河)를 건너 안창현정(安昌縣亭)을 지나 명파역(明波驛)에서 잤다.

5일에 고성(高城)에서 자고 하루를 묵었다. 7일에 주인(主人)이 선유담(仙遊潭) 위에 술자리를 베풀어 약간 마시고 청간역(淸澗驛)을 지나 만경대(萬景臺)에 올라 조금 마시고 인각촌사(仁覺村舍)에서 잤다.

8일에 영랑호(永郎湖)에 배를 띄웠다. 해가 저물어 근원을 다 가보지 못하고 낙산사(洛山寺)에 이르러 백의대사(白衣大士)를 뵈었다. 사람들이 말하기를, "관음보살이 머무르는 곳이다." 하는데, 산 아래에 구멍이 있으니, 그것이 관음보살이 들어가는 곳이라 한다. 늦게 양주(襄州)에 이르러 갔다.

다음날 중구일(重九日)에 또 비가 와서 국화 술을 누각 위에서 마셨다.

10일에 동산현(洞山縣)에서 잤는데, 관란정(觀瀾亭)이 있었다.

11일에 연곡현(連谷縣)에서 잤다.

12일에 강릉 존무사(江陵存撫使) 성산(星山) 이군(李君)이 경포(鏡浦)에서 기다려주어 두 척의 배를 타고 중류에서 노래하고 춤추다가 날이 기울기 전에 경포대(鏡浦臺)에 올랐다. 대(臺)에는 전에는 집이 없었는데, 요즈음 호사자(好事者)가 정자를 지었으며, 그 위에 옛날 신선의 돌풍로가 있으니, 이는 차를 달이는 도구이다. 삼일포와 더불어 경치가 막상막하(莫上莫下)로되 명확하고 심원하기는 그보다 낫다. 비가 와서 하루를 묵고, 강성(江城)을 나와 문수당(文殊堂)을 구경하니, 사람들의 말이 문수(文殊)·보현(普賢) 두 석상(石像)이 땅에서 솟아나온 것이라 한다. 동쪽에 사선비(四仙碑)가 있었으나, 호종단이 물속에 넣어버리고 오직 귀부(龜趺)가 남아 있을 뿐이었다. 한송정(寒松亭)에서 전별주를 마시니, 이 정자 또한 네 신선이 노닌 곳인데, 고을 사람들이 유람자(遊覽者)가 많음을 귀찮게 여겨 집을 헐어 버렸고, 소나무도 들불에 타버렸으며, 다만 돌풍로·석지(石池)와 두 개의 돌우물이 그 곁에 남아 있을 뿐이다. 이것 역시 네 신선의 다구(茶具)이다. 정자를 지나 남쪽으로 가니, 안인역(安仁驛)이 있었다. 날이 이미 저물어 고개를 넘을 수 없어 거기에서 유숙하였다.

이튿날 일찍 떠나 역을 지나니 동봉(東峰)이 매우 험하였다. 등명사(燈明寺)에 이르러 일출대(日出臺)를 구경하고, 드디어 바다를 따라 동쪽으로 가서 강촌(江村)에서 쉬고 고개를 넘어 우계현(羽溪縣)에서 잤다.

12일에 삼척현(三陟縣)에서 잤다.

이튿날 서루(西樓)에 올라 이른바 50천(川) 팔영(八詠)이란 곳을 마음대로 구경하고 나와서 교가역(交柯驛)에 이르니, 역은 현의 관아와 30리가 떨어져 있는데, 15리 지점의 바다를 임한 절벽 위에 원수대(元帥臺)가 있으니 이 또한 절경이었다. 그 위에서 약간 마시고 드디어 역사(驛舍)에서 잤다.

18일에 옥원역(沃原驛)에서 잤다.

19일에 울진(蔚珍)에 이르러 하루를 묵었다.

21일에 일찍 떠났다. 울진현 남쪽 10리에 성류사(聖留寺)가 있다. 절이 석벽 밑 장천(長川) 가에 있는데, 절벽의 돌이 깎아지른 듯 천 척이요, 절벽에 작은 구멍이 있는데 성류굴(聖留窟)이라 이른다. 굴의 깊이를 헤아릴 수 없고 또 어둑컴컴하여 촛불이 없으면 들어갈 수 없다. 절의 중을 시켜 횃불을 들고 인도하게 하고, 또 고을 사람 가운데 많이 출입한 자에게 앞서고 뒤따르게 하여 들어가 보았다. 구멍 어귀는 좁으나 4·5보쯤 기어 들어가니 조금 넓어지며, 일어나 또 몇 걸음을 가니 깎아지른 듯한 낭떠러지가 세 길쯤 솟았는데, 사다리로 내려가니 점점 평탄하고 넓어지며, 수십 보쯤 가니 평지가 있어 몇 이랑이 됨직한데 좌우의 돌 모양이 이상야릇하고, 또 10보쯤을 가니 구멍이 있는데 구멍 어귀보다 더 좁았다. 엎드려 가니 그 아래는 흙탕물이 있었는데 자리를 깔아 습기를 막았다. 또 7·8보를 걸어 가니 조금 널찍한데 좌우의 돌이 더 이상야릇하여 혹은 당번(幢番)과도 같고 혹은 부도(浮圖, 탑(塔))와도 같다. 또 십수 보를 가니, 돌이 더욱 기괴하고 그 모양이 더욱 여러 가지여서 이루 기록할 수 없으며, 그 당번과 부도 같은 것도 더욱 길고, 넓고, 높으며 크다. 또 4·5보를 가니 불상 같은 것도 있고, 고승(高僧) 같은 것도 있으며, 또 못물이 있어 매우 맑은데 넓이가 몇 이랑쯤 된다. 가운데에 두 개의 돌이 있는데 하나는 수레바퀴통 같고 하나는 단지 같으며, 그 위와 곁에 드리워진 번개(幡盖)는

95

모조리 오색이 찬란하다. 처음 생각엔 석종유(石鐘乳)가 엉긴 것이어서 그다지 단단하지 않으리라 여기고 지팡이로 두들기니, 각각 소리가 나고 그 장단(長短)을 따라 청탁(淸濁)이 있어 마치 편경(編磬)과 같았다. 사람들이 말하기를, "연못을 따라 들어가면 더욱 기괴하다."하나, 나는 이곳은 세속 사람이 함부로 구경할 곳이 아니라고 여겨 어서 나가자고 하였다. 그 양 옆에 구멍이 많은데 사람이 잘못 들어가면 나올 수 없다 한다. 그 사람에게 굴의 깊이가 얼마냐고 물으니, 대답하기를, "아무도 그 끝까지 가 본 자가 없습니다. 혹자는 '평해군(平海郡) 바닷가에 닿는다'고들 합니다." 하니, 대개 여기서 20여 리이다. 처음 들어갈 때 검고 더러울까 하여 아이종의 옷과 건(巾)을 빌려서 들어갔다가, 나온 뒤에 옷을 바꿔 입고 세수하고 양치하니 마치 꿈에 화서(華胥)에서 노닐다가 화들짝 깬 듯하였다. 일찍이 생각하기를, 조물주의 오묘함을 대부분 헤아릴 수 없다고 여겼는데, 내가 국도(國島)와 이 굴에서 더욱 그런 줄을 알았다. 그것이 자연히 된 것인가. 아니면 일부러 이렇게 만든 것인가. 자연이라 한다면 그 기변(機變)의 교묘함이 어찌 이렇듯 지극하며, 일부러 만든 것이라면 아무리 귀공(鬼工)이나 신력(神力)으로 천만세(千萬世)를 다하였기로서니 또한 어떻게 이런 지극한 경지에 이르렀는가. 이날 평해군에 이르렀는데, 군에 이르기 5리 전에 소나무 만 그루가 있고, 그 가운데 정자가 있어 월송정(越松亭)이라 한다. 네 신선이 노닐다가 우연히 이 곳에 들렀기 때문에 이렇게 이름지었다 한다. 평해군이란 곳은 강릉도(江陵道)의 남쪽 경계로, 북쪽 철령(鐵嶺)으로부터 남쪽 평해까지 대개 1천 2백여 리이다. 평해 이남은 곧 경상도의 경계로 내가 일찍이 갔다 온 곳이기에 여기에는 기록하지 않는다.

至正九年己丑之秋。將遊金剛山。十四日。發松都。二十一日。踰天磨嶺宿
山下長陽縣。去山三十餘里。蓐食登山。雲霧晦冥。縣人言遊楓岳者。以雲
霧故不見而還。比比有之。同遊皆有憂色。默有禱焉。距山五里許。陰雲稍
薄。日光穿漏。及登拜岾。天朗氣淸。山明如刮。所謂一萬二千峯。歷歷可
數也。凡入此山。必由此岾。登岾則見山。見山則不覺稽顙。故曰拜岾。岾
舊無屋。累石爲臺。以備憩息。至正丁亥。今資正院使姜公金剛奉天子之命。
來鑄大鍾。閣而懸之于岾之上旁盧桼門。以主撞擊。屹然金碧。光射雪山。亦
山門一壯觀也。未午。到表訓寺小憩。有一沙彌導以登山。沙彌言東有普德
觀音窟。人之隨喜必於此。然深且阻。西北有正陽菴。是我太祖所刱。而
安法起菩薩尊相之所。雖陟高而稍近可上。且登是菴則楓岳諸峯。一覽而盡。
余謂觀音菩薩何所不住。余所以來者。蓋欲觀此山之形豚耳。盍先往乎。於
是攀緣而登。果如所言。甚愜來意。欲往普德則日已向晚。且不可留山中。
遂由新林，三佛諸菴。沿溪而下。暮抵長安寺宿。翌早出山。自鐵原至山三
百里。則距京實五百餘里也。然重江複嶺。幽深險絶。出入是山。其亦艱哉。
嘗聞此山名著佛經。而聞于天下。雖絶遠如乾竺之人。時有來觀者。大抵所
見不如所聞。東人遊西蜀峨眉，南越補陁者有之。皆言不如所聞。余雖不見
峨眉，補陁。所見此山。實踰所聞。雖盡師之巧。詩人之能。不可得其形容
之髣髴也。二十三日。自長安寺度天磨西嶺。又至通溝宿。凡入山者由天磨
二嶺。登嶺則望山。故踰嶺入山者。初不以絶險爲慮。自山而踰嶺。然後知
其爲艱也。西嶺差低。登降三十餘里。陟甚謂之髮斷。二十四日。至淮陽府
留一日。二十六日。踰鐵嶺開宿福靈縣。鐵嶺。國東之要害。所謂一夫當開。
萬夫莫開者也。故嶺以東江陵諸州。謂之開東。至元庚寅。叛王乃顔之黨哈
丹等賊。奔北而東。自開元諸郡闌入開東。國家遣萬戶羅裕等。領其軍防護
鐵開。賊劫掠和登以西諸州人民。至登州。使登人覘之。羅公聞賊來。棄關
而走。故賊如蹈無人之境。一國洶洶。人被其害。登山城入海島以避其鋒。
至乞師天朝。然後乃能殲之。今余所見鐵開之險。誠使一夫當之。雖千萬人
仰而攻之。不可以歲月得入也。羅公眞小膽哉。二十七日。到登州留二日。

今稱和州。三十日。早發和州。自鶴浦口登舟入海觀國島。島去岸十里許。
入自西南隅。水際白沙如練。其上平地五六畝。形若半壁中有屋基。人言浮
圖者所居也。其上山圍若玦。勢不甚高。蔓草覆之。又無樹木。視之一土坡
也。舟而小西。崖岸稍異。其崖石則皆方直。櫛比而壁立。其岸石則皆平圓
排列。一面可坐一人。然不整齊也。行數百步。其崖高可數百尺。其石白色
方直。長短若一。每一條其頂。各載一小石。若華表柱頭者。仰面而視。可
竦可愕。有一小窟。撑舟而入。漸窄不能容身。視其窟。深不可測。其左右
束立之石。如外面更整齊。其上石脚下垂者。皆平正如覆棋局。若一鉅而斷
之者。以此觀之。則非惟外面如此。盡一島乃一束方石條也。其窟嶄岩。使
人魂悸不可久留。回舟而北。又有一面如圍屏者。捨舟而下。徘徊攀緣。大
槩石與窟無異。而崖不甚高。其下稍平易。其圓石排列者可坐千人。遊觀者
必憩息於此。有人留飲。慮其風作。且非煙火食者所住。傍崖而東南又行數
百步。崖石稍異。作方鐵網。盛水磨小圓石。長五六十尺。一條若一條。一
面皆是。人謂鐵網石。此其

國島之大槩者也。若夫奇絕怪異之狀。非筆舌所可髣髴也。誠不知造化者何
以至于此極也。既還浦口。舉酒相賀。一以獲覩勝境。一以風浪不作也。自
浦口棹舟而入所謂鶴浦者。登元帥臺。百頃澄湖。一螺孤嶼。亦一奇觀也。
既晚不可留。至縣館宿。九月朔。踰歙谷縣東嶺。欲入穿島。問其狀。島有
竇通南北。風濤相透而已。然自穿島絕海而南。可往叢石亭。其間八九里。
又自叢石絕海而南。可往金蘭窟。其間亦十餘里。舟中勝景不可言也。是日。
微有風不可舟。故不入穿島。沿海邊至叢石亭。通州守沈君相侯於亭上。所
謂四仙峯者。其石束立。其條方直。大槩如國島。但其色黑。其崖石亦參差
不正耳。自其上臨視之。四峯離立峭拔。斷崖欽崟。臨東溟萬里。對西嶺千
重。實關東壯觀也。舊有碑在崖上。今不見遺跌在耳。又於東峯有古碣。剝
落磨滅。無一字可識。不知何代所立也。人言新羅時有永郎述郎徒南四仙童
者。與其徒三千人遊於海上。此碑碣豈其徒所立者耶。亦不可得考也。臨四
仙峯有小亭。置酒其上。日已晚。至通州宿。通古金蘭縣。故城北隅有石窟。
人言金蘭窟。觀音菩薩所住之處。明日。乘舟迤岸而入。望見之微若菩薩形

像立於窟中。以其窟深且狹。故不可入。操舟者曰。吾居於此久矣。自元朝
使華本國之卿士仗節剖符於方面者。下至遊觀之人。無問貴賤。必欲來觀。
每令吾舟而導之。吾實厭之。嘗操小刻木獨入窟中。窮而後止。別無所見。
以手捫之。一面蘇石耳。旣出而回視之。則又髣髴其形像焉。噫。吾之誠有
未至歟。抑其思想所致。若所謂思成者歟。余聞之。頗有頷焉。窟東有石池。
人言觀音浴處。又有岩石簇簇。方寸其大。多至數畝皆欹側。人謂痛足岩。蓋
觀音菩薩足踏而痛。岩爲之欹側也。自金蘭至林道縣宿。初三日。到高城郡。
由通州至高城。一百五十餘里。實楓岳之背。其山嶄岩險絕。人謂外山。蓋
與內山爭奇怪。其東南有楡岾寺。寺有大鍾與五十三佛銅像。人言新羅時五
十三佛乘此鍾。自西天竺泛海而來泊高城海岸。旣又至楡岾而止焉。高城南
有憩房村。實山麓也。由憩房陡上六十里而至楡岾。余始與同遊之人約。必
至楡岾。觀所謂鍾與佛像者。行旣遠路且險。馬皆瘡背病蹄。或有落後者。
故不復登山。初四日。早起至三日浦。浦在城北五里許。登舟至西南小嶼。
窮隆一巨石也。其頂有石龕。龕中有石佛。俗所謂彌勒堂也。其崖東北面。
有六字丹書。就視之則兩行行三字。其文曰。述郎徒南石行。其述郎南石四
字則明甚。其下二字。稀微不可識。昔州人苦其供給遊賞者。斲而去之。深
至五寸許。字畫不減。今其二字不明者蓋以是歟。旣而回舟登四仙亭。亦湖
中一島也。徙倚環視則所謂三十六峯影倒湖心。湖可百頃。澄深瀰漫。實關
東勝境。亞於國島者也。時無郡守。其州吏開小酌。不可以獨飮。命舟而出。
人言此湖爲四仙所遊。三十六峯峯有碑。胡宗旦皆取而沈之。今其跌猶存焉。
胡宗旦者。李昇唐之人也。來仕本國。出巡五道。所至輒將碑碣。或刮去其
字。或碎或沈。至於鍾磬。有名者皆鎔鐵以塞之。使之不聲。若於寒松，叢
石亭，三日浦之碑。鷄林府奉德之鍾之類。可見也。四仙亭。朴君淑眞存撫
時所置。座主益齋先生爲之記。自三日浦渡城南河。過安昌縣亭宿明波驛。
初五日。宿高城留一日。初七日。主人小酌仙遊潭上。過淸澗驛。登萬景臺
小酌。宿仁覺村舍。初八日。泛舟永郎湖。日晚不得窮源。到洛山寺謁白衣
大士。人言觀音菩薩所住。山下石崖有竇。是觀音所入處也。晚至襄州宿。
明日重九。又有雨舉菊觴於樓上。十日。宿洞山縣。有觀瀾亭。十一日。宿

連谷縣。十二日。江陵存撫使星山李君侯于鏡浦。方舟歌舞中流。日未西。
上鏡浦臺。臺舊無屋。近好事者爲亭其上。有古仙石竈。蓋煎茶具也。與三
日浦相甲乙。而明遠則過之。以雨留一日。出江城觀文殊堂。人言文殊, 普
賢二石像從地湧出者也。東有四仙碑。爲胡宗旦所沈。唯龜趺在耳。飮餞于
寒松亭。亭亦四仙所遊之地。郡人厭其遊賞者多。撤去屋。松亦爲野火所燒。
惟石竈石池二石井在其旁。亦四仙茶具也。由亭而南。有安仁驛。日已西。不
可踰嶺。遂留宿。明日。早發過驛。東峯甚險。至燈明寺觀日出臺。遂立海
而東。憩于江村。踰嶺宿羽溪縣。十二日。宿三陟縣。明日。登西樓。縱觀
所謂五十川八詠者。出至交柯驛。驛去縣治三十里。於十五里臨海斷崖上有
元帥臺。亦絶景也。小酌其上。遂宿驛舍。十八日。宿沃原驛。十九日。到
蔚珍留一日。二十一日。早發蔚珍。縣南十里有聖留寺。寺在石崖下長川上。
崖石壁立千尺。壁有小竇。謂之聖留窟。窟深不可測。又幽暗。非燭不可入。
使寺僧執炬導之。又使州人之慣出入者先後之。竇口狹。膝行四五步。稍闊
起行。又數步則有斷崖可三丈。梯而下之。漸平易高闊。行數十步。有平地
可數畝。左右石狀殊異。又行十許步有竇。比竇口益隘。蒲伏而行。其下泥
水。鋪席以防霑濕。行七八步稍開闊。左右石益殊異。或若幢幡。或若浮圖。
又行十數步。其石益奇怪。其狀益多不可識。其若幢幡浮圖者益長廣高大。又
行四五步。有若佛像者。有高僧者。又有池水淸甚。闊可數畝。中有二石。一
似車轂。一似淨甁。其上及旁所垂幡蓋。皆五色燦爛。始意石乳所凝。未甚堅
硬。以杖叩之各有聲。隨其長短而有淸濁若編磬者。人言若沿池而入則益奇
怪。余以爲此非世俗所可藝玩者。趣以出。其兩旁多穴。人有誤入則不可出。
問其人窟深幾何。對以無人窮其原者。或云可達平海郡海濱。蓋距此二十餘
里也。初慮其熏且汗。借僮僕衣巾以入。旣出。易服洗盥。若夢遊華胥。蘧
然而覺者。嘗試思之。造物之妙。多不可測。余於國島及是窟益見之。其自
然而成耶。抑故爲之耶。以爲自然則何其機變之巧如是之極耶。以爲故爲之
則雖鬼工神力窮千萬世。而亦何以至此極耶。是日到平海郡。未至郡五里。
有松萬株。其中有亭曰越松。四仙之遊偶過於此。故名焉。平海郡者。江陵
道之南累也。北自鐵嶺。南盡平海。蓋一千二百餘里也。平海以南則慶尙道

之界。予嘗所往還者。玆不錄云。

—『稼亭先生文集』卷之五

생각해 보기

1. 이 글은 금강산 기록 중 가장 오래된 작품이다. 이 글의 특징적 성격에 대하여 논의해 보자.

2. 이곡의 사물에 대한 인식과, 역사 민생에 대한 태도에 관하여 말해 보자.

3. 여타 금강산을 소재로 한 수필 작품과 관련하여 비교해 보자.

4. '기'의 서술 방식과 성격에 대하여 말해 보자.

5. '호종단설화'에 대하여 조사해 보자.

괴토실설

壞土室說

고려 때 이규보(1168-1241)가 지은 글로『동국이상국집(東國李相國集)』에 전하고 있다. 이규보의 삶의 추구 방식이나 자연관이 잘 드러나 있는 작품이다.

역문 • • •

10월 초하루에 이자(李子)가 밖에서 돌아오니, 종들이 흙을 파서 집을 만들었는데, 그 모양이 무덤과 같았다. 이자는 어리석은 체하며 말하기를,

"무엇 때문에 집 안에다 무덤을 만들었느냐?"

하니, 종들이 말하기를,

"이것은 무덤이 아니라 토실입니다."

하기에,

"어찌 이런 것을 만들었느냐?"

하였더니,

"겨울에 화초나 과일을 저장하기에 좋고, 또 길쌈하는 부인들에게 편리하니, 아무리 추울 때라도 온화한 봄 날씨와 같아서 손이 얼어 터지지 않으므로 참 좋습니다."

하였다.

이자는 더욱 화를 내며 말하기를,

"여름은 덥고 겨울이 추운 것은 사시(四時)의 정상적인 이치이니, 만

일 이와 반대가 된다면 곧 괴이한 것이다. 옛적 성인이, 겨울에는 털옷을 입고 여름에는 베옷을 입도록 마련하였으니, 그만한 준비가 있으면 족할 것인데, 다시 토실을 만들어서 추위를 더위로 바꿔 놓는다면 이는 하늘의 명령을 거역하는 것이다. 사람은 뱀이나 두꺼비가 아닌데, 겨울에 굴 속에 엎드려 있는 것은 너무 상서롭지 못한 일이다. 길쌈이란 할 시기가 있는 것인데, 하필 겨울에 할 것이냐? 또 봄에 꽃이 피었다가 겨울에 시드는 것은 초목의 정상적인 성질인데, 만일 이와 반대가 된다면 이것은 괴이한 물건이다. 괴이한 물건을 길러서 때 아닌 구경거리를 삼는다는 것은 하늘의 권한을 빼앗는 것이니, 이것은 모두 내가 하고 싶은 뜻이 아니다. 빨리 헐어 버리지 않는다면 너희를 용서하지 않겠다."

하였더니, 종들이 두려워하여 재빨리 그것을 철거하여 그 재목으로 땔나무를 마련했다. 그리하고 나니 나의 마음이 비로소 편안하였다.

원문 • ● ●

十月初吉。李子自外還。兒子輩鑿土作廬。其形如墳。李子佯愚曰。何故作墳於家。兒子輩曰。此不是墳。乃土室也。曰。奚爲是耶。曰。冬月。宜藏花草瓜蓏。又宜婦女紡績者。雖盛寒之月。溫然若春氣。手不凍裂。是可快也。李子益怒曰。夏熱冬寒。四時之常數也。苟反是則爲怪異。古聖人所制。寒而裘。暑而褐。其備亦足矣。又更營土室。反寒爲燠。是謂逆天令也。人非蛇蟾。冬伏窟穴。不祥莫大焉。紡績自有時。何必於冬歟。又春榮冬悴。草木之常性。苟反是。亦乖物也。養乖物爲不時之翫。是奪天權也。此皆非予之志。汝不速壞。吾笞汝不赦也。兒子等懼亟撤之。以其材備炊薪。然後心方安也。

— 『東國李相國集』 卷第二十一

1. 작품에 나타난 지은이의 인생관에 대하여 토론해 보자.

2. 이 글에 나타난 구성상의 특징과 주제에 대하여 말해 보자.

3. 이 글에 나타난 자연관을 한국문학사와의 관련성 속에서 말해 보자.

4. 일상의 체험 속에서 느낄 수 있는 소재를 가지고 자신의 인생관을 드러내는 한편의 글을 완성한 후 발표해 보자.

경설

鏡說

고려 후기에 이규보(李奎報)가 지은 설(說)로 작자의 문집인 『동국이상국집(東國李相國集)』 권21에 수록되어 있다.

역문 • • •

거사(居士)에게 거울 하나가 있는데, 먼지가 끼어서 마치 구름에 가려진 달빛처럼 희미하였다. 그러나 조석으로 들여다보고 마치 얼굴을 단장하는 사람처럼 하였더니, 어떤 손[客]이 보고 묻기를,

"거울이란 얼굴을 비치는 것이요, 그렇지 않으면 군자가 그것을 대하여 그 맑은 것을 취하는 것인데, 지금 그대의 거울은 마치 안개 낀 것처럼 희미하니, 이미 얼굴을 비칠 수가 없고 또 맑은 것을 취할 수도 없네. 그런데 그대는 오히려 얼굴을 비추어 보고 있으니, 그것은 무슨 까닭인가?"

하였다.

거사는 말하기를,

"거울이 밝으면 잘생긴 사람은 기뻐하지만 못생긴 사람은 꺼려하네. 그러나 잘생긴 사람은 수효가 적고, 못생긴 사람은 수효가 많네. 만일 못생긴 사람이 한 번 들여다보게 된다면 반드시 깨뜨리고야 말 것이네. 그러니 먼지가 끼어서 희미한 것만 못하네. 먼지가 흐리게 한 것은 그 겉만을 흐리게 할지언정 그 맑은 것은 상하게 하지 못하니,

만일 잘생긴 사람을 만난 뒤에 닦여져도 시기가 역시 늦지 않네. 아, 옛날 거울을 대한 사람은 그 맑은 것을 취하기 위한 것이었지만 내가 거울을 대하는 것은 그 희미한 것을 취하기 위함인데, 그대는 무엇을 괴이하게 여기는가?"

하였더니, 손은 대답이 없었다.

원문 • • •

居士有鏡一枚。塵埃侵蝕掩掩。如月之翳雲。然朝夕覽觀。似若飾容貌者。
客見而問曰。鏡所以鑑形。不則君子對之。以取其淸。今吾子之鏡。濛如霧
如翳。不可鑑其形。又無所取其淸。然吾子尙炤不已。豈有理乎。居士曰。
鏡之明也。姸者喜之。醜者忌之。然姸者少醜者多。若一見。必破碎後已。
不若爲塵所昏。塵之昏。寧蝕其外。未喪其淸。萬一遇姸者而後磨拭之。亦
未晩也。噫。古之對鏡。所以取其淸。吾之對鏡。所以取其昏。子何怪哉。
客無以對。

一 『東國李相國集』 卷第二十一

💬 생각해 보기 ....

1. '설'의 특징에 대하여 조사해 보자.

2. 나그네와 거사의 문답 형식에 대하여 말해 보자.

3. 경설에 나타난 비유적 표현의 의미에 대하여 말해 보자.

4. 지은이의 세계관과 시대적 배경에 대하여 논의해 보자.

슬견설

蝨犬說

고려 후기에 이규보(李奎報)가 지은 설(說)로 『동국이상국집(東國李相國集)』에 실려 전한다.

역문 • • •

어떤 손이 나에게 말하기를,

"어제 저녁에 어떤 불량자가 큰 몽둥이로 돌아다니는 개를 쳐 죽이는 것을 보았는데, 그 광경이 너무 비참하여 아픈 마음을 금할 수 없었네. 그래서 이제부터는 맹세코 개나 돼지고기를 먹지 않을 것이네."

하기에 내가 대응하기를,

"어제 어떤 사람이 불이 이글이글한 화로를 끼고 이[虱]를 잡아 태워 죽이는 것을 보고 나는 아픈 마음을 금할 수 없었네. 그래서 맹세코 다시는 이를 잡지 않을 것이네."

하였더니,

손은 실망한 태도로 말하기를,

"이는 미물이 아닌가? 내가 큰 물건이 죽는 것을 보고 비참한 생각이 들기에 말한 것인데, 그대가 이런 것으로 대응하니 이는 나를 놀리는 것이 아닌가?"

하기에, 나는 말하기를,

"무릇 혈기가 있는 것은 사람으로부터 소·말·돼지·양·곤충·개미에 이르기까지 삶을 원하고 죽음을 싫어하는 마음은 동일한 것이네. 어찌 큰 것만 죽음을 싫어하고 작은 것은 그렇지 않겠는가? 그렇다면 개와 이의 죽음은 동일한 것이네. 그래서 그것을 들어 적절한 대응으로 삼은 것이지, 어찌 놀리는 말이겠는가? 그대가 나의 말을 믿지 못하거든 그대의 열 손가락을 깨물어 보게나. 엄지손가락만 아프고 그 나머지는 아프지 않겠는가? 한 몸에 있는 것은 대소 지절(支節)을 막론하고 모두 혈육이 있기 때문에 그 아픔이 동일한 것일세. 더구나 각기 기식(氣息)을 품수(稟受)한 것인데, 어찌 저것은 죽음을 싫어하고 이것은 죽음을 좋아할 리 있겠는가? 그대는 물러가서 눈을 감고 고요히 생각해 보게나. 그리하여 달팽이 뿔을 쇠뿔과 같이 보고, 메추리를 큰 붕새처럼 동일하게 보게나. 그런 뒤에야 내가 그대와 더불어 도(道)를 말하겠네."
하였다.

원문 • • •

客有謂予曰。昨晚見一不逞男子以大棒子椎遊犬而殺者。勢甚可哀。不能無痛心。自是誓不食犬豕之肉矣。予應之曰。昨見有人擁熾爐捫蝨而烘者。予不能無痛心。自誓不復捫蝨矣。客憮然曰。蝨微物也。吾見庬然大物之死。有可哀者故言之。子以此爲對。豈欺我耶。予曰。凡有血氣者。自黔首至于牛馬猪羊昆蟲螻蟻。其貪生惡死之心。未始不同。豈大者獨惡死。而小則不爾耶。然則犬與蝨之死一也。故擧以爲的對。豈故相欺耶。子不信之。盍齕爾之十指乎。獨拇指痛。而餘則否乎。在一體之中。無大小支節。均有血肉。故其痛則同。況各受氣息者。安有彼之惡死而此之樂乎。子退焉。冥心靜慮。視蝸角如牛角。齊斥鷃爲大鵬。然後吾方與之語道矣。
　　　　　　　　　　　　　　　　　　　　　　—『東國李相國集』卷第二十一

1. 작품의 내용 구조에 대하여 분석해 보자.

2. 작품의 주제에 대하여 논의해 보자.

3. 작품에 나타난 풍자성에 대하여 말해 보자.

4. 이규보의 '설'에 관한 작품들을 찾아보고 그것들의 특징에 대하여 조사해 보자.

계주문

戒酒文

조선 중엽의 명문장가인 정철(鄭澈, 1536-1593, 자는 계함(季涵),
호는 송강(松江))이 지은 글로『松江集』권2 잡저(雜著)에 수록되어 있다.

역문 • • •

내가 술을 즐기는 이유에는 네 가지가 있다. 마음이 평안하지 못하
여 마시는 것이 첫째이고, 흥취가 나서 마시는 것이 둘째이고, 손님을
맞이하느라고 마시는 것이 셋째이고, 남이 권하는 것을 거절하지 못
하여 마시는 것이 넷째이다.

마음이 평안하지 못하면 순리대로 풀어버리면 될 것이고, 흥취가
나면 노래나 읊조리면 될 것이고, 손님을 대접할 때는 정성으로만 하
면 될 것이고, 남이 아무리 끈덕지게 권하더라도 내 뜻이 이미 굳게
서 있으면 남의 말에 흔들리지 않아야 할 것이다. 그런데 이 네 가지
좋은 방도를 버리고 한 가지 옳지 못한 데 빠져들어 끝내 혼미(昏迷)하
여 일생을 그르치는 것은 무슨 이유인가?

내가 벼슬을 그만두고 물러나 쉬면서 다섯 번이나 임금님의 소명(召
命)을 받았는데, 금년 봄에는 병을 무릅쓰고 조정에 달려가 소(疏)를 올
려 사퇴하기를 청했다. 그러니 내 뜻이 정말 산수를 즐기는 데 있다면
의당 두문불출하여 자취를 감추고 언행을 삼가야 했을 것이다. 그런
데 동정(動靜)이 일정하지 못하고 언어에 늘 실수를 범하는 등 온갖 망

녕된 것들이 모두 이 술에서 나오곤 한다. 술이 한창 취할 때에는 마음 내키는대로 속시원히 언행을 마구 했다가 술이 깬 뒤에는 다 잊어버리고 취했을 때의 일을 전혀 기억하지 못한다. 남이 혹 취했을 때의 일을 애기해 주면 처음에는 그럴 리가 없다고 믿지 않다가 나중에 참으로 그런 일이 있었음을 알고 나면 부끄러운 생각에 꼭 죽고만 싶어진다. 그러나 오늘도 그런 실수를 저지르고 내일 또 그런 실수를 되풀이하여 허물과 후회만 산더미처럼 쌓일 뿐 그 허물을 만회할 날이 없어, 나와 친한 사람은 나를 슬퍼해 주고 나와 사이가 좋지 않은 사람은 더럽다고 침을 뱉고는 한다. 그래서 천명(天命)을 더럽히고 사람이 지켜야 할 도리를 모멸함으로써 인륜을 밝히는 교훈에 버림을 받은 적이 적지 않다.

이달 초하루에 가묘(家廟)에 하직 인사를 드리고 국문(國門)을 나와 강가에 이르러 강을 건너려고 할 적에 나를 전송 나온 사람이 배에 가득했다. 이 때 홀연히 한양 쪽으로 머리를 돌려 나의 과거사를 돌이켜 생각해 보니 내 자신은 마치 남의 집에 뛰어들어 도둑질한 사람이 창 칼 속에서 간신히 뛰쳐나와 백주에 사람을 만나자 몹시 놀라 당황하고 군박(窘迫)하여 몸둘 곳이 없는 꼴과 같이 되어 큰 죄라도 지은 것처럼 종일토록 전전긍긍하였다.

내가 다시 강가로 돌아왔을 때 마침 선친(先親)의 기일(忌日)이었다. 나는 목이 메어 눈물로써 애통해 하는 가운데 일말의 선심(善心)이 우러나자 마침내 개연히 스스로 다음과 같이 반성하였다.

어찌하면 명도(明道 : 북송의 유학자 程顥의 호) 같은 경지에 이르러서도 사냥하기 좋아하던 마음이 10여 년 뒤에 다시 우러나왔고, 어찌하면 담암(澹庵 : 남송의 명신이며 유학자인 胡銓의 호) 같은 경지에 이르러서도 그 심한 고초를 겪은 터에 여색을 그리도 대단히 사모하였던가?

참으로 잡아 간직하기 어려운 것이 마음이요, 잃어버리기 쉬운 것이 뜻이라. 이 마음과 이 뜻을 누가 주장하는고. 주인옹(主人翁 : 마음)이여, 항상 스스로 경계하여 각성할지어다. 진실로 이 말과 같이 하지 못한다면 내가 어떻게 다시 이 강물을 보겠는가.

만력 5년(1577, 선조 10) 4월 7일에 서호정사(西湖亭舍)에서 쓴다.

원문 • • •

某之嗜酒有四。不平一也。遇興二也。待客三也。難拒人勸四也。不平則理遺可也。遇興則嘯詠可也。待客則誠信可也。人勸雖苟。吾志旣樹。則不以人言撓奪可也。然則捨四可。而就一不可之中。終始執迷。以誤一生。何也。余休官退處。五承恩旨。到今年春。迫不得已。力疾趨召。陳疏乞退。志在丘壑。則當杜門斂跡。愼言與行可也。而動靜無常。言語失宜。千邪萬妄。皆從酒出。方其醉時。甘心行之。及其醒也。迷而不悟。人或言之。則初不信然。旣得其實。則羞愧欲死。今日如是。明日又如是。尤悔山積。補過無時。親者哀之。疏者唾之。褻天命。慢人紀。見棄於名敎者不淺焉。月之初吉。辭家廟。出國門。臨江將濟。送者滿舟。回首洛中。追思旣往。則恰似穿窬之人。抽身鋒鏑。白日對人。惶駭窘迫。無地自容。終日踧踖。如負大罪。及去而更來于江上也。先忌適臨。嗚咽呑聲。哀慘之中。善端萌露。遂慨然自訟曰。喜獵何到於明道。而萌動於十年之後。好色何到於澹菴。而繫戀於動忍之餘。難操者心。易失者志。心兮志兮。孰主張之。主人翁兮。常惺惺兮。苟不如此言。吾何以更見江水兮。萬曆五年丁丑四月七日。書于西湖亭舍。

―『松江原集』卷之二　雜著　戒酒文

💬 생각해 보기 ....

1. 지은이의 인생관에 대하여 논의해 보자.

2. 술의 긍정적 기능과 부정적 기능에 대하여 생각해 보자.

3. 술 관련 소재 작품 하나를 택하여 이 글과 비교해 보자.

4. 지은이의 술에 대한 애정이 드러나 있는 이 글과 '장진주사'의 관련성
   에 대하여 논의해 보자.

다산의
편지글

　　다산 정약용(1762-1836)이 유배되었을 때 그의 아들들에게 보낸 편지글로서 19세기 초에 씌어진 글이지만 오늘날의 우리들에게도 시사하는 바가 크다. 여기에 수록된 글은 강진(康津)의 유배지에서 쓴 것들이다.

역문 • • •

－ 편지글 1 －

　　편지가 오니 마음에 위안이 된다. 중아(仲兒)의 필법(筆法)이 차츰 나아지고 문리(文理) 또한 진보가 있으니, 나이를 먹은 덕이냐, 아니면 때때로 익혀서 그런 것이냐. 절대로 자포자기하지 말고 성의를 다하고 부지런히 힘써서, 책을 읽고, 책을 베끼고, 글을 짓는 일에 혹시라도 방과(放過)함이 없어야 할 것이다. 폐족(廢族)으로서 글을 배우지 않고 예의가 없다면 어찌하겠느냐. 모름지기 범인(凡人)들보다 백배의 공력을 더하여야 겨우 사람 축에 들게 될 것이다. 나는 고생이 매우 많다. 그러나 너희들이 책을 읽고 몸가짐을 잘한다는 말을 들으면 이로써 근심이 없어진다. 백아(伯兒)는 아무쪼록 4월에 말[馬]을 사서 타고 오게 하여라. 그러나 헤어질 것을 생각하니 벌써부터 마음이 괴롭구나. (임술 2월 7일)

　　종 석(石)이 2월 7일에 돌아갔으니, 오늘쯤에는 집에 도착하였으리라 짐작된다. 나는 이달에 들어서면서부터는 심사가 더욱 괴롭구나.[18] 내가 너희들의 지취(志趣)를 보니, 문자(文字)를 폐지하려고 하는 것 같은데, 참으로 하나의 비천한 맹예(甿隷)가 되려고 그러느냐? 청족(淸族)일 때는 문자를 하지 않아도 혼인도 할 수 있고 군역도 면할 수 있거니와, 폐족이 되어서 문자를 하지 않는다면 어떻게 되겠느냐. 문자는 그래도 여사에 속하거니와, 학문을 하지 않고 예의가 없으면 금수와 다를 것이 있겠느냐.

폐족 중에 왕왕 기재(奇才)들이 많은데, 이는 다름이 아니라 과거(科擧) 공부에 얽매이지 않기 때문에 그러한 것이니, 절대로 과거에 응시할 수 없다 하여 스스로 좌절되지 말고 경전(經傳)에 힘과 마음을 써서 책 읽는 자손이 끊어지지 않게 하기를 간절히 빈다. 내가 입고 있는 옷은 지난해 10월 1일에 입은 것이니, 어찌 견딜 수 있겠느냐. (2월 17일)

내가 예서(禮書)를 공부하는 데는 아무리 곤욕스럽고 괴로운 처지에 있을지라도 하루도 간단(間斷)이 없었다. 의리(義理)의 정미함은 마치 파의 껍질[蔥皮]을 벗기는 것과 같다. 네가 왔을 때에 너에게 말해 주었던 내용은 태반이 거친 껍질로서 거의가 근본을 버린 것이었으나, 작년과 비교하면 거의 본 궤도에 올랐다고 할 수 있다. 나의 생각에는 진(秦)·한(漢)으로부터 수천 년 뒤와 요만(遼灣)의 동쪽 수천 리 밖에서 수사(洙泗)[19]의 옛 예를 안다는 것은 작은 일이 아니니, 예서가 완성되는 대로 너에게 보내어 너로 하여금 다시 한 책을 베끼게 하려고 하였으나, 아직 여의치 못하다. 명언(名言)과 지의(至義)에 대해서는 어느 곳이고 입을 열 수가 없으니, 다시 어쩌겠느냐.

---

18 지난해 2월, 다산은 그의 중형인 약전(若銓), 셋째 형인 약종(若鍾)과 함께 옥(獄)에 갇혔다가, 바로 그 달에 약종은 옥사(獄死)하였고, 그 후 약전 역시 유배지에서 죽었는데, 약종의 주기(週忌)를 맞이했으므로 한 말이다.

19 중국 산동성(山東省) 곡부현(曲阜縣)에 있는 두 강 이름인데, 공자가 이곳에서 강학하였다. 공자의 사상이나 학통(學統)을 일컫는 말.

마융(馬融)과 정현(鄭玄)은 비록 유자(儒者)라고는 하나, 권력이 당세에 막중하여 외당(外堂)에서는 제자들과 더불어 학문을 강론하면서 내당(內堂)에서는 음악과 기생을 두어 즐겼다. 그 화려하고 사치스러움이 이와 같았으니, 당연히 경전을 연구함이 정밀하지 못했을 것이다. 그 뒤에 공안국(孔安國)과 가규(賈逵) 등 여러 사람도 모두 유림의 달자(達者)였으나 심기(心氣)가 정밀하지 못하였으므로 의논한 바가 대부분 밝지 못하였으니, 비로소 곤궁한 뒤에야 저서(著書)할 수 있다는 것을 알게 되었다. 반드시 매우 총명한 선비가 지극히 곤궁한 지경을 만나서 사람들과 수레의 시끄러운 소리가 없는 곳에서 종일토록 외롭게 있은 뒤에야 경례(敬禮)의 정미(精微)한 뜻을 비로소 터득할 수 있는 것이다. 천하에 이처럼 공교로움이 있겠느냐. 고경(古經)을 고찰하여 정현과 가규의 학설을 비교하여 보건대, 거의 조목조목이 잘못되었으니, 독서의 어려움이 이와 같은 것이다.

책을 가려 뽑는[鈔書] 방법은, 나의 학문이 먼저 주관이 있어 확립된 뒤에야 옳고 그름을 판단할 수 있는 저울[權衡]이 마음속에 있어서 취하고 버리는 것이 어렵지 않게 되는 것이다. 학문의 요령을 지난번에 말해 주었는데, 필시 네가 잊은 게로구나. 그렇지 않다면 무엇 때문에 초서(鈔書)에 의심을 하여 이러한 질문을 하였겠느냐. 언제나 책 한 권을 읽을 때에는 학문에 보탬이 될 만한 것이 있으면 뽑아 모으고, 그렇지 않은 것은 눈을 붙이지 말아야 한다. 이렇게 한다면 비록 백 권의 책이라도 열흘[旬日]의 공부에 지나지 않을 것이다.

《고려사(高麗史)》에 대한 공부는 아직도 착수하지 않았느냐? 젊은 사람이 먼 생각과 통달한 견해가 없으니, 한탄할 노릇이다. 네 편지 중에 모든 의심나고 모르는 부분을 질문할 곳이 없다고 한탄하였는데, 과연 네 마음에 참으로 의심나서 견딜 수 없고 생각이 나서 감내할 수 없다면, 왜 조목조목 기록해서 인편에 보내오지 않느냐. 부자간에 스승과 제자가 되는 것 또한 즐겁지 않겠느냐.

학문의 종지(宗旨)는 효제(孝弟)로써 근본을 삼고 예악(禮樂)으로써 문식(文飾)을 내고, 정형(政刑)으로써 보충하고 병농(兵農), 부역(賦役)과 화재(貨財) 등으로써 우익을 삼아야 한다. 초서(鈔書)의 요지는, 무릇 한 종류의 책을 볼 때마다 아름다운 말씀과 착한 행실로서 ≪소학(小學)≫에 실려 있지는 않으나 ≪소학≫을 이을 만한 것이 있으면 뽑고, 모든 경설(經說)에 새로운 것으로서 전거(典據)가 있는 것을 뽑고, 예경(禮經)도 마찬가지이다. 자학(字學)·운학(韻學) 같은 종류는 10에서 1만을 뽑아야 한다. 가령 ≪설령(說鈴)≫가운데에 오끼나와[琉球] 기행문 같은 것은 마땅히 병학(兵學)이 될 것이니 뽑고, 농사나 의학(醫學) 등에 관한 것에 대해서는 먼저 집에 있는 서적을 고찰하여 새로운 학설이라는 것을 확인한 뒤에 뽑도록 하여라.

 - 편지글 2 -

천지 사이의 만물에는 자연적으로 완호(完好)한 것이 있는데, 이러한 것들은 기이하다고 할 것이 못 되며, 오직 무너지고 훼손되었거나 깨지고 찢어진 것들을 잘 보수하고 다스려서 완호하게 하여야만이 그 공덕을 찬탄할 수 있는 것이다. 그러므로 죽을병을 치료한 자를 양의(良醫)라 부르고, 위태로운 성(城)을 구출한 자를 명장(名將)이라고 부르는 것이다. 오늘날 공경(公卿)의 훌륭한 집안 자제들이 관면(冠冕)을 쓰고 가문의 명성을 계속하는 것은, 어리석은 사람이라 하더라도 누구나 할 수 있는 것이다. 너는 지금 폐족(廢族)인데 만일 그 폐족의 처지를 잘 대처해서 본래의 가문보다 더 완호하게 한다면, 또한 기특하고 아름다운 일이 아니겠느냐.

그 폐족의 처지를 잘 대처한다 함은 무엇을 두고 하는 말인가. 그것은 오직 독서하는 것 한 가지뿐이다. 이 독서야말로 인간의 제일가는 깨끗한 일[淸事]로서, 호사스런 부호가의 자제는 그 맛을 알 수 없고 또한 궁벽한 시골의 수재(秀才)들도 그 오묘한 이치를 알 수 없다. 오직 벼슬아치 집안의 자제로서 어려서부터 듣고 본 바가 있고 중년에 재난을 만나 너희들 처지와 같은 자라야 비로소 독서를 할 수 있는 것이다. 이는 저들이 독서를 하지 못한다는 것이 아니라, 뜻도 모르고 그냥 읽기만 하는 것은 독서라고 이름할 수 없기 때문이다.

삼대(三代) 이상 경험이 없는 의원에게서는 그 약을 복용하지 않는다 하였으니, 문장(文章) 또한 그러하다. 반드시 대대로 글을 하는 집안이라야 문장에 능할 수 있는 것이다. 돌이켜 보건대 내 재주가 너희들보다는 다소 낫다고 할 수 있겠으나, 내 어려서는 나아갈 방향을 알지 못하였으며, 15세가 되어서야 서울에 올라가 유학(遊學)하였으나 방랑하기만 하여 터득한 것이 없었다. 20세에는 비로소 과거(科擧) 공부에 전심하였는데, 태학(太學)에 들어간 뒤로는 또 변려문(騈儷文)에 골몰하였고, 뒤이어 규장각(奎章閣)에 예속되었는데 하찮은 문장학에 머리를 썩인 지가 10년 가까이 되었으며, 그 후에 또 교서관(校書館)의 일에 분주하였다. 곡산(谷山, 황해도 지방)에 부임해서는 또 백성 다스리는 일에 온 정력을 기울였다가 서울로 돌아와서는 신공(申公)[20] · 민공(閔公) 두 분의 탄핵을 받았고, 그 이듬해에는 반염(攀髯)의 슬픔[21]을 만나게 되

---

20 신공은 신헌조(申獻朝)를 가리키며, 민공(閔公)은 민명혁(閔命赫)을 가리킴. 다산이 37세 때에 형조 참의로 있었는데, 그 당시 신헌조와 민명혁에게 서학(西學) 관계로 탄핵을 받았음.
21 정조(正祖)가 승하(昇遐)함을 가리킴. 반염은 용의 갈기를 잡는다는 뜻으로, 황제(黃帝)가 형산(荊山) 밑에서 보정(寶鼎)을 주조하자, 용이 갈기를 늘어뜨리고 내려와, 황제가 용의 갈기를 잡고 승천(昇天)했다는 고사에서 나온 말.

었다. 경향 각지로 분주히 돌아다니다가 지난 봄에 화를 당하게 되었으니, 거의 하루도 독서에 전념할 수 없었다. 그러므로 나의 시(詩)나 문(文)은 은하수의 물로 세척한다 하더라도 끝내 과문(科文)의 기미를 씻을 수 없고 그 중에 잘된 것이라 할지라도 관각체(館閣體)의 기미를 벗어날 수 없다. 그런데 내 수염과 머리는 이미 백발이 희끗희끗해졌고 정력 또한 이미 쇠약해졌으니, 이 어찌 운명이 아니겠느냐.

가(稼)야. 너는 재주와 총명이 나보다는 조금 못하지만 네가 열 살 때 지은 글은 거의 내가 스무 살 때에도 짓지 못했던 것이며, 근래 몇 해 전에 지은 것은 오늘날 나로서도 지을 수 없는 것이 더러 있으니, 이는 어찌 네가 공부한 길이 멀리 우회하지 않았고, 문견이 조잡하지 않은 때문이 아니겠느냐. 네가 곡산(谷山)으로부터 돌아온 뒤로 나는 너에게 과문(科文)을 익히라고 하였는데, 그 당시 너를 아끼던 문인(文人)이나 운사(韻士)들이 모두 나의 욕심이 많음을 탓하였고, 나도 또한 스스로 겸연쩍었다. 지금 네가 이미 과거에 응시할 수 없게 되었으니, 과문에 대한 근심은 잊게 된 것이다. 나는 네가 이미 진사(進仕)가 되고 문과(文科)에 급제(及第)했다고 여긴다. 지식을 갖고 있으면서 과거에 얽매이지 않은 것이 진사가 되고 급제가 된 사람과 무엇이 다르겠느냐. 너는 진정 독서할 기회를 만난 것이다. 앞에서 내가 '폐족의 처지를 잘 대처한다.'고 말한 것이 이것이 아니겠느냐.

포(圃)야 너는 재주와 역량이 너의 형보다는 한층 못한 듯하나 성품이 자상하고 사려가 깊으니, 진실로 독서하는 일에 전념한다면 어찌 너의 형보다 도리어 낫지 않겠느냐. 근자에 보니 네 문한(文翰)이 점점 진전되고 있기 때문에 그리 아는 것이다.

독서에는 반드시 먼저 근기(根基)를 세워야 한다. 무엇을 근기라 하는가? 학문에 뜻을 두지 않으면 독서를 할 수 없으니 학문에 뜻을 둔다면 반드시 먼저 근기를 세워야 한다. 무엇을 근기라 하는가? 효·제(孝弟)가 그것이다. 모름지기 먼저 효·제를 힘써 근기를 세운다면 학문은 자연히 몸에 배게 되는 것이다. 학문이 몸에 배게 되면 독서는 따로이 그 층절(層節)을 논할 것이 없다.

　나는 천지간에 외롭게 살면서 의지하여 운명으로 삼는 것은 오직 문묵(文墨)일 뿐이다. 간혹 한 구절, 한 편의 마음에 맞는 글을 짓게 되면 나 혼자만이 읊조리고 감상하다가, 이윽고 생각하기를 '이 세상에서 오직 너희들에게만이 보여줄 수 있다.'고 하는데, 너희들의 생각은 멀리 연(燕) 나라나 월(越) 나라처럼 여겨 문자 보기를 쓸모없는 변모(弁髦)처럼 여기고 있구나. 세월이 흘러 몇 해를 지나, 너희들이 나이가 들어서 기골이 장대해지고 수염이 길게 자라면 얼굴을 대해도 미워질 것인데, 그때에 이 애비의 글을 읽으려 하겠느냐. 나의 생각에는 조괄(趙括)이 아비의 글을 잘 읽었으니, 훌륭한 자제라고 여겨진다.22 너희들이 만일 독서하려고 하지 않는다면 이는 나의 저서가 쓸모없게 되는 것이요, 나의 저서가 쓸모없게 되면 나는 할 일이 없게 되어, 장차 눈을 감고 마음을 쓰지 않아 흙으로 만들어 놓은 우상(偶像)이 될 것이니, 그렇게 되면 나는 열흘도 못 되어 병이 날 것이요, 병이 나면 고칠 수 있는 약도 없을 것이다. 그렇다면 너희들이 독서하는 것이 나의 목숨을 살리는 일이 아니겠느냐. 너희들은 이것을 생각하여라.

　내가 지난번에도 누차 말하였다마는 청족(淸族)은 비록 독서를 하지 않는다 할지라도 저절로 존경을 받게 되지만, 폐족(廢族)이 되어 학문을 힘쓰지 않는다면 더욱 가증스럽지 않겠느냐. 다른 사람들이 천시

---

22 조괄은 전국(戰國) 시대 조(趙) 나라의 명장인 조사(趙奢)의 아들, 일찍이 자기 아버지에게 병법을 배웠는데, 그 후 조 나라의 장군이 되어 진군(秦軍)과 싸웠으나, 변통할 줄을 모르고 그대로 싸우다가 진군에게 대패하여 죽고 조 나라의 40만 대군을 전멸시켰다. 여기서는 조괄이 자기 아버지의 병서를 읽었다 하여 한 말이다.

하고 세상에서 비루하게 여기는 것도 슬픈데, 지금 너희들은 스스로 자신을 천시하고 비루하게 여기고 있으니, 이는 너희들 스스로가 비통함을 만들고 있는 것이다. 너희들이 끝내 배우지 않고 스스로 포기해 버린다면, 내가 지은 저술과 간추려 뽑아 놓은 것들을 장차 누가 모아서 책을 엮고 바로잡아 보존시키겠느냐. 그렇게 할 수 없다면 이는 나의 글이 끝내 전해질 수 없게 되는 것이다. 내 글이 전해지지 못한다면 후세 사람들은 단지 대계(臺啓)와 옥안(獄案)[23]만을 의거해서 나를 평가하게 될 것이니, 나는 장차 어떠한 사람이 되겠느냐. 너희들은 아무쪼록 이 점을 생각해서 분발하여 학문에 힘써 나의 이 한 가닥 문맥(文脈)이 너희들에게 이르러 더욱 커지고 더욱 왕성해지게 하여라. 그렇게 되면 훌륭한 집안의 좋은 벼슬도 이러한 청귀(淸貴)함과 바꿀 수는 없을 것이다. 무엇 때문에 이를 버리고 도모하지 않느냐.

근래에 나이 젊은 몇몇 소년들이 원(元) 나라와 명(明) 나라의 경박한 사람들이 지은 보잘것없는 문장을 가져다가 그대로 모방해서 절구(絶句)나 단율(短律)을 짓고는, 외람되게 당세에 뛰어난 문장이라고 자부하면서 거만하게 남의 글을 폄하하고 고금(古今)을 휩쓸려고 하고 있는데, 나는 이들을 딱하게 여긴다. 문장은 반드시 먼저 경학(經學)으로써 근기(根基)를 확고히 세운 뒤에 사서(史書)를 섭렵해서 정치의 득실과 치란(治亂)의 근원을 알아야 하며, 또 모름지기 실용적인 학문에 마음을 써서 옛사람들의 경제(經濟)에 관한 서적을 즐겨 읽고서 마음속에 항상 만백성을 윤택하게 하고 모든 사물을 기르려는 마음을 둔 뒤에야 비로소 독서하는 군자가 될 수 있는 것이다. 이와 같이 한 뒤에 혹 안개 낀 아침과 달 밝은 밤, 짙은 녹음과 가랑비 내리는 것을 보면, 시

---

23 다산에 대한 사헌부(司憲府)의 탄핵과 그의 죄상(罪狀)을 나열한 논고(論告).

상이 떠오르고 구상이 일어나서 저절로 읊어지고 저절로 이루어져서 천지 자연의 소리가 맑게 울려 나올 것이니, 이것이 바로 생동하는 시가(詩家)인 것이다. 나의 이 말을 오활하다고 여기지 말라.

수십 년 이래로 괴이한 일종의 의논이 있어서 우리나라의 문학을 크게 배척하여 모든 선현의 문집에 눈을 돌리려 하지 않는데, 이는 큰 병통이다. 사대부의 자제로서 국조(國朝)의 고사(故事)를 알지 못하고 선배의 문집을 읽지 않는다면, 비록 그의 학문이 고금을 꿰뚫었다 할지라도 자연 조잡하게 될 것이다. 시집(詩集)은 서둘러 볼 필요가 없으나, 상소문·차자(箚子)·묘문(墓文)·편지[書牘] 등을 읽어 모름지기 안목을 넓혀야 할 것이다. 또 ≪아주잡록(鵝洲雜錄)≫·≪반지만록(盤池漫錄)≫·≪청야만집(淸野謾輯)≫ 등도 두루 수집해서 널리 박람하지 않으면 안 될 것이다.

어버이를 섬김에는 뜻을 받드는 것[養志]이 가장 크다. 그러나 부인들은 뜻이 의복이나 음식, 거처하는 것에 있으니, 어머니를 섬기는 자는 세쇄(細瑣)한 것부터 유의하여야 효도하는 첩경을 얻을 수 있는 것이다. ≪예기(禮記)≫ 내칙편(內則篇)에 기록되어 있는 내용 중 음식에 관한 소소한 절목이 많으니, 여기에서 성인이 가르침을 세움에 있어 물정(物情)을 잘 알아서, 오활하고 미묘한 곳부터 시작하지 않음을 알 수 있다. 근래 사대부 집안의 부녀자들이 부엌에 들어가지 않은 지가 오래되었다. 네가 한번 시험삼아 생각해 보아라. 부엌에 들어가는 것이 무엇이 해로우냐. 잠깐 연기를 쏘일 뿐이다. 그리하면 시어머니의 환심을 얻어 효부(孝婦)가 되고 법도 있는 집안의 모양을 이루게 될 것이니, 이 또한 효도이며 지혜가 아니겠느냐. 또 예를 들어 새벽에 문안 드리고 저녁에 잠자리를 보살필 때에 만일 이불 밑 방바닥이 찬 것을 느끼게 되면, 너희 형제들은 노비(奴婢)를 불러 시키지 말고, 너희들 스스로가 나무를 가져다 불을 지펴 따뜻하게 하여라. 잠깐 연기를 쏘이는 수고에 지나지 않지만, 네 어머니의 기쁜 마음은 마치 맛있는 술을 드신 것과 같을 것이니, 어찌 이 일을 즐겨 하지 않을 수 있겠느냐.

비복(婢僕)들이 어머니와 아들, 시어머니와 며느리 사이를 이간하게 되는 것은, 대부분 아들이나 며느리가 그 효도를 극진히 하지 못하여 어머니나 시어머니의 마음에 한탄하는 마음을 품고 있는 데서 비롯되는 것이다. 그렇게 되면 저 비복들은 그 틈을 엿보고 힘을 들여 한 수저의 장(漿)이나 한 개의 맛있는 과일로써 충성을 바치고는 골육(骨肉) 간에 간격을 만들어 놓는 것이니, 그 잘못은 자식에게 있는 것이요, 오로지 비복에게만 있는 것이 아니다. 아무쪼록 이 점을 생각하여 경계를 삼아 온갖 방법을 다 써서 네 어머니의 마음을 기쁘게 하여라. 그리하여 두 아들은 효자가 되고 두 며느리는 효부가 된다면, 나는 금릉(金陵, 유배지를 가리킴)에서 그대로 늙는다고 하여도 유감이 없을 것이니, 이것을 힘쓰도록 하여라.

원문 • • •

- 1 -

書來慰意。仲兒筆法稍勝。文理亦有進。年齒之德耶。抑或以時肄習耶。切勿自暴。極意勤力讀書鈔書著書。無或放過也。廢族而不文無禮。尤當如何。比凡人須加百倍之功。纔得數作人類耳。吾苦狀甚多。然聞汝輩能讀書飭躬。斯無憂耳。伯兒須於四月旬後買馬騎來。然別懷預關此心耳。壬戌二月七日

奴石於二月初七日還發。計今日當得抵家耳。吾當此月。心緒益難堪矣。吾觀汝曹志趣。似欲邃廢文字。眞箇欲作甿隷之賤耶。淸族時雖不文。可以

爲姻聯。可以免軍役。廢族而不文。當何如耶。文猶餘事。不學無禮。去禽
獸幾何。廢族往往多奇才。此無他不爲科擧所累而然。切勿以不赴科自沮。
劬心經傳。無使讀書種子隨絶。懇乞懇乞。吾所著衣。乃去年十月初一日所
服。豈可堪耶。二月十七日

　　吾禮書之工。雖在幽辱困苦之中。未嘗一日間斷。義理精微。如剝蔥皮。
汝來時所語於汝者。太半是麤皮。槪爲棄本。計歲前庶可就緒。竊自意秦漢
以來數千年後。遼灣以東數千里外。還得洙泗舊禮。亦非小事。欲隨成隨送。
使汝再謄一本。姑未如意。但恨名言至義。無處開口。亦復奈何。馬融鄭玄
雖曰儒者。權重一世。外堂與弟子講學。內堂貯聲妓爲娛。其繁麗豪富如此。
宜其窮經未精。後來如孔賈諸公。皆儒林之達者。心氣未能精密。故所論多
晦雺。始知窮而後始可著書也。必也以極聰明之士。遭至窮困之境。終日塊
處。無人聲轍跡之相眈。然後經禮精義。始可得耳。天下有此巧乎。蓋考之
古經而以視鄭賈之說。殆乎件件誤解。讀書之難如此矣。

　　鈔書之法。吾之學問。先有所主。然後權衡在心。而取捨不難也。學問之
要。前旣言之。汝必忘之矣。不然何疑於鈔書而有此問耶。凡得一書。惟吾
學問中有補者採掇之。不然者並勿留眼。雖百卷書。不過旬日之工耳。麗史
之工。尙不下手耶。孺子無長慮達觀可歎。汝書中凡有疑晦者。無處質問爲
恨。如果此心眞的。疑之不堪。思之不耐。則何不條條列錄。因便寄來耶。
父子而師弟。不亦樂乎。

　　學問宗旨。本之以孝弟。文之以禮樂。輔之以政刑。翼之以兵農。賦役貨
財皆此門。鈔書要旨。凡看一種書。有嘉言善行之不載小學。而可爲小學之
續者採之。凡經說之新而有據者採之。禮經同如字學韻學之類。十採其一。
假如說鈴中琉球紀程之類。當爲兵學而採之。凡有農醫諸說。先考家中所有
書籍。知其新說然後鈔之。

— 第一集『詩文集』第二十一卷○文集
書 (答二兒以下康津謫中書)

天地間物。得自然完好。却不足叫奇。唯就其壞損破裂者。因之摩撫推遷得
完好。其功德方足讚歎。故療死病者稱良醫。活危城者稱名將。今弈世公卿
子弟。襲冠冕大門戶。直是庸愚子弟。也能如此。汝今廢族。若因其廢而善
處之。得完好勝初。則不亦寄且善乎。

何謂因其廢而善處之。唯讀書一事是已。讀書是人間第一件清事。不許綺紈
子弟知味。又不許章茅村秀才窺閫奧。必也以仕宦家子弟。弱歲有聞見。中
歲遭罹如汝輩者。方可讀書。非謂彼不能讀。徒讀不名讀耳。

　醫不三世。不服其藥。文章亦然。必世而後能焉。顧吾才氣。比汝輩稍長。
然幼時不識向方。年十五。始游京師。顧放浪無所得。弱冠始專心科學。旣
入太學。又汩沒於騈儷之文。轉隸閣課。埋頭於雕蟲篆刻之工。殆將十年。
其後又恩恩於校書之役。至谷山。又專精收民。旣歸而遭申閔兩公之彈。越
明年遭攀髥之慟。奔走京鄉。以至前春之禍。蓋不獲一日能專志讀書。故所
爲詩若文。用百斛銀河洗滌。終不免有場屋氣。其善者又不免有館閣氣。而
吾鬚髮已種種。精氣已衰歇矣。豈非命耶。汝稼才氣聰記。視吾少遜。然汝
十歲所作。殆吾二十時所不能作。近數歲前所爲。往往非今日之吾所能及。
豈不以其門徑之不迂回。聞見之不鹵莽耶。自汝谷山歸後。使汝習科文。一
代文人韻士之愛惜汝者。咸咎吾多慾。吾亦自視欿然。今汝旣不能赴科。卽
科文已忘憂矣。吾意汝。已爲進士矣。已爲及第矣。識字而無科擧之累。與
爲進士及第者。奚擇焉。汝眞得讀書時矣。吾所云因其廢而善處之者非耶。
汝圃才力。視乃伯似遜一籌。然性慈詳。能有思量。苟專心此事。安知不反
復勝耶。近見其文翰稍長。吾是以知之耳。

　讀書必須先立根基。根基謂何。非志于學。不能讀書。志學必須先立根基。
根基謂何。曰惟孝弟是已。先須力行孝弟。以立根基。則學問自然浹洽。學
問旣浹洽。則讀書不須別講層節耳。

　且吾子立天地。所依爲命。唯文墨是已。或有一句一章遇得意處。只自詠
自賞。旣而思。天地間唯汝輩可示。而汝輩意思已落落燕越。視文字爲弁髦。
駸駸至數年。使其年骨狀大而須鬚鬖。便對面可憎。尙可讀父書耶。余謂趙

括能讀父書。爲賢子弟。汝曹苟不欲讀書。是吾著書爲無用。吾著書爲無用。則吾無所事。將瞑心作泥偶人。則吾不旬日而病發。病發且無藥可救。卽汝輩讀書。非所以活我命耶。汝其思之。汝其思之。

吾前亦屢言之矣。淸族雖不讀書。亦自在尊重。廢族而鹵莽。不尤可憎耶。人賤之世鄙之。已自可悲。今汝輩又自賤之自鄙之。是自作可悲耳。汝輩遂不學自暴。則吾所爲著述撰定。將誰收拾編次。刪正存拔耶。旣不能然。是吾書竟不傳。吾書不傳。則後世之人。但憑臺啓獄案以議吾矣。吾將爲何如人耶。汝須思念到此。奮勵向學。使吾一些文脈。至汝益大益昌。卽弈世軒冕。不足以易此淸貴矣。何苦捨此不圖。

近一二少年。取元明間輕佻妄客酸寒尖碎之詞。摹擬爲絶句短律。竊竊然自負其爲超世文章。傲睨貶薄。欲掃蕩古今。吾嘗慼之。必先以經學立著基址。然後涉獵前史。知其得失理亂之源。又須留心實用之學。樂觀古人經濟文字。此心常存澤萬民育萬物底意思。然後方做得讀書君子。如是然後或遇煙朝月夕。濃陰小雨。勃然意觸。飄然思至。自然而詠。自然而成。天籟瀏然。此是詩家活潑門地。勿以我迂也。

數十年來。怪有一種議論。盛斥東方文學。凡先獻文集。至不欲寓目。此大病痛。士大夫子弟。不識國朝故事。不見先輩議論。雖其學貫穿今古。自是鹵莽。但詩集不須急看。而疏箚墓文書牘之屬。須廣其眼目。又如鵝洲雜錄，盤池漫錄。靑野謾輯等書。不可不廣搜博觀也。

事親養志爲大。然婦人志在衣服飮食居處。卽事母者從細瑣處留意。方得孝養蹊徑。禮記內則篇所記。多飮食小節。可見聖人立敎。識得物情。不從迂遠微妙處入頭也。近世士夫大家婦女。不入廚下久矣。汝試思之。入廚何損。唯暫觸煙氣耳。而得姑嫜之歡心爲孝婦。身世出法家模樣。不亦孝且智乎。又如晨昏溫凊。若覺褥底冷落。而汝昆仲勿喚奴勿喚婢。自取榾柮。繼以煖之。其勞亦不過小觸煙氣。而母之歡心如酒。汝豈不樂此乎。婢僕之間於母子姑媳之間者。多由子媳不能盡其孝道。母姑心懷恨歎。伊乃覰其隙而奮力。以一勺之漿。一果之甘。效其微忠。而作梁梗於骨肉之間。咎在子媳。不專在婢僕。須念此爲戒。千方百計。務悅母志。使二子得成孝子。而二婦成孝婦。

則吾老於金陵。猶之無憾。其勉之哉。

　　　　　　　　　　　　　－ 第一集『詩文集』第二十一卷○文集
　　　　　　　　　　　　書 寄二兒壬戌十二月卄二日康津謫中

😊 **생각해 보기** ....

> 1. 정약용의 편지글에서 찾아 볼 수 있는 인생관과 학문적 자세에 대하여 말해 보자.
>
> 2. 이 편지글과 조선 시대 여성의 편지글을 비교해 보자.
>
> 3. 정약용의 실학 사상을 찾을 수 있는 부분에 대하여 구체적으로 말해보자.
>
> 4. 정약용의 편지글에서 국문학사적 의의를 찾는다면 무엇이 있는지 설명해 보자.

한문수필

공방전

孔方傳

고려 후기에 임춘(林椿)이 지은 가전체 작품으로 전(傳)의 형식을 빌어 돈을 의인화한 것이다. 『서하선생집(西河先生集)』 권5와 『동문선』 권100에 실려 있다. 제목의 '공방'은 엽전의 둥근 모양에서 공(孔)을, 구멍의 모난 모양에서 방(方)을 따서 붙인 이름이다.

역문 ● ● ●

공방(孔方, 구멍모)의 자는 관지(貫之, 꿰미)이니, 그 조상이 일찍이 수양산(首陽山)에 숨어 굴혈(崛穴) 속에서 살아 아직 나와서 세상에 쓰여진 적이 없었다. 처음 황제(皇帝) 때에 조금 채용되었으나, 성질이 굳세어 세상일에 그리 단련되지 못하였었다. 제(帝)가 상공(相工)을 불러 보이니, 공(工)이 한참 동안 들여다보고 말하기를, "산야(山野)의 성질이 비록 쓸 만하지 못하오나, 만일 폐하가 만물을 조화하는 풀무와 망치 사이에 놀아 때를 긁고 빛을 갈면 그 자질이 마땅히 점점 드러나리이다. 왕자(王者)는 사람으로 하여금 그릇이 되게 하오니, 원컨대 폐하는 저 완고한 구리와 함께 내버리지 마옵소서." 하였다. 이로 말미암아 그가 세상에 이름이 나타났다. 뒤에 난리는 피하여 강가의 숯화로[炭鑪] 거리로 이사하여 거기서 눌러 살게 되었다. 그의 아버지 천(泉, 화천(貨泉))은 주(周) 나라의 대재(大宰)로 나라의 부세(賦稅)를 맡았었다. 방(方)의 위인이 밖은 둥글고 안은 모나며, 때에 따라 웅변을 잘하여, 한(漢) 나라에 벼슬하여 홍로경(鴻臚卿)이 되었다. 그 때에 오왕(吳王) 비(濞)

가 교만하고 참월(僭越)하여 권세를 도맡아 부렸는데, 방이 그에게 붙어 많은 이득을 보았다. 무제(武帝) 때에 천하의 경제가 궁핍하여 나라의 창고가 텅 비었으므로, 위에서 걱정하여 방을 벼슬시켜 부민후(富民侯)를 삼아 그의 무리 염철승(鹽鐵丞) 근(僅)과 함께 조정에 있었는데, 근이 매양 형님이라 하고 이름을 부르지 않았다.

　방의 성질이 욕심많고 더러워 염치가 없었는데, 이제 재물과 씀씀이를 도맡게 되니 본전 이자(利子)의 경중을 저울질하는 법을 좋아하여, 나라를 편하게 하는 것은 반드시 질그릇·쇠그릇을 만드는 술(術)에만 있는 것이 아니라 하여, 백성과 더불어 작은 이익이라도 다투고 물건 값을 낮추어 곡식을 천하게 하고, 화(貨)를 중(重)하게 하여 백성으로 하여금 근본(농업)을 버리고 끝(상(商))을 좇게 하여 농사에 방해를 끼치므로 간관(諫官)들이 많이 상소하여 논했으나 위에서 듣지 않았다. 방은 또 재치있게 권귀(權貴)를 잘 섬겨 그 문(門)에 드나들며 권세를 부리고, 벼슬을 팔아 올리고 내침이 그 손바닥에 있으므로, 공경들이 많이 절개를 굽혀 섬기니, 곡식을 쌓고 뇌물을 거두어 문권(文卷)과 증서가 산같아 이루 셀 수가 없었다. 그는 사람을 접하고 인물을 대함에도 어질고 불초함을 묻지 않고, 비록 시정(市井) 사람이라도 재물만 많이 가진 자면 다함께 사귀고 통하니, 이른바 시정의 사귐이란 것이다. 때로는 혹 거리의 악소년(惡少年)들과 어울려 바둑 두기와 투전하기로 일을 삼아서, 자못 연락(然諾)을 좋아하므로 그때 사람들이 말하기를,

　"공방(孔方)의 말 한마디면 무게가 황금 백근만 하다."

하였다. 원제(元帝)가 위(位)에 오르자 공우(貢禹)가 상서하여 아뢰기를,

　"방이 오랫동안 극무(劇務)를 맡아 보면서, 농사의 근본을 알지 못하고 한갓 장사치의 이익만을 일으켜 나라를 좀먹고 백성을 해하여 공사가 다 곤궁하오며, 더구나 뇌물이 낭자하고 청탁이 버젓히 행하오

니, 대저 '지[負]고 또 타[乘]면 도둑이 이르게 된다.' 한 것은 대역(大易)의 분명한 경계이니, 청컨대 그를 면직시켜 욕심많고 더러운 자를 징계하옵소서."

하였다. 그때에 집정자가 곡량(穀梁)의 학(學)으로 진출한 이가 있어, 군자(軍資)의 장(將)으로 변책(邊策)을 세우려 하니 방의 일을 미워하여 드디어 그 말을 도우니, 위에서 그 사룀을 들어 방이 드디어 쫓겨나게 되었다. 그가 문인에게 하는 말이,

"내가 얼마전에 임금님을 뵙고 혼자 천하의 정치를 도맡아 보아, 장차 나라의 경제가 족하고 백성의 재물이 넉넉하게 하고자 하였더니, 이제 하찮은 죄로 내버림을 당하게 되었지만, 나아가 쓰이거나 쫓겨나 버림을 받거나 나로서는 더하고 손해날 것이 없다. 다행히 나의 남은 목숨이 실오라기처럼 끊어지지 않고, 진실로 주머니속에 감추어 말없이 내 몸을 용납하였다. 가서 뜬 마름[萍]과 같은 자취로 곧장 강회(江淮)의 별업에 돌아가 약야계(若冶溪) 위에 낚시줄을 드리우고 고기를 낚아 술을 사며, 민상(閩商)과 해고(海賈)와 더불어 술배[酒船]에 둥실 떠 마시면서 한 평생을 마치면 그만이다. 비록 천종(千種)의 녹(祿)과 오정(五鼎)의 밥인들 내 어찌 그것을 부러워하여 이와 바꾸랴. 그러나 나의 술(術)이 아무래도 오래면 다시 일어나리로다."

하였다.

진(晉)나라 화교(和嶠)가 풍(風)을 듣고 기쁘게 사귀어 큰 재산을 모았고, 드디어 그를 사랑하여, 벽(癖)을 이루었으므로 노포(魯褒)가 논(論)을 지어 그것을 비난하고 그릇된 풍속을 바로잡았다. 오직 완선자(阮宣子, 적(籍))만은 방달(放達)하여 속물(俗物)을 즐기지 않았으되, 방의 무리와 더불어 막대를 짚고 나가 놀아 목노술집에 이르러 문득 취하도록 마셨고, 왕이보(王夷甫)는 입에 일찍이 방의 이름을 담지 않고 다만 그것이

라 일컬었으니, 그가 깨끗한 자에게 비천하게 여겨짐이 이와 같았다.

당나라가 일어나자 유안(劉晏)이 탁지판관(度支判官)이 되었는데, 나라의 씀씀이 넉넉하지 못하므로, 임금께 청하여 다시 방의 술(術)을 써서 나라의 씀씀이를 편하게 하자 하였으니, 그의 말이 식화지(食貨志)에 있다. 그때에 방(方)은 죽은 지가 이미 오래였고, 그 문도로서 사방에 옮아 흩어져 있는 자들이 물색되어 찾아서 다시 쓰이게 되었다. 그러므로 그 술(術)이 개원(開元)·천보(天寶)의 즈음에 크게 행하여 위에서 조서(調書)를 내려 방에게 조의대부 소부승(朝議大夫少府丞)의 벼슬을 추증하였다.

남송(南宋) 신종조(神宗朝) 때에 왕안석(王安石)이 나라 일을 맡아보면서 여혜경(呂惠卿)을 끌어 함께 정사를 도왔는데, 청묘법(青苗法)을 세우니, 그때에 천하가 비로소 떠들썩하여 아주 못살게 되었다. 소식(蘇軾)이 그 폐단을 극론하여 그들을 모조리 배척하려다가 도리어 모함에 빠져 쫓겨나 귀양가게 되매, 그로부터 조정의 인사들이 감히 말하지 못하였다. 사마광(司馬光)이 상(相)으로 들어가 그 법을 폐하기를 아뢰고 소식(蘇軾)을 천거하여 쓰니, 방(方)의 무리가 조금 세력이 감쇠되어 다시 성하지 못하였다. 방의 아들 윤(輪)은 경박하여 세상의 욕을 먹었고, 뒤에 수형령(水衡令)이 되었으나 장물죄(臟物罪)가 드러나 사형되었다고 한다. 사신(史臣)이 말하기를,

"남의 신하가 되어 두 마음을 품고 만나고 주인을 만나 정신을 모으고 마음을 도사려 정녕(丁寧) 한 약속을 손에 잡아 그다지 적지 않은 사랑을 받았으니, 마땅히 일으키고 해를 덜어 그 은우(恩遇)를 갚을 것이거늘, 비(濞)를 도와 권세를 도맡아 부리고 이에 사사로운 당(黨)을 세웠으니, 충신은 경외(境外)의 사귐이 없다는 것에 어그러진 자이다."
하였다. 방(方)이 죽자 그 무리가 다시 남송(南宋)에 쓰여져 집정자에게

아부하여 도리어 올바른 사람들을 모함하였으니, 비록 길고 짧은 이치는 저 명명(冥冥)한 데 있으나, 만일 원제(元帝)가 진작 공우(貢禹)의 한 말을 용납하여 하루 아침에 다 죽여버렸던들 가히 후환을 없앴을 터인데, 오직 재억(裁抑)만을 더하여 후세에 폐단을 끼치게 하였으니, 대저 일보다 말이 앞서는 자는 늘 미덥지 못함이 걱정이라 할까.

원문 • • •

孔方字貫之。其先嘗隱首陽山。居窟穴中。未嘗出爲世用。始黃帝時稍採取之。然性强硬。未甚精錬於世事。帝召相工觀之。工熟視良久曰。山野之質。雖蕘苴不可用。若得遊於陛下之造化爐錘間。而刮垢磨光則其資質當漸露矣。王者使人也器之。願陛下無與頑銅同棄爾。由是顯於世。後避亂徙江淮之炭鑪步。因家焉。父泉。周大宰。掌邦賦。方爲人。圓其外方其中。善趨時應變。仕漢爲鴻臚卿。時吳王濞驕僭專擅。方與之爲利焉。虎帝時海內虛耗。府庫空竭。上憂之。拜方爲富民侯。與其徒充鹽鐵丞僅同在朝。僅每呼爲家兄不名。方性貪汗而少廉隅。旣摠管財用。好權子母輕重之法。以爲便國者不必古在陶鑄之術爾。遂與民爭錙銖之利。低昂物價。賤穀而重貨。使民棄本逐末。妨於農要。時諫官多上疏論之。上不聽。方又巧事權貴。出入其門。招權鬻爵。升黜在其掌。公卿多撓節事之。積實聚斂。券契如山。不可勝數。其接人遇物。無問賢不肖。雖市井人。苟富於財者。皆與之交通。所謂市井交者也。時或從閭里惡少。以彈棋格五爲事。然頗好然諾。故時人爲之語曰。得孔方一言。重若黃金百斤。元帝卽位。貢禹上書。以爲方久司劇務。不達農要之本。徒興管榷之利。蠹國害民。公私俱困。加以賄賂狼藉。請謁公行。蓋負且乘。致寇至。大易之明戒也。請免官以懲貪鄙。時執政者有以穀梁學進。以軍資乏。將立邊策。疾方之事。遂助其言。上乃頷其奏。方遂見廢黜。謂門人曰。吾頃遭主上。獨化陶鈞之上。將以使國用足而民財阜而已。今以微罪。乃見毀棄。其進用與廢黜。吾無所增損矣。幸吾餘息。不絶如線。苟

括囊不言。容身而去。以萍遊之迹。便歸于江淮別業。垂緡若冶溪上。釣魚
買酒。與閩商海賈拍浮酒船中。以了此生足矣。雖千鍾之祿。五鼎之食。吾
安肯以彼而博此哉。然吾之術。其久而當復興乎。晉和嶠聞其風而悅之。致
貲巨萬。遂愛之成癖。故魯褒著論非之。以矯其俗。唯阮宣子以放達。不喜
俗物。而與方之徒杖策出遊。至酒墟。輒取飲之。王夷甫口未嘗言方之名。
但稱阿堵物耳。其爲淸議者所鄙如此。唐興。劉晏爲度支判官。以國用不瞻。
請復方術。以便於國用。語在食貨志。時方沒已久。其門徒遷散四方者。物
色求之。起而復用。故其術大行於開元，天寶之際。詔追爵方朝議大夫少府
丞。及炎宋神宗朝。王安石當國。引呂惠卿同輔政。立靑苗法。天下始騷然
大困。蘇軾極論其弊。欲盡斥之。而反爲所陷。遂貶逐。由是朝廷之士不敢
言。司馬光入相。奏廢其法。薦用蘇軾。而方之徒稍衰減而不復盛焉。方子
輪以輕薄獲譏於世。後爲水衡令。贓發見誅云。史臣曰。爲人臣而懷二心。
以邀大利者。可謂忠乎。方遭時遇主。聚精會神。以握手丁寧之契。橫受不
貲之寵。當興利除害。以報恩遇。而助溺擅權。乃樹私黨。非忠臣無境外之
交者也。方沒。其徒復用於炎宋。阿附執政。反陷正人。雖脩短之理在於冥
冥。若元帝納貢禹之言。一旦盡誅。則可以減後患也。而止加裁抑。使流弊
於後世。豈先事而言者嘗患於不見信乎。

― 『西河先生集』 卷第五

생각해 보기

1. 이 글을 쓴 시대적 배경과 관련하여 주제에 대하여 말해 보자.
2. '돈과 관련한 관점'을 드러내는 다른 작품 하나를 택하여 비교해 보자.
3. 작가의 현실인식에 대하여 논의해 보자.
4. '전'의 개념과 형식, 유래에 대하여 조사해 보자.

국순전

麴醇傳

고려 의종~명종때(1146~1197)의 문인 임춘(林椿)이 술을 의인 화하여 지은 가전 작품으로 임춘의 유고집인 『서하선생집(西河先生集)』 에 수록되어 있고, 『동문선』에도 실려 있다.

역문 ● ● ●

국순(麴醇, 누룩술)의 자(字)는 자후(子厚)이니, 그 조상은 농서(隴西) 사 람이다. 90대 조(祖) 모(牟)가 후직(后稷)을 도와 뭇 백성들을 먹여 공이 있었으니, 《시경(詩經)》에 이른바,

"내게 밀 보리를 주다."

한 것이 그것이다. 모(牟)가 처음 숨어 살며 벼슬하지 않고 말하기를,

"나는 반드시 밭을 갈아야 먹으리라."

하며 전묘(田畝)에서 살았다. 위에서 그 자손이 있다는 말을 듣고 조서 를 내려 안거(安車)로 부르며, 군(郡)·현(縣)에 명하여 곳마다 후히 예물 을 보내라 하고, 하신(下臣)을 시켜 친히 그 집에 나아가, 드디어 방아 와 절구 사이에서 교분(交分)을 정하고 빛에 화(和)하며 티끌과 같이 하 게 되니, 훈훈하게 찌는 기운이 점점 스며들어서 온자(醞藉)한 맛이 있 으므로 기뻐서 말하기를,

"나를 이루어 주는 자는 벗이라 하더니, 과연 그 말이 옳구나."

하였다. 드디어 맑은 덕(德)으로써 알려지니, 위에서 그 집에 정문(旌門) 을 표하였다. 임금을 좇아 원구(圓丘)에 제사한 공으로 중산후(中山侯)에

봉하니, 식읍(食邑) 일만호(一萬戶) 식실봉(食實封) 오천호(五千戶)요, 성(姓)을 국씨(麴氏)라 하였다. 5세손이 성왕(成王)을 도와 사직을 제 책임으로 삼아 태평하고 얼근한 성대(盛代)를 이루었고, 강왕(康王)이 위에 오르자 점차로 소대를 받아 금고(禁錮)에 처하여 고령(誥令)에 나타나게 되었다. 그러므로 후세에 나타난 자가 없고, 다 민간에 숨어 살게 되었다. 위(魏)나라 초기에 이르러 순(醇)의 아비 주(酎, 소주)가 세상에 이름이 알려져서, 상서랑(尙書郞) 서막(徐邈)과 더불어 서로 친하여 그를 조정에 끌어 들여 말할 때마다 주가 입에서 떠나지 않았는데, 마침 어떤 사람이 위에 아뢰기를,

"막(邈)이 주(酎)와 함께 사사로이 사귀어 점점 난리의 계단을 양성합니다."

하므로 위에서 노하여 막을 불러 힐문하니, 막이 머리를 조아리며 사죄하기를,

"신이 주를 좇는 것은 그가 성인의 덕이 있기에 수시로 그 덕을 마시었습니다."

하니 위에서 그를 책망하였고, 그 후에 진(晉)이 선(禪)을 받게 되자, 세상이 어지러울 줄을 알고 다시 벼슬할 뜻이 없어 유령(劉伶)·완적(阮籍)의 무리와 더불어 죽림(竹林)에 놀며 그 일생을 마쳤다.

순(醇)의 기국과 도량이 크고 깊어, 출렁대고 넘실거림이 만경의 물결과 같아 맑게 하여도 맑지 않고 뒤흔들어도 흐리지 않으며, 자못 기운을 사람에게 더해준다. 일찍이 섭법사(葉法師)에게 나아가 온종일 담론하였는데, 일좌(一座)가 모두 절도(絶倒)하게 되어, 드디어 유명하게 되어 호를 국처사(麴處士)라 하였는데, 공경·대부·신선·방사(方士)들로부터 머슴꾼·목동·오랑캐·외국사람에 이르기까지 그 향기로운 이름을 맛보는 자는 모두 그를 흠모하며, 성한 모임이 있을 때마다 순

(醇)이 오지 아니하면 모두 다 추연(愀然)하여, 말하기를,

"국처사(麴處士)가 없으면 즐겁지 않다."

하니, 그가 시속에 사랑받음이 이와 같았다.

태위(太尉) 산도(山濤)가 감식(鑑識)이 있었는데, 일찍이 그를 말하기를,

"어떤 늙은 할미가 요런 갸륵한 아이를 낳았는고. 그러나 천하의 창생(蒼生)을 그르칠 자는 이 놈일 것이다."

하였다. 공부(公府)에서 불러 청주 종사(青州從事)를 삼았으나, 격(鬲)의 위가 마땅한 벼슬 자리가 아니므로 고쳐 평원독우(平原督郵)를 시켰다. 얼마 뒤에 탄식하기를,

"내가 쌀 닷말 때문에 허리를 굽혀 향리의 소아에게 향하지 않으리니, 마땅히 술 단지와 도마 사이에 서서 담론할 뿐이로다."

하였다. 그때 관상을 잘 보는 자가 있었는데 그에게 말하기를,

"그대 얼굴에 자줏빛이 떠있으니, 뒤에 반드시 귀하여 천종록(千鍾祿)을 누릴 것이다. 마땅히 좋은 대가를 기다려 팔라."

하였다. 진후주(陣後主) 때에 양가(良家)의 아들로서 주객 원외랑(主客員外郎)을 받았는데, 위에서 그 기국을 보고 남달리 여겨 장차 크게 쓸 뜻이 있어, 금구(金甌, 쇠나 금으로 만든 사발)로 덮어 빼고 당장에 벼슬을 올려 광록대부 예빈경(光祿大夫禮賓卿)으로 삼고, 작(爵, 작(酌))을 올려 공(公)으로 하였다. 대개 군신의 회의에는 반드시 순(醇)을 시켜 짐작(斟酌)하게 하나, 그 진퇴와 수작이 조용히 뜻에 맞는지라, 위에서 깊이 받아들이고 이르기를,

"경이야말로 이른바 곧음 그것이고, 오직 맑구나. 내 마음을 열어주고 내 마음을 질펀하게 하는 자로다."

하였다. 순(醇)이 권세를 얻고 일을 맡게 되자, 어진이와 사귀고 손님을 접함이며, 늙은이를 봉양하여 술·고기를 줌이며, 귀신에게 고사하

고 종묘에 제사함을 모두 순(醇)이 주장하였다. 위에서 일찍 밤에 잔치할 때도 오직 그와 궁인(宮人)만이 모실 수 있었고, 아무리 근신이라도 참예하지 못하였다.

이로부터 위에서 곤드레 만드레 취하여 정사를 폐하고, 순은 이에 제 입을 자갈물려 말을 하지 못하므로 예법(禮法)의 선비들은 그를 미워함이 원수 같았으나, 위에서 매양 그를 보호하였다. 순은 또 돈을 거둬들여 재산 모으기를 좋아하니, 시론(時論)이 그를 더럽다 하였다. 위에서 묻기를,

"경은 무슨 버릇이 있느냐."

하니, 대답하기를,

"옛날에 두예(杜預)는 ≪좌전(左傳)≫의 벽(癖)이 있었고, 왕제(王濟)는 말[馬]의 벽이 있었고, 신은 돈 벽이 있나이다."

하니, 위에서 크게 웃고 사랑함이 더욱 깊었다. 일찍이 임금님 앞에 주대(奏對)할 때, 순이 본래 입에 냄새가 있으므로 위에서 싫어하여 말하기를,

"경이 나이 늙어 기운이 말라 나의 씀을 감당치 못하는가."

하였다. 순이 드디어 관(冠)을 벗고 사죄하기를,

"신이 작(爵)을 받고 사양하지 않으면 마침내 망신할 염려가 있사오니, 제발 신을 사제(私第)에 돌려 주시면 신은 족히 그 분수를 알겠나이다."

하였다. 위에서 좌우에게 명하여 부축하여 나왔더니, 집에 돌아와 갑자기 병들어 하루 저녁에 죽었다. 아들은 없고, 족제(族弟) 청(淸)이 뒤에 당 나라에 벼슬하여 벼슬이 내공봉(內供奉)에 이르렀고, 자손이 다시 중국에 번성하였다.

사신(史臣)이 말하기를,

"국씨(麴氏)의 조상이 백성에게 공이 있었고, 청백(淸白)을 자손에게 끼쳐 창(鬯)이 주(周)나라에 있는 것과 같아 향기로운 덕이 하느님에게 까지 이르렀으니, 가히 제 할아버지의 풍이 있다 하겠다. 순(醇)이 설병(挈瓶, 손에 쥐은 작은 병)의 지혜로 독 들창에서 일어나서 일찍 금구(金甌)의 선발에 뽑혀 술단지와 도마에 서서 담론하면서도 옳고 그름을 변론하지 못하고, 왕실이 미란(迷亂)하여 엎어져도 붙들지 못하여 마침내 천하의 웃음거리가 되었으니, 거원(巨源)[24]의 말이 족히 믿을 만한 것이 있도다."

하였다.

원문 • • •

麴醇字子厚。其先隴西人也。九十代祖牟佐后稷。粒蒸民有功焉。詩所謂貽我來牟是也。牟始隱不仕曰。吾必耕而後食矣。乃居畎畝。上聞其有後。詔以安車徵之。下郡縣所在敦遣。命下臣親造其廬。遂定交杵臼之間。而和光同塵矣。熏蒸漸漬。有醞藉之美。牟乃喜曰。成我者朋友也。豈不信然。既而以淸德聞。乃表旌其閭焉。從上祀圜丘。以功封中山侯。食邑一萬戶。食實封五千戶。賜姓爲麴氏。五世孫輔成王。以社稷爲己任。致太平旣醉之盛。康王卽位。漸見疏忌。使之禁錮。著於誥令。是以。後世無顯著者。皆藏匿於民間。至魏初。醇父酎知名於世。與尙書郎徐邈偏汲引於朝。每說酎不離口。時有白上者。邈與酎私交。漸長亂階矣。上怒。召邈詰之。邈頓首謝曰。臣之從酎。以其有聖人之德。時復中之耳。上乃責之。及晉受禪。知將亂。無仕進意。與劉伶。阮籍之徒。爲竹林遊以終其身焉。醇器度弘深。汪汪若萬頃陂水。澄而不淸。擾之不濁。其風味傾於一時。頗以氣加人。嘗詣葉法師。談論彌日。一座爲之絶倒。遂知名。號爲麴處士。自公卿大夫神仙方士。至

24 중국 진(晉)나라 때의 문인으로 산도(山濤)라고도 함.

於廝兒牧豎夷狄外國之人。飮其香名者皆羨慕之。每有盛集。醇不至。咸愀
然曰。無麴處士不樂。其爲時所愛重如此。大尉山濤有鑑識。嘗見之曰。何
物老嫗生此寧馨兒。然誤天下蒼生者。未必非此人也。公府辟爲靑州從事。
以肩上非所部。改調爲平原督郵。久之歎曰。吾不爲五斗米折腰。向鄕里小
兒。當立談樽俎之間耳。時有善相者曰。君紫氣浮面。後必貴。享以千鍾矣。
宜待善價而沽之。陳後之時。以良家子拜主客員外郞。上乃器異之。將有大
用意。因以金甌覆而選之。擢遷光祿大夫禮賓卿。進爵爲公。凡君臣會議。
上必使醇埒酌之。其進退酬酢。從容中於意。上深納之曰。卿所謂直哉惟淸。
啓乃心沃朕心者也。醇得用事。其交賢接賓。養老賜酺。祀神祇祭宗廟。醇
優主之。上嘗夜宴。唯與宮人得侍。雖近臣不得預。自是之後。上以沈酗廢
政。醇乃以箝其口而不能言。故禮法之士。疾之如讎。上每保護之。醇又好
聚斂營資産。時論鄙焉。上問曰。卿有何癖。對曰。昔杜預有傳癖。王濟有
馬癖。臣有錢癖。上大笑。注意益深。嘗入奏對于上前。醇素有口臭。上惡
之曰。卿年老氣渴。不堪吾用耶。醇遂免冠謝曰。臣受爵不讓。恐有斯亡之
患。乞賜臣歸于私第。則臣知止足之分矣。上命左右扶出焉。旣歸。暴病渴。
一夕卒。無子。族弟淸後仕唐。官至內供奉。子孫復盛於中國焉。史臣曰。麴
氏之先。有功于民。以淸白遺子孫。若鬯之在周。馨德格于皇天。可謂有祖
風矣。醇以挈瓶之智。起於甕牖。早中金甌之選。立談樽俎。不能獻可替否。
而迷亂王室。顚而不扶。卒取笑於天下。臣源之言。有足信矣。

一『西河先生集』卷第五

생각해 보기

1. <국선생전>과 관련하여 공통점과 차이점을 말해 보자.

2. 이 작품에서 말하고자 하는 작가 의식에 대하여 살펴보자.

3. 현대를 살아가는 우리들에게 주는 이 글의 가치와 의미는 무엇인지 논의해 보자.

열녀함양박씨전
烈女咸陽朴氏傳

조선 정조 때 박지원(朴趾源)이 지은 작품으로 『연암집(燕巖集)』 연상각선본(烟湘閣選本)에 실려 있다. 지은이가 안의현감(安義縣監)에 재직하던 때인 1793년(정조 17) 이후에 쓴 것으로 풍자성을 지닌 열전체(列傳體)의 변체(變體)이다.

역문 • • •

제나라 사람이 말하기를 "열녀는 두 사내를 섬기지 않는다."고 하였다. 이는 <시경>의 '백주'편과 같은 뜻이다. 그런데 우리나라의 법전(경국대전)에서는 '다시 시집 간 여자의 자손에게는 벼슬을 주지 말라'고 하였다. 이 법을 어찌 저 모든 평민들을 위해서 만들었겠는가? (이 법은 벼슬을 하려는 양반들에게만 해당된다는 뜻이다.) 그렇지만 우리나라가 시작된 이래 4백년 동안 백성들은 오래오래 교화(敎化)에 젖어 버렸다. 그래서 여자들이 귀천을 가리지 않고 집안의 높낮음도 가리지 않으면서, 절개를 지키지 않는 과부가 없게 되었다. 이것이 드디어 풍속이 되었으니, 옛날 이른바 '열녀'가 이제는 과부에게 있게 되었다. 밭집의 젊은 아낙네나 뒷골목의 청상과부들을 부모가 억지로 다시 시집 보내려는 것도 아니고 자손의 벼슬길이 막히는 것도 아니건만, 그들은 "과부의 몸을 지키며 늙어 가는 것만으로는 수절했다고 말할 만한 게 없다"고 생각한다. 그래서 광명한 햇빛을 스스로 꺼버리고 남편을 따라 저승길 걷기를 바란다. 불・물에 몸을 던지거나 독주를 마시며 끈으로 목을 졸라매면서도 마치 극락이라도 밟는 것처럼 여긴다. 그들이 열렬하기는 열렬하지만 어찌 너무 지나치다고 하지 않겠는가?

옛날 어떤 형제가 높은 벼슬을 하고 있었는데 어느 사람의 벼슬길을 막으려고 하면서 그 어머니에게 의논드렸다. 그 어머니가,

"무슨 잘못이 있길래 그의 벼슬길을 막느냐?"

하고 묻자 그 아들이,

"그의 선조에 과부가 있었는데 바깥 여론이 몹시 시끄럽습니다."

하고 대답했다. 그래서 어머니가 깜짝 놀라며,

"규방에서 일어난 일을 어떻게 알 수 있느냐?"

하고 물었더니, 아들이,

"풍문으로 들었습니다."

하고 대답하였다. 그래서 어머니가 말하였다.

"바람은 소리만 나지 형태가 없다. 눈으로 살펴도 보이지 않고 손으로 잡아도 얻을 수가 없다. 공중에서 일어나 만물을 흔들리게 하니 어찌 이따위 형편없는 일을 가지고 남을 흔들리게 한단 말이냐? 게다가 너희들도 과부의 자식이니, 과부의 지식으로서 어찌 과부를 논할 수 있겠느냐? 잠깐만 기다려라. 내가 너희들에게 보여줄 게 있다."

어머니가 품속에서 동전 한 닢을 꺼내 보이면서 물었다.

"이 돈에 윤곽이 있느냐?"

"없습니다."

"그럼 글자는 있느냐?"

"글자도 없습니다."

어머니가 눈물을 흘리면서 말했다.

"이게 바로 네 어미가 죽음을 참게 한 부적이다. 내가 이 돈을 십년 동안이나 문질러서 다 닳아 없어진 거다. 사람의 혈기는 음양에 뿌

리를 두고, 정욕은 혈기에 심어졌으며 사상은 고독에서 살며 슬픔도 지극하단다. 그런데 혈기는 때를 따라 왕성한 즉 어찌 과부라고 해서 정욕이 없겠느냐? 가물가물한 등잔불이 내 그림자를 조문하는 것처럼 고독한 밤에는 새벽도 더디 오더구나. 처마 끝에 빗방울이 뚝뚝 떨어질 때나 창가에 비치는 달이 흰빛을 흘리는 밤 나뭇잎 하나가 뜰에 흩날릴 때나 외기러기가 먼 하늘에서 우는 밤, 멀리서 닭 우는 소리도 없고 어린 종년은 코를 깊이 고는 밤, 가물가물 졸음도 오지 않는 그런 깊은 밤에 내가 누구에게 고충을 하소연하겠느냐? 내가 그때마다 이 동전을 꺼내어 굴리기 시작했단다. 방안을 두루 돌아다니며 둥근 놈이 잘 달리다가도, 모퉁이를 만나면 그만 멈추었지. 그러면 내가 이 놈을 찾아서 다시 굴렸는데, 밤마다 대여섯 번씩 굴리고 나면 하늘이 밝아지곤 했단다. 십 년 지나는 동안에 그 동전을 굴리는 숫자가 줄어들었고 다시 십 년 뒤에는 닷새 밤을 걸러 한 번 굴리게 되었지. 혈기가 이미 쇠약해진 뒤부터야 이 동전을 다시 굴리지 않게 되었단다. 그런데도 이 동전을 열 겹이나 싸서 이십 년 되는 오늘까지 간직한 까닭은 그 공을 잊지 않으려고 하기 때문이야. 가끔은 이 동전을 보면서 스스로 깨우치기도 한단다."

이 말을 마치면서 어머니와 아들이 서로 껴안고 울었다. 군자들이 이 이야기를 듣고,

"그야말로 '열녀'라고 말할 수 있겠구나."

라고 하였다. 아아 슬프다. 이처럼 괴롭게 절개를 지킨 과부들이 그 당시에 드러나지 않고 그 이름조차 인멸되어 후세에 전해지지 않은 까닭은 어째서인가? 과부가 절개를 지키는 것은 온 나라 누구나가 하는 일이기 때문에 한 번 죽지 않고서는 과부의 집에서 뛰어난 절개가 드러나지 않게 되는 것이다.

내가 안의(安義) 고을을 다스리기 시작한 그 이듬해인 계축년(1793) 몇 월 며칠이었다. 밤이 장차 새려는 즈음에 내가 어렴풋이 잠 깨어 들으니 청사 앞에서 몇 사람이 소곤거리는 소리가 들렸다. 그러다가 슬퍼 탄식하는 소리도 들렸다. 무슨 급한 일이 생겼는데도 내 잠을 깨울까봐 걱정하는 것 같았다. 내가 그제야 소리를 높여,

"닭이 울었느냐?"

하고 물었더니, 곁에 있던 사람이 대답했다.

"벌써 서너 번이나 울었습니다."

"바깥에 무슨 일이 생겼느냐?"

"통인(通引 : 심부름꾼) 박상효의 조카딸이 함양으로 시집가서 일찍 과부가 되었습니다. 오늘 지아비의 삼년상이 끝나자 바로 약을 먹고 죽으려고 했습니다. 그 집에서 급하게 연락이 와서 구해 달라고 하지만 상효가 오늘 숙직 당번이므로 황공해 하면서 맘대로 가지 못하고 있었습니다."

나는 '빨리 가보라'고 명령하였다. 날이 저물 무렵에,

"함양 과부가 살아났느냐?"

고 옆에 있던 사람들에게 묻자,

"벌써 죽었답니다."

하고 대답하였다. 나는 서글프게 탄식하면서,

"아아 열(烈)이로다. 이 사람이여."

하고는 여러 아전들을 불러다 물었다.

"함양에 열녀가 났는데, 그가 본래는 안의 사람이라고 했지. 그 여자의 나이가 올해 몇 살이며 함양 누구의 집으로 시집을 갔었느냐? 어릴 때부터의 행실이 어떠했는지 너희들 가운데 잘 아는 사람이 있느냐?"

여러 아전들이 한숨을 쉬면서 말하였다.

"박씨의 집안은 대대로 이 고을 아전이었는데 그 아비의 이름은 상일(相一)이었습니다. 그가 일찍이 죽은 뒤로는 이 외동딸만 남았는데 그 어미도 또한 일찍 죽었습니다. 그래서 어려서부터 할아비 할미의 손에서 자라났는데 효도를 다했습니다. 그러다가 나이 열아홉이 되자 함양 임술증에게 시집와서 아내가 되었지요. 술증도 또한 대대로 함양의 아전이었는데 평소에 몸이 여위고 약했습니다. 그래서 그와 한번 초례(醮禮)를 치르고 돌아간 지 반 년이 채 못 되어 죽었습니다. 박씨는 그 남편의 초상을 치르면서 예법대로 다하고 시부모를 섬기는 데에도 며느리의 도리를 다하였습니다. 그래서 두 고을의 친척과 이웃들 가운데 그 어진 태도를 칭찬하지 않는 사람이 없었는데, 이제 정말 그 행실이 드러난 것입니다."

한 늙은 아전이 감격하여 이렇게 말하였다.

"그 여자가 시집가기 몇 달 전에 어느 사람이 말하길 '술증의 병이 골수에 들어 살 길이 없는데 어찌 혼인날을 물리지 않느냐'고 했답니다. 그래서 그 할아비와 할미가 그 여자에게 가만히 알렸더니, 그 여자는 아무런 대답도 하지 않았답니다. 혼인날이 다가와 색시의 집에서 사람을 보내어 술증을 보니 술증이 비록 아름다운 모습이었지만 폐병으로 기침을 했습니다. 마치 버섯이 서 있고 그림자가 걸어 다니는 것 같았답니다. 색시집에서 매우 두려워하며 다른 중매쟁이를 부르려 했더니, 그 여자가 얼굴빛을 가다듬고 이렇게 말했답니다. '지난번에 바느질한 옷은 누구의 몸에 맞게 한 것이며 또 누구의 옷이라고 불렀지요? 저는 처음 바느질한 옷을 지키고 싶어요.' 그 집에서는 그의 뜻을 알아차리고 원래 잡았던 혼인날에 사위를 맞아들였습니다. 비록 혼인을 했다지만 사실은 빈 옷을 지켰을 뿐이랍니다."

얼마 뒤에 함양 군수 윤광석이 밤중에 기이한 꿈을 꾸고 감격하여 <열부전>을 지었다. 산청 현감 이면제도 또한 그를 위하여 전(傳)을 지어주었다. 거창에 사는 신도향도 문장을 하는 선비였는데, 박씨를 위하여 그 절의(節義)를 서술하였다. 그는 처음부터 끝까지 마음이 한결같았으니 어찌 스스로,

"나처럼 나이 어린 과부가 세상에 오래 머문다면 길이길이 친척에게 동정이나 받을 것이다. 이웃 사람들의 망령된 생각을 면치 못할 테니, 빨리 이 몸이 없어지는 게 낫겠다."

고 생각하지 않았으랴?

아아, 슬프다. 그가 처음 상복을 입고도 자결하지 않았던 것은 장사를 지내야 했기 때문이었고 장사를 끝낸 뒤에도 자결하지 않았던 것은 소상(小祥)이 있기 때문이었다. 소상을 끝낸 뒤에도 자결하지 않은 것은 대상(大祥)이 있기 때문이었다. 이제 대상도 다 끝나서 상기(喪期)를 마치자, 지아비가 죽은 것과 같은 날 같은 시각에 죽어 그 처음의 뜻을 이루었다. 어찌 열부가 아니랴?

원문 • • •

齊人有言曰。烈女不更二夫。如詩之柏舟是也。然而國典。改嫁子孫。勿叙
正職。此豈爲庶姓黎甿而設哉。乃國朝四百年來。百姓旣沐久道之化。則女
無貴賤。族無微顯。莫不守寡。遂以成俗。古之所稱烈女。今之所在寡婦也。
至若田舍少婦。委巷青孀。非有父母不諒之逼。非有子孫勿叙之恥。而守寡
不足以爲節。則往往自滅晝燭。祈殉夜臺。水火鴆縊。如蹈樂地。烈則烈矣。
豈非過歟。昔有昆弟名宦。將枳人淸路。議于母前。母問奚累而枳。對曰。其
先有寡婦。外議頗喧。母愕然曰。事在閨房。安從而知之。對曰。風聞也。母
曰。風者。有聲而無形也。目視之而無覩也。手執之而無獲也。從空而起。

能使萬物浮動。奈何以無形之事。論人於浮動之中乎。且若乃寡婦之子。寡婦子尙能論寡婦耶。居。吾有以示若。出懷中銅錢一枚曰。此有輪郭乎。曰。無矣。此有文字乎。曰。無矣。母垂淚曰。此汝母忍死符也。十年手摸。磨之盡矣。大抵人之血氣。根於陰陽。情欲鍾於血氣。思想生於幽獨。傷悲因於思想。寡婦者。幽獨之處而傷悲之至也。血氣有時而旺。則寧或寡婦而無情哉。殘燈吊影。獨夜難曉。若復簷雨淋鈴。窓月流素。一葉飄庭。隻鴈叫天。遠鷄無響。穉婢牢鼾。耿耿不寐。訴誰苦衷。吾出此錢而轉之。遍摸室中。圓者善走。遇域則止。吾索而復轉。夜常五六轉。天亦曙矣。十年之間。歲減其數。十年以後。則或五夜一轉。或十夜一轉。血氣旣衰而吾不復轉此錢矣。然吾猶十襲而藏之者二十餘年。所以不忘其功。而時有所自警也。遂子母相持而泣。君子聞之曰。是可謂烈女矣。噫。其苦節淸修若此也。無以表見於當世。名堙沒而不傳何也。寡婦之守義。乃通國之常經。故微一死。無以見殊節於寡婦之門。

余視事安義之越明年癸丑月日夜將曉。余睡微醒。聞廳事前有數人隱喉密語。復有慘怛歎息之聲。蓋有警急而恐擾余寢也。余遂高聲問鷄鳴未。左右對曰。已三四號矣。外有何事。對曰。通引朴相孝之兄之子之嫁咸陽而早寡者。畢其三年之喪。飮藥將殊。急報來救。而相孝方守番。惶恐不敢私去。余命之疾去。及晚爲問咸陽寡婦得甦否。左右言聞已死矣。余喟然長歎曰。烈哉斯人。乃招群吏而詢之曰。咸陽有烈女。其本安義出也。女年方幾何。嫁咸陽誰家。自幼志行如何。若曹有知者乎。群吏歙欷而進曰。朴女家世縣吏也。其父名相一早歿。獨有此女而母亦早歿。則幼養於其大父盡子道。及年十九。嫁爲咸陽林述曾妻。亦家世郡吏也。述曾素羸弱。一與之醮。歸未半歲而歿。朴女執夫喪盡其禮。事舅姑盡婦道。兩邑之親戚鄰里。莫不稱其賢。今而後果驗之矣。有老吏感慨曰。女未嫁時隔數月。有言述曾病入髓。萬無人道之望。盍退期。其大父母密諷其女。女默不應。迫期。女家使人覘述曾。述曾雖美姿貌。病勞且咳。菌立而影行也。家大懼。擬招他媒。女斂容曰。曩所裁縫。爲誰稱體。又號誰衣也。女願守初製。家知其志。遂如期迎壻。雖名合巹。其實竟守空衣云。旣而咸陽郡守尹侯光碩。夜得異夢。感而作烈

婦傳。而山淸縣監李侯勉齋。亦爲之立傳。居昌愼敦恒。立言士也。爲朴氏
撰次其節義始終。其心豈不曰弱齡䘽婦之久留於世。長爲親戚之所嗟憐。未
免隣里之所妄忖。不如速無此身也。噫。成服而忍死者。爲有窆羽也。旣葬
而恐死者。爲有小祥也。小祥而忍死者。爲有大祥也。旣大祥則喪期盡。而
同日同時之殉。竟遂其初志。豈非烈也。

―『燕巖集』烟湘閣選本

생각해 보기

1. 이 작품에 등장하는 인물의 성격이나 갈등 양상과 관련하여 주제에
   대하여 논의해 보자.

2. 조선 후기 사회 문화와 연결하여 작품의 성격을 말해 보자.

3. 작품을 통해 나타나는 조선조 여성의 관습과 문화에 대하여 조사해
   보자.

4. 연암의 사상과 관련하여 이 작품의 성격을 논의해 보자.

윤씨행장

서포(西浦) 김만중(金萬重, 1637~1692)이 당파 싸움의 와중에서 귀양을 가자 아들을 걱정할 어머니를 위로하기 위해 재미있는 이야기로 <구운몽>과 <사씨남정기>를 썼지만 정작 어머니 윤씨는 이 소설을 읽지 못하고 세상을 떠났다고 한다. 어머니를 생각하고 슬피 울던 김만중은 어머니의 전기인 '정경부인 윤씨행장'을 썼는데 이 글은 어린 시절부터 어머니의 고생을 보고 성장한 아들이 어머니에 대한 그리움을 표현하는 내용을 담고 있다.

역문 • • •

대부인의 성은 윤씨오 본은 선산 해평이니, 고조의 휘는 두수(斗壽)니 영의정 해원부원군으로 시호는 문정공이오, 증조의 휘는 방(昉)이니 영의정까지 하시고 시호는 문익공이니 다 공덕이 있어 어진 정승이라 일컬었고, 조의 휘는 신지(新之)니 선조대왕 부마되야 해숭위를 봉하고 글 잘하기로 세상에 유명하고 시호는 문목공이오, 고의 휘는 지(墀)니 인조조 명신이라, 벼슬이 이조참판에 이르고, 비(妃) 정경부인 남양 홍씨는 경기감사 명원의 딸이시다. 참판궁이 다른 자제 없고 정혜옹주도 다른 손자 없고 오직 대부인 하나 뿐인고로 옹주 친히 기르샤 입으로 외와 소학을 가라치니 대부인이 총명하고 숙성하야 한번 가라치매 입에 올리니 옹주 매양 그 여자로 태어나신 것을 한하더라.

점점 자라매 의복과 음식을 사치치 아니케 하야 갈오대,

"다른 날 가난한 선비의 안해 된다면 어찌 장차 이같이 하리오."
하더니 및 우리 선군께 혼인하시니 옹주 경계하야 갈오대,
"너희 부가(夫家)는 예법하는 집이라, 혹 부도를 어겨 나를 부끄럽게
말라."
하야 가르치기를 이같이 하는지라. 대부인이 나이 바야흐로 열넷이로
되 심히 시가의 칭송을 얻더라.

정축년 난리에 선군이 강도에서 사절(死節)하시니 대부인이 바야흐
로 잉태하야 홍부인 겨신대 있더니 배를 얻어 화를 면하니 이 때 선
형(善兄) 광성부원군은 바야흐로 다섯 살이오 불초 만중은 배 속을 떠
나지 못하였더라. 난리 정(定)한 후에 두 아해를 다리고 돌아와 부모
슬하에 의지하야 안으로는 홍부인을 도와 가사를 보살피고 밖으로는
참판공을 섬겨 능히 뜻을 받기를 옛 효자같이 하고, 틈을 얻으면 서사
를 보아 써 스사로 심사를 위로하니 날로 마흠 너르더라. 이에 참판공
이 아들 없음을 잊고 문목공이 일즉 탄하야 갈으되,
"매양 내 손녀로 더불어 말하매 마암이 문득 시원하니 만일 사나해
면 어찌 우리집 한 대제학(大提學)이 아니리오."
하더라.

우리 조고(祖考) 산소가 회덕 정민리에 있고 선군(先君)을 합장하였는
데 그 후 지사(地師) 나모라난 이 많은지라, 참판공이 의심하야 대부인
다려 닐어 갈오되,
"내 힘이 능히 개장(改葬)할진대, 뜻에 경기 근외에 천장(遷葬)하야 하
야곰 고아와 과부의 절일에 쇄소하기를 편케 하고져 하니 네 뜻에 어
떠하니."
대하야 갈오되,
"풍수하는 사람의 말을 가히 믿지 못할 것이오 선산에 영장함이 신

리(神理)에 평안한 배오, 또 호중(湖中)에 부족이 사난 이 많으니 아해들이 자라지 아닌 전에는 가히 보살필지라, 천장함을 원치 아니하노라." 하더라.

참판공이 세상을 바리매 홍부인이 병들어 능히 집안 일을 살피지 못하고 또 자손 없난지라, 대부인이 홀로 두어 종을 다리고 상구(喪具)를 장만하되 의금(衣衾)과 제전(祭奠)이 풍성하고 조찰하야 례에 맞지 아님이 없으니 보는 자 기이히 녀기고 홍부인 상사에 또한 이같이 하더라.

이로부터 집안이 더욱 가난하야 몸소 베를 짜고 수놓아 조석을 니우되 상해 태연하야 일즉 근심하는 빛이 없고, 또한 불초 형제로 하야금 알게 아니하니 대개 일즉이 가사에 골몰하야 서적 공부에 방해로울가 염려함이러라.

불초 형제 아해적에 다른 스승이 없으니 소학, 사략, 당시 같은 류는 대부인이 다 손수 가르치시니 비록 사랑하시기를 과히 하나 그 글 전하시기는 심히 엄히 하사 상해 닐오되,

"너해 무리 다른 사람에 비길배 아니라. 반드시 재주가 남보다 한 충(層)이 지나야 겨우 남에게 참여하나니, 사람이 행실 없는 자를 꾸짖으매 반드시 갈오되, "과부의 자식이로다." 하는지라, 이 말을 너해 마땅히 뼈에 새기라."

하시고 불초 형제 허물이 있으매 반드시 몸소 초달(楚撻)하여 울며 갈오샤되,

"네 부친이 네 형제로써 나에게 의탁하고 죽었으니 네 이제 이렇닷한지라, 내 무삼 면목으로 지하에 가 네 부친을 보오리오. 글 못하고 잘 모르난 차라리 죽나니만 못한지라."

하니 그 말의 통절함이 이렇닷 하더라.

선형의 글 잘 하기는 비록 천성이나 그 재조 숙성함은 또한 대부인의 힘이 많고, 만일 만중이 흐리고 어두워 스사로 바림은 가르치기를 극진히 아니하셨기 때문에 아닐러라. 때에 난리 지난지 오래지 않은지라, 서적을 얻기 어려우니 맹자 중용같은 류를 대부인이 다 곡식을 주고 사고, 좌씨전을 파는 사람이 있었는데 권수 많은지라, 권수 많음을 보고 감히 값을 묻지 못하니 대부인이 베틀 가온대 명주를 끊어 값을 주니 이 밖에 옷할 남은 것이 없더라. 이웃 사람 옥당서리를 인연하야 홍문관에 있는 사서와 시경언해를 빌어 내여 손수 베끼시되 자획이 정세(精細)하야 구슬을 꿴 듯하야 한곳도 구차함이 없더라.

참판공이 늦게야 첩 아달 하나히 있고 죽으신 후에 족하로써 계후(繼後)하니 대부인이 사랑하고 가라침을 다 불초 형제같이 하고 두 아이 또한 어미같이 하야 섬겨 늙기에 니르도록 사이 말이 없고 한가지로 분재(分財)할 제 스사로 전답의 천박한 것과 노비 늙고 가난한 자를 취하야 갈오되,

"내 구타야 청렴한 일홈을 취함이 아니라, 이 나의 하고져하는 배라." 하더라.

서제 죽거늘 그 자식을 다려다가 모든 손자로 더불어 배우기를 한가지로 하게 하니 이때 대부인의 나히 이미 늙어 겨시되 손자 아해들 글 배호는 자 오히려 두어 사람이라, 대개 아해 가라치기를 슈고로 아니 녀기고 좋이 녀기시더라.

성품이 서적을 즐겨 늙다록 폐(廢)치 아니하시고 더욱 역대 치란(治亂)과 명신 언행 보기를 좋아하시고 이따감 자손다려 이르시되 편지와 글 짓기를 유의하지 아니시고, 부녀 가라치기는 의복 음식에 넘지 아니하고 제사 때면 공경과 정성을 극진히 하야 이미 가사(家事)를 전한 후에도 오히려 몸소 그릇을 씻으며 제물을 만들어 병이 아니 들면 남

에게 아니 시키시고 과거(寡居)하신 후는 종신토록 소복을 하고 저기 조찰하야 아람다온 옷은 몸에 가까이 아니하고 잔채에 참여치 아니하고 풍류 소래를 듣지 아니하야 선형이 이미 귀한 후에 일즉 수연(壽宴)하기를 청하되 대부인이 허치 아니하고 오직 자손이 과거하매 잔치 배설하기를 허하야 갈오되,

"이는 문호의 경사오 한 사람의 사사로운 기쁨이 아니라."
하더라.

계사년에 선형이 급제하야 비로소 록으로 공양함을 얻고 만중이 또한 을사년에 과거하고 정미년에 선형이 이품직을 하니 대부인이 정부인에 봉해지시고 갑인년에 인경왕후 위를 정하시니 선형이 부원군을 봉하시니 대부인이 또한 정경부인에 오르다. 후(后) 아해적에 대부인이 기르신지라, 어려서부터 정대한 일로 가라치니 후(后) 나히 열 하나이시나, 주선하며 응대함을 성인같이 하시니 궁중 사람이 열복지 아닐이 없더라. 대부인이 이따금 들어가 뵈매 반다시 경계하는 말을 나와, 옛적 어진 후비의 일로 깨우치고 한 터럭 끝도 사정(私情)을 바라지 아니하더라. 인선 명성 량성모 대부인을 본대 중히 녀기시더니 경신년에 인경왕후 승하하시니 평일에 쓰시던 바 의복과 기완(器玩)을 왕자와 공주를 주실 이 없으니 명성태모 궁인다려 닐어 갈오샤대,

"내 차마 이것들을 보지 못하니 이제 다 친정에 주고져 하니 그 뜻을 니르라."
하시니, 대부인이 대하야 갈오되,

"대행(大行)이 비록 불행하야 자손이 없으나 다른 날 국가 종사의 경사 있으면 이 또한 대행의 자손이니 머므러 두어 기다림이 또한 가하니 천상의 보배를 어찌 인간에 머물러 두리이까."

궁인이 이 말삼을 살오니 자성(慈聖)이 크게 칭찬하야 갈오샤되,

"내 이 일 잘 처치할 줄 알았더니라."

하시고 상이 듣고 또한 갈오샤되,

"이는 사군자의 행실이라."

하시더라.

정묘년 봄에 선형이 길이 대부인 슬하를 떠나니 대부인이 나히 칠
십이 넘은지라, 자손이 최복(衰服)을 더하지 못한대 대부인이 물으시되,

"어이하야 제복을 짓지 아니하는가."

대하야 갈오되,

"국속(國俗)에 부녀는 오직 삼년상에 최복을 갖추고 기년복(期年服)
이하는 오직 포대(布帶)로 성복(成服)을 하니 이는 기복이니이다."

대부인이 갈오되,

"장자(長子)의 복이 어찌 예사 기년복과 같으리오."

하고 예같이 성복하다.

만중이 대부인이 상측(喪側)에 있어 조석으로 곡읍(哭泣)하시매 병이
날까 두려 내 집으로 매아 가고져 하니 대부인이 울며 갈오되,

"내 비록 늙고 병들어 제에 참여치 못하니 매양 조석 곡성을 들으
면 내 제에 참여하나니 같고 모든 아해들 얼굴을 보면 제 부친 본 닷
하니 만일 네 집에 가면 저희들이 어찌 능히 자조 와 보리오."

여러 번 청하되 듣지 아니하시니 예에 돈독하심이 이 같으시더라.
이 해 가을에 만중이 서새(西塞)에 귀향하니 대부인이 성 밖에 보내어
갈오되,

"영해(嶺海)의 행함은 옛 착한 사람도 오히려 면치 못하니 행하야 몸
을 스스로 사랑하고 나를 생각지 말라."

하시더니 이듬 해에 나라에 큰 경사 있어 놓이여 돌아 온지 두어 달
이 못되어서 기사년 화(禍)나니 다시 옥에 나아 갔더니 이윽고 감사(減

死)하야 남해에 안치하고 손남(孫男) 세 사람이 이어 절도에 귀향가니, 대부인이 본대 담천병이 계시더니 선형 상사(先兄喪事)나므로 쫓아 연달아 우척(憂慽)을 만나 숙중이 더 중하야 이 해 겨울에 이르러 병이 이미 위독하셨는데 오히려 손증(孫曾)을 경계하야 갈오샤되,

"가난하다고 스스로 줄어지지 말고, 쓸 때없다 하고 학업을 폐하지 말라."

하시고 찬물(饌物)이 잠간 진이(珍異)한 것이 곧 있으면 문득 깃거아냐 갈오샤되,

"내 집 음식이 본대 이러하지 아니터니라."

하시고 속광전(屬?前) 수일에 부지런하시며 검박함으로써 자손을 경계하고 이 밖은 오즉 한 아들과 ㅂ세 손자 장향(?鄕)에 있음으로써 근심을 삼고 다른 것은 염려하시는 배 없더라.

오 슬프도다. 처음에 대부인이 나히 늙으시므로 원행 의복(遠行衣服)을 장만하시니 대부인이 알으시고 갈오샤되,

"정축년 상사에 제물이 없어 능히 극진히 차리지 못했는데, 이제 어찌 내게 더 하리오."

선형이 전후 가사(家事) 같지 아니하므로 대답하시니 대부인이 갈오샤되,

"내 어찌 이를 모르리오마는 한 혈(穴)에 영장하며 후장(厚葬)이 다르니 내 마음이 어찌 평안하리오."

이로써 상사 제 비단을 쓰지 아니하심은 유의(遺意)를 지키심이러라. 대부인이 만력 정사 구월 스므다샛날 태어나서 기사년 이월 이십이일 죽으시니 향년이 칠십삼이러라. 손남 진화, 증손 춘택 등이 영구를 받들어 선부군께 합장(合葬)하니 장일은 경오년 이월 이십이일이러라.

대부인이 성품이 인자하고 용서하는 일이 많아 자손을 가르치시며

비복을 부리며 매양 은애(恩愛)에 과도하시되 단방(端方)하고 준결(峻潔)하야 교연히 열장부의 풍이 있고, 선형이 경기 고을의 원님을 하야 읍록(邑祿)이 잔박(殘薄)하야 공양을 풍성히 못하므로 근심을 삼으니 대부인이 갈오샤되,

"행여 나라 은혜를 입어 방이 덥고 배 부르니 이를 오히려 부족히 여기면 어찌하야 족하리오. 네 능히 직사(職事)에 진심(盡心)하면 공양이 이에서 더 큰 것이 없나니라."

하시고 손남 진구가 감사를 함에 영하원이 대부인의 생일로써 전례(前例)를 의지하야 폐백을 보내니 그 사람은 모이 친한 사람이라, 사람마다 사양할 의(義) 없다 하되 종시 받지 아니하시더라. 세속이 교사(巧詐)하야 아전, 역관, 시정배들이 전혀 청촉(請囑)을 일삼으니 벼슬하는 자의 직속 부녀는 더욱 재물을 쓰는 종요로운 길이로되 불초 형제 벼슬하였으나 소지(小紙)가 대부인 앞에 이르지 아니하니 이로 쫓아 그 밖 일을 가히 알리러라. 만일 그 액궁에 있어는 설워 아니시고 존영(尊榮)을 밟아도 교만치 아니하야 기화(奇禍)를 만나 사람이 견디지 못할 배로되 의명(義命)에 평안하야 요동치 아니하고 저상(沮喪)치 아니함은 천품이 사람에게 지날 뿐 아니라, 그 널리 보고 옛 일을 아는 힘이러라. 이로써 친척 향당이 다 보기를 엄한 스승같이 하야 새 법을 삼으니 그 발언 처사함이 다 의리에 맞아 능히 음화(陰化)를 도와 나라에서 기림을 받으니 또한 근대 규합(閨閤)에 드문 배라, 옛 니른배 여자가 선비와 같이 행실을 가졌다는 이는 그 대부인을 니름인져. 전(傳)오되 적선한 집에는 반다시 남은 경사 있다 하고 서(書)에 갈오되 가득한 것이 손(損)하는 것을 부르고 겸손한 것이 유익한 것을 받는다 하니 우리 대부인 같은 이는 그 어진 일을 쌓으며 유익한 것을 받는 도리에 마땅히 합치 아닐 배 없을 것이로되 정축년 붕성지통(崩城之慟)으로부터 간

고를 다 겪고 갑인에 이르러는 가히 극히 영화롭지 아닐 것이로되 그 근심이 궁약(窮約)하는 때보다 더 심하고, 오래지 아니하야 선후 상빈 (先后上賓)하시매 우리 백씨의 순효(純孝)함으로써 능히 공양함을 맞지 못하고 두어해 사이 시절사이 크게 변하야 자손이 분리하야 세상이 슬허하난 배되니 이 선민(先民)의 보시하는 하날에 능히 의심이 없지 못한 배니라. 비록 그러나 세상에 완복 누려 종신토록 일락부후(佚樂富 厚)하고 죽는 날에 다른 사람이 칭송하지 아니함은 또한 대부인의 부 끄러워 하는 배러라.

대부인 아들 둘을 길으시니 맏이는 곧 선형 만기니 영돈녕부사 광 성부원군을 봉하고 일찍이 병조판서를 지내고 대제학을 겸하니 선형 이 높고 현달한 벼슬을 하되 대부인이 일찍이 기꺼하는 빛이 없더니 문형(文衡)을 맡으시니 이에 탄하야 갈오되,

"내 한 부인으로 너희 형제를 가르쳐 매양 고루하야 아는 일이 없 이 선인의 수욕(羞辱)이 될까 하더니 이제 거의 면하리라."
하시더라.

그 아온 즉 불초 만중이요, 선형은 군수 한 유량의 딸을 취하야 네 아들과 세 딸을 낳으니 맏이는 진구, 차는 진규니 다 급제하고 차는 진 서요 차는 진부니 미관(未冠)하고 인경왕후 자매 항렬에서 맏이 되시고 다음은 정형진에게 시집을 가고 다음은 이주신에게 시집을 갔다. 만중 은 판서 이은상의 딸을 취하야 아들 하나 딸 하나를 낳으니 아들 진화 는 진사하고 딸은 급제 이이명에게 시집을 보냈다. 진구 아들은 춘력 보택 운택이오 나머지는 어리고 진규, 진서, 진화, 정형진, 이진택의 소 생은 어리다.

만중이 전생에 죄악을 저질러 엄친의 면목을 보지 못하고 난리 때 에 나서 기르신 은혜 옛 사람에서 백배하되 미혹(迷惑)하야 아는 일이

없어 얼굴빛을 순히 하기에 다 어그러짐이 많고, 분복 밖에 영화로이 벼슬함이 이미 어버이를 기껌이 아니오, 미치고 미혹하야 화기를 밟아 대부인께 종신 근심을 끼치니 불효한 죄악이 우으로 하늘을 통하되 오히려 능히 목을 지르며 배를 그어 귀신을 사례치 못하고 장해천극(障害栫棘)한 가온대서 췌췌히 살기를 구하니 아아 슬프도다, 돌아 생각하니 호천(昊天)이 회복지 아니하고 남은 목숨이 다하기를 기다리니 진실로 걱정스럽다. 우리 대부인의 아름다온 말씀과 어진 행실이 점점 어두워 가니 후세 자손에 법을 드리울 것이 없을까 하야, 이에 감히 슬프기를 참고 언행(言行) 한벌을 손수 기록하야 나눠주어 종이에 베껴 모든 족하를 주되 성품이 본대 어둡고 막혀 능히 뜻과 행실은 잘 알지 못하고 점점 정신이 소망(消忘)하야 하나를 적고 열을 빠뜨리니 불초의 죄상이 이에 니르러 더욱 크도다.

대부인이 일찍이 근대 비명(碑名)을 보시다가 여자의 덕을 너무 과히 함을 병(病)이라 여겨 갈오샤되,

"규문 안 일은 사람의 아지 못할 배라, 붓잡는 자 다만 그 집 사람 니르는 대로 의지하야 하는 고로 그 말을 족히 믿지 못하니, 그렇지 아니 하니면 어찌 동방에 어진 여자가 많으뇨."

이 말씀이 오히려 랑랑하야 귀에 있는지라, 이제 덕을 기록하는 글에 감히 한자도 꾸미지 못하야 너무 간략하게 함은 대개 대부인의 평생 뜻을 생각함이니라. 경오 팔월 일에 불초 고애남 만중은 읍혈(泣血)하고 삼가 기록하노라.

원문・・・

大夫人姓尹氏。系出善山之海平。高祖諱斗壽。領議政海原府院君。諡文靖。曾祖諱昉。領議政。諡文翼。皆有功德。繼稱賢相。祖諱新之。尚宣祖女貞惠翁主。封海嵩尉。以文名世。諡文穆。皇考諱墀。仁祖朝名臣。官至吏曹參判。妣貞夫人南陽洪氏。京畿監司諱命元之女。參判公無他子女。貞惠翁主無他孫。唯大夫人一人。故主親抱養之。口授小學書。大夫人聰明夙惠。一教輒上口。主常曰。惜哉其爲女子也。及稍長。衣服飲食。不令豐侈曰。他日爲寒士妻。豈能長如此。比歸我先府君。誡之曰。爾家禮法家。無或違婦道以羞吾。其訓誨如此。故大夫人時年十四。而甚得大族稱譽。丁丑虜變。先府君殉節江都。大夫人方姙娠及月。在洪夫人所寓浦口。得船免於禍。時先兄纔五歲。不肖萬重未離于腹也。亂定。携二孤兒。歸依父母膝下。內左右洪夫人。經理家事。外奉養參判公。能養志如古孝子。得閒。輒披閱書史以自娛。日益淹博。於是參判公殆忘無子之感。而文穆公嘆曰。每與我孫女言。頓覺心胸開豁。若是男子。豈非吾家一大提學也。我皇祖考之喪。卜葬於懷德縣之貞民里。先府君祔其後。葬師或言其地不利於後嗣。參判公疑之謂大夫人曰。吾力能改葬。意欲遷之畿內。俾便孤兒寡婦。節日掃灑。爾謂何如。對曰。風水家說。素茫昧難信。從葬先兆。諒神理所安。且湖中。夫族多居之者。兒子未長成前。可資其省視。不願遷葬也。參判公捐世。洪夫人病毀。不能省事。又無子弟之幹家者。大夫人獨與數婢措辦喪具。而衣衾祭奠。齊整豐潔。無不中禮。見者異之。其於後喪亦然。自是家事益困。至躬自組紃以給朝夕。而居常泰然。未嘗有憂惱容。亦不令不肖兄弟知之。蓋慮其早汩家人細務。有妨於書冊工夫也。不肖兄弟幼學無外傅。如小學史略唐詩之屬。大夫人自教之。雖其慈愛異甚。而課督極嚴。恒言汝輩非他人比。必他日才學過於人一等。纔得見齒於人。人之詬無行者。必曰寡婦之子。此言汝宜刻骨。不肖兄弟有過。必躬執夏楚。泣而言曰。汝父以汝兄弟托我而死。汝今若是。我何面目於地下乎。與其失學而生。不如遄死。其言之痛切如此。先兄之於文。雖得於性。而其藝業之夙成。大夫人激勵之力居多。而若萬重之昏惰自棄。非教之不至也。時經亂未久。書籍苦難得。如孟子中庸

159
한문수필

諸書。大夫人皆以粟易之。有賣左氏傳者。先兄意甚愛之。而見卷帙多。不
敢問價。大夫人卽斷機中紬以償其直。此外固無餘儲也。又從隣人爲玉堂吏
者。借出館中四書詩經諺解。皆手自謄寫。而字體精細如貫珠。無一畫苟者。
參判公晩有側室男而旣歿。以從姪爲後。大夫人撫而誨之。一如不肖兄弟。二
弟亦母事之至老。人無間言。與之分産。自擇田之瘠者與臧獲之老而貧者取
之曰。吾非苟爲廉名。是固吾所欲也。庶弟死。又取其孤。俾得與諸孫同學。
是時大夫人年已耆艾矣。而孫兒之從而啓蒙者猶數人。蓋樂此而不以爲勞也。
性旣嗜書。老而不廢。尤喜觀歷代治亂名臣言行。時時以語子孫。而絶不留
意於筆札吟詠。其訓誨婦女。不越乎麻枲酒漿。歲時享祀。涖事甚虔。旣傳
家事。而猶躬親滌器造饌。非甚病困。不使人代之。自稱未亡後。終身被服
黲素。少涉鮮美。未嘗近體。不與宴會。不聽音樂。先兄旣貴。請設壽席而
終不許。唯於子孫科慶。許設宴張樂曰。此固門戶之慶。非余一身私喜也。
癸巳。先兄登第。始得祿養。萬重亦以乙巳。忝竊科名。丁未。先兄守二品
職。大夫人封貞夫人。甲寅。仁敬王后正位長秋。先兄推恩疏封。大夫人亦
陞號貞敬。后之在幼小。育於大夫人所。蒙養必以正。后年十一膺選。而周
旋應對如成人。宮中之人。莫不悅服。是後先兄每慮私門之盛滿。嘆曰。使
吾家至此者母親也。間隨例謁見。輒進規誡。稱古昔賢后妃無一毫及於私澤。
仁宣，明聖兩聖母。雅敬重焉。庚申。仁敬王后昇遐。平日所御衣襨器玩。未
有王子公主可遺者。明聖太母謂宮人曰。吾不忍覩此物。今欲盡以與本房。其
以予意諭之。本房者。后妃本家之稱也。大夫人對曰。大行雖不幸無嗣。日後
國家有螽斯之慶。則是亦大行之子孫。留儲而待之。宜無不可。天上珍玩。
豈敢藏置人間。宮人復命。慈聖大加稱賞曰。予固知本房之賢。必能處此也。
上聞之亦曰。此士君子之行也。丁卯春先兄永違大夫人膝下。大夫人年躋七
十矣。子孫不忍加以衰服。大夫人問何以不製喪服。對曰。國俗婦女唯於三
年喪具服。期以下。只以布帶成服。此固期服也。大夫人曰。長子服。豈比
他期。遂如禮成服。萬重慮大夫人在喪側。朝夕哀泣成疾。欲奉侍於其家。
大夫人泣曰。吾雖老病。不能與祭。每聞朝夕哭聲。則如吾與祭。若往爾家。
尤何以爲懷。且吾見諸孤之面。則如見其父。若往爾家。渠何能數來見我乎。

屢請不從。雖在哀疚。其篤於禮如此。是年秋。萬重以言事竄西塞。大夫人送之城外曰。嶺海之行。前脩所不免。行矣自愛。勿以我爲念。翌年。國有大慶。蒙恩歸侍未數月。而己巳之禍作。復詣詔獄。尋減死安置南海。而孫男三人繼竄絶島。大夫人素有痰喘疾。遇寒輒發。自哭先兄。連遭憂慼。宿證有加。至是冬。疾旣革矣。而猶訓誡孫曾曰。勿以家難而自沮。勿謂無用而廢業。所進饌物。稍有珍異。輒不樂曰。吾家飮食。初不如是。屬纊前數日。諄諄以勤儉飭子孫婦。此外唯以一子三孫在瘴鄉爲言。餘無所繫念者。嗚呼痛哉。始先兄以大夫人年老。預造百歲衣。大夫人知之謂曰。丁丑之喪。無財不得自盡多矣。今豈可於我有加哉。對以前後家事之不同。大夫人曰。吾亦豈不知此。但同穴而葬。厚薄相懸。吾心豈得安乎。至是諸孫之奉斂襚者。不用紅紫華綵。參遺意也。大夫人生於萬曆丁巳九月二十五日。終於己巳十二月二十二日。享年七十三。孫男鎭華。曾孫春澤等。奉靈柩。啓先府君之兆而合葬焉。實庚午二月二十二日也。大夫人性慈多恕。撫子孫使婢僕。常過於恩愛。而端方峻潔。皎然有烈丈夫之風。先兄嘗宰畿邑。以邑殘俸薄。奉養不豐爲歎。大夫人曰。幸蒙國恩。煖煖食飽。此猶不足。於何而足。汝能盡心職事。爲養顧不厚歟。孫男鎭龜之爲監司。營下倅以大夫人生日。援舊例送幣。其人固通家子。人皆謂義無可辭。而終不受焉。末俗巧詐。吏譯市井。專事圖囑。居官者之尊屬婦女。尤其行賂之要路。而自不肖兄弟從宦以來。無或有小紙至於大夫人眼前者。卽此而可推其餘矣。若其處阨窮而不悶。履尊榮而不驕。遭罹奇禍。人所不堪。而安於義命。不撓不沮。則不但天稟之過人。其博覽稽古之力。不可誣也。是以親戚隣黨。視之若嚴師。咸以爲表式。而其發言處事。動合義理。用能裨補陰化。光承睿獎。此尤近代閨閤所罕聞。而古所稱女子而士行者。我大夫人實無愧焉。傳曰。積善之家。必有餘慶。書曰。滿招損。謙受益。若我大夫人者。其於積善受益之道。宜無所不合矣。而當丁丑崩城之慟。備嘗艱苦。至於甲寅。可謂極榮。而其憂反有甚於窮約時。未幾先后上賓。以我先伯氏之純孝。不克終養。而數年之間。時事大變。子孫分離。爲世所哀。此先民所以不能無疑於報施之天者也。雖然。世之享有頑福。終身佚樂富厚。而死之日。人無稱焉者。此固大夫人之所羞也。大夫人育二男。長卽先兄萬基。領敦寧府事光城府院君。曾經兵曹判書兼大提學。先兄歷職崇顯。而大夫人未嘗有喜色。及典文衡。乃歎曰。吾以一婦人。敎汝兄弟。常恐固陋無聞。爲先人羞辱。今而後庶幾免之矣。其季卽不肖萬重。先兄娶郡守韓有良女。有四男三女。男長鎭龜。次鎭圭。皆及第。次鎭瑞。次鎭符。未冠。仁敬王后於姊妹行居長。次適鄭亨晉。次適李舟臣。萬重娶判書李殷相女。生一男一女。男鎭華進士。女適及第李頤命。鎭龜男春澤，普澤，雲澤。餘幼。鎭圭，鎭瑞，鎭華，鄭亨晉，李頤命，普澤出。皆幼。萬重積惡於有生之前。生不識嚴親面目。墮地於亂離之際。劬勞之恩。百倍常人。而愚無知識。狃於恩愛。其所以承顏順色。率多乖戾。分外榮宦。旣非所以悅親。而猖狂愚暗。踏履機穽。以遺我大夫人終身之慼。不孝之罪。上通於天。而猶不能刎頸刳腹以謝鬼神。惝惝然偸生於瘴海栫棘之中。嗚呼痛矣。顧念皓天不復。而餘喘待盡。誠恐我大夫人嘉言懿行。漸就晻昧。無以垂範後昆。玆敢抑哀忍痛。手錄言行一通。分寫數紙。以遺諸姪。而性本昏塞。無以善觀志行。加以精神銷亡。掛一漏十。不肖罪戾。到此益大矣。記得大夫人嘗閱近代諱誌。病其稱婦德大過曰。閨門之內。人所不知。秉筆者只憑家狀。故其言尤不足徵。不然。何東方賢媛之多也。此言琅然猶若在耳。今於述德之文。不敢爲一字文飾。無寧失之於太簡者。蓋追我大夫人平昔之雅志也。庚午八月日。不肖孤哀男萬重泣血謹述。

─『西浦先生集』卷十

<先妣貞敬夫人行狀>

1. 행장이라는 글쓰기 양식의 특징은 무엇인지 조사해 보자.

2. 윤씨 행장의 제작 동기와 주제의식에 대하여 말해 보자.

3. 여타 일련의 행장과 윤씨 행장을 비교하여 살펴보자.

4. 윤씨의 여성상과 오늘날의 여성상을 견주어 비교해 보자.

우리의 옛글
생각하며 읽기

국문수필

동명일기

東溟日記

원래 이 작품이 세상에 처음 알려지게 된 것은 1947년 이병기 (李秉岐)가 작품 본문에 교주를 붙여 출판하면서부터이다. 이 때 작자를 연안 김씨(延安 金氏)인 의유당으로 밝혔고, 그 지은 연대 및 짓게 된 동기에 대하여는, 의유당의 남편인 이희찬(李義贊)이 1829년(순조 29) 함흥판관으로 임명받아 부임할 때 함께 따라가서 짓게 된 작품이라고 하였다.

그 뒤 이연성(李姸聖,1974)과 유탁일(柳鐸一, 1977) 등이 다른 문헌자료와 여러가지 고증 결과에 의하여 『의유당일기』의 작자는 의령 남씨(宜寧 南氏)라는 다른 견해를 발표하였다. 이 견해대로 작자가 같은 당호를 가진 의유당 의령남씨라고 한다면 그의 남편은 신립(申砬)의 8대손이며 함흥판관을 지낸 신대손(申大孫)으로, 부인 남씨는 남편인 신대손이 함흥판관(영조 45~49)으로 부임해갈 때 함께 따라가서 지은 것이 된다. 따라서 작품 창작연대도 1772년(영조 48)이 된다.

『의유당관북유람일기』에는 <낙민루(樂民樓)>, <북산루(北山樓)>, <동명일기(東溟日記)>, <춘일소흥(春日笑興)>, <영명사득월루상량문(永明寺得月樓上樑文)> 등의 작품이 실려 있다.

본문 • • •

기축년(己丑年) 팔월에 낙(洛)을 떠나 구월 초승에 함흥으로 오니, 다 이르기를 일월출이 보암직다 하되, 상거(相距)가 오십 리라 하니, 마음에 중란(中亂)하되 기생들이 못내 칭찬하여 거룩함을 일컬으니, 내 마음이 들썩여 원님께 청한대, 사군(使君)이 하시되, "여자의 출입이 어찌 경(輕)히 하리요." 하여 뇌거(牢拒) 불허(不許)하니 하릴없이 그쳤더니,

신묘년에 마음이 다시 들썩여 하도 간절히 청하니 허락하고, 겸하여 사군이 동행하여, 팔월 이십일일 동명(東溟)에서 나는 중로손(中路孫) 한 명우의 집에 가 자고, 게서 달 보는 귀경대(龜景臺)가 시오리라 하기 그리 가려 할새, 그 때 추위 지리하여 길 떠나는 날까지 구름이 사면으로 운집하고 땅이 질어 말 발이 빠지되, 이미 정한 마음이라 동명으로 가니, 그 날이 종시(終始) 청명치 아니하니 새벽 달도 못 보고 그저 환아(還衙)를 하려 하더니, 새벽에 종이 들어와 이미 날이 놓았으니 귀경대로 오르자 간청하기 죽을 먹고 길에 오르니, 이미 먼동이 트더라. 쌍교마(雙轎馬)와 종과 기생 탄 말을 바삐 채를 치니 네 굽을 모아 뛰어 달으니, 안접(安接)지 못하여 시오리를 경각에 행하여 귀경대에 오르니, 사면에 애운(靄雲)이 끼고 해 돋는 데 잠깐 터져 겨우 보는 듯 마는 듯하여, 인(因)하여 돌아올새, 운전(雲田) 이르니 날이 쾌청하니 그런 애달픈 일은 없더라.

조반 먹고 돌아올새, 바닷가에 쌍교(雙轎)를 교부(轎夫)에 메어 세우고, 전모(氈帽) 쓴 종과 군복(軍服)한 기생을 말 태워 좌우로 갈라 세우고 사공(沙工)을 시켜 후리질을 시키니, 후리 모양이 수십 척(尺) 장목(長木)을 마주 이어 너비 한간 배만한 그물을 노로 얽어 장목에 치고, 그물꽃은 백토(白土)로 구워 탕기(湯器)만큼 한 것으로 달아 동아줄로 끈을 하여, 해심(海心)에 후리를 넣어 해변에서 사공 수십 명이 서서 아우성을 치고 당기어 내니, 물소리 광풍(狂風)이 이는 듯하고 옥 같은 물굽이 노하여 뛰는 것이 하늘에 닿았으니, 그 소리 산악이 움직이는 듯하더라. 일월출(日月出)을 변변히 못 보고 이런 장관을 한 줄 위로 하더라. 후리를 꺼내니 연어, 가자미 등속이 그물에 달리어 나왔더라.

보기를 다하고 가마를 돌이켜 돌아올새, 교중(轎中)에서 생각하니 여자의 몸으로 만리 창파를 보고 바닷고기를 잡는 모양을 보니, 세상이 헛되지 아님을 자기(自期)하여 십 여 리를 오다가 태조 대왕 노시던 격구정(擊毬亭)을 바라보니, 높은 봉 위에 나는 듯한 정자 있으니, 가마를 돌이켜 오르니 단청이 약간 퇴락한 육칠 간(六七間) 정자 있으니, 정자 바닥은 박석(薄石)을 깔았더라.

정자는 그리 좋은 줄 모르되 안계(眼界) 기이하여 앞은 탄탄 훤훤한 벌이요, 뒤는 푸른 바다가 둘렀으니, 안목이 쾌창(快暢)하고 심신이 상연(爽然)한데, 바다 한 가운데 큰 병풍 같은 바위 올연(兀然)히 섰으니 거동이 기이하더라. 이르기를 '선바위'라 하더라.

봉하(峰下)에 공인(工人)을 숨겨 앉히고 풍류를 늘어지게 치이고 기생을 군복한 채 춤을 추이니, 또한 보암즉 하더라. 원님은 먼저 내려서 원으로 가시고 종이 형제만 데리고 왔기 마음 놓아 놀더니, 촌녀(村女) 젊은 여자 둘과 늙은 노파가 와서 굿 보려 하다가 종이가,

"네 어디 있는 여인인가?"

하니, 상풍 향족(鄕族)부녀(婦女)란가 하여 대노(大怒)하여 달으니 일장(一場)을 웃다.

인하여 돌아나올새, 본궁(本宮)을 지나니 보고 싶으되 별차(別差)가 허락지 아니하기 못 보고 돌아오니, 일껏 별러 가서 일월출을 못보고 무미(無味) 막심(莫甚)히 다녀와 그 가엾기를 어찌 다 이르리요.

그 후 맺혀 다시 보기를 계교(計巧)하되 사군이 엄히 막자로니 감히 생의(生意)치 못하더니. 임진(壬辰) 상척(喪戚)을 당하여 종이를 서울 보내어 이미 달이 넘고, 고향을 떠나 4년이 되니, 죽은 이는 이의(已矣)거니와 생면(生面)이 그립고, 종이조차 조매어 심우(心憂)를 도우니, 회포가 자못 괴로운지라, 원님께 다시 동명(東溟) 보기를 청하니 허락지 아니하시거늘 내 하되,

"인생이 기하(幾何)오? 사람이 한번 돌아가매 다시 오는 일이 없고,

심우와 지통(至痛)을 쌓아 매양(每樣) 울울 하니, 한번 놀아 심울(心鬱)을 푸는 것이 만금(萬金)엥 비겨 바꾸지 못하리니, 덕분에 가지라."
하고 비니, 원님이 역시 일출을 못 보신 고로 허락, 동행하자 하시니, 구월 십칠일로 가기를 정하니, 속기생 차섬이, 보배 쾌락(快諾) 대희하여 무한 치장(治裝) 기구를 성비(盛備)할새, 차섬이, 보배 한 쌍, 이랑이, 일섬이 한쌍, 계월이하고 가는데, 십칠일 식후 떠나려 하니, 십육일 밤을 당하여 기생과 비복이 다 잠을 아니 자고 뜰에 내려 사면을 관망(觀望)하여, 혹 하늘이 흐릴까 애를 쓰니, 나 역시 민망하여 한가지로 하늘을 우러러보니, 망일(望日)의 월식 끝이라 혹 흑색 구름이 층층하고 진애(塵埃) 기운이 사면을 둘렀으니, 모든 비복과 기생이 발을 굴러 혀를 차 거의 미칠 듯 애를 쓰니 내 또한 초조하여 겨우 새워 칠일 미명(未明)에 바삐 일어나 하늘을 보니, 오히려 천색(天色)이 쾌치 아니하여 동편의 붉은 기운이 일광을 가리오니, 흉중(胸中)이 요요(搖搖)하여 하늘을 무수히 보니, 날이 늦으며 홍운(紅雲)이 걷고 햇기운이 나니, 상하 즐겨 밥을 재촉하여 먹고 길을 떠나니, 앞에 군복한 기생 두쌍과 아이 기생하나가 비룡(飛龍)같은 말을 타고 섰으니, 전립(戰笠) 위의 상모와 공작모(孔雀毛) 햇빛에 조요하고 상마(上馬)한 모양이 나는 듯한데, 군악을 교전(轎前)에서 늘어지게 주(奏)하니, 미세한 규중 여자로 거년(去年)에 비록 낭패하였으나 거년 호사를 금년(今年) 차일(此日)에 다시 하니, 어느 것이 사군의 은혜 아니리요.

짐짓 서문으로 나서 남문 밖을 둘아가며 쌍교마(雙轎馬)를 천천히 놓아 좌우 저자를 살피니, 거리 여섯 저자 장안(長安) 낙중(洛中)으로 다름이 없고, 의전(衣廛), 백목전(白木廛), 채마전(菜麻廛) 각색 전이 반감희(半減喜)하여 고향 생각과 친척 그리움이 배하더라. 포전, 백목전이 더욱 장하여 필필(疋疋)이 건 것이 몇 천 동을 내어 건 줄 모를러라. 각색 옷이며 비단 금침(衾枕)을 다 내어 걸었으니, 일색에 바애더라.

처음 갔던 한명우의 집으로 아니 가고 가치섬이란데 숙소하려 가니, 읍내서 삼십 리는 가니, 운전창(雲田艙)부터 바다가 뵈더니, 다시 가치섬이 표묘히 높았으니, 한편은 가이없는 창해(滄海)요, 한편은 첩첩한 뫼인데, 바닷가로 길이 겨우 무명 너비만은 하고 그 옆이 산이니, 쌍교를 인부에 메어 가만가만 가니, 물결이 굽이쳐 흥치며 창색(滄色)이 흉용(洶湧)하니 처음으로 보기 끔찍하더라. 길이 소삽(疏澁)하고 돌과 바위 깔렸으니 인부가 겨우 조심하여 일 리는 가니, 길이 평탄하여 너른 들인데, 가치섬이 우러러뵈니, 높이는 서울 백악산 같고 모양 대소는 백악만 못하고 산색이 붉고 탁하여 족히 백악만 못하더라.

바닷가로 돌아 섬 밑에 집 잡아 드니, 춘매, 매화가 추후하여 왔더라. 점심을 하여 들이는데 생복회를 놓았으니 그 밑에서 건진 것이라 맛이 별하되 구치(驅馳)하여 가니, 잘 먹지 못하니, 낙중(洛中) 친척으로 더불어 맛을 나누지 못하니 지한(至恨)이러라.

날이 오히려 이르고 천기(天氣) 화명(和明)하며 풍일(風日)이 고요하니, 배를 꾸며 바다에 사군이 오르시고 숙시와 성이를 데리고 내 오르니, 풍류를 딴 배에 실어 우리 오른 배 머리에 달고 일시에 주(奏)하니, 해수는 푸르고 푸르러 가이 없고, 군복한 기생의 그림자는 하늘과 바다에 거꾸로 박힌 듯, 풍류 소리는 하늘과 바닷 속에 사무쳐 들레는 듯, 날이 석양이니 쇠한 해 그림자가 해심에 비치니, 일만 필 흰 비단을 물위에 편 듯 도니, 마음이 비스듬히 흔들려 상쾌하니, 만리 창파에 일엽 편주로 망망 대해의 위태로움을 다 잊을러라.

기생 보배는 가치섬 봉(峰)위에 구경 갔다가 내려오니, 벌써 배를 띄워 대해에 중류(中流)하니 오르지 못하고 해변에 서서 손을 흔드니, 또한 기관(奇觀)이러라. 거년 격구정에서 선바위을 보고 기이하여 돌아왔더니, 금일 선유(船遊)가 선바위 밑에 이르니 신기하더라.

해 거의 져 가니 행여 월출 보기 늦을까 바삐 배를 대어 숙소에 돌아와 저녁을 바삐 먹고 일색이 다 진(盡)치 아녀 귀경대(龜景臺)에 오르니 오 리는 하더라.

귀경대를 가마 속에서 보니 높이가 아득하여 어찌 오를꼬 하더니, 사람이 심히 다녀 길이 반반하여 어렵지 아니하니 쌍교에 인부로 오르니, 올라간 후는 평안하여 좋고, 귀경대 앞의 바닷속에 바위 있는데, 크기도 퍽 크고 형용 생긴 것이 거북이 꼬리를 끼고 엎딘 듯 하기, 천생으로 생긴 것이 공교로이 쪼아 만든 듯하니, 연고(然故)로 '귀경대'라 하는 듯싶더라.

대상에 오르니 물 형계(刑械) 더욱 장하여, 바다 넓이는 어떠하던고, 가이 측량없고 푸른 물결치는 소리, 광풍 이는 듯하고 산악이 울리는 듯하니, 천하의 끔찍한 장관이러라.

구월 기러기 어지러이 울고 한풍(寒風)이 끼치는데, 바다로 말도 같고 사슴도 같은 것이 물 위로 다니기를 말 달리듯 하니, 날 기운이 이미 침침하니 자세치 아니하되 또 기절(奇絶)이 보암 즉하니, 일생 보던 기생들이 연성(連聲)하여 괴이함을 부를 제, 내 마음에 신기하기 어떠하리요. 혹 해구(海狗)라 하고 고래라 하니 모를러라.

해 쾌히 다 지고 어두운 빛이 일어나니, 달 돋을 데를 바라본즉 진애(塵埃) 사면으로 끼고 모운(暮雲)이 창창하여 아마도 달 보기 황당(荒唐)하니, 별러 별러 와서 내 마음 가이없기는 이르지 말고, 차섬이, 이랑, 보배 다 마누하님 월출을 못 보시게 하였다 하고 소리하여 한하니, 그 정이 또 고맙더라.

달 돋을 때 못 미치고 어둡기 심하니, 좌우로 초롱을 켜고 매화가 춘매더러 대상에서 <관동별곡>을 시키니, 소리 놓고 맑아 집에 앉아 듣는 것보다 더욱 신기롭더라.

물 치는 소리 장하매, 청풍이 슬슬이 일어나며, 다행히 사면(四面) 연운(煙雲)이 잠깐 걷고, 물 밑이 일시에 통랑하며, 게 드린 도홍(桃紅)빛 같은 것이, 얼레빗 잔등 같은 것이 약간 비치더니 차차 내미는데, 둥근 빛 붉은 폐백반(幣帛盤) 만한 것이 길게 홍쳐 올라붙으며, 차차 붉은 기운이 없고 온 바다가 일시에 휘어지니, 바다 푸른 빛이 희고 희어 은 같고 맑고 좋아 옥 같으니, 창파 만리에 달 비치는 장관을 어찌 능히 볼지리요마는, 사군이 세록지신(世祿之臣)으로 천은(天恩)이 망극하여 연하여 외방에 작재(作宰)하여 나랏것을 마음껏 먹고, 나는 또한 사군의 덕으로 이런 장관을 하니, 도무지 어는 것이 성주(聖主)의 은혜 아닌 것이 있으리요.

밤이 들어오니 바람이 차고 물 치는 소리 요란한데 한랭하니, 성이로 더욱 민망하여 숙소로 돌아오니, 기생들이 월출 관광이 쾌치 아닌 둘 애달파하더니, 나는 그도 장관으로 아는데 그리들 하니 심히 서운하더라.

행여 일출을 못 볼까 노심초사(勞心焦思)하여 새도록 자지 못하고 가끔 영재를 불러 사공더러 물으라 하니,

"내일은 일출을 쾌히 보시리라 합니다."

하되, 마음에 미덥지 아니하여 초조하더니, 먼 데 닭이 울며 연하여 잦으니, 기생과 비복을 마구 흔들어 어서 일어나라 하니, 밖에 급창(及唱)이 와,

"관창 감관(監官)이 다 아직 너무 일찍하니 못 떠나시리라 합니다."

하되, 곧이 아니 듣고 발발이 재촉하여 떡국을 쑤었으되 아니 먹고 바삐 귀경대에 오르니, 달빛이 사면에 조요(照耀)하니 바다가 어젯밤보다 희기 더 하고 광풍이 대작(大作)하여 사람의 뼈에 사무치고 물결치는

소리 산악이 움직이며 별빛이 말똥말똥하여 동편에 차례로 있어 새기는 멀었고, 자는 아이를 급히 깨워 왔기 추워 날치며, 기생과 비복이 다 이를 두드려 떠니, 사군이 소리하여 혼동하여 가로되,

"상(常)없이 일찍이 와 아이와 실내(室內) 다 큰 병이 나게 하였다."

하고 소리하여 걱정하니, 내 마음이 불안하여 한 소리를 못하고, 감히 추워하는 눈치를 못 하고 죽은 듯이 앉았으되, 날이 샐 가망이 없으니 연하여 영재를 불려,

"동이 트느냐?"

물으니, 아직 멀기로 연하여 대답하고, 물 치는 소리 천지 진동하여 한풍 끼치기 더욱 심하고, 좌우 시인(侍人)이 고개를 기울여 입을 가슴에 박고 추워하더니, 매우 시간이 지난 후 동편의 성수(星宿)가 드물며 월색이 차차 엷어지며 홍색이 분명하니, 소리하여 시원함을 부르고 가마 밖에 나서니, 좌우 비복과 기생들이 옹위(擁衛)하여 보기를 마음 졸이더니, 이윽고 날이 밝으며 붉은 기운이 동편 길게 뻗쳤으니, 진홍대단(眞紅大緞) 여러 필을 물 위에 펼친 듯, 만경 창파가 일시에 붉어 하늘에 자욱하고, 노하는 물결 소리 더욱 장하며, 홍전(紅氈) 같은 물빛이 황홀하여 수색이 조요하니, 차마 끔찍하더라.

붉은 빛이 더욱 붉으니 마주 선 사람의 낯과 옷이 다 붉더라. 물이 굽이쳐 올려치니, 밤에 물 치는 굽이는 옥같이 희더니, 지금은 물굽이는 붉기 홍옥(紅玉) 같아서 하늘에 닿았으니, 장관을 이를 것이 없더라.

붉은 기운이 퍼져 하늘과 물이 다 조요하되 해 아니 나니, 기생들이 손을 두드려 소리하여 애달파 가로되,

"이제는 해 다 돋아 저 속에 들었으니, 저 붉은 기운이 다 푸르러 구름이 되리라."

혼공하니, 낙막(落寞)하여 돌아가려 하니, 사군(使君)과 숙시가,

"그렇지 아냐, 이제 보리라."

하시되, 이랑이, 차섬이 냉소하여 이르되,

"소인(小人) 등이 이번뿐 아니라 자주 보았사오니, 어찌 모르리이까? 마누하님 큰 병환 나실 것이니, 어서 가압사이다."

하거늘, 가마 속에 들어 앉으니, 봉의 어미 악써 가로되,

"하인들이 다 말하되, 이제 해 나오리라 하는데, 어찌 가시리요? 기생 아이들은 철모르고 즈레 이렁 구는다."

이랑이 박장하여 가로되,

"그것들은 전혀 모르고 한 말이니 곧이 듣지 마십시오."

하거늘, 돌아 사공더러 물으라 하니,

"사공이 오늘 일출이 유명하리라 합니다."

하거늘 내 도로 나서니, 차섬이, 보배는 내 가마에 드는 상(相) 보고 먼저 가고 계집종 셋이 먼저 갔더라.

홍색(紅色)이 거룩하여 붉은 기운이 하늘을 뛰놀더니, 이랑이 소리를 높이 하여 나를 불러,

"저기 물 밑을 보십시오"

외거늘 급히 눈을 들어 보니, 물 밑 홍운(紅雲)을 헤치고 큰 실오라기 같은 줄이 붉기 더욱 기이하며, 기운이 진홍 같은 것이 차차 나 손바닥 너비 같은 것이 그믐밤에 보는 숯불 빛 같더라. 차차 나오더니, 그 위로 작은 회오리밤 같은 것이 붉기 호박(琥珀) 구슬 같고, 맑고 통랑(通朗)하기는 호박보다 더 곱더라.

그 붉은 위로 훌훌 움직여 도는데, 처음 났던 붉은 기운이 백지 반장 너비만큼 반듯이 비치며, 밤 같던 기운이 해 되어 차차 커 가며, 큰 쟁반만하여 불긋불긋 번듯번듯 뛰놀며, 적색이 온 바다에 끼치며, 먼저 붉은 기운이 차차 가시며, 해 흔들며 뛰놀기 더욱 자주하며 항아리

같고 독 같은 것이 좌우로 뛰놀며, 황홀히 번득여 양목(兩目)이 어질하며, 붉은 기운이 명랑하여 첫 홍색을 헤치고 천중(天中)에 쟁반 같은 것이 수레바퀴 같아서 물속으로서 치밀어 받치듯이 올라붙으며, 항아리 같고 독 같은 기운이 스러지고, 처음 붉어 겉을 비추던 것은 모여 소의 혀처럼 드리워 물속에 풍덩 빠지는 듯싶더라. 일색(日色)이 조요(照耀)하며 물결의 붉은 기운이 차차 가시며 일광이 청랑(晴朗)하니, 만고 천하에 그런 장관은 대두(對頭)할 때 없을 듯하더라.

짐작에, 처음 백지 반장만큼 붉은 기운은 그 속에서 해 장차 나려고 내비치어 그리 붉고, 그 회오리밤 같은 것은 짐짓 일색(日色)을 빠혀내니 내비친 기운이 차차 가시며, 독 같고 항아리 같은 것은 일색이 모질게 고운 고로, 보는 사람의 안력(眼力)이 황홀하여 도무지 헛기운인 듯싶더라.

차섬이, 보배는 내 교중에 드니, 먼저 가는 듯 하더니 도로 왔던 양하여, 묘시(卯時) 보심을 하례하고, 이랑이 손을 두드려,

"보시도다."

하여 즐겨하더라.

장관을 쯘더이 하고 오려 할새, 촌녀들이 작별 운집(作別雲集)하여 와서 보며, 손을 비비어 무엇 달라 하니, 돈냥인지 주어 나누어 먹으라 하다. 숙소로 돌아오니, 쯘덥기 중보(重寶)를 얻은 듯하더라.

조반을 급히 먹고 돌아올새, 본궁(本宮) 보기를 하여 허락을 받고 본궁에 들어 가니, 궁전이 광활한데 분장(粉墻)을 두루 싸고 백토(白土)로 기와 마루를 칠하고, 팔작(八作) 위에 기와로 사람처럼 만들어, 화살 맨 것, 공속하고 선 것, 양마지속(羊馬之屬)을 다하여 앉혔으니, 또한 보암직하더라.

궁전에 들어가니, 집이 그리 높지 아니하되 너르고, 단청 채색(丹靑

彩色)이 영롱하여 햇빛에 조요하더라. 전(殿) 툇마루 앞에 태조 대왕 빗 갓은 다 삭아 겨우 보를 의지하고, 은으로 일월옥로(日月玉露) 입식(笠飾)이 다 빛이 새로워 있고 화살은 빛이 절어도 다른 데 상하지 아니 하고, 동개도 새로운 자가 있되, 요대(腰帶), 호수(虎鬚), 활시위하던 실 이 다 삭았으니, 손 닿으면 묻어날 듯 무섭더라.

전문(殿門)을 여니, 감실 네 위(位)에 도홍수화주(桃紅手禾紬)에 초록 허리를 달아 장(帳)을 하여 위마다 쳤으니, 마음에 으리으리하고 무섭 더라.

다 보고 나오니, 뜰 앞에 반송(盤松)이 있되 키 작아 손으로 만지이 고, 퍼지기 양산 같고 누른 잎이 있고, 노송이 있되 새로웠으니, 다 친 히 심으신 것이 여러 백년 지났으되 이리 푸르니, 어찌 기이하지 아니 리요.

뒤로 돌아 들어가니 큰 소나무 마주 섰는데, 몸은 남자의 아름으로 두 아름은 되고, 가지마다 용이 틀어진 듯 틀려 얽혔는데, 높이는 다 섯 길은 하고, 가지 쇠하고 잎이 누르러 퍽 떨어지더라. 옛날은 나무 몸에 구피로 쌌더라 하되 녹고, 보로 싸고 구리띠를 하여 띠었더라. 곧고 큰 남기로 사면으로 들어 받쳤더라.

다 보고 돌아나오다가 동편으로 보니, 우물이 있되 그리 크지 아니 하고 돌로 무으고 널로 짰더라. 보고 몇 걸음 나오니 장히 큰 밤남기 섰으니, 언제적 남기인 줄 모를러라. 제기(祭器) 놓은 데로 오니, 다 은 기(銀器)라 하되 잠갔기 못 보다. 방아집에 오니, 방아를 정(淨)히 결고 집을 지었으되, 정하기 이상하더라. 제물(祭物)하옵는 것만 찧는다 하 더라. 세세히 다 보고 환아(還衙)하니, 사군(使君)은 먼저 와 계시더라.

인생이 여러 가지로 괴로워 위로 두 분 모두 아니 계시고, 알뜰한 참경(慘景)을 여러 번 보고, 동생이 영락(零落)하여 회포가 또한 괴롭고 지통(至痛)이 몸을 누르니, 세상에 호흥(好興)이 전혀 없더니, 성주의 은덕이 망극하와 이런 대지에 와 호의이호식好衣而好食)을 하고, 동명 귀경대와 운전(雲田) 바다와 격구정을 갖추 보고, 필경에 본궁을 보옵고 창업 태평(創業太平) 성군의 옥택(玉宅)을 사백 년 후에 이 무지한 여자로서 구경하니, 어찌 자연하리요.

구월십칠일 가서 십팔일 돌아와, 이십일일 기록하노라.

🗨 생각해 보기 ....

1. 여성이 지은 고전수필의 종류와 성격에 대하여 살펴보자.
2. <동명일기>에 나타난 여행 과정과 표현 이미지에 대하여 말해 보자.
3. 『의유당일기』에 수록된 다른 작품들에 대하여 조사해 보자.
4. 여성의 여행 체험을 그린 다른 작품들과 관련하여 조선 후기 여성 생활에 대하여 조사해 보자.
5. 이 글의 주인공이 지니고 있는 유교적 자세에 대하여 살펴보자.

북산루

北山樓

순조 31년(1831) 의령 남씨(혹은 연안 김씨)[25]가 지은 기행문으로 북산루의 모습과 경개를 조망하면서 지은이의 감회를 드러낸 글로 『의유당 관북 유람일기』에 수록되어 있다.

본문 • • •

북산루는 구천각(九天閣)이란 데 가서 보면 예사 퇴락한 누이라. 그마루에 가서 마루 굼글보니 사닥다리를 놓았으니 다리로 게를 나려가니, 성을 짜갠 모양으로 갈라 구천각과 북루에 붙여 길게 싸 북루에가는 길흘 삼고 빼어 누를 지어시니 북루를 바라보고 가기 뉵십 여보는 하더라.

북루 문이 역시 낙민루 문 같으되 마이 더 크더라. 반공의 솟은 듯하고 구룸 속에 비최는 듯하더라. 성둘기를 구천각으로부터 빼 그어누를 지어시니 의사가 공교하더라.

그 문 속으로 드러가니 휘휘한 굴속 같은 집인듸, 사닥다리를 노하시니 다리 우흐로 올라가니 광한던 같은 큰 마루라. 구간 대청이 활낭(闊朗)하고 단청 분벽이 황홀한듸, 압흐로 내미러보니 안계(眼界) 훤칠하여 탄탄한 벌이니, 멀리 바라보이는데 치마(馳馬)하는 터이기 기생들을 시킨다 하되 멀어 못 시키다.

───────────────

25 작자 문제는 <동명일기>와 같다.

동남편을 보니 무덤이 누누하여 별 별 듯 하야시니 감창(感愴)하야 눈물이 나 금억(禁抑)지 못하리러라. 서편으로 보니 낙민루 앞 성천강 물줄기 게까지 창일하고, 만세교 비슥이 뵈는 것이 더욱 신긔하야 황홀히 그림 속 같더라.

풍류를 일시에 주(奏)하니 대모관 풍류라. 소래 길고 화하야 가히 들음즉하더라. 모든 기생을 쌍지어 대무(大舞)하야 종일 놀고 날이 어두오니 도라올새, 풍류를 교전(橋前)에 길게 잡히고 청사초롱 수 십 쌍을 고히 닙은 기생이 쌍쌍이 들고 섰으며, 홰블을 관하인이 수없이 들고 나니 가마 속 밝기는 낮 같으니, 밧겻 광경이 호말을 헬디라. 붉은 사(紗)에 프른 사흘 니어 초롱을 하야시니 그림재 아롱디니 그런 장관이 업더라.

군문 대장이 비록 야행에 사초롱을 현들 엇디 이대도록 장하리오. 군악은 귀를 이아이고 초롱빛은 조요하니 마암의 규듕쇼녀자를 아조 잊히고, 허리의 다섯 인(印)이 달리고, 몸이 문무를 겸전한 장상으로 훈업(勳業)이 고대(高大)하야 어듸 군공을 이루고 승전곡을 주하며 태평 궁궐을 향하는 듯, 좌우 화광과 군악이 내 호긔(豪氣)를 돕는 듯, 몸이 뉵마겨듕(六馬車中)의 안자 대로에 달리는 듯 용약환희(勇躍歡喜)하야 오다가, 관문에 니르러 아내(衙內) 마루 아래 가마를 노코 장한 초롱이 군성(群星)이 양긔(陽氣)를 마자 떠러딘 듯 업스니, 심신이 황홀하여 몸이 절로 대청의 올라 머리를 만져보니 구룸 머리 꾸온 것이 고아잇고, 허리를 만디니 치마를 둘러시니 황연히 이 몸이 녀자믈 깨다라 방듕에 드러오니, 침선 방적하던 것이 좌우의 노혀시니, 박쟝하야 웃다. 북루가 불 붙고 다시 지으니 더욱 굉걸하고 단청이 새롭더라.

채순상²⁶ 제공이 서문루(西門樓)를 새로 지어 호왈 무검루(舞劍樓)라 하고, 경티와 누각이 긔하다 하니 한번 오르고져 하되 여염총듕(閭閻叢

中)이라 하기 못 갓더니, 신묘년27 십월 망일의 월색이 여주하고 상로
(霜露)가 긔강하야 목엽이 진탈하니, 경티 쇼쇄하고 풍경이 가려하니
월색을 타 누에 오르고져 원님긔 청하니 허락하시거늘, 독교를 타고
오르니 누각이 표묘하야 하늘가의 빗긴 듯하고, 팔작이 표연하야 가
히 보암즉하 월색에 보니 희미한 누각이 반공에 소슨 듯 더욱 긔이하
더라.

뉴등의 드러가니 늌간(六間)은 되고 새로 단청을 하야시니 모모 구
석구석이 초롱대를 세우고 쌍쌍이 초를 혀시니 화광이 조요하여 낮
같으니, 눈을 드러 살피매 단청을 새로 하야시니 채색 비단으로 기동
과 반자를 짠 듯하더라.

서편 창호를 여니 누하에 저자 버리던 집이 서울의 예 지물가(紙
物假家) 같고, 곳곳이 가갓집이 겨러 잇는듸 시정(市井)들의 소래 고요
하고, 모든 집을 칠칠히 겨러 가며 지어시니 놉흔 누상에서 즐비한 여
염을 보니 천호 만가를 손으로 헬 듯 하더라. 성루(城樓)를 구비 도라
보니 밀밀제제(密密濟濟)하기 경듕낙성(京中洛城)으로 다름이 업더라.

이런 웅장하고 거룩하기 경성 남문루라도 이에 더하디 아니할디라.
심신이 용약하야 음식을 만히 하여다가 기생들을 슬컷 먹이고 즐기더
니, 듕군이 장한 이 월색을 띄여 대완28을 타고 누하문을 나가는듸,
풍뉴를 치고 만세교로 나가니 훤화가갈(喧譁呵喝)이 또한 신긔롭더라.
시뎡이 서로 손을 니어 잡담하여 무리지어 다니니 서울 같아여, 무뢰
배의 기생의 집으로 단니며 호강을 하는 듯 싶더라.

이 날 밤이 다하도록 놀고 오다.

---

26 생몰 연대는 1720-1799년으로 자는 백규, 호는 번암, 본관은 평강. 영의정 역임. 천주
   교에 온건책을 폄. 저서에 '번암집'이 있음.
27 순조 31년 1831년.
28 중앙 아시아에 있던 옛 나라 이름. 여기서는 거기서 길러진 말을 이름.

1. 이 글의 표현 방법에 대하여 말해 보자.

2. 이 글에 나타난 누각과 관련하여 조선시대 누각의 특징에 대하여 조사해 보자.

3. 이 글과 관련하여 조선시대 여성의 놀이 문화에 대하여 조사해 보자.

조침문

弔針文

조선 순조 때 유씨부인(兪氏夫人)이 지은 국문체 수필로 일명
'제침문'이라고도 한다. 부러진 바늘을 의인화하여 쓴 제문(祭文)으로 미
망인 유씨의 작품으로 알려졌을 뿐 연대와 작자의 인적사항은 알려진
바 없다. 고어(古語)의 자취 및 표기법상으로 볼 때, 조선조 말 내간체
작품들과 별 차이가 없는 것으로 보아 연대는 19세기 중엽으로 추정되
나 그 이전 시기의 작으로 볼 수도 있다. 여기 수록된 글은 1933년『한
글』에 수록된 '옛적글'을 참고로 한 것이다.

본문 • • •

유세차(維歲次) 모년(某年) 모월(某月) 모일(某日)에 미망인(未亡人) 모씨(某
氏)는 두어 자 글로써 침자(針子)에게 고(告)하노니, 인간 부녀의 손 가운
데 종요로운 것이 바늘이로되, 세상 사람이 귀히 아니 여기는 것은 도
처에 흔한 바이로다. 이 바늘은 한낱 작은 물건이나 이렇듯이 슬퍼함
은 나의 정회(情懷)가 남과 다름이라. 오호통재(嗚呼痛哉)라, 아깝고 불쌍
하다. 너를 얻어 손 가운데 지닌 지 우금 이십 칠 년이라. 어이 인정이
그렇지 아니하리요. 슬프다. 눈물을 잠깐 거두고 심신(心神)을 겨우 진
정하여 너의 행장(行狀)과 나의 회포를 총총히 적어 영결(永訣)하노라.

연전에 우리 시삼촌께옵서 동지상사낙점을 무르와 북경(北京)을 다
녀오신 후에, 바늘 여러 쌈을 주시거늘, 친정(親庭)과 원근(遠近) 일가에
게 보내고, 비복(婢僕)들도 쌈쌈이 낱낱이 나눠 주고, 그중에 너를 택하

여 손에 익히고 익히어 지금까지 해포 되었더니 슬프다 연분(緣分)이 비상(非常)하여 너희를 무수히 잃고 부러뜨렸으되, 오직 너 하나를 연구(年久)히 보전(保全)하니, 비록 무심한 물건이나 어찌 사랑스럽고 미혹(迷惑)지 아니하리요. 아깝고 불쌍하며, 또한 섭섭하도다.

나의 신세 박명(薄命)하여 슬하(膝下)에 한 자녀 없고, 인명(人命)이 흉완(凶頑)하여 일찍 죽지 못하고, 가산(家産)이 빈궁(貧窮)하여 침선(針線)에 마음을 붙여 널로하여 시름을 잊고 생애(生涯)를 도움이 적지 아니하더니, 오늘날 너를 영결(永訣)하니, 오호통재라. 이는 귀신(鬼神)이 시기하고 하늘이 미워하심이로다.

아깝다 바늘이여, 어여쁘다 바늘이여, 너는 미묘한 품질과 특별한 재질을 가졌으니, 물중(物中)의 명물(名物)이요, 철중의 쟁쟁이라. 민첩하고 날래기는 백대의 협객이요, 굳세고 곧기는 만고(萬古)의 충절(忠節)이라. 추호(秋毫)같은 부리는 말하는 듯하고, 두렷한 귀는 소리를 듣는 듯한지라. 능라(綾羅)와 비단(緋緞)에 난봉(鸞鳳)과 공작(孔雀)을 수놓을 제, 그 민첩하고 신기(神奇)함은 귀신이 돕는 듯하니, 어찌 인력(人力)이 미칠 바리요.

오호통재라, 자식이 귀(貴)하나 손에서 놓을 때도 있고, 비복(婢僕)이 순(順)하나 명(命)을 거스를 때 있나니, 너의 미묘한 재질(才質)이 나의 전후에 수응(酬應)함을 생각하면, 자식에게 지나고 비복에게 지나는지라. 천은(天銀)으로 집을 하고 오색(五色)으로 파란을 놓아 겉고름에 채였으니, 부녀의 노리개라. 밥 먹을 적 만져 보고 잠잘 적 만져 보아 널로 더불어 벗이 되어, 여름 낮에 주렴(珠簾)이며, 겨울밤에 등잔을 상대하여, 누비며, 호며, 감치며, 박으며, 공그릴 때에, 겹실을 꿰었으니, 봉미(鳳尾)를 두르는 듯, 땀땀이 떠 갈 적에, 수미(首尾)가 상응(相應)하고, 솔솔이 붙여 내매 조화(造化)가 무궁(無窮)하다. 이 생(生)에 백년동거(百

年同居)하렸더니, 오호애재라, 바늘이여.

　금년 시월 초십일 술시(戌時)에 희미한 등잔 아래서, 관대(冠帶) 깃을 달다가, 무심중간(無心中間)에 자끈동 부러지니 깜짝 놀라와라. 아야 아야, 바늘이여, 두 동강이 났구나. 정신이 아득하고 혼백(魂魄)이 산란(散亂)하여 마음을 빻아 내는 듯, 두골을 깨쳐내는 듯, 이윽도록 기색혼절(氣塞昏絶)하였다가 겨우 정신을 차려, 만져 보고 이어 본들 속절없고 하릴없다. 편작의 신술로도, 장생불사(長生不死) 못하였네. 동네 장인(匠人)에게 때이런들 어찌 능히 때일손가. 한 팔을 베어낸 듯, 한 다리를 베어낸 듯, 아깝다 바늘이여, 옷섶을 만져보니 꽂혔던 자리 없네. 오호 통재라. 내 삼가지 못한 탓이로다.

　무죄(無罪)한 너를 마치니 백인(伯仁)이 유아이사(由我而死)라. 누를 한(恨)하며 누를 원(怨)하리요. 능란한 성품과 공교(工巧)한 재질(才質)을 나의 힘으로 어찌 바라리요. 절묘한 의형(儀形)은 눈 속에 삼삼하고, 특별한 품재(稟才)는 심회가 삭막하다. 네 비록 물건이나 무심치 아니하면, 후세(後世)에 다시 만나 평생 동거지정(同居之情)을 다시 이어, 백년고락(百年苦樂)과 일시생사(一時生死)를 한가지로 하기를 바라노라. 오호 통재라.

1. 이 글의 서술적 특징에 대하여 논의해 보자.

2. 이 글을 제문가사와 비교하여 살펴보자.

3. 이 글의 창작 연대에 대하여 추정해 보고, 그 근거에 대하여 논의해 보자.

4. <조침문>의 문학적 우수성에 대하여 말해 보자.

5. 행장의 글쓰기 형식과 관련하여 <조침문>의 글쓰기 방식에 대하여 설명해 보자.

규중칠우쟁론기

閨中七友爭論記

작자·연대 미상의 가전체(假傳體) 국문 수필이다. '규중칠우쟁
공기(閨中七友爭功記)'라고도 한다. 2, 3종의 이본이 있으나, 서울대학교
가람문고에 소장된 ≪망로각수기(忘老却愁記)≫에 실려 있는 작품이 가
장 상세하고 정확하다.

본문 • • •

일은바 규중칠우는 부인내 방가온대 일곱벗이니 글하는 선베는 필
목과 됴희 벼로로 문방사우를 삼앗나니 규중녀잰들 홀로 어찌 벗이
없으리오. 이러모로 팀선의 돕는 류를 각각 명호를 정하야 벗을 삼을
새 바늘로 세요각시라 하고 척을 척부인이라 하고 가의로 교두각시라
하고 인도로 인화부인이라 하고 달우리로 운랑재라 하고 실로 청홍흑
백각시라 하며 골모로 감토할미라 하야 칠우를 삼아 규중부인내 아츰
소세를 마치매 칠위 일제히 모혀 종시하기를 한가지로 의논하야 각각
소임을 일워내는지라 일일은 칠위 모혀 침선의 공을 의논하더니 척부
인이 긴허리를 자히며 이르되,

"제우는 들으라 나는 세명지 굵은면주 백저포 세승포와 청홍녹리자
라홍단을 다내여 펼처놓고 남녀의를 마련할새 장단광협이며 수품제도
를 나 곧 아니면 어찌 일으리오 이러므로 의지공이 내 으뜸되리라."

교두각시 양각을 빨리 놀려 내달아 이르되,

"척부인아 그대 아모리 마련을 잘한들 버혀내지 아니하면 모양제되

되겠느냐 내 공과 내 덕이니 네 공만 자랑 말리."

세요각시 가는 허리 구붓기며 날랜부리 두루혀 이르되,

"양우의 말이 불가하다 진쥐 열그릇이나 깬후의 구슬이라 할 것이니 재단의 능대능소하다 하나 나 곧 아니면 작의를 어찌하리오 세누비 미누비 저른솔 긴옷을 일우미 나의 날래고 빠름이 아니면 잘게 뜨며 굵게 박아 마음대로 하리오 척부인의 자혀내고 교두각시 버혀내다 하나 내 아니면 공이 없으려든 두벗이 무삼공이라 자랑하나뇨."

청홍각시 얼골이 붉으락 프르락 하야 노왈,

"세요야 네 공이 내 공이라 자랑말라 네 아모리 착한 체하나 한솔 반솔인들 내 아니면 네 어찌 성공하리오."

감토할미 웃고 이르되,

"각시님네 위연만 자랑마소. 이 늙은이 수말적기로 아기시네 손부리 아프지 아니케 바느질 도와드리나니 고어에 운 닭의 입이 될지언정 소뒤는 되지말라 하였으니 청홍각시는 세요의 뒤를 다라 다니며 무삼말 하시나뇨 실로 얼골이 아까왜라 나는 매양 세요의 귀에 질리엿으되 낯가죽이 두꺼워 견댈만 하고 아모말도 아니하노라."

인화낭재 이르되,

"그대네는 다토지말라 나도 잠간 공을 말하리라 미누비 세우비 눌로하야 저가락 같이 고으며 혼솔이 나 곧 아니면 어찌 풀로 붙인듯이 고으리요 침재 용속한재 들락 날락 바르지 못한 것도 내의 손바닥을 한번 씻으면 잘못한 흔적이 감초여 세요의 공이 날로하야 광채 나나니라."

울낭재 크나큰 일을 버리고 너털웃음으로 이르디,

"인화야 너와 나는 소임이 같다 연이나 인화는 침선뿐이라 나는 천만가지 의복의 아니 참예하는 곳이 없고 가증한 여자들은 하로 할 일도 열흘이나 구기여 살이 주역한 것을 내의 광둔으로 한번 쓰치면 굵은살 낱낱이 펴이며 제도와 모양이 고하지고 더욱 하절을 만나면 소임이 다사하야 일일도 한가치 못한지라 의복이 나 곧 아니면 어찌 고오며 더욱 세답하는 년들이 게으러 풀먹여 널어두고 잠만자면 브드쳐 말릴 것을 나의 광둔 아니면 어찌 고우며 세상 남녀 어찌 반반한 것을 입으리오. 이러므로 작의 공이 내 제일이 되나니라.”

규중부인이 이르되,

“칠우의 공으로 의복을 다스리나 그 공이 사람의 쓰기에 있나니 어찌 칠우의 공이라 하리오.”

하고 언필에 칠우를 밀치고 베개를 도도고 잠을 깊이 드니 척부인이 탄식고 일되,

“매야 할 사람이오 공모르는 것은 녀재로다 의복 마를 제는 몬저 찾고 일워내면 자기 공이라 하고, 게으른 종 잠 깨 오는 막대는 나 곧 아니면 못칠 줄로 알고 내허리 브러짐도 모르니 어찌 야속하고 노홉지 아니리오.”

교두각시 이어 갈오대,

“그대 말이 가하다. 옷 말라 버힐 때는 나 아니면 못하려마는 드나니 아니드나니 하고 내여 던지며 양각을 각각 잡아 흔들제는 토심적고 노홉기 어찌 측량하리오. 세요각시 잠간이나 쉬라 하고 다라나면 매양 내탓만 너겨 내게 집탈하니 마치 내가 감촌듯이 문고리에 가구로 달아 놓고 좌우로 고면하며 전후로 수험하야 얻어 내기 몇 번인동 알리오 그공을 모르니 어찌 애원치 아니리오.”

세요각시 한숨 지고 이르되,

“너는커니와 내 일즉 무삼일 사람의 손에 보채이며 요악지성을 듯는고. 각골통한하며 더욱 나의 약한 허리 휘드르며 날랜부리 두루혀

힘껏 침선을 돕는 줄은 모르고 마음 맞지 아니면 나의 허리를 브르질러 화로에 넣으니 어찌 통원치 아니리요. 사람과는 극한 원수라 갚을 길 없어 이따감 손톱밑을 질러 피를 내여 설한하면 조곰 시원하나 간흉한 감토할미 밀어 만류하니 더욱 애닯고 못견디리로다.”

인홰 눈물지어 이르되,

“그대는 데아라 아야라 하는도다 나는 무삼죄로 포락지형을 입어 붉은 불 가온데 낯을 지지며 굳은 것 깨치기는 날을 다 시키니 섧고 괴롭기 측량치 못할레라.”

울랑재 척연 왈,

“그대와 소임이 갈고 욕되기 한가지라 제 옷을 곱도록 문지르고 먹을 잡아 들까 부르며 우겨 누르니 황천이 덮치는듯 심신이 아득하여 내의 목이 따로 날적이 몇 번이나 한 동 알리오.”

칠우 이러틋 담논하며 회포를 이르더니 자던 여재 문득 깨쳐 칠우다려 왈,

“제우는 내 허물을 그대도록 하나냐.”

감투할미 고두사왈,

“젊은 것들이 망녕되이 혬이 없는지라 족가치 못하리이다. 저희 등이 제죄 잇이나 공이 많음을 자랑하야 원언을 지으니 마땅이 결곤하암즉 하되 평일 깊은 정과 저희 조고만 공을 생각하야 용서하심이 옳을까 하나이다.”

여재 답 왈,

“할미 말을 좇아 물시하리니 , 내 손부리 성하미 할미 공이라. 께어차고 다니며 은혜를 잊지 아니하리니 금낭을 지어 그 가운데 넣어 몸에 진혀 서로 떠나지 아니 하리라.”

하니 할미는 고두배사하고 제붕은 참안하야 물러나리라.

1. 작품의 구조와 표현상의 특징에 대하여 말해 보자.

2. 지은이가 작품에서 택한 시점에 대하여 논의해 보자.

3. <사성록>이라는 작품과 관련하여 비교해보자.

4. 이 작품을 재해석하여 현대적으로 변용된 예시를 찾아보고 원전과 비교하여 그 특징을 살펴보자.

한중록

恨中錄

조선 순조 5년(1805년)에 혜경궁 홍씨(惠慶宮 洪氏, 1735～1815)가 지은 글로 '한중록'은 『閑中漫錄(한중만록)』, 『恨中錄(한중록)』, 『閑中錄(한중록)』등의 다른 이름으로 불리기도 한다. 원 문에는 『泣血錄(읍혈록)』으로 되어 있다.

여기 실은 글은 사도 세자가 뒤주에 들어 절명하게 되는 과정과, 그 이후 혜경궁 자신의 처지를 기록한 부분으로 『한중록』'제3' '제4'에 수록된 내용의 일부분이다.

본문 • • •

－『한중록』'제3'－

(전략)

그날 아침에 대조께서 무슨 전좌(殿坐) 나오려 하시고, 경현당(景賢堂) 관광청(觀光廳)에 계셨다. 선희궁께서 가서 울면서 아뢰되,

"큰 병이 점점 깊어서 바랄 것이 없사오니 소인이 차마 이 말씀을 자모지정에 아뢰올 말씀이 아니오나, 옥체를 보호하옵고 세손을 건져서 종사를 평안히 하옵는 일이 옳사오니 대처분을 하옵소서."
하고 이어서 하시는 말씀이,

"부자지정(父子之情)으로 이리하시나, 병으로 이리된 일, 병을 어찌 책망하오리까. 처분은 하오나 은혜는 끼치셔서 세손 모자(母子)를 평안케 하옵소서."

하시니, 내 차마 아내 된 도리로 이것을 옳게 하신다고 못하나, 일인
즉 할 수 없는 지경이었다. 내가 따라 죽어서 모르는 것이 옳되, 세손
으로 차마 결단치 못하였다. 만난 바의 기궁(奇窮) 혹독함을 서러워할
뿐이었다.

대조께서 들으시고 조금도 지체하지 않고 창덕궁으로 거둥령을 급
히 내리셨다. 선희궁께서 사정(私情)을 끊고 대의로 말씀을 아뢰시고
가슴을 치고 기절할 듯이 당신 계신 양덕당(養德堂)으로 가서 음식을
끊고 누워 계시니 만고에 이런 정리가 어디 있으리요. 대조께서 선원
전(璿源殿)으로 거둥하시는 길이 두 길 있으니, 그 중 하나는 만안문(萬
安門)으로 그 곳은 탈이 없으나, 경화문(景華門) 거둥은 탈이 났었다. 그
날 거둥령이 경화문으로 나오시니, 동궁께서 11일 밤은 수구(水口)로
다녀오셔서 몸이 물에 빠지시고, 12일은 통명전에 계셨는데, 그 날 들
보에서 부러지는 듯이 굉장한 소리가 났다. 동궁께서 들으시고,

"내가 죽으려나 보다, 이게 무슨 일인고."

하고 놀라셨다. 그 때 부친이 재상으로서 첫 5월(영조 38) 엄중한 교지
(教旨)를 받자와 파직되고 동교(東郊)에 달포 동안이나 나가 계셨다. 동
궁께서 스스로 위기를 느끼셨는지 조재호(趙載浩)가 원임대신(原任大臣,
前任大臣)으로 춘천(春川)에 있었는데, 계방(桂房) 조유진(趙維進)으로 하여
금 말을 전하여 상경하라고 하셨다. 이런 일을 보면 그 누가 당신보고
병이 계시다 하겠는가 참으로 이상한 하늘의 조화였다.

동궁은 부왕의 거둥령을 듣고 두려워서 아무 소리 없이 기계와 말
을 다 감추어 두라 하시고, 교자를 타고 경춘전(景春殿) 뒤로 가시며 나
를 오라 하셨다. 근래에 동궁의 눈에 사람이 보이면 곧 일이 일어나기
때문에 가마뚜껑을 하고 사면에 휘장을 치고 다니셨는데 그 날 나를
덕성합(德成閤)으로 오라 하셨다. 그때가 오정(午正)쯤 되었는데 갑자기

무수한 까치떼가 경춘전을 에워싸고 울었으니, 이 또한 무슨 징조인지 괴이하였다. 세손이 환경전(歡景殿)에 계셨으므로 내 마음이 황망중 세손의 몸이 염려되어 환경전에 내려가서,

"무슨 일이 있어도 놀라지 말고 마음을 단단히 먹으라."

하며, 천만당부하고 어찌할 바를 몰랐다. 그런데 거둥이 무슨 일인지 늦으셔서 미시(未時) 후에나 휘녕전(徽寧殿)으로 오신다는 말이 있었다.

덕성합으로 오라시는 동궁의 말씀에 내가 가보니 그 장하신 기운과 언짢은 말씀도 안 하시고 고개를 숙여 깊이 생각하시는 양 벽에 기대어 앉으셨는데, 안색이 놀라서 핏기가 없이 나를 보셨다. 응당 화증을 내고 오죽하랴, 내 목숨이 그 날 마칠 것도 각오하여 세손에게 부탁 경계하였건만 말씀이 뜻밖에도,

"아무래도 이상하니, 자네는 잘 살게 하겠네. 그 뜻들이 무서워."

하시기에 내가 눈물을 드리워 말없이 허황해서 손을 비비고 앉았다. 이 때, 대조께서 휘녕전으로 오셔서 동궁을 부르신다는 전갈이 왔다. 그런데 이상하게도 '피하자'는 말도 '도망가자'는 말씀도 안 하시고 좌우를 치지도 않으시며 조금도 화증내신 기색 없이 용포를 달라 하셔서 썩 입으시는 것이 아닌가.

"내가 학질을 앓는다 하려 하니 세손의 휘항(揮項)을 가져오라."

하고 동궁이 말씀하시기에,

"그 휘항은 작으니 이 휘항을 쓰소서."

하며 내가 당신 휘항을 권했더니 뜻밖에 하시는 말씀이,

"자네는 참 무섭고 흉한 사람일세, 자네는 세손 데리고 오래 살려 하기에 오늘 내가 가서 죽겠기로 그것을 꺼려서 세손 휘항을 내게 안 씌우려 하니 내가 그 심술을 알겠네."

하시지 않는가, 내 마음은 당신이 그 날 그 지경에 이르실 줄은 모르

고 이 일이 어찌 될까. 사람이 설마 죽을 일이요, 또 우리 모자가 어떠하랴 하였는데 천만 뜻밖의 말씀을 하시니 내가 더욱 서러워서 세자의 휘항을 갖다 드리니,

"그 말씀이 마음에 없는 말이시니 이 휘항을 쓰소서."

"싫다! 꺼려하는 것을 써 무엇할까."

하시니, 이런 말씀이 어찌 병드신 이 같으시며 어이 공순히 나가려 하시던가. 모두 하늘이 시키는 일이니 원통하고 원통하다. 그러할 제 날이 늦고 재촉이 심하여 나가시니, 대조께서 휘녕전에 앉으시고 칼을 안으시고 두드리시며, 그 처분을 하시게 되니, 차마 망극하여 이 경상을 내가 어찌 기록하리요. 슬프고 슬프도다. 동궁이 나가시며 대조께서 엄노하시는 음성이 들려왔다. 휘녕전과 덕성합 사이가 멀지 않아 담 밑으로 사람을 보내서 보니 벌써 용포를 덮고 엎드려 계시더라 하였다. 이 말을 듣고 대처분인 줄 알아 천지가 망극하여 창자가 끊어지는 듯하였다. 거기 있는 것이 부질없게 생각되어 세손 계신 데로 와서 서로 붙잡고 어찌할 줄 몰랐더니 신시(申時, 4시 전후)쯤 내관이 들어와서 밖 소주방(燒廚房)에 있는 쌀 담는 궤를 내라 한다. 이것이 어찌된 말인지 황황하여 내지 못하고 세손궁이 망극한 일이 있는 줄 알고 문정(門庭) 앞에 들어가서,

"아비를 살려 주옵소서."

하니 대조께서,

"나가라!"

하고 엄하게 호령하셨다. 할 수 없이 밖으로 나온 세손이 왕자재실(王子齋室)에 앉아 있었는데, 그 때 정경이야 고금 천지간에 없으니 세손을 내어 보내고 천지가 개벽하고 일원이 어두웠으니 내 어찌 일시나 세상에 머무를 마음이 있으리요. 칼을 들어 목숨을 끊으려 하였으나

옆의 사람이 빼앗아서 뜻을 이루지 못하고 다시 죽으려 하되 촌철(寸
鐵)이 없어서 못하였다.

숭문당(崇文堂)에서 휘녕전 나가는 건복문 밑으로 가니, 아무것도 보
이지 않고 다만 대조께서 칼 두드리는 소리와 공궁께서,

"아버님, 아버님 잘못하였습니다. 이제는 하라시는 대로 하고 글도
읽고 말씀도 다 들을 것이니 이리 마소서."

하시는 소리가 들렸다. 이 소리를 들으니 내 간장이 마디마디 끊어지
고 앞이 안 보이니 가슴을 아무리 두드린들 어찌 하리요. 당신의 용력
(勇力)과 장기(壯氣)로 궤에 들어가라 하신 들 아무쪼록 들어가지 마실
일이지, 어찌하여 들어 가셨는가, 처음엔 뛰어나오려 하시다가 이기지
못하여 그 지경에 이르시니 하늘이 어찌 이토록 하였는가. 만고에 없
는 설움이며 내가 문 밑에서 통곡하여도 소용이 없었다. 동궁이 이미
폐위(廢位)되어 계시니 그 처자 그냥 대궐에 있지 못할 것이니 세손을
밖에 그저 두어서는 어떠할까 차마 두렵고 조심스러워서 그 문에 앉
아서 대조께 상서(上書)하여,

<처분이 이러하오니 죄인의 처자가 그대로 대궐에 있기 황송하옵
고 세손을 오래 밖에 두옵기 죄가 더한 몸이 되어 두렵사오니 이제
친정으로 나가겠나이다. 천은으로 세손을 보존하여 주옵소서.>

가까스로 내관을 찾아 들이라 하였다. 얼마 안 있어 오라버니[洪樂
仁]가 들어오셔서,

"인제 서인이 되어 대궐에 있지 못할 것이므로 본집으로 돌아가라
하시니 나가시오이다. 가마를 들여놓았고 세손이 타실 남여도 준비했
나이다."

하고 남매가 붙들고 망극 통곡하고, 업혀서 청휘문(淸輝門)에서 저승전
차비문(差備門)에 가마를 놓고 윤 상궁이란 나인이 함께 타고, 별감이

가마를 메고 허다한 상하 나인이 모두 뒤를 따라 쫓으며 통곡하니, 천지간에 이런 정상이 어디 있으리요. 나는 가마에 들어갈 때 기절하여 인사를 모르니 윤 상궁이 주물러서 겨우 명이 붙었으니 오죽하리요. 친정에 도착한 나는 건넌방에 눕고, 세손은 내 중부(仲父)와 오라버니가 모셔 나오고, 세손 빈궁은 그 집에서 가마를 가져다가 청연(淸衍)과 함께 들려 나오니 그 정상이 어떠하리요. 나는 자결하려다가 못하고 돌이켜 생각하니 11세 세손에게 첩첩한 고통을 남긴 채 내가 없으면 세손이 어찌 성취하시리요. 할 수 없이 참아서 모진 목숨을 보전하고 하늘만 부르짖으니 만고에 나 같은 모진 목숨이 어디 있으리요. 집에 와서 세손을 만나니 내 망극함을 더욱 이길 수 없었다. 그러나 어린 나이에 이토록 대변(大變)을 당하시니 놀라서 병이라도 날까 염려되어,

"망극 망극하나 다 하늘이 하시는 노릇이니 네가 몸을 평안히 하고 착하여야 나라가 태평하고 성은을 갚사올 것이니 설움이 크겠지만 네 마음을 상하지 마라."

하고 위로하였다.

부친께서는 궐내를 떠나지 못하시고 오라버니도 벼슬에 매어 왕래하시니, 세손 모시고 있을 이가 중부와 두 외삼촌이니, 주야로 모셔 보호하고 내 끝 아우는 아이 때부터 들어와서 세손을 모시고 놀던지라, 그 아이가 작은 사랑에 모시고 있어 8, 9 일을 지내니 김 판서 시묵과 그 자제 김기대(金基大)도 와서 뵈옵는다 하며, 내 집이 좁은데 세손궁 상하 나인이 전부 나와 있기 때문에 남쪽 담 밖의 교리(校理) 이경옥(李敬玉)의 집을 빌어서 김 판서 댁이 그 며느리를 데리고 와서 빈궁을 모시고 있게 하니 담을 트고 왕래하였다. 그 때 부친이 파직되어서 등교에 계시다가 대조께서 대처분하셔서 아주 할 수 없게 된 후, 대조께서 다시 부친을 등용하셔서 영의정이 되셨다. 부친이 천만 뜻

밖에 그 처분 소식을 들으시고 망극 경통(驚痛)중 달려 들어가서 절하에 이르러 기절하셨다. 그 때, 왕자재실에 계시던 세손이 이 일을 들으시고 당신이 자시던 청심환을 내어 주셨다. 부친 또한 세상에 무슨 뜻으로 살리요마는 망극중 극진히 세손을 보호하려는 정성 때문에 죽지 못하시니 세손을 보호하여 종사를 보전하실 혈심단충(血心丹忠)만은 천지신명이 잘 아실 것이다. 모질고 흉악하여 목숨이 붙었으나 당하신 일을 어찌 견디시는고. 마음이 타는 듯하니 차마 어찌 견딜 정경이리요. 오유선, 박성원(朴性源)이 집 대문 밖에 와서 세손이 근신하라 하니 근신함이 당연하나 차마 어린아이를 어찌 하리요. 낮에는 집에 계셔 지냈었다.

대궐을 나온 후 부친께도 못 뵈옵고 망극하더니 그 이튿날 선친이 상교를 받자와 나오셨다. 모자가 부친을 붙잡고 일장 통곡하였다. 부친께서 대조의 뜻을 전하시니 내가 보전하여 세손을 구호하라 하셨다. 이 때, 성교는 망극중이나 세손을 위하여 감읍함이 측량없었다. 세손을 어루만져 축수하고,

"나는 네 아버님 아내로 이 지경이 되고 너는 아들로 이 지경을 만났으니 다만 명을 서러워할 뿐이지 누구를 원망하며 탓하리요. 우리 모자가 이때에 보전함도 성은이요, 우러러 의지하여 명을 삶도 또한 성상이시니 너에게 바라는 것은 성의를 받자와 힘쓰고 가다듬어 착한 사람이 되면, 그것으로 성은을 갚고 네 아버님께 효자가 되니 이밖에 더 큰 일이 없다."

하고 타일렀다. 그리고 부친께 천은을 감축하여,

"남은 날은 주시는 날이니, 하교대로 받자오려 하는 연을 위에 아뢰소서."

하고 통읍(痛泣)하였는데, 내 이 말에 일호도 틀림이 없었다. 처음부터

그리 되신 것이 서러웠지, 점점 그 지경에 이르신 바를 어찌 하리요. 조금도 마음에 먹사온 바 없이 감히 이렇다 원하옵지 못한다. 부친이 나와서 세손을 붙잡고 통곡하고 위로하시되,

"이 뜻이 옳으시니 세손이 현(賢)하게 되시고, 성(聖)하게 되시면 성은을 갚으시고, 낳으신 아버님께 효자 되신 것입니다."

하고 들어가셨다. 시간이 흐를수록 차마 망극한 경지를 생각하되 어찌할 바를 몰라서, 마음이 혼동하여 누웠더니, 십오일은 굳게 굳게 하고 깊이 깊이 하여 놓으시고, 윗대궐 오르신다 하니 알 수 없었다. 대궐 안의 비단필도 내어 올 길이 없으니 염습 제구를 다 부친이 차비하여 유감없이 하여 주셨다. 그전 여러 해 동안 큰 병환에 의복을 무수히 대어 주시고 이 수의를 다 차비하여 동궁 위한 마지막 정성으로 힘을 다하셨다.

이십일 신시(申時)쯤 폭우가 내리고 뇌성도 하니 뇌성을 두려워하시던 일이나 어찌 되신고 하는 생각 차마 형용할 수 없었다. 음식을 끊고 굶어죽고 싶고, 깊은 물에라도 빠지고 싶고, 수건을 어루만지며 칼도 자주 들었으나 마음이 약하여 강한 결단을 못하였다. 그러나 먹을 수 없어서 냉수도, 미음도 먹은 일이 없으나 목숨 지탱한 것이 괴이하였다. 그 20일 밤에 비오던 때가 동궁께서 숨지신 때던가 싶으니 차마 어찌 견디어 이 지경이 되셨던가. 그저 온몸이 원통하니 내 몸 살아난 것이 모질고 흉악하다. 선희궁이 마지못하여 그렇게 아뢰어서 대처분은 하시려니와 대환 때문에 마지못해서 하신 일이라 애통하여 은혜를 더하시고 복제(服制)나 행하실까 바라 왔더니 성심(聖心)이 그 처분이오시되 성노(聖怒)는 내리지 아니하시고, 동궁께서 가깝게 하시던 기생과 내관 박필수(朴必壽) 등과 별감이며 장인이며 무녀들까지 모두 사형에 처하시니 이는 당연한 일이시오며 감히 무슨 말을 하리요 지극히 원

통한 바는 오직 이것뿐이니, 동궁께서 의대병환(衣帶病患)으로 무수히 여러 가지를 갈아입으시다가, 어찌하여 생무명 한 벌이나 입으셨는데 그 날도 생무명 옷을 입고 계시었다.

대조께서 항상 뵈와도 도포나 용포를 입고 계시다가 그날 처음으로 무명옷을 입은 것을 보시고, 그 병환은 모르시고,

"네가 나를 없이 하고자 한들 어찌 생무명 거상옷을 입었느냐."

하시며 남은 것이 전부 없어진 것으로 아시고,

"지금까지 쓰던 세간을 모두 가져오라."

하고 명하셨다. 그 중에는 군기(軍旗)인들, 무엇인들 없으리요, 아무리 국장(國葬)인들 상장(喪杖)이 하나 밖에 없으리요마는, 의대 병환으로 상장을 여러 개 만드시되, 일생 사랑하여 좌우에서 떠나지 않은 것이 환도(環刀)와 보검(寶劍)들인데, 뜻밖에도 그것을 상장같이 만들고 그 속에 칼을 넣어서 뚜껑을 맞추어 상장같이 하여 가지고 다니셨다. 그러니, 내가 보기에도 끔찍해서 놀랐었는데, 그것을 없애지 않았다가 노하신 상감 앞에 그것이 있으므로 더욱 놀라고 분하셔서 복제(服制)를 어찌 거론하시리요. 동궁의 병환은 모르시고 모두 불효한 데로만 돌리시니 원통할 뿐이다. 처음에는 조신의 복제는 규칙대로 할 양으로 하더니 그것을 다 못하매, 이 지경을 당하여 세손이나 건지는 것이 천은이려니와 병환으로 처분하신 이상 십사년 대리저군(代理儲君)이오시니, 복제나 상하에서 행하였더면 상덕(上德)이오신데 그것을 못 차렸으니 그저 서러우며 이십일은 할 수 없는 지경이니, 복위하셔야 초종제구(初終諸具)를 장만하리오되, 성의가 아니하려 하신 것이 아니지만 복위를 아끼시고, 범절을 예(例)대로 하시기를 주저하시다가 부득이 이십일일 밤에 복위하시고 대신들이 입시하여 초종절차(初終節次)를 정하고 처음은 빈소(殯所)를 용동궁(龍洞宮)에 하자 했다.

이 지경을 당하여 부친은, 추호라도 성심(聖心)에 어기면 성노를 불 같으실 테니 내 집의 멸망보다도 세손의 보전 못하실 것이 두려워 아무쪼록 성심을 잃지 않으려 하시던 중 돌아가신 이를 저버리지 않으시고 세손에게 유한을 끼치지 않으시려고 갈충진성(竭忠盡誠)하셨다.

좌우로 주선하여 복위 후 시호(諡號)를 내리시고 빈궁(殯宮)은 시강원(侍講院)으로 하고, 삼도감(三都監)은 법대로 하시게 정하고 부친 스스로 도제조(都提調)가 되어 몸소 보살펴서 묘소 범절까지 조금도 부족함이 없게 하셨다. 이처럼 부친이 돕지 않으시면 어느 신하가 감히 말을 하며 성심이 어찌 돌아서리요. 그날 시강원으로 모시게 하고 새벽에 집으로 나오셔서 우리 모자를 들여 보내실 제, 부친이 내 손을 잡으시고 뜰에서 실성 통곡하시며,

"세손 모시고 만년을 누려 노경(老境)에 복록(福祿)을 크게 누리소서." 하고 우셨다. 그 때 나의 슬픔이야 만고에 또 어디 있으리요.

시민당(時敏堂)에서 발상(發喪)하고 세손은 건복합에서 발상하며, 빈궁은 내 옆에서 청연(淸衍)과 함께 하니 천지간에 이런 정경이 어디 있으리요. 초종의대(初終衣帶)를 차려서 즉시 습(襲)을 하니, 그 극열(極熱)이로되 조금도 어떻지 아니하시더라 하니, 그 설움은 차마 생각지 못할 일이며, 습한 후에 염하옵기 전에 나가기 내 정경이 천고에 드물고 남에 없는 일이었다. 슬픔 가운데 하시던 말씀을 생각하니 호천극지(呼天極地)하여 목숨 산 것이 부끄럽고 유명을 달리하니 그 충천하신 장기(壯氣)를 뵈을 길이 없으니 산 사람이 죽지 못한 유한이 어떠하리요. 초종범사에 슬프기 이를 데 없고, 신하가 복제를 못하니, 대전관(大殿官)과 내관류(內官類)가 모두 천담복(淺淡服)이요, 밖에는 재궁(梓宮) 제전이 있고, 안에서 조비(造備)함이 두려워서 기회를 보다가 다시 제를 감(鑑)하라 하시는 영이 안 계셨으므로 조석상식(朝夕上食)과 삭망전(朔

望奠)을 모두 예사로 지냈었다.

세손 양궁과 군주(郡主)를 입재실(入梓室) 전에는 차마 뵈지 못하여 성복(成服)날 나와서 곡하게 하였다. 세손 애통하시는 곡성은 차마 듣지 못하니 뉘 아니 감동하리요. 7월이 인산(因山)이니, 선희궁이 나를 보시고, 재실(梓室)을 대하여 머리를 두드리시고 가슴을 치며 통곡하시니, 그 정의에 다름없음이 또 어떠하리요. 인산에 대조께서 묘소에 친히 나오셔서 제자(題字)까지 친히 써 주시니 부자분이 유명지간(幽明之間) 사이에 서로 어떠하실지 차마 생각할 수 없었다. 7월에 춘방(春坊)을 부설(敷設)하시고 세손이 완전히 국본이 되셨다. 이는 비록 성은이시나 부친의 갈충(竭忠) 보호하신 공이 어찌 더욱 나타나지 않으리요.

8월(영조 38)에 대조께서 선원전다례(璿源殿茶禮)에 오시니, 황송하나 가 뵙지 않을 수가 없어서, 진전(眞殿) 가까운 습취헌(拾翠軒)이라는 집으로 가 뵈오니, 나의 천만 슬픈 회포가 어떠하리요마는 만 분의 일도 감히 베풀지 못하고,

"모자 보전하옴이 다 성은이로소이다."

하고 아뢰었다. 영조께서 내 손을 잡으시고,

"네가 이럴 줄을 생각지 못하고, 내가 너 보기가 어렵더니, 내 마음을 펴게 하니 아름답다."

하시니, 이 말씀을 듣고 내 심정이 더욱 막혔다.

"세손을 경희궁으로 데려가셔서 가르치면 하고 바라옵니다."

"세손을 떠나보내고 네가 견딜 수 있겠느냐?"

하시기로 눈물이 드리워 아뢰되,

"떠나서 섭섭하기는 작은 일이요, 위로 모셔서 뵈옵기는 큰 일이로소이다."

하고, 세손을 올려 보내기로 정하니 모자의 정리상 서로 떠나는 정상

이 어찌 견딜 바 있으리요. 세손이 나를 차마 떠나지 못하고 울고 가니, 내 마음은 칼로 에는 듯 아팠다. 그러나 성은이 지중하셔서 세손을 지극히 사랑하시고, 선희궁께서도 아드님께 대한 정을 모두 세손께 옮기시니 좌와기거(坐臥超居)와 음식 범백에 마음을 다하여 지성으로 보호하셨다.

4, 5세부터 글을 좋아하시던 세손이신지라, 각각 다른 대궐로 옮겨 가시더라도 학문에 전념하지 않으실까 하는 염려는 없었다. 그러나 못 잊어하는 정은 날로 심하고 세손이 자모(慈母) 그리시는 정이 간절하여 새벽에 깨어 나에게 편지하고 공부하기 전 내 회답을 보고야 안심하시니 3년을 한결같이 그러셨다. 내가 경역한 병이 자주 일어나 3년 동안 내 몸에서 병이 떠나지 않으니 멀리서 의관(醫官)과 상의하여 약을 지어 보내시기를 어른과 같이 하시니, 이것이 모두 천성지효(天性至孝)이시겠지만 10여 세의 나이로 어찌 그리 하시는가 싶었다.

그 해(영조 38) 천추절(千秋節)을 맞으니, 내 자취 움직이고 싶지 않으나 분부로 말미암아 부득이 올라가니, 대조께서 나를 보시고 가엾게 여기심이 전보다 더하셔서, 내가 있던 집이 경춘전(景春殿) 남쪽의 낮은 집이었는데 그 집 이름을 가효당(嘉孝堂)이라 하시고 친히 쓰신 현판을 달게 하셨다.

"네 효심을 오늘 갚아서 이것을 써 준다."

내가 눈물을 드리워 받잡고 감히 당치 못하여 불안해 하였다. 부친을 들으시고, 감축하여 하시는 말씀이,

"오늘날 이 가효(嘉孝) 두 자를 현판으로 달게 하시니 자손의 보배가 될 것이매 효성을 흠탄(欽嘆)한다."

하시고 성은을 받잡는 도리로 집안 편지에 그 당호(堂號)를 써 달게 하시니 감격이 뼈에 사무쳤다. 선왕(先王)이 자경전(慈慶殿)을 지어서 나를

있게 하시니 그때 처지가 높고 빛나는 집에 있을 내가 아니건만 성효(聖孝)에 감동하여 그 집에 여년을 마치려고, 가효당 현판을 자경전 상방(上房) 남쪽 문 위에 걸어서 대조의 자은(慈恩)을 잊잡지 말고자 하였다.

그 해 선달에 소칙(詔勅)이 나오니 자상(自上)께서 세손을 데리고 혼궁(魂官)에 오셔서 칙소(勅詔)를 받자오시고, 환궁할 때 세손을 도로 데리고 가시려다가 세손이 어미 떠나기가 슬퍼서 우는 모양을 보시고,

"세손이 너를 차마 떠나지 못하여 저리 슬퍼하니 두고 가자."

하고 말씀하셨다. 혹 당신은 사랑하시는데, 세손이 그 사랑은 생각지 않고 어미만 못잊어 하는가 서운히 여기실 듯하여,

"내려오면 위가 그립삽고, 올라가면 어미가 그립다 하오니, 환궁 후에는 위가 그리워서 또 슬퍼할 것이오니 데려가옵소서."

하고 아뢰었더니 즉시 안색이 변하여 기뻐하시면서,

"그리하랴."

하고 데리고 환궁하셨다. 세손이 대조를 모시고 가면서 어미가 인정 없이 떼어 보내는 것이 섭섭하여 무수히 울고 가시니, 내 마음이 어떠하리요마는 내리는 것은 사정(私情)이요, 모시고 가서 아버님 못다하신 자도(子道)를 이으며 시봉(侍奉)하는 것이 옳기에 떠날 제 못 잊는 정을 베어 보냈다.

이것이 모두 이전 일을 경계하고 세손으로 하여금 일심으로 위에 효성을 다하여 자애하시는 성의를 조금도 어김이 없을까 하고 염려함이니, 이 어찌 세손을 위한 사정(私情)뿐이리요. 종사(宗社) 안위가 세손 한 몸에 있으니 나의 안타까운 마음은 하늘이 알 것이요, 이것은 홀로 내 마음뿐 아니라 모두 부친이 나를 인도하여 부녀의 사소한 사정을 돌아보지 않고 대의로 훈계하신 때문이었다. 우리 부친의 고심혈충(苦心血忠)이 모두 세손을 위하고 종국을 위하시던 일을 누가 다 자세히

알리요.

세손이 혼궁을 떠났다가 내려오시면 애통하던 울음소리야 누가 감동하지 않으리요. 혼궁의 목주(木主)가 의지 없으신 듯이 계시다가, 그 아들이 와서 애통하면 신위(神位)가 반기시는 듯 외로운 혼궁에 빛이 있는 듯, 슬프게 울던 중 도리어 위로하니, 내가 세손을 낳지 않았다면 이 종국(宗國)을 어찌할 뻔하였는고. 엎드러진 나라가 보전하려고 경오생(庚午生) 산후에 임신(壬申, 영조28)년 경사가 있었던가 보다. 임오화변(壬午禍變)이 만고(萬古)에 없는 일이니 당신께서는 천만 불행하여 이 지경이 되셨으나, 아들을 두셔서 당신 뒤를 잇고 상하 자효(慈孝)가 무간(無間)하니 다시야 무슨 일이 있을줄 꿈에나 생각했으리요.

『한중록』 '제 4'

갑신(甲申, 영조 40)년 2월, 처분은 나라 지중하오신 일이오니 위에서 하신 일을 감히 아랫사람이 이렇다 하리요마는, 그 때 내 심경(心境) 망극하기는 견주어 비할 곳이 없으니, 내가 화변(禍變) 때 모진 목숨을 끊지 못하고 살았다가 이 일을 당할 줄은 천만 죄한(罪恨)이다. 곧 죽고 싶되 목숨을 뜻대로 못하고 그 처분을 원하는 듯하여 스스로 굳이 참으나 그 망극비원하기 모년(某年, 영조 38)에 내리지 않고, 선희궁께서 음식을 끊고 경통하시던 일이야 어찌 다 기록하리요.

세손이 어린 나이에 고금에 없는 지통을 품고 또 제왕가(帝王家)의 당치 못할 변례(變例)를 당하셔서 과하게 애통하시고 상복을 벗을 제 우는 소리가 철천극지(徹天極地)하여 초상이 천지 어둡게 막히던 때 설움에서 더하시니, 연세도 두 해가 더하시고 (13세로) 당신 만나신 바가 갈수록 지원하니, 이를 대하여 내 간장 쇠가 녹듯이 터질 듯 곧 목숨을 끊고자 하되, 세손의 서러워하심은 차마 못 견딜 것이다. 내가 없으면 세손의 몸이 더욱 외롭고 위태로우니 이 지경에 이르러서는 갈수록 세손을 보호하는 것이 으뜸인 것이다.

애통하던 마음을 새롭게 하여 굳게 잡아서 세손을 위로하되 서러울수록 천금의 몸을 보호하여 비록 유한이 많으나 스스로 착하여 아버님께 보답하라고 여러 가지로 타일러서 진정하시게 하였다.

세손이 종일 음식을 끊고 울면서 과상(過傷)하시는지라, 위로하며 옆에 품고 누워 달래서 잠을 들게 하려 했지만 늦도록 잠을 이루지 못하니 그 정경이 고금에 어찌 있으리요. 그 날이 바로 이월 이십일이니 어찌하여 그 처분이 되신지 이상하며, 불의에 거둥 오셔서 선원전(璿源殿)에 오래 머무르시고 나를 와 보시니, 내 무엇이라 감히 아뢰리요.

"모자가 지금까지 살아 있는 것이 성은이오니, 처분이 이러하온들 무슨 말씀 아뢰리요."

"네 그리 하는 것이 옳다."

하시니, 가뜩한 정리에 이 서러운 말이나 없으면 아니하랴. 갈수록 내 명도(命途)에 기막히게 죄스러운 일이니 스스로 몸을 치고 싶은들 어찌하랴. 만고에 없는 일이다.

칠월(영조, 40) 담사(禫祀)에 선희궁께서 내려오셔서 지내시고, 가을 후는 모이어 고식이 상의하시고 정녕히 약속하시더니, 홀연히 등창이 나서 칠월 이십육일 하세(下世)하시니 망극하기가 어찌 예사 시어머니와 며느리 사이리요. 당신이 나라를 위하여 자모로서 하지 못할 일을 하시고, 비록 선군(先君)을 위하신 일이나 그 지통이야 오죽하시리요. 상시의 말씀이,

"내가 못할 일을 차마 하였으니 내 자취에는 풀도 나지 않으리라. 내 본심인즉 나라를 위하고, 임금의 몸을 위한 일이나, 생각하면 모질고 흉하니 빈궁은 내 마음을 알 것이어니와 세손 남매는 나를 알겠느

냐."

하시고 밤에는 늘 잠을 못 이루시고 동편 툇마루에 나와 앉으셔서 동녘을 바라보며 상심하시고, '혹 그런 처분을 하지 않았어도 나라가 보전되지 않았을까, 내가 잘못하였는가 하시다가도 또 그렇지 않다. 여편네의 약한 소견이지 내 어찌 잘못하였으리요.' 생각하시곤 했다. 혼궁(魂宮)에 오시면 부르짖어 울고 서러워하셔서 심중에 병이 되어 몸을 마치시니 더욱 슬프다.

대저 모년(某年) 일을 지금 사람이 누가 나같이 알며 설움이 나와 부왕 같은 이 있으며 경모궁께 사이 없는 정성이 나 같으리요. 그러기에 내가 매양 부왕께 아뢰었다.

"동궁이 비록 아드님이시나 그 때는 젊은 나이셔서 저만큼 자세히 모르실 것이니, 모년에 속한 일은 저에게 물으시지, 외인의 시끄러운 말은 곧이듣지 마소서. 그것들이 일시 총애를 얻으려고 상감께 별 소문을 들어다가 드려도 모두 괴이한 말입니다."

"누가 모르겠느냐. 그놈들이 부모 위한 정성이 없다고 무한히 욕을 하니, 욕도 피하고, 경모궁을 위하였다면 인자도리(人子道理)에 그렇지 않다. 말을 차마 못하여 누가 추증(追贈)하며 누구 시호하면 저희 하자는 대로 하여 가니 그런 일에는 분명히 알며 끌리어 흐린 사람이 되기를 면치 못한다."

하시니, 내 부왕(父王)의 지통을 차마 생각하지 못할 지경이었다. 대저 그 대처분으로 세상에 두 가지 의논이 있는데 다 협잡하고 사실과 어긋나는 것들이다. 한 의논은 대처분이 광명정대하여 천지간에 떳떳하니 영묘(英廟)의 성덕대공(盛德大功)을 칭송하여 조금도 애통망극해 하는 의사가 없으니, 이것은 경모궁을 불효한 죄로 돌리고, 영묘의 처분이 무슨 적국을 소탕하거나 역변(逆變)을 평정한 모양이 되니, 이렇게 말하면 경모궁께서 또 어떠한 처지가 되시리요. 이는 경모궁과 부왕께 망극한 일이로다. 또 한 가지 의논은 경모궁께서 본디 병환이 아니신데 영묘께서 참언을 들으시고 그런 지나친 처분을 하시니 복수 설치(雪恥)하자는 것이므로 경모궁을 위하여 원통한 치욕을 씻자는 말인 듯하나 그것은 영묘께서 무죄한 동궁을 누구의 감언을 듣고 처분하신 허물로 돌리게 함이니, 이렇다면 영묘께서 또 어떠한 실덕(失德)이 되리요. 두 가지 말이 모두 삼조(三朝)에 망극하고 실상에 어긋나는 소론이었다. 그리하여 우리 부친은 수차 말씀하신 듯이, 병환이 망극하여 옥체가 위태하심과 종사가 매우 위태로웠으므로 상감께서 애통망극하시나, 만만 부득이 하여 그 처분을 하시고, 경모궁께서도 본심이 도실 때는 짐짓 누덕(累德)이 되실까 근심 걱정하셨으나, 병환으로 천성을 잃어서 당신도 하시는 일을 모두 모르셨던 것이다.

병환이 드신 것도 망극한데, 병환은 성인(聖人)도 면치 못한다 하니, 경모궁의 일호의 누덕이 어찌 되리요. 실상이 이러하고 그 때 사정이 이러하니, 바른대로 말하여서 영묘의 처분도 만부득이 하신 일이요, 경모궁에서도 불행히 망극한 병환으로 만만 부득이한 터를 당하셨던 것이다.

부왕도 또한 애통하여 각각 의리로 말을 하여야 실상도 어기지 않고, 의리에도 합당하거늘, 위의 두 가지 논의 같으면 하나는 영묘께 실덕이 되고, 하나는 경모궁께 누덕이 된다. 부왕께는 망극하니, 이 두 의논이 모두 삼조에 대한 죄된 말이다. 한번 그 처분이 거룩하시다 하여, 우리 부친만 죄를 삼으려 하여 뒤주를 들었다 하니 뒤주 아니신들 곡절은 다른 기록에 올렸으니 여기는 또 쓰지 않겠다. 이런 말하는 놈이 영묘께 충성인가, 경모궁께 충절인가. 부왕이 대처분을 위하노라 하면 물론 동서남북지언(東西南北之言)하고 용서하시고, 모년 모일에 시

비었다 하면 유죄무죄(有罪無罪)간, 부왕 입으로 그렇지 않다 못하실 줄 알고 그 일을 가지고 그 화를 삼아 저희 뜻대로 농간질을 하여 사람을 해치고, 저리하여 충신을 자처 하니, 만고에 이런 일이 어디 있으리요. 40년 이래 그 일로 충역(忠逆)에 혼잡되고, 시비가 뒤바뀌어 지금까지 정치 못하니, 경모궁 병환이 만부득이 하셨고, 영묘 처분이 또한 부득이 하셨던 것이다. 뒤주는 영묘께서 스스로 생각하신 것이다. 나나 부왕이나 지통은 스스로 지통이요, 의리는 스스로 알고, 망극 중에 보전하여 종사(宗社)를 길게 지탱한 성은(聖恩)을 감축하고, 그 때 여러 신하들이 할 수 없어서 말한 것을 후인(後人)이 상상하여 그런 때를 만남을 불행히 여길 뿐이지, 그 처분에야 군신(君臣) 상하에 이렇다 말을 어찌 용납할 수 있으리요. 그 당시에 되어가던 일을 내 차마 기록할 마음이 없으나, 다시 생각하니 주상(主上)[29]이 자손으로 그 때 일을 망연히 모르는 것이 망극하고 또한 시비를 분별치 못하실까 민망하여 마지못해 이렇게 기록한다. 그러나 그중 차마 일컫지 못할 일 가운데 더욱 일컫지 못할 일은 빠진 조건이 많으며 내 늙어 만년(晩年)에 이것을 능히 써 내니, 사람의 모질고 독함이 어찌 이에 이르는고. 하늘을 부르고 통곡하매 나의 팔자를 한탄할 뿐이다.

---

29 순조.

생각해 보기

1. 실기문학의 종류와 성격에 대하여 조사해 보자.

2. '록(錄)'의 글쓰기 방식에 대하여 조사해 보자.

3. 작품의 구성과 내용을 정리해 보자.

4. 혜경궁 홍씨의 삶과 집필 동기에 대하여 말해 보자.

5. 작품에 나타난 여성적 글쓰기의 의의에 대하여 살펴보자.

6. '한중록'의 다양한 이본에 대하여 조사해 보자.

계축일기

조선 중기 작자 미상의 기사문(記事文)이다. 인목대비 폐비사건이 시작되었던 1613년(계축년, 광해군 5)을 기점으로 하여 일어난 궁중의 비사(秘事)를 인조반정 뒤 대비의 측근 나인 또는 그 밖의 사람이 기록한 수필 형식의 글이다. 작자에 대하여는 종래의 통설인 대비의 측근 나인이라는 설 외에 대비자작설과 정명공주(貞明公主)와 그의 나인들의 합작이라는 설이 있다.

필사본으로는 낙선재본(樂善齋本) <계축일긔>와 홍기원본(洪起元本) <서궁일기(西宮日記)>의 두 가지가 전하는데, 두 책 모두 원본이 아니며, 내용을 비교해 보면 이전에 원본이 있었음을 확실하게 알 수 있다.

또한 <서궁일기>의 내용이 <계축일기> 외에 다른 것이 합철되어 있어 완전한 이본이라고도 할 수 없다. 또, 이긍익(李肯翊)의 ≪연려실기술≫에도 <서궁일기>가 나오는데, 그것은 현존 <서궁일기>와는 다르고, 현존 <계축일기>와 같은 이본이 아니었던가 추정해 볼 수 있다. 낙선재본도 6·25때 없어졌으므로 ≪조선역대여류문집≫에 영인된 것으로 상고할 수밖에 없다.

본문 • • •

─ 제 1 권 ─

임인년(선조 35년)에 중전께서 잉태(孕胎)하셨다는 소리를 듣고 유자신이 중전을 놀라게 함으로써 낙태하시게 할 양으로 대궐 안에 돌팔매질도 하고 궐내 사람들을 움직여 나인들의 변소에 구멍을 뚫고 나무로 쑤시며 강도가 들었다고 소문을 내니, 이때 궁중에서도 유자신을 의심하는 바 없지 않았다.

　그러다가 계묘년에 중전께서 공주를 낳으셨다. 그런데 대군을 낳으셨다고 유자신은 잘못 듣고 아무런 대답도 않고 있다가 공주를 낳으셨다는 것을 알게 된 뒤에야 무엇을 주더라니 이로 미루어 보아도 얼마나 중전을 미워했는지 알만하지 않은가.

　그 후 병오년에 대군을 낳으셨다는 소식을 듣고 유자신은 집에서 음흉한 생각을 한 나머지 적자가 태어났으니 동궁의 자리가 위태롭다 하고, 동궁을 모시고 있는 권세 있는 신하들과 정인홍에게 동궁(광해군)을 위하여 굿도 하고 점도 치도록 하라고 하였다. 그리고 한편으로는 임해군이 자식이 없으니 임해군으로 세자를 삼아 대군에게 전하려 하신다는 소문을 내며 '선제 만제'라는 동요까지 지어내어 유행시켰다. 천조 중국의 제왕에 주청하기를 재촉하니 갑진년에 광해군을 세자로 봉해야 한다는 사연을 표문에 소상하고 간곡하게 지어 올리나, 천조에 대해서는 뇌물을 바쳐 매수할 수도 없는 일이고 또한 조정이 옳은 것만 좇는 터요 황제도 엄하신지라,

　"대례상 둘째 아들을 세움은 집과 나라가 한가지로 망하는 일이니 천조는 온 천하에 법을 펴고 사사로이 조선의 사정을 봐줄 수 없다."

하였다. 이후로 선조께서도 신하들이 세자 책봉에 대한 상소를 올릴 때마다 불러들여 크게 꾸짖으셨다. 선조께서는 세자를 봉하는 일에 대하여 이후로 다시는 대국에 주청드릴 수 없을까 염려하여 '예부관과 재상이 바뀌면 그때 다시 대국과 의논하리라.' 하시며 더 이상 말하지 못하게 하셨다. 그러나 유자신의 일당들은 이렇게 수군거렸다.

　"적자이신 영창대군이 태어나셨으니, 대국에 동궁마마의 왕세자 책봉 문제를 거론하지 않으려 하시는구나."

그러다가 선조께서 병환이 나셨을 때 정인홍, 이이첨 등 대여섯이 상소를 올렸다.

"유영경이 임해군을 위하여 광해군 세자 책봉을 주청하지 않으니 유영경의 머리를 베소서."

상감의 뜻에 거슬리는 이 상소는 그지없이 광포한 것이었다. 상감께서는 이 상소문을 보시고 인홍 등을 귀양보내라고 전교하시고 운명하셨다.

승하하실 때 광해군에게 다음과 같은 유교를 내리셨던 것이다.

(중략)

"참언이나 모함하는 일이 있어도 마음에 두지 말고 어린 대군을 가엾게 생각하라."

이로 보아도 대군으로 하여금 왕위에 오르시게 할 생각이 없었음이 분명하였다. 정미년 시월.

(중략)

주위에 이간질하는 사람이 있어서 임해군을 없앨 계책을 꾸미곤 하였다.

광해군이 어렸을 때부터 불민하다고 여겨 왔으면서도 임진왜란 때 광해군을 왕세자로 정하시고는 항상 교훈하시고 전교를 내리시지만 도무지 순종하는 일이 없어, 상감께서 타이르시면 도리어 원수처럼 생각하니 상감께서는 마땅치 않게 생각하셨다.

"자식이 되어 가지고 어버이에게 하는 도리가 어찌 저럴 수 있으리오?"

그러던 참에 돌아가신 의인황후(선조의 처음 왕비)의 장례도 마치지 않았는데 후궁의 조카를 데려다가 첩을 삼으려 하므로 상감께서 꾸짖으시고 허락하지 않으셨다.

"못 한다. 어째서 부덕한 일을 하려 하느냐?"

광해군은 그 일을 두고두고 원망하다가 병오년에 큰 화를 일으켰을 때 상감을 속이고 들어가서 후궁을 위협하고 나인을 보내 조카를 빼앗아 갔던 것이다.

"내가 하는 일을 상감께 아뢰거나 조카를 주지 않거나 하면 후일에 삼족을 멸할 것이니 그리 알아라."

그 후 병오년에 대군이 태어나면서부터는 대군을 없앨 마음을 품어 오다가 대군이 점점 커감에 따라 큰 변을 일으켜서 갑작스럽게 없앨 계책을 유가와 의논하곤 하였다.

정인홍 등이 미처 귀양까지 가지 않았는데 상감께서 운명하시니 광해군은 그 날로 궁궐로 불러들여 절차를 밟지 않고 그들에게 벼슬을 주고, 곧이어 형님인 임해군을 외척으로 몰아 사헌부와 사간원으로 하여금 죄목을 꾸며 올리도록 하고는 그 문서를 보이며 임해군에게 말하였다.

"이제라도 대궐에서 나가면 죄를 벗을 수가 있지만 궐내에 그냥 머문다면 죄가 더 무거워질 것이니 빨리 나가도록 하시오."

임해군이 대궐 밖으로 나가니 미리 잠복해 있던 군사들이 달려들어 교동으로 귀양보내어 감금해 버렸다.

이 때 명나라 사신이 임해군에 대한 정황을 조사하기 위해 서울에 들어오니, 그는 임해군에게 말했다.

"몸을 못 쓰는 체하면 처자와 함께 살도록 해 주겠거니와 만일 명령대로 하지 않는다면 죽이겠다."

그리고 한편으로 외삼촌인 김예직을 통해 은근한 말로 달랬다. 임해군은 명령대로 하였다. 그러나 명의 사자가 돌아가자 임해군은 광해군이 내린 독약을 마시고 죽었다. 임해군을 죽일 때 광해군은 영창

대군도 함께 죽이려고 하였으나 조정에서 시비가 벌어져 그만두었다.

"지금 강보에 싸여 있는 어린 몸이고 또 형제를 둘씩이나 함께 죽인다는 건 어려운 노릇이오."

(중략)

그러나 드디어 난을 일으키고야 말았다. 임자년 겨울에 유자신의 아내 정씨가 대궐에 들어와 딸과 사위 셋이서 머리를 맞대고 사흘 동안 자정이 넘도록 의논하였다. 계축년 정월 초사흘부터 저주를 시작하되 털이 하얀 강아지의 배를 갈라 들여오며, 사람을 쏘는 그림을 바깥의 사람들이 다니지 않는 곳과 또 담 너머와 대전의 책상 밑이며 베개 밑에 놓는다는 것이었다.

사월에는 유가, 이이첨, 박승종 등 심복들과 꾀하여 대비의 친청 아버지요 대군의 외조부이신 김제남이 광해군을 몰아내고 대군을 왕위에 앉히려고 한다는 소문을 퍼뜨리고, 사형수 박응서를 달래어 이러이러하게 대답하면 살려 주겠다고 꾀었다. 응서가 그들이 시키는 대로 김제남과 함께 대군을 왕으로 세우기 위해 역적 모의하였다고 거짓 자백을 하게 했던 것이다. 이리하여 김제남과 그 아들, 그리고 많은 나인들을 역적으로 몰아 죽이고 마침내 대군을 끌어내리려고 하였다.

"조정에서 대군을 내놓으라고 성화입니다. 처음엔 듣지 않으려고 고집했지만 이제 와서 조정이 노하고 있으니 하는 수 없습니다. 그 노여움을 풀어 주기 위하여 잔치에 참석케 하려 하니 잠깐 문 밖에만 내보내어 노여움을 풀게 해 주소서."

내관의 전언을 들은 윗전께서는 말이 하도 흉측스러워 차마 바로 듣지를 못하시고 모시는 이들도 마음이 그지없이 산란하여 가슴이 미어지는 듯하였다. 그러나 말에 대답하지 않을 수 없어 입을 열었다.

"이 세상에서 저지르지도 않은 큰 변을 만나 아버님과 맏동생을 죽이셨으니 내 자식의 일로 인하여 어버이께 큰 불효가 되어 세상에 용납되지 못하게 되었습니다. 그건 그렇다 치고 대군이 나이 들어 제법 철이라도 났다면 자식을 내주고 어버이를 살려 달라 하는 게 옳은 것이지만 이제 내 슬하를 떠나지 못하며 동서도 분간치 못하는 칠팔세 어린애니 애초에 대군을 데려다 종으로 삼아 제 명이나 다 하게 하시고 아버님과 동생을 살려 주십사 하며 내 머리털을 친히 베어 친필로 글월을 써서 보냈건만 받지 않으시고는 이제 와서 어찌 이런 말씀을 하십니까? 어린애가 어찌 알기나 할 노릇이며 어른의 죄가 아이한테 당키나 합니까?"

이에 광해군의 대답이다.

"선왕께서 불쌍히 여기라고 하신 유교도 계신 터이고 대군에 대해선 아무 염려 마십시오. 머리털은 두지 못할 것이니 도로 드리는 것입니다."

이에 윗전은 말하였다.

"아버님께서 돌아가시게 된 일을 생각하면 간장이 메어지는 것 같으나 나라의 법이 중하여 내 마음대로 살려 드리지 못했습니다. 그러나 이 아이는 선왕의 유자인만큼 그래도 좀 생각을 해 주실까 했었는데 새삼스럽게 그런 말씀을 하시니 말의 앞뒤가 맞지 않음을 생각할 때 서러워질 따름입니다. 어린애를 어디다 감추어 두겠습니까? 내가 품에 안고 함께 죽을지언정 내보낸다는 건 차마 못할 노릇입니다."

그러자 광해군은 또 글월을 써 보냈다.

'아무러면 아이더러 아는 노릇이냐고 족치겠습니까? 아무튼 문 밖으로 피접을 나는 일도 예부터 있는 일이니, 그 정도로 여기시고 좀 내보내 주십시오. 조정에서 하도 보채어 그들의 마음을 풀어 주려는 노릇일 뿐입니다. 대군에게 해로운 일이 있을까 하는 근심은 조금도

마십시오.'

이에 윗전은 대답하였다.

"내 낯을 봐서가 아니라 대전도 선왕의 아드님이시고 대군 또한 아들이니 정을 생각해서 설마 해할 리야 있겠습니까? 그러나 대군의 나이 열살도 못 되었고 대전도 아시다시피 한 번도 대궐 밖을 나가 본 일이 없으니 어디다 숨겨 두겠습니까? 선왕을 생각해서 인정을 베풀어 주십시오."

"문 밖에 내주십사 해놓고 설마하니 먼 곳으로 떠나보낼 리야 있겠습니까? 이 서소문 밖 궐내 가까운 곳에 벌써 거처할 집을 정해 놓았습니다. 궐내에 두면 조정에서 계속 성화같이 보챌 것이니 내보내어 그들의 마음을 시원하게 해 주는 게 대군에게도 좋은 일입니다. 어련히 잘 보살피겠습니까? 거짓말을 하는 게 아닙니다. 이 말을 철석같이 믿으시고 부디 내보내 주십시오."

"여러 번 이렇게 말씀하시니 서러운 중에도 감사합니다. 선왕을 생각하고 옛날에 국모라 하시던 일을 생각해서라도 대전께서는 다시 한번 고쳐 생각하십시오. 사람이 자식을 많이 두어도 하나같이 다 귀여운 법인데, 두 어린애를 두고 선왕께서 돌아가셨으니 내 그 때 바로 죽었을 것이나 지금껏 살아 남았음은 어미의 정으로 차마 어린 것들을 버려 두고 죽을 수 없어 지금까지 목숨을 연명해 왔습니다. 그런데 오늘날 또 이런 일을 당함은 대왕을 위하여 죽지 않고 살아 남은 죄값인가 합니다. 죽을지언정 차마 어린것을 혼자 내보낼 수는 없습니다. 나도 따라가게 해 주신다면 함께 가겠습니다."

그러나 광해군은 듣지 않았다.

"그 말씀은 옳지 않습니다. 대군이 궐내에 있으면 오히려 조정에서 노하여 죽여 버리고 말 것입니다. 나는 전을 보나 대군을 보나 서로 좋도록 하려 했는데 끝내 이토록 들어 주시지 않으니 그렇다면 나도 내 마음대로 할 수 없으니 조정에서 하는 대로 할 뿐입니다. 이제라도 내보내 주시면 살 수 있도록 하겠거니와 거역하고 내보내 주지 않으신다면 살지 못합니다."

그리고는 내관을 시켜 다시 말을 전하였다.

"어서 내놓도록 하십시오. 지체하면 그만큼 죄가 더 커집니다."

이렇게 되자 더 이상 버텨도 소용없을 줄을 아시고 윗전은 대답하셨다.

"이 설움을 어디다 견주어 말할 수 있으리까마는 대군을 곱게 있게 해주마고 벌써 여러 날을 두고 말씀을 전하신 터이니 그 말을 믿고 내보내겠습니다."

그리고 살아 남은 두 어린 동생을 부탁하였다. 이에 광해군은 기꺼이 대답하였다.

"두 동생은 고이 살게 하겠습니다. 대군을 빨리 내보내 주십시오. 종이며 그릇들이며 궐내에 있던 대로 갖추어 보내십시오. 피접을 나가는 것이니 오히려 편안하고 좋을 것입니다. 날마다 안부 전하는 사람을 드나들게 하겠습니다. 먹을 것도 보내십시오. 하시고자 하는 일은 다 들어 드리겠습니다."

이런 일이 있은 다음날 장정내관 여남은 명이 안으로 몰려와 사잇문을 여니 안에 있던 나인들은 하도 두려워 구석구석에 몸을 웅크리고 있었다. 그러자 그들은 침실에 올라앉으며 말하였다.

"무엇이 부족하며 무엇이 마땅치 않아 이런 일을 저지르시는고? 대군곁에 천이 없던가 명례궁에 천이 없던가? 대비의 칭호라도 바치시고 대군을 살리려 하실 일이지 어찌하여 이런 역모를 하실꼬? 어린애가 뭘 알까마는 일을 저질렀으니 뉘 탓으로 돌릴고? 어서 대군을 내보내소서.”

말이 하도 흉악망측스러워 사람이 차마 들을 수가 없었던 것이다. 하도 말같지 않아 윗전이 잠자코 있으려니 그들은 또 꾸짖는 것이었다.

“다 옳은 말을 했으니 무슨 할 말이 있다고 대답하겠는가? 여러 말씀 안 하시는 걸 보면 정말 우리의 말이 옳군 그래. 너희 나인들이 대군을 어서 나시게 해야지 만약 그렇지 않고 지체하여 더디 내보내시게 한다면 너희 나인들은 모조리 죽음을 당할 것이니 그리 알아라.”

윗전께서는 인사불성이 되어 돌아가실 뻔하다가 겨우 정신을 차리시고 곁에서 부축하는 나인 우두머리 너더댓 사람을 들어오라 하셨다.

“너희들도 사람의 탈을 썼으면 설마 나의 애매함을 모르지 않겠지? 내가 무신년에 죽지 않고 살아온 것은 대전이 선왕의 아드님이시기에 두 아이를 의탁하여 편안히 살게 해 줄까 함이었는데 여러 해를 두고 하루도 마음 편할 날이 없이 근심으로 살아왔거니와 이제 흉적에 의해 이 세상에서 용납할 수 없는 대역이란 죄명을 뒤집어쓰게 되었으나 하늘이 알지 못하여 이토록 애매한 처지를 변명조차 안해 주니 내가 무슨 말을 한단 말이냐.

이제 밖으로는 아버님과 동생을 죽였고, 안으로는 나를 받들던 나인들을 죽였으니 이 어린것의 몸에 죄가 미칠 까닭이 없겠건만 또 대군을 내놓으라고 강요하니 차라리 내가 저희 앞에 바로 죽어서 이런 기막히고 서러운 말을 듣고 싶지 않다했더니 대전이 은근한 말로 회유해 오기에 그 말을 철석같이 믿고 대군을 내보내기로 했거니와 두 어린 동생만은 놓아 주셔서 어머니를 모시게 해 주신다면 대군을 내보내련다. 이 말대로 대전과 내전에 전하도록 해라.”

“그렇게 말씀하시지 않더라도 대전께서 어련히 알아서 잘 하시겠습니까? 속히 내보내도록 해 주십시오.”

윗전이 애통해하며 대군을 내보내지 못하고 시간을 끌자 금부 하인들이 밀고 들어와 대군은 업고 나갔다.

그 후 한 달 만에 대군 아기는 강화로 옮겨가게 되었다. 그런데 미리 알려 주지도 않고 늦도록 안부 전하는 사람도 찾아오지 않으므로 윗전께서는 수상히 여기시고 근심하시는 것이었다.

"어째서 오늘은 여지껏 안부도 알려 오지 않는고? 필시 무슨 까닭이 있도다. 아무든지 높은 데 올라가 궁 밖 길의 동정이나 살피고 오너라."

멸령을 받고 한 사람이 전에 침실로 썼던 다락 근처에 올라가 바라보니 사람들이 돈의문을 빙 둘러싸고 있었다. 성 위로 올라가 굽어보니 화살을 차고 창과 칼을 가진 사람이 수없이 많고 말을 탄 사람도 많았다. 이제 죽이려나 보다 하고 내려와 바깥 사람들이 길 닦는 곳이 있기에 거기 가서 물어 보고서야 대군을 강화로 옮긴다는 사실을 알게 되었다.

윗전께서는 나인을 시켜 내관에게 말하였다.

"안부는 언제고 알 수 있게 해 준다더니 벌써 여러 날째나 안부를 알 수 없으니 어디 가 있으며 어찌 언약과 다른가? 먹을 것을 마음대로 보내라 하셨기에 임금으로서 설마 속이랴 했더니 이제 와서 보면 속인 게 분명하니 간 곳이나 일러라."

그러나 대답조차 없었다.

대군이 아직 밖으로 안 나가셨을 때였다. 대군은 김상궁에게 업혀 슬픔을 이기지 못하니 우시면서 말씀하셨다.

"내 발을 씻겨라. 목욕도 시켜 다오."

김상궁이 물었다.

"무슨 일을 하시려고 목욕을 하시렵니까?"

하자 대군은 슬피 흐느껴 우셨다. 그래서 김상궁이 다시 물었다.

"무슨 일로 그렇게 슬피 우십니까?"

"오늘이 며칠이야?"

"날은 알아서 무엇하시렵니까?"

"알 만한 일이 있어 그렇다."

이렇게 대답하고는 대군은 더욱 서럽게 우셨던 것이다. 그래서 좌우의 사람들이 수상히 여기고 있었거니와 바로 그 날 대군을 끌어내 갔던 것이다.

그 날은 유월 스무 하룻날이었다.

대군은 정신이 기특해서 당신에게 닥칠 화를 아신 것 같았다.

윗전께서는 더욱 서러워서 곡기를 끊고 밤낮 서럽게 우는 것으로 세월을 보내시더니 주위에서 하도 권하는 바람에 콩가루를 냉수에 풀어 간장 종지로 잡수시고 그것도 하루에 한 번씩도 안 잡수시면 변상궁이 울며 간절히 아뢰었다.

"목이나 적시시고 우십시오."

그러면 겨우 두어 번씩 마시는 것이었다.

계축년, 갑인년, 을묘년까지는 꿀물에 콩가루 탄 것을 하루에 한 번씩만 잡수시더니 문안을 오는 내관더러 말씀하셨다.

"대군의 기별을 알고 싶구나."

그러나 아무리 말씀을 하셔도 내관은 들은 체도 않는 것이었다.

안으로 장정나인 십여 명과 바깥에 장정내관들을 보내는 일은 윗전께서 대군을 데려오시려고 밖에 나가실까 하는 염려에서인 것이었다. 그래서 문을 다 밀어서 닫고 사잇문도 탕탕 소리나게 닫아 버렸다. 그리고 아기나인들이 혹시 울기라도 할 것 같으면 은덕이, 갑이 등이 욕설로 꾸짖으며 때렸다.

"요년들, 대군이 죽든지 살든지 네년들이 무슨 상관이 있느냐? 네 어미나 아비가 죽거든 울어라. 대군을 위해 울 까닭이 어디 있느냐? 우는 눈구멍에 재나 집어넣을까 보다."

달포가 다 되어 가도 대군을 강화로 옮겼다는 말을 안해 주므로 기별을 들을 길이 없어 그들은 그렇게 서러워하였던 것이다.

그런 중에도 한편 또 윗전은 본가의 노모가 살아 계신지 어쩐지 통 알 수가 없어 문안 오는 내관에게 물었다.

"문을 열어 노모의 생사에 대한 기별이나 듣고 죽게 하여라."

그러나 임금의 명을 받은 내관은 아무런 대답도 안 했다. 그러다가 윗전께서 부탁을 임금께 아뢰었다. 그러자 임금은 내관을 시켜 꾸짖는 것이었다.

"역적의 집이란 것은 삼족을 멸하게 그 집을 부수고 못 살게 하는 법이다. 하건만 내 굳이 고집하여 누르고 내수사에 일러 양식이나마 들여보내도록 했다. 그런데도 이렇게 지나치게 문 열고 기별을 듣고 싶어하시게 하느냐? 너희들 나인이 붙어 앉아서 어버이의 기별이나 들으시라고 보채니까 그러시는 게 아니냐? 다시 말을 하면 너희들을 다 죽일 것이니 다시는 말하지 말아라."

또 이 해 가을에 윗전께서 문을 열어달라고 날마다 내관에게 일러 보채시니 첫 번 한 번은 들은 체를 않다가 내관에게 전언하는 것이었다.

"그렇다고 한두 해를 닫아 두며 삼 년을 닫아 두겠느냐? 잡지 못한 죄인을 마저 잡으면 문을 열어 주마."

탄일이 되어 내전에서 별문안드리는 내관을 보내시니 윗전께서는 또다시 말씀을 하셨다.

"나도 사람이요 내전도 사람이니 사람의 정은 한가지인 줄 압니다. 모든 일에 그저 탈만 잡고 어버이 동생이며 다 끌어내 죽였고, 대군마

저 데려가더니 어디로 갔단 말도 없으니 그 서러움이란 비길 데가 없습니다. 그러나 모진 목숨이 죽지를 못하고 살아서 노모의 안부나 듣고자 밤낮으로 바라고 있으니 문을 열어 안부나 듣고 죽게 주선해 주시면 지하에 가서도 잊지 않을 것이요, 죽어도 눈을 감고 죽을 수 있겠습니다."

그러나 그 대답이 없었다.

이 해 정초에도 문안 내관을 통하여 또다시 간절히 빌었으나 역시 대답이 없었다.

그렇게 되자 마음을 달리 잡수신 윗전께서는 나인들을 보고 이렇게 말씀하셨습니다.

"설움을 끈기있게 견디라. 나는 나라의 어른으로서 남에게 잡힌 바 인질이 되어 본가의 안부도 모르고, 잠시도 떠나지 않고 내 곁에 있던 대군을 내주었으니 어찌 분하고 서러우며 답답하지 않으랴. 그러나 어지럽게 내관더러 통사정을 하지 말고 나나 너희들이나 답답함을 꿋꿋이 견디자. 너무 그러다가 도리어 화를 입을까 두렵기 때문이다. 조심하자."

나인 중환이와 경춘이라는 하인은 예부터 입궐하여 살고 있었다.

임자년 유월 십팔일은 왕자 되시는 경평군의 생일인데, 소주방 하인이 진지 받으러 간 틈을 타 중환이는 망을 보고 경춘이는 잠근 문고리를 뜯고 바리를 내다가 조정의 밀정인 나인 가히에게 주고 오니 사람들이 모두 수군거렸다.

"경춘이와 중환이는 한 통속이다."

그러나 침실 상궁들은 말을 안 하니 뉘라서 그 소문을 낼 수 있으랴. 그들은 닥치는 대로 물건을 훔치는 한편 밤이면 사잇문을 열고 들어가서 윗 전의 모든 동정을 알아다가 가히에게 낱낱이 보고하는 것이었다.

우리는 그들이 그렇게 어울려 사귀는 줄을 몰랐는데 계축년 변이 일어나자 그들은 그렇게 될 줄을 미리 알고 가히의 심복이 되고서도 우리가 보는데서 아주 슬픈 체하고 다녔던 것이다.

계축년 동짓달이었다. 이렇듯 엉큼한 중환이는 윗전께 아뢰었다.

"대군이 살아나시고 닫힌 문이 쉽게 열리게 하실 방도를 취하셔야지 이렇게 손들고 앉아만 계시면 어찌합니까? 경을 읽어 보시면 좋을 것 같습니다."

"경이란 것은 무엇보다 정성을 드린 것이라야 덕을 입는다 하는데 모든 사람의 마음이 산란하고 내 마음도 주야로 슬픔에 잠겨 있으니 무슨 효엄이 있겠느냐? 그만두도록 해라."

윗전께서 말리셨으나 중환이는 다시 열심히 아뢰었다.

"전교는 마땅하오나 덕을 입어 문이 쉽게 열리고 본가댁과 아기씨의 기별을 쉽게 들을 수 있으시도록, 앉아서 괴로워만 할 게 아니라 읽어 보겠습니다."

그러자 윗전께서는 너희들이나 읽도록 하라고 하셨던 것이다. 그래서 중환이는 경을 읽게 되었다. 그런데 중환이는 얼토당토 않은 말을 꾸며 참소한 것이었다.

"대비 마누라께서 친히 하늘에 제사지내고 대전을 죽으라고 비십니다."

─ 제 2 권 ─

계유년 선달에 중환이가 문상궁에게 말하였다.

"얼마 전에 슬며시 오라비를 불러서 어머니의 안부를 들은 일이 있는데, 혹시 동생의 안부라도 알고자 하시지 않나 하는 생각에서 이런 말 드리는 것이니 서로 내통한다는 소문이 나면 되겠습니까? 그러니 상궁만 알고 글월을 적어 주십시오.”

상궁은 원래 중환에 관해서는 평소부터 가엾게 생각하고 있었던 터라 그 오라비가 옥에 갇혀 있을 때 쌀에 반찬에 입을 것까지 주었었다. 그 은혜를 중환이가 잊지 못하는 듯 항상 이렇게 말하고 있었던 것이다.

“상궁의 은혜는 죽어서 땅 속에 들어가도 결코 잊을 수 없을 만큼 크니 어떻게 다 갚아 드려야 할지 모르겠습니다.”

이런 사이인 만큼 상궁은 추호도 의심하지 않고 오라비인 문득람에게 글월을 써서 주었다. 그랬더니 중환은 즉시 답장을 받아다 주었던 것이다.

본전 감찰상궁의 종인 부전이와 천복의 종인 은덕이가 모두 중환의 심복이 되어서 오로지 공을 세워보려고 한패가 밤낮을 가리지 않고 동정을 살피며 무슨 일이고 보는 대로 고해바치면 중환이는 들어 두었다가 밤이 되면 담을 넘어서 바깥과 내통하곤 했던 것이다.

대비께서 들어 계신 곳은 동쪽 구석이고 중환이 거처하는 곳은 서남쪽 행랑이며 전으로 통하는 곳은 서쪽 구석이니, 동쪽과 서쪽을 통틀어 알고 다닐 만한 사람이 여럿이나 나가 죽었으므로 궁중이 텅 비어 밤이 되면 인적이 끊어져서 일만의 군사가 쳐들어와 날뛰어도 알길이 없는 형편이었다. 중환의 행동거지를 살펴보면 차차 수상한 점이 드러나고 나라를 향해서도 원망하고 옥에 갇히러 가는 나인을 보고도 꾸짖었던 것이다.

“곱게 살지 못하려고 이런 큰 일을 저질러 서러운 노릇을 당하는 게 다 뉘 탓인지 아는고?”

이러면서도 중환이는 태연자약하게 문상궁에게 드나드니 문상궁은 추호도 의심을 품지 않았고, 혹시 다른 나인이 의심을 하더라도 오히려 그렇지 않다고 두호하였던 것이다. 이렇듯 신임을 얻은 중환이는 문상궁을 달래는 것이었다.

"시녀 방씨는 그 전에 나가서 아무 탈없이 잘 살고 있고 그의 오라비는 대전별감을 지냈으니, 대군 계신 곳에도 간다더군요. 그러니 기별을 듣기가 쉽지 않을까 합니다."

"대군이 가 계신 곳이 어디라고 그런 무서운 일을 누가 할까?"

"제 오라비를 시켜서 하겠습니다."

이에 상궁은 아기씨의 안부를 알아보겠다는 일념에서 글월을 써 중환에게 주었다.

이 일은 물론 중환에 의해서 곧 폭로되고 말았다. 그리하여 문상궁은 말할 것도 없고 그 일가가 극형에 처해졌다. 그밖에도 많은 나인들이 걸려들었다.

이런 일이 있은 후 대군이 돌아가셨다는 말을 듣고 시위인들의 서러움이 태산 같았으나 그렇다고 함부로 소리내어 울 수도 없는 노릇이었다. 그들은 다만 가슴을 두드리고 원통해할 따름이었던 것이다.

그러나 그들은 사월이 되도록 대군이 돌아가셨다는 말을 윗전께 여쭙지 않았다. 그런데 하루는 윗전께서 꿈을 꾸시니 두 젖이 흐르고 모든 사람들이 아기씨를 안아다가 윗전께 안겨 드렸다. 그러자 윗전께서 우시며 반가워서 젖을 먹이시다가 잠을 깨셨던 것이다. 그리고 놀라서 말씀하셨다.

"마음이 다시금 놀랍고 온몸이 떨리어 지금은 얼른 진정할 수 없을 지경이니 어째서 이런 꿈을 꾸었노?"

이에 가까이 모신 나인이 대답하였다.

"젖이란 것은 아이들 양식의 줄기이니 아기씨께서 장수하셔서 대전의 마음을 자연히 풀어지게 하시고 서로 만나실 좋은 징조입니다."

그 후에 또 꿈에 아기씨께서 윗전께 와 안기시며 말씀하시고 우시는 것이었다.

"머리 빗을 사이에 하늘의 옥경을 보고 인간의 복과 운명이 다 하늘에서 하시기에 달린 줄 알았습니다. 어머님께서는 저를 보지 못하시어 서러워하시나 저는 옥황상제를 뵈었으니……."

"어디를 갔었느냐? 나는 너를 여의고는 서러워 죽을 지경이건만 어째서 간 곳도 아니 일러 주느냐?"

윗전께서 붙들고 물었으나 아기씨의 대답은 간단한 것이었다.

"아셔도 어쩔 수 없답니다."

이러고 보면 심상한 일일 수밖에 없었다. 그러니 윗전께서는 더 이상 참지 못하시고 안달하실 수밖에 없었다.

"죽었는데도 나를 속이는 것 같구나. 바른 대로 일러 주지 않으면 나는 스스로 죽고 말겠다."

상궁은 더 이상 숨기고만 있을 수가 없었다. 사실을 말씀드리지 않을 수 없었던 것이다. 윗전은 그 자리에서 그대로 졸도하시고 말았다. 상궁은 가까스로 냉수로 윗전을 깨워 정신을 차리게 한 다음 이렇게 여쭈었다.

"아기씨 벌써 범의 입안에 들어감을 면치 못하셨으니 이제 아무리 간장을 태우시고 서러워하셔도 살아오실 리가 없는 일입니다. 아기씨를 위해 옥체를 버리시면 저들이 더 기뻐할 것입니다. 모쪼록 서러움을 참으셔야 합니다.

저희들 종으로서도 어찌 잔인하다는 생각이야 들지 않겠습니까? 형시 좋은 시절에 존귀하게 시위하고 살다가 이젠 나인이 초야에서 김을 매는 하인만도 못한 신세가 되어 해골이 거리에 구르고, 금부 나장에게 뒤를 쫓기게 되었으며, 선왕마마를 가까이 모시던 사람이 모두 중형을 받아 죽었으니 불쌍하고 애처롭기 그지없습니다. 차라리 죽어서 이런 모든 끔찍한 꼴을 안 보고 싶으나 윗전마마를 생각하고 오늘날까지 살아온 것인데, 이제 돌아가시면 우리만 살라고 그냥 둘 리가 있겠습니까? 새로 옥사를 일으킬 것입니다. 한 아기씨를 위하여 이제 남은 신하들을 모두 서럽게 죽게 마십시오."

"난들 그걸 모를 리가 있겠느냐만 동서도 분별치 못하는 어린애 슬하에서 자라는 양이나 보려고 했더니 위력으로 빼앗고 간 곳도 가르쳐 주지 않다가 죽였으니 기가 막히구나. 어머님이며 내 일로 말미암아 서럽게 죽은 동생들을 생각하니 이제 죽으면 저승에 가서도 부형에게도 떳떳이 뵐 수 없어 부끄러운 넋이 외로이 허공을 떠돌 것이니 그래 내 차마 죽지는 못한다지만 무슨 원수를 졌기에 이렇듯 서러운 일을 겪게 하는고. 선왕으로부터 사랑을 못 받은 원한을 내게 풀어 내 친정 가문과 어린 대군을 모두 죽였으니 어쩌면 좋으냐? 앞으로 영원히 다시는 이런 땅에 태어나지 않겠거니와 문 열어 주거든 노모의 안부나 알려다오."

그러나 바깥 경비가 삼엄한 만큼 노모의 안부마저 알 길이 없었다.
(중략)

나인 중에 천이란 년이 있었다. 이 년이 모진 생각을 하고 섣달 열이렛날에 침실 근처에 몰래 불을 놓았다. 이 때가 밤 이경이다. 침소에 잇달은 상량채에 불이 붙었다. 누군가가 불이야! 외치는 바람에 모든 나인이 다 쫓아나가 옷을 벗어 물에 담가 가지고 쳐서 불을 껐다. 그러나 그 후로도 이와 비슷한 불상사는 쉴새없이 일어났다. 그리고 밖으로부터 들어오는 생필품의 조달이 점점 끊어져 갔다.

이렇게 되고 보니 윗전이 계신 명례궁에서 식칼이 없어 예부터 있던 환도를 둘로 잘라서 식칼를 만들어 쓰고 무딘 가위를 숫돌에 갈아서 날을 세워 쓰고,, 나인들은 떨어진 옷을 누덕누덕 기워 입기도 하였다. 또 쌀 일 바가지가 없어 소쿠리로 쌀을 일었다.

옛집이라 여러 해째 손을 보지 못하니 대들보가 꺾이고 기울어져 사람이 다치게 되었다. 그래서 윗전께서는,

"대전께 아뢰라."

하고 백 번도 더 빌다시피 하였건만 내관은 들은 체도 않는 것이었다. 무오년 여름에 불이 났다. 윗전은 방 속에 갇힌 채 피를 토하셨다. 이 사실을 나인이 내관에게 알리니 내관은 불은 끌 생각도 안 하고 엉뚱한 수작만 하는 것이었다.

"어디가 아프시며 무슨 연로 피를 토하시며 하루 몇 번씩 토하시느냐? 나인의 말이 믿어지지 않으니 의녀를 들여보내 진맥케 하라."

"의녀는 그만두십시오. 우선 문을 열어 주십시오."

그러나 내관은 오히려 나인을 협박할 뿐이었다.

"없는 병을 꾸며 아프다 하니 나인을 모두 죽이겠다."

그리고는 겨우 문을 열어 주었다.

정사년부터는 조정에서 음력 초하루나, 탄일에도 문안을 아니하고 절하러 오지도 아니하는 것이었다.

신유년 칠월에는 조정에서 포수들을 달래고 꾀어서 내장사 밑에서 숙직을 하게 하고 자정 때쯤 해서 야경을 돌게 하니 마치 일만 군사가 들끓는 듯하였다.

나인들은 그들이 들어와서 죽이려는 것만 같아 애가 타서 갈팡질팡하였다. 그러다가 침실에 가서 윗전을 시위하여 함께 죽자고 말하였던 것이다.

나전에 살던 포수가 본궁에 가서 해마다 총을 쏘아 귀신을 몰아서

우리에게로 죄다 오게 한 일이 있었다. 그리고 병든 나인들을 밖으로 끌어 내갔다. 이에 남은 나인들은 울며 호소하였다.

"집은 크고 사람 수는 적어서 밤이면 무서우니 앓는 사람만 내가고 성한 나인은 내가지 말아 주십시오."

그러자 대전 내관은 말하는 것이었다.

"대군도 내갔는데, 나인들 따위야 무엇이 대간하다고 그러느냐? 잔소리 말아라."

이러고 내간 일이 대여섯 차례나 되었던 것이다. 계해년 정월 초사흗날에는 죽은 나인의 종을 다 잡아 내가겠다고 하였다. 그래서 윗전께서 비셨다.

"죽이려는 생각으로 이곳에 가두었으니 서러운 생각을 한다면야 벌써 죽었어야 한다. 그러나 내 명은 하늘에 달린 것이니 사람을 뜻대로 못 하리라. 나인 삼십여 명을 다 죽였으니 이제 궁중이 텅 비어 까막 까치와 도깨비만 꾀어 들끓는 형편인데 죽은 나인들의 종들까지 내놓으라니 그러고는 나 혼자서 무서워 살 수 없다."

그러나 조정에서는 들은 체도 않고 어서 내놓으라고 독촉만 하는 것이었다. 두어 나인의 종만 내주자 조정에선 데려다가 개 부리듯 심하게 하였던 것이다. 그리고는 삼월 열 하룻날에 또 내관을 보내어 앓는 사람을 내놓으라고 독촉하는 것이었다.

열이튿날에는 가죽에다 마마 귀신을 그리고 붉은 작은 주머니에 죽은 나인들의 이름을 써 넣고 산 나인들의 이름은 밖에 써 매달아 가지고 내관이 와서 말하였다.

"이 가죽은 침실 문 안에 걸고 주머니는 거기 써 있는 나인들의 이름을 보여 주고 나인들에게 차게 하라. 없애 버리면 일러바치겠다."

윗전께서 보시고 곧 땅 속에 파묻게 하였다.

삼월 십삼일 삼경에 문이 열렸다. 오랫동안 잠가 놓았으나 궁중에서는 상서롭고 거룩한 일이 많았으므로 늙은 내인들은 전수하고 젊은 사람들은 더욱 두려워하며 가늠하지 못하였다. 세상에 이러한 만고성사가 있었다. 신유년, 임술년부터는 신인이 내려와 내인들의 눈에 신기한 일이 많이 일어났다.

계축년부터 겪은 서러운 일이며, 항상 내관을 보내어 공갈하고 꾸짖던 일이며, 도리에 어긋난 일이며, 박대하고 불효한 일들을 이루 다 쓸 수 없어 그 중 만분의 일이나마 여기에 쓰는 바이다. 다 쓰려고 하면 남산의 대나무를 다 베어 붓을 만들어온들 어찌 이를 다 풀어 쓸 수 있겠는가? 또 다 이야기하려면 선천지(先天地)가 다하고 후천지가 새로 일어난들 다 할 수 있겠는가? 내인들이 잠깐 기록한다.

😄 생각해 보기

1. 이 글의 문체적 특징에 대하여 말해 보자.
2. 이 글에 나타난 등장 인물의 성격과 갈등 양상에 대하여 말해 보자.
3. 작자의 시각에 대하여 논의해 보자.
4. 이 글이 지닌 '일기'로서의 성격에 대하여 조사해 보자.

인현왕후전
仁顯王后傳

조선 후기 작자 미상의 전기체(傳記體) 궁중문학류의 일종으로 숙종 당시의 궁중을 배경으로 왕가 일문에서 인현왕후가 겪어야 했던 생애를 소설체로 엮은 작품이다. 작자는 인현왕후를 모시고 있던 궁인이라는 설이 있으나, 최근의 연구로는 왕후 폐출에 반대하였던 박태보(朴泰輔)의 후예나 왕후의 친정 가문에서 지은 것이라는 설이 유력하다.

필사본으로 국립중앙도서관본·가람문고본 등 10여종이 있다. '인현왕후민씨덕행록(仁顯王后閔氏德行錄)'·'민중뎐덕행녹(閔中殿德行錄)'·'민중전긔(閔中殿記)' 등의 이칭으로도 불린다. 이본간의 차이점은 분량과 내용에서 두드러진다. 내용은 민유중(閔維重)의 딸인 주인공 민비가 출생하는 데서부터 숙종의 계비(繼妃)로 입궐하게 되어 숙종과 장희빈(張禧嬪) 사이에서 겪은 파란만장한 사건들을 작품화한 것이다.

우아한 문체와 간결한 표현으로 <계축일기(癸丑日記)>·<한중록(閑中錄)>과 함께 3대 궁중문학의 하나로 꼽힌다. 또한 당시의 궁중생활을 보여주고 있어 귀중한 자료로 주목된다.

본문 • • •

(전략)

이때에 상감께서 민후를 폐출하시고, 희빈 장씨로 왕비를 책봉(冊封)하여 곤위(坤位)에 오르니, 궁중이 조하를 받게 하매 일궁이 중궁을 생각하고 슬퍼하여 장씨 참람함을 분앙하나, 조정에 어진 사람과 신하가 없으니 누가 감히 말을 하리요. 그윽히 원분을 품고 눈물을 머금고 조하를 마치매 희빈의 아비로 옥산 부원군을 봉하고, 빈의 오라비 장희재로 훈련 대장을 제수하시니 일국이 한심히 여기고 법장과 기강이 풀어졌는 고로 위망을 기다리고 팔도의 인심이 산란하여 소설이 흉흉하니, 대개 예로부터 성제 명왕이라도 한번 참소를 귀담아 듣거니와, 숙종 대왕 성신문무로도 장씨에게 지대도록 침혹하사 국체를 어지럽게 하심은 실로 의외라.

이듬해 경오에 장씨의 생자로써 왕세자를 책봉하시니, 장씨 양양자득하여 방약무인(傍若無人)하니, 이러므로 발악을 일삼아 비빈을 절제하며 궁녀를 엄형하여 포악한 말과 교만한 행지 불가형언이라. 희재는 밖으로 탁란(濁亂)하고 음험하여 팔동에 장난하되 감히 말할 이 없더라.

이렇듯 삼사년을 지내매, 천운이 세화하여 고진감래(苦盡甘來)요 흥진비래(興盡悲來)라 하니, 부운(浮雲)이 점점 걷히매 태양이 밝은지라. 성총의 깨달음이 계시어 민후의 원억하심을 아시고 장빈의 요악(妖惡)함을 짐작하사 의심이 가득하시오니, 대하시는 기색이 전과 다르시고 소인과 간신이 후의 삼촌숙질을 다 안율(按律)하여지이다. 날마다 계사(啓辭)하되 마침내 불윤(不允)하시니, 이러므로 민씨의 일문이 보전하니라.

(중략)

하루는 미음을 찾아 진어하시고 좌우 시탕하는 궁녀를 돌아보아 가라사대,

"내 이제는 살지 못할 것이니, 너희 정성을 무엇으로 갚으리요. 너희 등은 내 삼년 후 각각 돌아가 부모 동생을 보고 인륜을 갖추어 살아 있다가 구천(九泉) 타일에 가서 지하(地下)에 모듬을 기약하리라."

후가 이 하교를 내리시니 좌우가 듣잡고 망극하여 일시에 낯을 가리와 체읍하며 능히 말을 대답지 못하더라. 후가 명하사 전각을 수소(修掃)하고 향을 피우고 궁인에게 붙들려 세수를 정히 하시고 새 의복

을 입으시고 궁녀를 시켜 대전을 청하시니, 상이 들어오시매 후가 의상을 정돈하시고 좌우로 붙들려 앉아 계시니, 궁인들이 다 망극 슬픈 빛일레라.

천심이 당황하사 좌를 가까이 이루시고,

"어찌 이렇듯 실섭(失攝)하시느뇨."

후가 문득 옥루(玉淚)를 내리와 가라사대,

"신이 곤위에 거하여 성상 중은을 입음이 극진하니 한 할 바가 없사오되, 다만 슬하에 혈육이 없어 외롭고 성상 대은을 만분지 일도 갚삽지 못하옵고 도리어 천심을 불안케 하오며 오늘 종청 영결하오니 구천지하에 눈을 감지 못하리니, 웝하옵건대 성상은 박명한 첩을 생각지 말으시고 백세 안강하소서."

상이 크게 슬퍼 용루 흘리며 가라사대,

"후가 어찌 이런 불길한 말씀을 하시느뇨."

하시고 말씀을 능히 일우지 못하사 용포 소매 젖으니 후가 정신이 황란하신 중에도 어찌 상의 슬퍼하심을 모르시리요. 눈물을 흘려 길이 한심 지시고 왈,

"성상은 옥체를 보중(保重)하사 돌아가는 마음을 편케 하소서."

세자와 왕자를 앞에 앉히시고 어루만지시며 후궁 비빈을 나오라 하사 가라사대,

"내 명운이 불행하여 육년 고초를 겪고 다시 성은이 망극하사 곤위에 올라 세자와 왕자의 충효로 여년을 마칠까 하였더니 오늘날 돌아가니 어찌 박명하지 않으리요. 그대 등은 나의 박명을 본받지 말고 성상을 모셔 만수 무강하라."

연잉군이 이때 팔세라. 손을 잡으시고 슬퍼 왈,

"이 애가 영특하여 내 지극 사랑하더니 그 장성함을 못보니 한이라."

하시고 비빈을 물러가게 하시고 민공 형제와 조카를 인견하사, 오열 비창하신 심사를 참지 못하시니 민공 형제 등이 배복 오열하여 능히 말을 못하는지라. 상이 그 모양을 보시매 천심이 막히고 무너지는 듯하사 차마 보시지 못하더니, 상이 마음을 가지시고 친히 권하시니 후가 크게 탄식하시고 두어 번 마시시니, 상이 친히 받들어 베개를 바로 하여 누이시니 이윽고 창경궁 경춘전에서 승하하시니, 신사 추팔월 십사일 사시요, 복위 팔년이요, 춘추가 삼십 오세시라. 궁중에 곡성이 진동하여 귀신이 다 우는 듯 궁녀가 서로 머리를 부딪쳐 망망히 따르고자 하니, 하물며 상이 과도히 슬퍼하심을 측량하리요. 땅을 두드리며 방성 대곡하시니 용루가 비오듯 용포가 젖으시니 궁중이 차마 우러러 뵈옵지 못할레라. 조정과 사서인이 슬퍼함이 부모 친상에서 더하니 후의 숙덕 성행 곧 아니면 어찌 이대도록 하리요.

😊 **생각해 보기** ....

1. 이 작품은 고전소설로 불리기도 하고 수필로 불리기도 한다. 그 이유는 무엇인지 논의해보자.

2. 이 글 속에 나타난 등장인물의 성격에 대하여 논의해 보자.

3. <한중록>이나 <인현왕후전>에 나타나는 궁궐문학의 특징에 대하여 생각해 보자.

4. 작품 속에서 드러나는 사건의 사료적 신빙성에 대하여 논의해 보자.

산성일기

병자호란(인조14, 1636년) 당시의 일을 한글로 기록한 작자 미상의 일기체 작품이다. 작자와 저작연대는 밝혀져 있지 않으나, 대체로 다음의 두 가지 측면에서 작품을 보고 있다. 하나는 현종·숙종대 창작설이고, 또 하나는 효종대 작품으로 보는 견해이다. 작자에 대해서도 전자는 척화론자로 미관의 젊은이일 것이라는 견해인 데 반해, 후자는 당시 지식층으로 궁인 혹은 사관의 한 사람일 것이라는 견해가 있다.

낙선재본·국립중앙도서관본·구왕궁본(舊王宮本)의 세 가지가 있다. 남한산성이 포위되어 청군(淸軍)에게 항복하기까지 약 50여일간의 사실이 일기의 형태를 빌려 집중적으로 서술되어 있다.

본문 • • •

십칠 일에 임금이 남대문에 전좌(殿座)하시고 애통한 교서를 내리시니, 뜰에 가득한 제신이 아니 울 니 업더라.

십팔 일의 북문대장 원두표가 적군을 비로소 자문 받아 나가 싸워 도적 여섯을 죽이니라. 성중 창고의 쌀과 피 잡곡 합하야 겨우 일만육천여 석이 있으니, 군병 만인의 일삭 양식은 되더라. 소곰, 장, 종이, 면화, 병장기 집물(什物)30은 다 이서(李曙)31가 장만하여 둔 것을 쓰니 이서 장군의 재주를 일큿더라.

십구 일의 남문대장 구굉(具宏)이 발군하여 싸워 도적 이십 명을 죽

---

30 살림살이에 쓰는 온갖 기구.
31 병자호란 때 장군.

이다. 대풍(大風)하고, 비 오려 하더니 김청음에게 명하여 성황신께 제(祭)를 지내니, 바람이 즉시 그치고 비 아니 오니라.

이십 일의 마장(馬將)32이 통사(通使) 정명수를 보내어 화친하기를 언약하므로, 성문(城門)을 열지 아니하고 성 위에서 말을 전하게 하다.

이십일 일의 어영 별장 이기축33이 군을 거느려 적을 여라믄을 죽이고, 동문 대장 신경진34이 또 발군하여 도적을 죽이다.

이십이 일의 또 마부대가 통사를 보내어 이르기를, 이제는 동궁(東宮)35을 청하지 않으니, 만일 왕자 대신을 보내면 정하여 화친하자 하므로 상감이 오히려 허락하지 아니하다. 북문 어영군이 도적 여나믄을 죽이고, 신경진이 또 설흔아믄을 죽이다. 상감께서 내정에서 호군하시다.

이십삼 일의 동·서·남문의 영문(營門)에서 군사를 내고, 상감께서 북문에서 싸움을 독촉하시다.

이십사 일의 큰비가 내리니, 성첩(城堞) 지킨 군사를 다 적시고 얼어 죽은 사람이 많으니, 상감께서 세자로 더불어 뜰 가운데 서서 하늘께 빌어 가로사되,

"금일 이에 이르기에는 우리 부자가 득죄하미니, 일성 군민(一城軍民)이 무슨 죄있겠습니까. 천도(天道)가 우리 부자에게 화를 내리시고 원하옵건데 만민을 살려주옵소서."

군신들이 들어가시기를 청하되 허락치 아니하시더니, 미구에 비 그치고, 일기 차지 아니하니 성중인(城中人)이 감읍(感泣)하지 않은 이가 없더라.

---

32 청나라 장수 마부대를 가리킴.
33 병자호란 때 어영 별장을 지냄.
34 병자호란 때 큰 공을 세운 장수.
35 소현세자.

이십오 일의 극한하다. 묘당이 적진의 사신 보내기를 청하오니, 상이 갈오사되,

"아국이 매양 화친으로써 적에게 속으니, 이제 또 사신을 보내어 욕될 줄 알되, 모든 의논이 이러하니 이 때 세시라. 술, 고기를 보내고 은합에 실과를 담아 써 후정을 뵌 후, 인하여 접담하여 기색을 살피리라."하시다.

이십육 일에 이경직, 김신국이 술, 고기 은합을 가지고 적진에 가니, 적장이 갈오되,

"군영은 날마다 소를 잡고 보물이 뫼같이 쌓였으니, 이것을 무엇에 쓰리오. 네 나라 군신이 돌 구멍에서 굶은 지 오래니, 가히 스스로 쓰는 것이 옳으리라."

하고 드디어 받지 아니하고 도로 보내니라.

이십칠 일에 날마다 성중의 구완하러 오는 군사를 바라되, 일 인도 오는 이 없고, 강원감사 조정호가 본도군(本道軍)이 다 모이지 못하였기로 양근에 퇴진하여 후에 오는 군사를 기다리고, 먼저 영장 권정길로 하여금 영병하여 검단산성에 이르러 봉화를 들어 서로 응하다.

이십팔 일에 체찰사 김류가 친히 장사를 거느려 북성에 가 득전할새, 도적이 방포 소리를 듣고 거짓 물러나며 적은 군사와 우마를 머무르니, 이 유인하는 꾀라. 김류가 그를 헤아리지 못하고 군사를 독촉하여 내려가 치라 하니, 산성에 있는 군사가 그 꾀를 알고 내리지 아니하니, 김류가 병방 비장 유호에게 환도를 주어 아니 내리는 자는 어지러이 짓찌르게 하였다. 군사 내려도 죽고 아니 내려도 죽겠으매, 비로소 내려가 적진의 우마를 가지되, 적이 본 체 아니타가, 군사 다 내리기를 기다려 적의 복병이 사면에서 내닫고, 물러갔던 적병이 나아들어 잠시에 우리 군을 다 죽이고 접전할 적, 김류가 화약을 아껴 함께

많이 주기를 아니하고 달라기를 기다려 주더니, 이 때 급하야 화약을 미처 청치 못하고, 조총으로 서로 치다가 못 이기니, 산길이 급하야 오르기 어려우니, 이에 다 죽기에 이르다. 김류가 일군이 패하는 양을 보고 비로소 초관에게 명하야 기를 휘둘러 군사를 퇴하나 군사가 금방 죽을 때에 기를 어찌 보며 기를 본들 엇지 미치리오. 김류가 초관을 참하니 인인이 다 원통하다고 하더라. 김류가 스스로 싸워 패하고 탓할 곳이 없으니 핑계하여 북진대장 원두표가 서로 구완치 아니타 하야 장차 큰 죄를 주려 하니 좌상 홍서봉이 이르되

(중략)

이십구 일에 무사하고, 삼십 일의 대풍하고 일기 참연하더라. 이날 적이 광나루 삼밧개 헌능 삼로(三路)로 행병(行兵)하여 저물도록 행할새, 갈 때는 대풍하고 적병의 수를 모르되, 대설이 갓 왔는데 중군이 들을 덮어 한 점 흰 빛이 없으니 그 수가 많음을 가히 알지라. 적은 그러하고 아국은 싸울 뜻이 없는데 구원은 오지 아니하고 달리 할 일이 없어 행궁 남녘에 작소(까치집)을 지었으니 인인(人人)이 다 이를 바라보고 길조라 하여 그만 믿더라.

정축 정월 초일일에 일식을 하였다.

(후략)

1. 병자호란 당시의 시대상에 대하여 조사해 보자.

2. 이 글의 작자에 대하여 논의해 보자.

3. 이 글이 일기로서 지니는 특성은 무엇인지 설명해 보자.

4. 실록의 내용과 비교하여 이 글이 지니는 문학적 성격에 대하여 논의해 보자.

내훈에서

內訓

소혜왕후(昭惠王后)는 조선 9대 임금인 성종(1469~1494)의 어머니로서 여성을 위한 교육서들이 제대로 없던 당시에 여성 교훈서인 「내훈」을 쓴 인물이다. 소혜왕후는 1437년(세종 19)에 좌의정을 지낸 서원부원군 한확의 딸로 태어났다. 그녀는 양반의 가문에서 유교적인 교육을 받으면서 자라나 1455년에 세조의 맏아들인 의경세자의 비로 간택되어 수빈(粹嬪)에 책봉되었다. 소혜왕후는 덕종 비라 불려지기도 하지만 왕의 어머니였기 때문에 인수대비라 불려지기도 하였다.

「내훈」이란 이름의 훈육서는 소혜왕후의 「내훈」 외에도 이미 중국 명나라 성조의 비인 효문황후가 지은 것이 있었다. 그러나 그 내용이 우리의 실정과 잘 맞지 않았고 또 간략하여 완전한 책으로서의 구실을 하지 못하고 있었다. 소혜왕후의 「내훈」은 부녀자들에게 교육을 해야 한다는 인식이 별로 없었던 당시에 부녀 교육의 필요성을 절실히 깨닫고 우리나라의 부녀자들을 훈육하기 위한 데에 목적을 두고 쓰인 것이다.

본문 • • •

─ 언행장(言行章) ─

<이씨여계(李氏女戒)>에 이런 말이 있다.

"마음에 간직함이 정(情)이요 입에 냄이 말이니, 말은 영(榮)과 욕(辱), 친(親)과 소(疏)의 관계가 좌우되는, 문의 돌쩌귀 같이 중요한 것이다. 또한 능히 굳은 사이를 헤어지게도 하며, 뜻이 다른 사람을 모이게도

하며, 원망을 지으며 원수를 짓게도 하니, 크게는 나라를 망치며 집안을 망치고, 적게도 오히려 육친(六親)을 이간시켜 헤어지게 한다. 이러므로 어진 여자가 입 삼가기는 부끄러움과 헐뜯음을 부를까 저어해서이니, 혹시 어른 앞에 있거나, 혹시 고요한 데 있거나, 잠시도 대답하는 말을 거슬리거나 알랑거리는 말을 내지 않으며, 생각해 보지 않은 말은 하지 않으며, 장난치는 일은 하지 않으며, 지저분한 일에 얽히지 않으며, 혐의받을 일에 끼이지 아니한다."

— 혼례장(婚禮章) —

<혼의(婚儀)>에 다음과 같은 말이 있다.

"혼인의 예는, 장차 서로 좋아하는 성(姓)이 다른 두 사람이 어울려서, 위로는 종묘를 섬기고 아래로는 후세에 자손을 잇게 하는 것이다. 그러기 때문에 군자(君子)가 귀하게 여기니, 이래서 혼인례에 납채(納采), 문명(問名), 납길(納吉), 납징(納徵)이 있다. 그런 다음, 신랑 집에서 사람을 시켜 청기(請期)하러 오면 색시 집에서 혼인을 도맡아하는 혼주(婚主)가 먼저 사당에 돗자리를 펴고 상을 놓은 뒤에 색시의 부모가 문밖에 나가 절하고 맞아들이면 들어가서 서로 읍(揖)하여 인사하고, 사양하면서 올라가, 사당에 앉아 신랑 집에서 전하는 명(命)을 듣게 된다. 이 모든 것은, 혼인의 예를 공경스럽고 삼가며 소중하게, 또 바르게 하기 위해서이다.

공경스럽게 삼가며, 소중하고 바르게 한 뒤에야 친애함이 예의 기본 원칙이니, 이렇게 함으로써 남편과 아내의 구별을 이루어서 부부의 의를 세우게 된다. 남편과 아내의 구별이 있은 뒤에야 부부의 의가 생기고, 부부의 의가 있은 뒤에야 아비와 아들이 정다움이 있고, 아비와 아들이 정다움이 있은 뒤에야 임금과 신하가 제 위치를 바로잡게 되니, 그러기에 혼인례는 예(禮)의 근원이라고 이르는 것이다."

— 돈목장(敦睦章) —

<여교(女敎)>에 다음과 같이 일렀다.

"맏며느리와 작은며느리는 형제와 같으니 정이 도탑기 남 같을 수 없다. 더러 어진 이를 만나면 감동하고 사랑하여, 힘써 어진 일을 하되 더불어 늙기를 기약하기도 하고, 더러 모질고 사나운 사람을 만나 망령된 생각만 서로 더 하거든 오직 자기의 잘못됨만 알아야 하니, 어느 겨를에 남을 구제하겠는가.

두 억셈이 함께 싸우면 반드시 하나가 꺾이느니, 대응하기를 부드럽게 해야 자기의 어짊을 완전히 할 것이다. 내 오직 온순 공손하게 행동하고, 성내어 업신여김을 그럴 만하게 여기며, 내가 오직 먼저 베풀고 그 갚음을 구하지 말아야 하니, 조그마한 이(利) 끝을 다투어 지극히 가까운 붙이를 어기게는 말아야 한다. 지극히 가까운 붙이는 얻기 어려우니, 이(利)를 어찌 족히 취하리요. 목숨이 짧을지 길지를 미리 거슬러 헤아릴 수 없으니, 힘으로 빼앗아 둔들 뒤에 누가 이을 줄 알리요. 두루 모여 백 년이 잠깐 사이에 지나가나니, 장점(長點)을 다투며 단점(短點)을 다투어 무엇을 하려 하는가."

증자(曾子)는 이렇게 말했다.

"친척이 좋아하지 않거든 잠깐도 밖의 사람과 사귀지 말며, 가까운 이를 친하지 못하였거든 잠깐도 먼 데 사람을 구하지 말며, 작은 일을 살피지 못하였거든 잠깐도 큰 일을 말하지 말아야 한다. 이러므로 사람의 삶이 백 년 동안에 병 있으며, 늙을 때와 어릴 때가 있으니, 군자는 가히 다시 못 할 것을 생각하여 먼저 행한다. 친척이 이미 없으면 비록 효도하고자 한들 누구에게 효도하며, 나이가 이미 늙으면 비록 우애하고자 한들 누구에게 우애하리요. 이런 고로 효도하고자 하여도 못 미침이 있으며, 우애롭고자 하여도 뜻밖에 못 할 때가 있다함이 이를 두고 한 말이다."

유개(柳開)가 말했다.

"아버님이 집안을 다스리시되 효도하며 또 엄하게 하시더니, 초하루와 보름에 아우며 며느리들이 대청 아래서 절을 한 뒤, 곧 손을 위로 들고 얼굴 숙여 훈계를 들었는데, 그 말씀은 '사람의 집에 형제 우애 없지 않은 이 없건마는, 다 며느리 얻어 집안에 들어옴으로써 다른 성(姓)이 서로 모여 장단점을 다투게 된다. 가만가만한 헐뜯음이 날로 들려 자기 몫의 살림만을 유달리 생각하여, 마침내 배반하고 거슬림에 이르러, 한데 살지 않고 네 집 내 집을 갈라 분가(分家)하여 미워하기를 도둑이나 원수같이 하니, 이는 다 너희 부인의 저지른 바이니라. 남자 속이 굳은 이, 몇 사람이나 능히 아내의 말에 혹하는 바 아니되는가. 내가 본 것이 많으니 너희들은 어찌 이런 일이 있겠는가.'였다. 이에 물러 나와 두려워서 조금도 불효한 일을 내지 아니하니, 이후 우리는 능히 집안을 오롯하게 보존할 수 있었노라."

1. 이 글의 문체적 특징에 대하여 발표해 보자.

2. '내훈' 이후 등장하는 여성 교육의 지침서에는 어떠한 것들이 있었는지 조사해 보자.

3. 이 글의 내용이 오늘날의 시점에서 볼 때에도 유효한 것인지 토의해 보자.

4. '소혜왕후'와 관련한 역사적 사건에 대하여 조사해 보고, 인물의 성격에 대하여 말해 보자.

影 印

생 략

影 印

이잇거든말솜이틀니거든들고말솜이
들니뛰아니커튼도뛰말며쟝촛지게예
들시봄을반드시늣지기ᄒᆞ며지게예들
제문쎄롤밧도ᄯ서ᄒᆞ며보기롤무로말
며지게여럿거든ᄯ도ᄒᆞ열고지게다닷거
든ᄯ도ᄒᆞ다ᄯ뛰後후에들니잇든다드
몰채ᄒᆞ디마롤ᄯ니라놈의신을붋디말
며둣곱넘어문붋디말며오솔돌고둣모
ᄒᆞ로ᄯ라가반드시뒤맙흠을조심믈써
니라

우리의 옛글 __ 생각하며 읽기

<8>

圖여 將上堂셔홀 聲必揚ᄒᆞ며 戶外에 有二屨에

들 言聞則入고 言不聞則不入며 將入戶셔홀

視必下ᄒᆞ며 入戶奉扃ᄒᆞ며 視瞻을 毋回ᄒᆞ며 戶

開든여 亦開ᄒᆞ고 戶闔든어 亦闔뎌호 有後入者에

든 闔而勿遂ᄒᆞ니 毋踐屨ᄒᆞ며 毋踏席ᄒᆞ며 摳衣趨

隅야ᄒᆞ 必慎唯諾ᄒᆞ라아니

城성의 올라ᄀᆞ라고릿치ᄃᆡ 말며 城성우희셔

브르디말며 쟝ᄎᆞ主쥬人인 효칩의 갈ᄉᆡ

求구홈을 구틔여말며 쟝ᄎᆞ堂당의 오를

시소리롤 반ᄃᆞ시 놉히며 지게 밧긔 두신

무룹을서르말며 嫂수ᄂᆞᆫ兄형弟뎨의안해오叔슉은지아븨兄兄

아븨첩을아랫옷샐리디말며밧깃

말솜이문에들게말고안햇말솜이문에

나게말올셔니라며집이혼인을許허ᄒ

야纓영을미야ᄂᆞᆫ큰연피잇디아니커든

그門문의드디말며아ᄌᆞ미와밋누의와

아ᄋᆞ누의와ᄯᆞᆯ조식이임의婚혼姻인ᄒ

얏다가도라오나든兄형弟뎨ᄒᆞᆯ돗긔안

디말며ᄒᆞ고그르세먹디말올셔니라

○登城不指ᄒ며城上不呼ᄒ며將適舍사ᄒᆞᆯ求毋

을모도 ᄢᅥ혀 먹디 말을 ᄢᅵ니라

○男女ㅣ 不雜坐ᄒᆞ며 不同椸枷ᄒᆞ며 不同巾櫛ᄒᆞ며 不親授ᄒᆞ며 嫂叔이 不通問ᄒᆞ며 諸母를 不漱裳ᄒᆞ며 外言이 不入於梱ᄒᆞ고 內言이 不出於梱ᄒᆞ며 이니라 女子ㅣ 許嫁ᄒᆞ얀 非有大故ㅣ어든 不入其門ᄒᆞ며 姑姉妹와 女子子ㅣ 已嫁而反兄弟弗與同席而坐ᄒᆞ며 弗與同器而食라이니

ᄉᆞ나희과 계집이 섯거 안디 말며 웃거리를ᄒᆞᆫ 가지로 말며 슈건과 빗과 를ᄒᆞ 가지로 말며 親친히 주디 말며 嫂수와 叔슉이

로노티 말며 뼈를 개게 더뎌 주디 말며 구

틱여어더먹으려 말며 밥을 혜젓디 말며

기창밥을 먹으되 져따 말며 羹갱 써리를

입으로 후려 먹디 말며 羹갱을 그르세셔

다시 고로 말며 니를 뱌시디 말며 젓국

마시다 말롤써니 손이 羹갱을 다시 고로

거든 主쥬人린이 羹갱을 잘묠히 디 못홈을 겸소

호고 손이 젓국을 마시거든 主쥬人인이

가난호으로 삠소호며 저즌고 기란니

롯고 모른고 기란 나로 굿티 말며 炙젹

며ᄒᆞ 毋揚飯ᄒᆞ며 飯黍ᄃᆡ호 毋以箸ᄒᆞ며 毋嚃羹ᄒᆞ며

絮羹ᄒᆞ며 毋刺齒ᄒᆞ며 毋歠醢니 客이 絮羹든에어 主人이

主人이 辭不能烹고ᄒᆞ 客이 啜醢든이어 主人이

辭以窶ᄒᆞ며 濡肉란으 齒決고ᄒᆞ 乾肉란으 不齒決ᄒᆞ며

毋嘬炙라ㅣ니

曲곡 禮례 베예 골오ᄃᆡ호ᄒᆞᆫ가지로음식먹을

제비ᄇᆞ르게말며 ᄒᆞᆫ가지로밥먹을제손

에믠잇게말며밥뭉기디말며밥을크게

ᄯᅳ디말며흘리마시디말며음식에혀ᄎᆞ

디말며쎠를너ᄒᆞ디말며먹던고기를도

그러옴과 쑤지람을 가져 홈이니 或

혹 尊존前젼에 잇거나 或혹 한가혼곳에

이쇼매 일즉應응答답호느 말을 범쵹호

며 아당저은 말을 내디 아니호며 샹고업

슨 말을 내디 아니호며 희롱엣일을룰 디

아니호며 더러운 일에 버므디 아니호며

嫌혐疑의 예 잇디 아니호느니라

曲禮례에 曰共食에 不飽며호 共飯에 不澤手며호

毋搏飯며호 毋放飯며호 毋流歠며호 毋咤食며호 毋

齧骨며호 毋反魚肉며호 毋投與狗骨며호 毋固獲

李씨民씨本죠계예글오디 모음에 君
존거서情형 야오입에나눈거시말이니
말은 榮영화와 辱욕의지두리와 조각이
며 親친호며 疏소홈의 큰모디라쏘 能능
히구든거슬여희게호며다른거슬못게
호며원망을민즈며원슈룰니루혀느니
큰이눈나라홀업티며집을닌망호며적
으니도오히려六뉵親친을離리間간케
호느니 六뉵親친은아비와어미와겨집과 즈息식과형 파야오와 패라형
이럼으로뻐賢현女녀ㅣ압을삼가므믄븟

御製內訓卷第一

言行章第一

李氏女戒에 曰藏心이 爲情이오 出口ㅣ 爲語
ㅣ니 言語者는 榮辱之樞機며 親踈之大節也
라 亦能離堅合異ᄒ며 結怨興讎ᄒᄂ니 大者則
覆國亡家ᄒ고 小者도 猶六親을 離間ᄒᄂ니 是
ᄡ로 賢女ㅣ 謹口ᄒᄂ니 恐招恥謗이어나 或在尊前
ᄒ야 或居閨慶에 未嘗觸應答之語ᄒ며 發諧談
之言이며 不出無稽之詞ᄒ며 不爲調戲之事ᄒ며
不涉穢瀆ᄒ며 不虛爛熳라니

내훈에서 內訓

* * *

昭惠王后 編, 刊寫者未詳, 1736.

< 23 >

남녀ᄅ희쟝ᄉ을를지어시니인이다이를
브라고긔묘라ᄒ야ᄉ만밋더라　뎡
류졍월ᄉ초일ᄅ일의일시ᄂᄒ다광
빅관들의에두어가례식보내엿더라
ᄒ고김신ᄀ국니경진을보내려ᄒ니
쥬목ᄉ허휘권모일ᄅ리ᄅ진어ᄒ고
아ᄎᄉ의션뎐관으로젹진의말을뎐
젹쟝이더답ᄒ。더한이어쎄나와시
방산셩형세ᄅ두루보니이후일

특ᄂ

일의 무ᄉᆞ흐고 삼ㅁ시ㅁ일의 ᄃ대ᄑᆞᆼ흐고 ᄀᆞ일ᄅ

긔 참연흐더 라 이 날ᄻᅥ구이 광노로 삼

로ᄀᆞ흐ᄋᆞᆯ서 갈ᄲᅢㄴ때ᄑᆞᆼ흐고 쪽 병

빅패 헌ᄂᆞᆼ삼노로 흥 병ᄋᆞᆼ여 겸ᄆᆞ도

이 수ᄅᆯ모ᄅᆞ디 대셥ᄅᆞ이 갓왓ᄂᆞᆫ디 둥

군이들ᄋᆯ덥혀 흐며 흰 빗치 어ᄉᆞ

ᄂᆞᄉᆞ의 만흐ᄆᆞᆯ가히 아ᄅᆞ디 라 적은 그러

흐고 아구은쎠 ᄒᆞᆯᄲᆞᆺ이어ᄉᆞᄂᆞ 구완ᄋᆞ오

디아니흐고 달니ᄒᆞᆯ 일이 업서 흥

二六

다ᄒᆞ여시ᄃᆡ실샹과다ᄅᆞ고ᄒᆞ소ᄃᆡ믈을
삼각산의두엇다 가도젹의게 다아이
고피 원이 젹을 피ᄒᆞ야 양슌으로가ᄂᆞ제
도군병이 긔원이 양슌이 시믈듯고 다양
슌으로가 매남 한ᄋᆞ로ᄒᆞ니 어ᄂᆞ공ᄒᆞ직룡
ᄎᆡᆼ감스 뎡셔ᄎᆔ 분도군으로거 려젹신
을두러 광슈ᄯᅡ산셩과 보라 보ᄂᆞᆫᄃᆡ진
첫다가 종시 젹의게 패ᄒᆞ야 셩공을
못ᄒᆞ더 글탕의ᄂᆞᆫ긔특ᄒᆞ더라 이셥보

二五

니이완과 됴음의ㅁㅁ무슨다 혜부의 모닷더
니이와 됴음의삼빅여인이죽으니뉘실
상으로고ㅎ니기아쳐ㅎ야 스십여인이죽다
군등이다시 빠ㅎ를싯이엇스니 묘당이젼
혀화친ㅎ기로결단ㅎ더 라시므긔원
을데도도원슈를삼다긔원이ㅠ도대장
으로장졔ㅎ더포슈삼빅여인으로밤
의애오개 쳐진을쳐스오빅으로죽이

三四

< 19 >

관을 참ᄒᆞ니 인인이 다 원통ᄒᆞ더라

김뉴 스ᄉᆞ로 ᄊᆞ회 ᄑᆞᄒᆞ고 랏ᄒᆞᄅᆞ곳이 업

스니 펑계ᄒᆞ여ᄂᆞᄅᆞ디 박진ᄃᆡ 쟝원두

ᄅᆞᄅᆞ 주려ᄒᆞ니 죄샹ᄒᆞ여 봉이ᄂᆞ로디

ᄅᆞ쥬려ᄒᆞ니 죄샹ᄒᆞ야 쟝ᄎᆞ큰 죄

웃듬쟝쉬 ᄑᆡᄒᆞ고 버 금쟝슈의게 죄ᄅᆞ

도라 보내미 맛당티아니ᄒᆞ니 김뉴

마디 못ᄒᆞ야 ᄃᆡ렵의 가 ᄃᆡ죄ᄒᆞ고 원두

ᄑᆛ의 둉군을 근당ᄒᆞ여 둛을 치다 건쟝

< 18 >

흐ᄅᆞ쥐구김뉴 회약을랏겨 ᄒᆞᆷᄀᆡ만 히 드

쥐기ᄅᆞᆯ아니ᄒᆞ고달 라기ᄅᆞ기ᄃᆞ려주더

ᄂᆞ이ᄢᅢ ᄉᆞᆸᄒᆞ야 회약을 미쳐 쳥티 못ᄒᆞ

고됴쳥으로셔 ᄅᆞ치다가 못이거니 미 길이

ᄉᆞᆸᄒᆞ야올ᄉᆡ 기어 려오니 이에 다 쥐구기의 니

ᄅᆞ다 김뉴 일군이 ᄢᅢ ᄒᆞ니 양을 보고 비

로소 쵸관을 ᄯᅡ ᄒᆞ야 거ᄅᆞᄅᆞᄃᆞᆯ 러군ᄉᆞᄅᆞᆯ

되ᄒᆞ누군셔시 방쥬구을 ᄢᅢ의 거ᄅᆞ려엇디

ᄇᆞ며 거ᄅᆞᄅᆞ분ᄃᆞᆯ러엇디 미 쳣 리오 김뉴 쵸

< 17 >

ᄒᆞ야ᄒᆞ려가 치라ᄒᆞ니 산샹의 잇ᄂᆞᆫ군셩오
ᅋᆞᆯ를 아오고 리 디아니ᄒᆞ니 김뉴 ᄲᅥᆼ방
비쟝뉴 ᄒᆞᆯ를 화ᄃᆞᆯ로 수어아니ᄂᆞ리ᄂᆞ
나ᄂᆞᆫ어ᄯᅥ러이 ᄌᆞᄲᅥᆯ나 군션ᄂᆞ려 ᄃᆞ수고
아니ᄂᆞ려 ᄃᆞ수게시매 비로손ᄂᆞ려가 젹진
의우마ᄅᆞᆯ가지디 젹이본 혜아니 타가
군셕단ᄂᆞ리 기ᄅᆞᆯ 기ᄃᆞ려 젹의 복뼝잇ᄉᆞ
면의 ᄲᅥ듯고ᄆᆞᆯ러 갓던젹ᄲᅥᆼ이 나아드
러 잠시의우 리군을 다주기고 셥젼
ᄃᆞᆯ

< 16 >

다못디 못ᄒᆞᆺ기로ᄡᅧ양군의 퇴진ᄒᆞ여 등

후의 오ᄂᆞᆫ군ᄉᆞᄅᆞᆯ기다리고몬져영쟝권

의ᄂᆞᆯ러보ᇰ화ᄅᆞᆷ드러서로이ᄋᆢᄒᆞ야거믄단산셩

졍기ᄅᆞᆯ노ᄒᆞ여금녕병ᄒᆞ야거믄단산셩

십팔일의 쳬찰ᄉᆞᆺ김뉴친히 쟝ᄉᆞᆺ

ᄅᆞ거ᄂᆞ쳐 부셩의가득젼ᄒᆞᆯ셧돼ᅌ

이방포소리ᄃᆞᆺ고거ᄉᆞᆺᄉᆞᄆᆞᆯ러나며 쳐군군

ᄉᆞ와우마ᄅᆞᄅᆞᆷ머러ᄂᆞ이우인ᄒᆞᄭᆡ라김

뉴ᄀᆞᆯ러 혜아리디못ᄒᆞᆫ고군ᄉᆞᄅᆞᆯ두ᄎᆢ

< 15 >

의ᄂ경지ᄀ김신구이ᄉ굴고기ᄅ함ᄋᆞᆯ
가지고져ᄀ진의가ᄂ젹쟝이ᄅᄋᄃ군듕
의날마다쇼ᄅ자보고보믈이ᄆᄉ리꽈
혀시ᄂ이거ᄉ믄어셔ᄲ리오네ᄂ라군신
이돌굼괴셔울먼지오라니가히스ᄉ로
ᄲᄆᄉᄒᄃᄃᄒᄀᄃᄃ여밧디아니ᄒᄀᆯ
로보ᄂ라이심칠일의날마다셩
두의구완ᄒ라오ᄂ군ᄉᄅᄇ라ᄃᄀ일인
당ᄋᆞ어고장ᄋᆞ원ᄀᄆᄉᄯᄃᄋ희븐ᄃ군이

二九

< 14 >

ᄒᆞᄂᆞ셩듕인이 가음읍디 아니리어뎌 라

이시오일의의 구ᄒᆞᆫᄒᆞ다 묘당이 젹진의

신보내기ᄅᆞᆯ 쳥ᄒᆞ오니 샹이 ᄀᆞᆯ오샤

ᄃᆡ아구어 미양 회친으로 뻐 뎌의게 쇽

으니 이ᄌᆡ 또 신을 보내여 욕 되ᄌᆞᆯ아

뎌 모들의 눈이 이러ᄒᆞ니 이ᄯᆡ셰시라 슐

고기ᄅᆞᆯ 보내 공은 하밥의 실과ᄅᆞᆯ 담아

뻐 후졍을 뵌후인ᄒᆞ여 졉답ᄒᆞ여

긔셕을 슬ᄑᆞ리라ᄒᆞ시다이 시븐일

독ᄯᅩ쇽ᄒᆞ시다이십ᄉᆞ일의ᄯᆡ위ᄂᆞ리니셩
쳡지구흰군셕다젹시고어러주으니만
ᄒᆞ니 샹이혜ᄉᆞ로더브러ᄯᅳᆯ가온ᄃᆡ셧셔
하ᄂᆞᆯ긔비러글오샤덕금일의에ᄂᆞ리기
ᄂᆞ우리부지득죄ᄒᆞ미ᄂᆞ일셩군민이
므ᄉᆞᆷ죄리잇고련되우리부ᄉᆞ의게화를
ᄂᆞ리오시고원컨대만민을살오쇼셔군션
들이들시기ᄅᆞ쳡ᄒᆞ더허리아니ᄒᆞ
시더니ᄆᆡ구의비ᄉᆞᆺ치고일긔ᄎᆞᆺ다아니

二七

발군ᄒᆞ여도젹을로죽이다이시ᄇᆡ이ᄅᆞ의듯

ᄯᅩ마ᄇᆡ대통ᄉᆞᄅᆞᄇᆡ내여ᄂᆞᆯ오ᄃᆡ이쎄ᄂᆞᆫ

동구ᄋᆞᆯ쳥ᄐᆞ아니만일로왓대신을

보내면뎡ᄒᆞ여회친ᄒᆞ샤ᄒᆞᄃᆡ샹이

오히려ᄐᆞ아니시다ᄇᆞ문어영군이도

젹여라문을로죽이고신경진이ᄯᅩ셜ᄒᆞᆫ

아뭄을로죽이다샹이닉뎡의셔ᄒᆞ호군ᄒᆞ

시다이시ᄇᆞ사미일에동셔ᄂᆞᄆᆞᆫ에영ᄋᆞ문의

셔군ᄉᆞᄅᆞ내고샹이ᄇᆞ문의셔봐ᄒᆞᄆᆞᆯ

< 11 >

ᄒᆞ야빠 화도젹이시버여을주거이다 이날

때포ᄒᆞ고비오려ᄒᆞ더니 김쳠음을써

ᄒᆞ야셩화신의졔ᄒᆞ니 번람이죽시굿

치고비아나오나라이십일의마샹이통

슈졍뼈슈를보바야화친ᄒᆞ기를언

약을식셩문을여디아나ᄒᆞ궁우희

셔말을뎐ᄒᆞ게ᄒᆞ다이십일의어영

쎌쟝니괴듀이슌을건려도젹여라

문을수이고동문대쟝신경진이도

五

우리의 옛글 _ 생각하며 읽기

< 10 >

시니쓸 힝ᄃᆞᄀᆞ혼제신이아ᄂᆡ울ᄂᆡ어ᄆᆡ더
라십팔ᄋᆡᆯᄋᆡ브ᄆᆞᆫᄯᆡ쟝원두ᄑᆡ군을
비로소ᄉᆞ모바다가ᄲᅡ화도져엿ᄉᆞᄉᆞᆯ듁
ᄒᆞ야겨요ᄋᆡᆯ만나우쳔여셕이이시니군병
만인의ᄋᆡᆯ삭냥시우은되더라소곰쟝됴
희편화ᄲᅡ쟘긔쟘ᄆᆞᆯ이다니셰쟝만
ᄒᆞ여둔거ᄉᆞᆯ쓰니니셥의젼소ᄉᆞᆯ이ᄅᆞ러ᄭᅥ서더
라십구ᄋᆡᆯ의ᄂᆞ무ᄆᆞᆫ대쟝구긔이발ᄅᆞᆫ

二四

273
影印

<9>

호딕동구이아 노면 화친을 못호리
라 호니 좌샹이 그 쳐도라오니 라 그날밤의
녕샹이 김신구ㄴ 셩우최 뼝기드등이 동
궁보대기ᄅᆞᆯ 쳥호대 녜소판셔 김쳠윰
호야모뒤이의 난호ᄂᆞ노믈내 당당이
머리ᄅᆞᆯ 볘혀 밍셰호야ᄒᆞ 한ᄂᆞᆯ의 셔
디아니라 호더라 십칠일의 샹이
남대문의 뎐좌호시고이통곡ᄒᆞ리오

三三

중략

影 印

<7>

도적흥신을보내여 회친ᄒᆞ기를 쳥
ᄒᆞᄂᆞ졍이 허락ᄒᆞ다 샹이 노ᄉᆞᄅᆞ더브러
피마셔편디긔 밍셰ᄒᆞ실ᄉᆡ 대신우방
오윤겸 병소판셔 ᄂᆞ셩우 참판 최명
길이 ᄒᆞᆫ가지로 밍셰예 참예ᄒᆞᄂᆞ라 홍
타시 홍ᄂᆞᆸ과 홍ᄂᆞᆸ의 ᄒᆞᆫ와 ᄒᆞᄂᆞᆯᆯᆯ
다ᄂᆞ여보내ᄂᆞᆫ수이 노젼으로려ᄒᆞᆫ ᄂᆞᆸ
의죄ᄅᆞ의ᄂᆞ리못ᄒᆞ더ᄂᆞ 미수의ᄒᆞᆫ ᄂᆞᆸ
의일문이의ᄂᆞᆫᄒᆞ야 ᄂᆞᆷᄋᆞᆯᆯᆞ ᄆᆞᄂᆞᆺ이다

七

뎐슈의 반됴ㅎ시 디쵸의 감ㅅㄴ괄의

산의 괄의 쟝슈 한 뼌년의 아ᄃ리ㅣ도망

ㅎ여오랑ᄒ게 다 거ㅅㅅ말ㄴ아구이ㅎㅇ

ㄴㅂ의일ㅁ운을다숫지라다ㄴㄹ고ㅎㅇㄴㅂ

을다러여도쩡ㄱ을인도ㅎ여오ㄴㅇㅣ에 ㄴ

ㄹ러또쩡이ㅎㅇㄴㅂ의사ㅁ쵼단쟝군강

인과ㅎ이ㅎㅇㄴㅂ의푠ㅅㄹ진쳔의보ㅐ여

ㅎㅇㄴㅂ을뵈ㄴㅎㅇㄴㄷㅇㅣ비로소뉴웃고

ㄴ쳔ㄷ구ㄷ여아구을디ㄹ의셔여곤아구

념히ᄒ여겨 지비이웃집을누고다나가거늘
보니옷솜이뫼흐ᄅ러긔ᄒ므로채가ᄃ
러가ᄂ노라 첫ᄀᆡ이ᄒ허겨겨지ᄇ을ᄃ
려다가아ᄃᄅ을나ᄒ여니ᄅᆡᆫ바홍타
시라명묘ᄉ월의가ᄋᆼᄒᄇᆞ이ᄋᆼᄋᆞᄉ
로다ᄅᆡ여대군을ᄂᄅᆞᄒᆞᆫ건너이밤의의
쥬ᄅᆞᆯ업ᄉᄆᆞᄒᄂᆞᄇᄋᆞᆫ판관이다ᄌᆞᆨ고
안쥬ᄅᆞᆯ하ᄆᆞᄅᆞᄒᄋᆞᄂᄇᆞᆼᄉ목ᄉ들이다
ᄌᆞᆨ다샹이강화피ᄅᆞᆫᄒᆞᄉᄀᆞᆼᄀᆡᄉᄂᆞᆫ

五

<4>

구ᄋᆞᆯᄅᆞ도ᄋᆞ코져ᄒᆞᆫ ᄒᆞ얀녑은머믜러두고민
한납들을내여보내니라이ᄒᆞᄋᆞ월의노라
쳐나라이ᄅᆞᄒᆞᆷᄋᆞ로ᄉᆞᆷ이라ᄒᆞ고홧의를
냅고김이로라ᄒᆞ며긋후의심야을함
ᄒᆞ야광녕의가도젼으로막ᄉᆞ르게ᄒᆞ여
ᄒᆞ야편지원슈ᄒᆞ환으로겨냐ᄂᆞ을
더뼝인의노라쳐원슈ᄒᆞ환의게패ᄒᆞ
야븐퇴ᄒᆞ야ᄃᆞᆼ챵누ᄌᆔᄋᆞ니ᄊᆞᄉᆞᄋᆞ라
시냐ᄒᆞ나노라쳐ᄋᆞᆯ스눅가노다가며

四

승안듕이 스구고경냐양 폐듕이 패ᄒᆞ고
쳠ᄉ 반쵸안듕이 다스구 다됴션구도웬
슈강ᄋᆼ느ᄇ부 원슈 기ᄆ경션쇼ᄉ 관느
민환쇼쟝 기ᄆ하듕이 마가 채ᄅᆞ롯쵸
삼빅느ᄅᆞᄠᅥ러 가도ᄶᅥ의에 짜 한 빅되
느기ᄆ하ᄂᆞ 힘뫼 회쇼시굴리아느
콩수으느이느ᄅᆞ 기ᄆ쟝군이라도 졍이
뼝쇼판션ᄅᆞᄠᅲ 승ᄒᆞ고 강ᄋᆼᄂᆸ이
하ᄂᆞ다 ᄒᆞ양보구 ᄂᆞ리ᄀᆡ 미의ᄂᆡ라치아

三

노략ᄒᆞ고져 ᄒᆡ뉴부르ᄅ슈구이고건쥐를
라나건ᄅ노라 치즉시눈오십의 머리를
벼혀두ᄆᆞ료의드리 고ᄆᆞ료ᄒᆞᄆᆞᄅᄀᄆᆞᄀᆞᇰ고
제 한아비와아비두ᄋᄀᄋᆞᆯ위ᄒᆞ야ᄲᆞᆼ화
의주구운곡졀를일외여ᄣᆡ장이ᄅᄒᆞᄆ
을어드니라노라 치졈ᄃᆞᇻ강셔ᄒᆞ야
아ᄋᆞ속기ᄒᆞᆷ치ᄅᄅ주구이고군ᄉᄅᄅ아오라
모ᄃᆞᆼ오랑캐ᄅᄅ침노ᄒᆞ더니무오긔미년
간의무순셔ᄋᆞᆯ하ᄆᆞᆯᄒᆞ고ᄉᆞᆼᄲᆞᆼ양

<1>

산셩일긔 병오

만녁시믄칠년긔튝구월의노라치라

오랑캐로ᄒᆞ여셔군으로ᄒᆞ이다노라친

녀진쥬ᄭᅡᆼ오랑캐ᄂᆞ제한아비와아비다

라ᄋᆞ랑캐ᄂᆞ의주고노라치ᄂᆡ셩방으로

다라ᄂᆞᄇᆞ녁ᄒᆡ모ᄃᆞᆼ오랑캐로치믄노

ᄒᆞ야긔셰졉졉ᄃᆞᆼᄒᆞ고잇다감노략ᄒᆞ

한인으로로ᄇᆞ녀여다ᄃᆞ도에ᄒᆞᄂᆞᆼᄒᆞᄂᆞ더

ᄂᆞ다ᄅᆞᆼ오랑캐군오신믄ᄋᆞ긔ᄒᆞ녁으랄

산성일기 山城日記

* * *

문화재관리국장서각 편, 著者未詳, 刊寫者未詳, 연대미상.

생 략

우리의 옛글＿생각하며 읽기

젼하 만민 의 부모되야오 륜의 듕흔 거슬로
나라 홀노홀리 시기는 이졔 젼하 힝치 못ㅎ오
실일홀한 고릐 츙셔ㄴ이는 신민의 밧드른 바ㄷ
어지눈지라 무릇 복ㅅ지 외를듕히 ㅂ려ㅎ며오
생긔두 엇ㅅㄴ 빗글의 일너 쓰되 복모의 쌀면
홀삿치 지되 엿ㅅ면 간졀이 ㅂ리지 못ㅎㄴ 홀엿
숙ㄴ 젼하두ㄴ 젼을 더부러 삼 녕생 복을 갓졔
지되산ㄴ이졔 딕왕 디비 젼 생 복을 한가지 입으
샤탈복지 못ㅎ여 뵈ㅅ니비록 ㅎ 불 이 잇쳐 도

< 19 >

곡탁틱 보지구등 되 잇 ᄂᆞ가 이ᄉᆞᄉᆞ을 듯ᄂᆞᆫ놀

나우ᄋᆞᆯ 셜ᄉᆡᆼ 의 실 ᄅᆡᆨ ᄒᆞᆯ 고 신 ᄋᆞᆯ 구 신 ᄒᆞᆯ 버 거

등 쳔 ᄋᆞᆯ 이 미 ᄒᆞᆫ ᄉᆞ 의 버 셕 나 지 못 ᄒᆞᆯ 신 ᄋᆞᆯ ᄒᆞ ᄋᆞᆨ

ᄒᆞ 냐 모 ᄃᆞᆫ 되 직 ᄒᆞ ᄒᆞ 동 란 ᄋᆞᆯ 무 화 빌 시 외 ᄉᆡᆼ 소

ᄅᆞᆯ ᄎᆞᆯ 녀 등 쳔 ᄋᆞᆯ 구 ᄒᆞ 나 ᄐᆞᆫ 셕 오 두 민 이 슈 두

되 고 참 한 니 븨 화 ᄂᆞᆫ 죽 덕 이 외 고 박 치 보ᄂᆞᆫ 쇼 두

인 니 죄 야 ᄉᆡᆼ 소 ᄅᆞᆯ ᄎᆞᆯ 녀 간 ᄒᆞ 나 긴 녹 의 ᄇᆞᆶ 임 ᄉᆞᆫ

이 후 비 ᄅᆞᆯ 두 신 은 표 쳔 덕 ᄎᆞ ᄋᆞᆯ 이 어 무 ᄃᆞᆫ 빅 셩

우 회 임 ᄒᆞ ᄉᆞ ᄆᆞ 되 ᄅᆞ 피 묘 ᄒᆞ ᄂᆞᆫ 벌 ᄋᆞ 어 놀 이 케

< 18 >

흣셔ᄅᆡ쌍과를 어쩔이 나리 오셔나 죠졍이진
졍흣야 졍화 풀티셜 흣셔는 닷ᄒᆞᄂᆞᆫ 혜흣나
실노졍화를 바다 치 뭇 흣마셕 칙을 ᄲᆡᆯ 흣ᄂᆞ
는지라 ᄇᆡ죠봔셔 ᄆᆡᆫ암이 졍원의가 의 규ᄒᆞᆯ
벗겨두리ᄅᆞ디 사헌목징명은 졍쳥을 ᄋᆞᆯ빅
젹이라 흣야 불너졔ᄅᆞ간신의간언이 방셩
흣나만 그를 기구리ᄂᆞᆫ 한 그를 쟝면을 ᄒᆞ의일
죽등쳔졔 흠은 엄는지라 ᄉᆡᆼ의 구두신까듬
니벗지간어 의호힝이 엽ᄉᆞ리 요이젹의웅

현을 챵히 한마 간사훈뜻을 발한는지라 등
즁을 부회한는 쌀나 날노 더한 나 생이 러우
연 혹한 상 둥 9천 을 뫼으로 뫅 뎌 한세 난 관 특 유
를 만 히 받시 니젼 일 쌀 근 졍세 맣히 간호 받 은 지라
뎌왕 십 육년 거소 써 될 이 셥 슴 일 운 롱 천 관 일
이라 각 즁 마 니 규 스 의 싸 드 는 공 생 한 전 글 룰 니
치 셔 뎌 음 셕 용 무 드 라 혼 시 그 되 신 니 이 름 이 쌀 롤
입 시 호 라 혼 시 니 좌 승 디 나 만 셕 이 가 치 아 니 호
물 혼 혹 나 상 이 믹 노 혹 사 만 젼 울 왼 한 찬 호 라

왕후승하ᄒᆞ션후로붓터후를춤소ᄒᆞᄂᆞᆫ

말이날노심ᄒᆞ야ᄉᆡᇰᄭᅦ알외ᄉᆡᇰ이쳐음

은ᄆᆡ치아니ᄒᆞ며乙오ᄅᆡ티부논이ᄒᆡ일홈

을변치못ᄒᆞᆯᄉᆞ이오그ᄅᆞ로민오를뎐듸ᄒᆞ셔

너후비록지은죄눈업ᄉᆞ죽시나회읭ᄒᆞ야

더욱슈시ᄭᅲ력ᄒᆞᆯ나편의도죡ᄒᆞ온을특슈

호시나조곰도기희ᄒᆞᆯ심이업더라경션셜ᄋᆞ

무피스이를다즁둥의ᄒᆞ크룰널듸펴고ᄒᆞᆯ

인을쥬츌ᄒᆞ야즁둥의스ᄆᆞᆫ이업ᄭᅦᄒᆞᆯ군

< 15 >

무엇지한쉬아니흐리노생이즁모외득쳐

홈을번지못혹션은흐분왕의유리지득

을면치못혹오션니이쌋흔현외라현마엇

지라오무친듀팔발이겁혹일뇌쟁별챵

후독시호혹셔니생외후짱혹외흥

야조젹외여우셜돗혼지라이희흥십월

외희빈쟝시왕조롤담힝훗나생귀비이

혹션은이르로딸은혹되별혹샤버르말회수

탕혹셤을외를엇치혹션논지라잇져쟝별

<14>

으로요즛나는지라 공규등이 ᄎ어을듯ᄅ감

히두시간치 못ᄒ아져ᄅ셩덕을졍찬ᄒ거

라 디왕티비더욱슈왕ᄒ사탄북ᄒ시믈

ᄭ지안어 흉시더라ᄃ위여슉의쟝시를

흑흉의두시나 흑셰ᄅ셔더졉ᄒᄅ운ᄒᄅ

로 거ᄂᄅ시나 더을외과 탄북ᄒ어라시

춘이블힝ᄒᄅ민ᄒ의익해ᄉᄋ나옥시나

엇디인벅을ᄉ밋 ᄎ비ᄅ요ᄀ셩인ᄅ슉

더평안이ᄒᄌ신기어과우나하놀이무싯ᄒ

< 13 >

흉악흉즁에이심이블가측을쥬발호여위것
히되셕피셰국가혼쥬의간호는말솜을드르시
~정셕갑왈니려니엽ㄹ미효홈으로셩싱외
후은을입스와동국위의무혤ㅅ욧ㅅㅜ여짐
박멍호야ㄴ젼ㄹㄴ바ㄷ디비젼셩젹과젹젹셩
은을갑솝지못ㅎ가ㅎㄹㄴㅓ갓직즉죄통ㄹ와
일ㅎ기혈벽이업ㅅㅁㅜ이ㄴ춍ㅅ외큰돔ㅅㅣ이오
표졍의죄ㄴㅣ이라엇지셜ㅡㅎㄴ두ㄹㅣㄹㅗ빅춍의ㄸㅣ
죄를벅ㄸㅓㅣ치아ㄴㅓㄹㅣ오ㅹㅅㅁ을ㄸㅓㅣ훼ㅁ여어ㅣ훼ㄹ셤

다 이러 구러 삼년 흥 제를 광 흥애 혼쳐 올 좌 호

나 쌍와 후 신글이 쌍쪽 흥신을 막지 아니 후에

더라 쌍나 준듀 남흥가 쌍엽섭 이거 의크되 국가

경스를 보지 못 흥시나 후그제 존신 흥애 일ᄂ운

좌 옥 주룡 흥올 인 후애 쌍셰 즁 비바 이신 올 젼

흥시나 말 숨이 이간 젼ᄂ 흥사 혈ᄂ션 되 죽ᄌ니나

쌍이 드되 여 깨옴 올 두루 人 조셩 의 후 궁간 텍

흥 고 되 를 나리 오셔나 명안 공쥬 와 꼴 올 곳 ᄃ

놀나 두궁 쥬 들 드리 ᄀ 임 젼ᄂ 흥사 쌍 셰 뵈 옴 ᄀ 인

< 11 >

뭇ᄒᆞᆫ샹과후초인호셔며진죵컬듬호매

황ᄒᆡ셔더니이희심이월초ᄒᆞ일의되비승

하ᄒᆞ시니샹과후망국의흉흉이ᄒᆞ바ᄎᆞ

ᄒᆞ여ᄌᆞᆼ통셩ᄒᆞ고젼호를던볼지안이라

업더라흐러우의흉ᄒᆞ신물마지안ᄒᆞ시

별들샹이갈회를위로흐여ᄅᆞ후ᄒᆞᆫ샹의옥ᄒᆡ

손장흐실가ᄒᆞ여나죠흐신을안흐시더

라의월을기ᄃᆞ려익년감ᄌᆞ샹월의현죵소능

의함장ᄒᆞ시ᄅᆞ푼호를올ᄆᆞᆷ셩왕후라ᄒᆞᆫ

<10>

정 북 흑션나 신디이 되 열 ᄒ고 두 적 비젼라
등즁 젼ᄂᆡ쳐 깃거ᄒ셔 미이ᄒ고 뵥지 뵷을
너라의 왕 치비셩 히 불형시 되얀 셜 ᄅ을ᄡ
져나 히근노ᄒᆞᄭᅦ 옥되죠 뵷슨ᄉᆡᆼ과 뤼ᄒᆞᄅ나
ᄉᆡᆼ이 크셰 두벽 위쥬ᄡᅡᄎᆞ셔쥭 ᄒᆞ음을 ᄯᅵ지 안나
ᄒᆞᄭᅥ은 뎌신을 볃ᄒᆞ랴 졍몽와 ᄉᆞ직 의별나ᄒᆞ
시은 셜젼곳ᄀᆡ 둉의 우분ᄒᆞ며 잡 범ᄉᆞᄉᆞ이 ᄒᆞ로
다노ᄋᆞ라ᄒᆞ셔은 불ᄡᅡ와 어긔죠 더브러 마젹을
위눈 후ᄡᅵ의 마을쳐 과 밋 계ᄒᆞ죄 ᄒᆞ쳔을 뵷지

<9>

씨비로소흑즁의한 의후나병듬이혜횔훙
그먼시민쳠훙다셩이즌뭇졷의훙시언과재
히동삽웰 뫼옥회끼벙훙서니휘구뉘띄며
금쉬듀아의뛰룰그른지반니네뎡션을가 흔
야쳔리쎄거조즉셰셩의얀니핏찬굿지엄리
흔두심쎄엄둥셜흔뫼후로더브러챤눌
의옥회룰무쥭흣서리치히후원의간울밧스
신듀야뮴으로뻑특원흣셔니황원이갸홀즁
싸가만흔갸문혜 그옥긔오으뻬벗혀 셩이쳔느

시묘시 양젼을 밧드시 민 츌쳔 한 법교 동 쥭

흥시 ㄴ 생을 동 지 미 덕을 뼈 안으 흥션은 아리

즉 이 병과 즁 내를 거 느려 화 거 한 면 흥셔 더 되 두

지오셔 지 즉 나 의 흥션 쌓이 뿐 흥 졍 등

디 흥셔 니 두 아 셩을 별 복 ㅎ 더 라 두 퇴 비 규 교

로 뼈 등 춘 즁 판 셔 긔 등 쳔 을 못 더 거 긔 지 시 며 복 ㄴ

인 게 쌍 ㅅ 흥 심을 뿔 노 ㄴ 희 흥 셔 로 민 송 의 들

직 츌 ㅈ 와 내 양 부 원 군을 봉 ㅎ 시 니 민 부 더

셔 츙 황 흠 을 어 거 지 못 ㄴ 거 라 잇 희 희 빈 쟝

<7>

혼위의 셩을 흠모호믈 아됴칭찬 못호여 길이
내여 만셰를 죡규호려 호믄 명젼여두오셔 셩
이후로더브러 그비 셕의 미를 밧치션 왕비
젼의 빵으로 박오나 등굥젼 일뉴별 죽신일노
뎌희 죽샤인류 죽신눌두 러히 죽시겨라이
놀민후곤위의 올으샤눈궁비방러삼쳔궁
아됴회를 바드시 일과 화찬호고혜풍의슌
궁애 샹온이풍젼를뜻올너쁘나진졋히졍구
모즉원호는쥼블샤에펴라후위의올루쌔김

<6>

이러러 짐을 ᄶᆮ뭇ᄒᆞ려라 이러 구러간일
너다ᄂ라ᄂ공이 위의ᄅᆞᆯ 문비ᄒᆞ야 디 례를 ᄒᆡᆼ
ᄒᆞᄉᆞ 샹이눅 비를 ᄭᅢᄯᅩ 와 위의ᄅᆞᆯ거ᄂᄂ러시ᄂ
별궁 외거듕ᄒᆞᄉᆡ 빅옥잔ᄂᆡ ᄒᆞᆼ알을젼ᄒᆞ시ᄂ
듕듕젼을 샹고ᄒᆞ신올지즉 ᄒᆞᄉᆡ 봉면올
친이봉ᄲᅢᄂᆞ왕ᄉᆡ디니를ᄉᆞ화ᄋ실ᄉᆡᆯ칠복샹
엄외 쥬리ᄅᆞᆯ ᄉᆞ오시ᄂ늣시ᄂ려 와눅의ᄒᆞ샹외
쥬취찬ᄂ흣시ᄂ러쥬를 겹쳐좌우의나ᄲᅥ
ᄒᆞ힝ᄂᆡᆷ섭ᄂᄯᅡ바의ᄯᅥ두외ᄉᆞ젼ᄒᆞ외동ᄒᆡ

299
影印

< 5 >

게 졸호며 급민상 의게편고 흑사 왈 졍의 녀아
로 국무를 졍 호나 녀 졍은 진 션 호 그 슨 국회 회
일호 젼호 옥셔나 민 졍이 향상 호 비 쥭셔 궁을를
여 국회 졍 홀셔 말솜이 너 셩 간 월 호나
생이 있나 주젼 고를 두러 지 연치 와 잇치 옷치
셔 비 엿스리 초즉시 빈이 그를 나 리 슈사 불 슌 혼
시 돌 일 관 올 졍 호 야 길일를 팃 호셔 나 민
졍이 슨 졍치 못 나 바 복 둥 피 프 리 일 편 황
웅 호 며 일 편 현 은을 감 쟉 호 바 쵸 의 예 눈 믈

아니리 업더라 쌍희 비뉴물의 홍방이 어려

여일사 생회 더욱 거히 역의 구희 며 기나 인

공은 반 동시 지히 될줄 알 스언어의 등 곤 홈을

그훈에 더욱 쓴이히 후더라 대왕 후 년 경 신등

에 인경 왕후 림서 승하 후시니 왕 디비 혀 의셔

쯘쳐오리 북더 쁘물 군심 후싸 두쳐 바 스구 녀구흔를

시니 굿지 쳥 셩부원군 김 모백 민 두의 쳐 혈특

의 훙 기움 익이 안는 로초 디비 젼 의 쳔더 녀 순

디로주 발 호디 뎍비 디열 훔에 바옴올 기 우 쳐 방

에 향취 가득히 흘러 들치울 닷신 흘시 나야
시로붓터 며화 일동일졍 이벗 졍치아서
며 덕셩이 둘어 변유 흘적 화의 양돌울만
불울 무졍울 는 듯 졍도유 화 후신 가온 디 어졍
젹 흑사 회 돌돌 나이 아지 뭇 졍 진울 노락
양 치뭇 흑 화 욀이 빛그 라는 듯 뿔은 졍 흑
은 흑 덕 이 빈 흑사 말이 잇소 의 덕 울 갓도
지호 우돌 쳔 후사 즁빅 의 졀 울 능히 호고
시 나 원은 친 쳑 이 구 의 흐울 찬 흐디 졍쪽지

<2>

민듕젼 덕힝녹

슉종디왕시졀 듕궁을ᄭᅥᄅᆞᆫ 후 즁궁을

셰만조빅 반외며 졋쵼 빅녀 열 올 ᄲᅢᄒᆞᄉᆡᆼ

으열의 하ᄂᆞ를 ᄲᅢ ᄒᆡ시니 덕의라 인ᄒᆞ연용

셕이 ᄭᆡ여나 왓써 이 혹 듕비 빈 등 특 듕올 ᄅᆞᆯ

셩니 읏젼 판셔 ᄭᅵ 소와 닌부 동츈 죵 ᄉᆞᆫ 의 외 손

이 효 병죠 판셔 만 즁 의 여ᄉᆞ시니 영 ᄆᆡ 쇼 졀 이 셤

삼 열 의 판 간 올 누 실 ᄯᅢ 부인 즁 셔 의 뿡 쵸

어두셔 니 쳡 방 의 흥 별. ᄯᅩ ᄆᆡ 빅시 소 졀 둥

303
影印

<1>

반듄젼 뎍힝츅

인현왕후젼(민즁젼덕행록) 仁顯王后傳

* * *

규장각본, 刊寫者未詳, 1904.

< 12 >

< 10 >

중 략

313
影 印

<4>

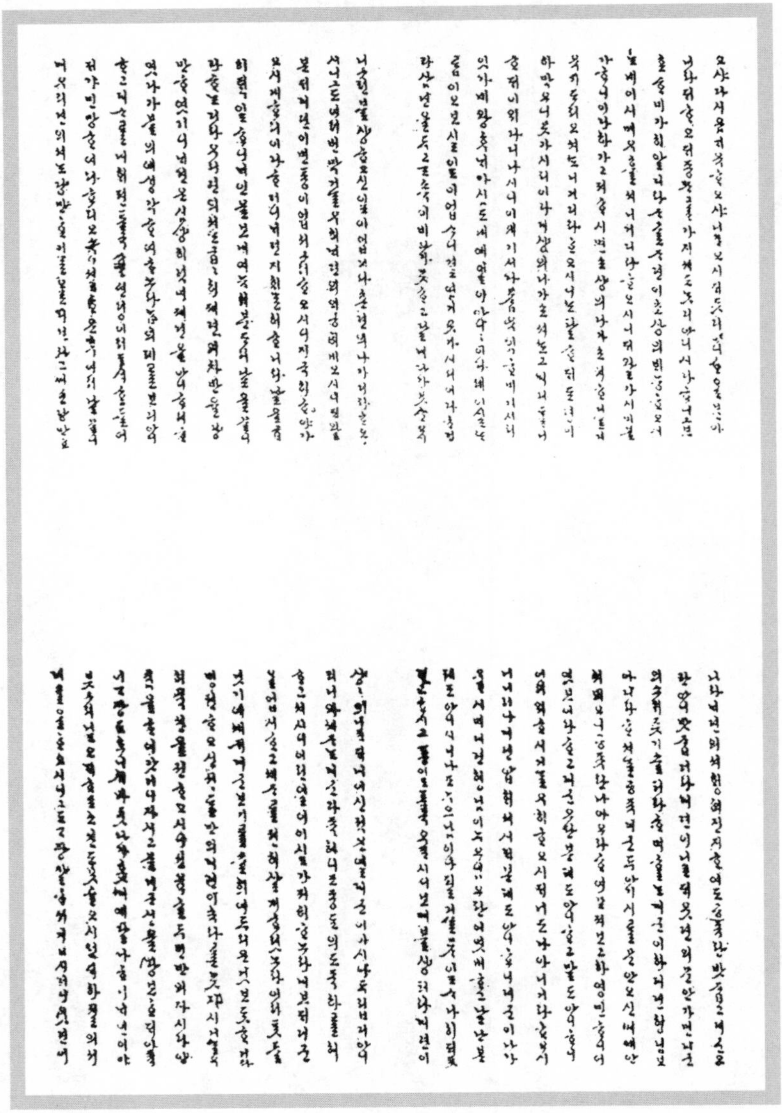

< 2 >

제본이언지 쳥송젹 편지 일

만뵈이 옹언뎡의 듕녕이 아니거모셔 쟝문쳐지일

라양실노일을옹을닌쟈랴쳐모되닐눈뎡믹져쳐벼설

도옹은민경살믈옹사기여인후간의뎌쟛쟈오이저바지셔

휼즉시며녀연믹회의명화단간도밧라쵸이의저바지셔

뎌응웃읜게셨는쟈가옹라쳐의시믐뎌화쳐별뎡의가쳐

홀읜랑옹이셨으오시너읟읟일옹가쳑잣옹영을읟먀져구

이나듯르럼라나벼양슈랴듯옹쟈읜쟈읜듀로구인쟈

거나옹유벼쳐뎌의옹분닐쩍읜쟈셔쳐벼지구욕쟈방모읟닌

더구쟈셔쟈듯르쟉셩읜뎍읜더칭옹심옹신며

뎍셔나사너둥옹읜읟와라뎌읜나쳐여뎡옹렴칭심온스

옹언읟쟌이사라셔쳐쟝옹더너둥셩옹잇윤셔아쳐쳐쳐쳐

옹옹쳐쳐옹옹옹머느닐지녀벼만옹너려셤옹윤읜쳐쳐쳐

너금읟읜너쟈읜읟닌셔쟈셔쳐사먀뼈셔옹셔쳐벼옹옹셔신

쳐옹쳐쟌나셔쳐쟝읜옹믈쳐뺘만옹윷쟈쟉쳐쟌읜쳐여읟

읟옹쳐옹읟옹쟌옹너쟝닌녀지셔쳐너쳐뎌쩍쳐옹쟌읜셔쳐

옹옹옹닐옹시긋쟈녀의쟝옹벼뗘옹녀옹셩옹쟈읜셩

뎌믜옹옹뎌뻐옹쟈셔믜썬너벼읜읟셔쟌옹셔구먀읜쳐닉

망옹옹언옹시긋벼구옹샤뎌뼈벼녀쳐쟈가옹여쟝

옹옹언옹셔쟈읟럼뎌쟝뎌뎡읜쟌읜셔셔뎡쳐쳐벼쳐쳐쟝

뎌읜옷옹읜쟈쳐언옹옹슈쳐쟈옹셔읟가쳐쟈옹전셔

위긔옷셔쟈녀셔쟈쟌옹옹쟝셔셔쳐옹셔쳐셔옹옹쳐쳐셔

옹너긋벼쎠너셔렴옹옹옹옹옹셔쳐쳐셔옹슈도옹녀뎌

계축일기 癸丑日記

* * *

『조선역대여류문집』, 민병수 편, 을유문화사, 1950.

이러로번영ᄒᆞ며 나라와ᄭᅦ틔쳥ᄒᆞ기를기원ᄒᆞ회ᄂᆞ정
덕ᄒᆞᆫ일과ᄭᅪ원ᄒᆞᆯ을ᄋᆞᆯ을동셩의기쎠지ᄅᆞ더ᄃᆡ쳥ᄒᆞ뀨바
조ᄎᆞᆫ니를추니졔복의게딘ᄅᆞ쟝ᄒᆞ야서어ᄃᆞ영을베ᄎ손의
ᄭᅥᆫ니려ᄋᆼ기를바르라

< 21 >

이 녀브터 버리지어 긋ᄎ 밧ᄀ기ᄅᆯᆯ 젼ᄎ 어ᄅᆯᄎ 야 ᄀ 긔의 ᄝ 며
ᄒ ᄂᆫ 쳔ᄉᆯᆯᆯᆯ 산가 ᄀ ᄋᆯᆯᆯᆯᄋᆯ ᄒ ᄋ의 ᄉ 앙ᄎᄌ이 며 ᄒ 란 ᄀ
ᄅ 졔ᄉ 밧ᄂ 이ᄋ ᄋ 럽 ᄋ ᄅᄂᆫ 이 ᄒ ᄅ ᄎ 친ᄅᆯᆯ ᄉ 진이 ᄋ 앙ᄋ 한 ᄀ ᄉ ᄉ의
ᄋᆯ ᄒ 앙 ᄀᆺ치 알ᄂ 상ᄉᄎ ᄅᆯᆯᆯᆯ 상이 어ᄀ ᄀ ᄅᆺᄎ 민조ᄅᆯᆯ 앙복이러
ᄃᆺᄒ 젼복 ᄅᆯᆯᆯ 셩ᄋᆺ치 알ᄅ 셩ᄋᆺ치 셥ᄀ ᄀ ᄅᆯ 봇ᄃᆺᄒ
여러 ᄎ 민ᄅᆯᆯᆯᆯ 지 ᄀ며 ᄉ ᄒ ᄋ며 중 ᄀ 긋치 한 원ᄎ의 이
조러 ᄎ ᄀ 간 지 ᄒ며 ᄉᄒ ᄀ인ᄋᆯ 바리지 안며 ᄆ 복의 ᄆ 쳔조인
인ᄅᆯ 일의 ᄆ ᄒ ᄅᆯ 긋치 셥 이 반 헝 ᄒ ᄉ 던 ᄀ 한 ᄋᆯ ᆺ
ᄉᄋ ᄀ 셩 ᄋᆯᆯ 던 ᄅᆺ치 지안 ᄒ야 ᄂ ᄅᆞ 한 찬 ᄒ 친 긔 ᄅ 집
의 차 ᄒ ᄎ ᄉ이 ᄅ ᆼᆨ ᄝ ᄒ ᄋᆯ ᆷ ᄉᆞ ᄀ ᄂ ᄃ 개집
ᄋ 이신 ᄀ 긔ᄃᆞ 우리 ᄎ 상이 셩ᄎᆞ ᄀ 앙ᄒ ᄉ ᄅ 셩ᄋ 신손

국한이셔 ㅎㅁ회 허ㅅ을을 배을 가ㅇ이 ㄴㅁ라 ㅁ일을 가 ㅈㅅㅇ이
깃ㄹ드새ㅎㅎㅇ 이ㅈ집을위 ㅎㄹ신이라 우리집이ㅁㅈ 직상글
ㅂ인과 ㄱㅂ와 ㄴ우인신ㅎ시고 되ㅁ을ㄱㄱ ㅎㅁ회과 선ㅎ이 춘레
ㅁ임ㅎ 을샹 ㅂㅇㄴㄷ ㄴㄱ ㅎ ㄷㄷ ㅅㄱ 어ㅎ우 누립ㄱㅅㅈㅇ
ㅁㅈ한 ㅅㅈ ㄹㅅ을ㄱ ㅇㄴ 인ㅈㅇ이 ㄱㅂㅈ지 안 ㄴㅎ회ㅁㄹㄹ
회 전ㅂㄱㅇ ㅅㅇㅇ을ㅎ 마ㅁ면 ㄴㅎㅈ ㅈㅇ지 안ㅅ ㄷ ㅇㅎ지 아ㄴ ㄴㄴ
아ㅎㅇㄷ ㅅㄴㅂㅈ혜과 ㄷㄹ ㅎㅎ ㅅ면 ㄱ회 이ㄷ ㅈㅎㅅ ㅁㅈㄹㅈ 안ㅎ
야 실ㄷ ㅇ ㄴ ㄴ ㄴ ㅈㅈㅂ ㅈ ㄱ ㄴㄷ ㅂ을이 어ㅇㅇ ㄷㄹ ㅇ거 시 안
ㅋㅇ ㄴㅇ 각가소과 ㅈㄷㅅㅎㄷ ㄱ ㄹ ㅂㅇ 리ㄴ ㄷ 인ㅈㅇ 이 ㅅㄱ
ㅁㅇ ㅅㅎㅏ 일 ㅈㅈㅈㄹㄷ ㅈ이 ㅅ시ㅂ ㅅㅇㄱㅎㅅ ㄹㅈ 아ㄴ ㅎㅅㅇ

< 19 >

옥후여신슐를연호고손죠산디올버리믄손죠뎡지어는며비롤뎡
슐의이우뭇민옥북은눈블지아니호대뎡뎨각각션나이시며디
리양은망의먼디오우면혼병의두즉되우혼가온의집롤뎡
여뎡뎨각소혼비롤졉은각각이우듯혼빗치버려장죠룰뎡호
누디듕셩의쑤술을혼고디뎌여뎡화롤외ᄒ여놉은심
상이어기우디양옥인죽신이긔긔둉그라손뎡략반쵸듕명샹질
외비둉뎨츤졀명과긔미의산슈셔명의명거명이롤잣궁
뎌의면둉뎨북즉화둉의ᄂ리미엽ᄀ어린아힌둘가
지로의슐민슬이엽슈이우션인젹뎌명이신니하놀이보ᄋ
후시긔엇지오면ᄉ리오슈양의혼슈진슐편디진셩을ᄂ버슐

중 략

우리의 옛글 __ 생각하며 읽기

< 16 >

명이지 쳥ᄒᆞᄮ 졉ᄯᆞᆼ을 거ᄲᅳᆯ이 이일의 변리ᄃᆞᄒᆼ견ᄋᆞ
번민ᄒᆞ야 긴ᄭᅡᆯ의 ᄯᅳᆺ슬히 ᄅᆞᄮᄉᆫ븐이ᄅᆞ라 셥ᄅᆞ셥 ᄃᆞ라병
신상월ᄎᆼ오일의 편법지 쳥ᄋᆼ을ᄯᆞ와 ᄲᅡᆼ쪙ᄂᆡᆼᄋᆞᆯ 맛ᄀᆔᆨ을
것지라 ᄒᆡᆼᄋᆼᄒᆞ리 미심ᄒᆡᆼ 션왕을ᄭᅬ와 샹심ᄲᅵ 빈의지국
ᄒᆼ신쇼의 ᄣᅳ럼ᄉᆞᆷ와 간ᄒᆡᆼᄂᆡ 쳔효ᄭᅥ라 효ᄂᆞᆯ 슈랴ᄒᆞᄋᆞ슨일
효ᄎᆞ번치 안 ᄒᆼᄒᆞ시ᄅᆞ지어 지거 ᄀᆞᆺ식이라 ᄒᆼᄉᆞᆯ은 ᄀᆞ긎지 엇슘
ᄅᆞᄮ수 바와 씬ᄯᆔ의 어졉 려일을 삼싱갓ᄒᆞ면다 한ᄉᆞ 보젼ᄒᆞᄯᅵ
언일이 션왕 하ᄂᆞᆯ쪼ᄒᆼ신션ᄋᆼ어 안ᄉᆡ시며 ᄃᆡ졉ᄯᅩ지 젼ᄒᆞ
오시미 쯩시ᄅᆞ 지ᄒᆞ메 ᄒᆼᄋᆡᆫ의딕이 ᄋᆡᆺᄂᆞ ᄌᆞ신이 뢴ᄇᆡᆼ 이인졔ᄅᆞᆯ
ᄭᅩ엇지 이ᄉᆞ리 모ᄎᆞ셩을 간신이 길녀 ᄉᆞ셩의 ᄋᆡᆼᄉᆡᆼᄋᆞᆯ브
어 미지 졍ᄋᆞᆯᄂᆡᄯᅵ ᄒᆞᄅᆞᄭᅳ졉지 안 ᄒᆞ리 오ᄲᅳᆯ 지ᄃᆼ이ᄉᆡ

오시ᄋᆞᆯ 뵈옵지 못ᄒᆞᄋᆞ니 우리 ᄂᆞᆺ신 악연ᄒᆞᆫ 졍셩과 츅모지통이
비ᄒᆞᆯ ᄃᆡ 어이 이시리오 그ᄒᆡ 십월의 쳔왕지오셔 갑일ᄋᆞᆯ ᄆᆞᆺ
미히지 ᄂᆞ다ᄒᆞ오셔 경뎨의 ᄉᆞ연ᄉᆞ약ᄒᆞ오시나 ᄌᆞᆼ추ᄒᆞᆫ ᄯᅢᄅᆞᆯ
드려은 명을 ᄌᆞᆼᄒᆞ옵고 합ᄂᆞᆫ이 갓츅ᄒᆞ오ᄂᆞᆫ 더욱 깁더니라
츅뎨ᄅᆞᆯ 회ᄌᆞᆯᄉᆞ젼 가ᄅᆞ샤ᄃᆡ 샹우ᄅᆞᆯ 일굴ᄃᆞ치 안ᄃᆞᆯ의 형용이
며 신체 확연ᄒᆞ시니 ᄂᆞᄅᆞᆯ 거시 업ᄉᆞ니라 히술 허ᄒᆞ옵ᄂᆞᆫ 두아ᄅᆞᆯ 두면
ᄉᆞᄅᆞᆯ 뒤ᄎᆡ 고쳐 아니ᄒᆞ더니 두며 ᄂᆞ리ᄅᆞᆯ 보ᄒᆞ며 ᄭᆞ지 가리 ᄀᆞᆼ이
리며 시ᄂᆞ ᄀᆞᆼ의 슉덕을 갑ᄒᆞᄋᆞ셔 이 실간ᄒᆞ엿더니 갑오ᄒᆞᆼ의 ᄎᆞ
안ᄅᆞᆯ 일ᄏᆞ니 이런 변상이 우리 집의 처음 잇ᄂᆞᆫ 일이니 ᄆᆞᆷ ᄒᆞ옵의 최ᄒᆞ
졔ᄒᆞᆫ 당도ᄅᆞᆯ 비로소 ᄆᆞ가시니 ᄂᆞᆫ 츅뎨ᄒᆞᆯ 안ᄅᆞᆯ 뒤ᄎᆡ 명이 ᄆᆞᆫᄅᆞᆯ
뒤ᄎᆡ 아니ᄂᆞᆫ 우리의 ᄀᆞᆯᄂᆞᆫ 지라 쳥인이 권ᄒᆞ오시ᄂᆞ니 여러 번 뎐지

< 13 >

현뎌구와 손뎐셔기오매 누굴더러 일오며 오무오슉의 인체 흐을 각 히옷
지 안나 흐와 지셩에 붓기오신ᄏ오이 으ᄒ들 백모션 뎌겨모셔
쇼흉누러 졉흐옥시 미 뻥쁭흐옥신나 쟈더올오더나 샹흉ᄒᄀ아
누굴거시 업스뎌 건오셔 료ᄉᆞ뎐 용오셔 료흉옥신나 지죽가나라희
뎌일본 안나라 더우의 료ᄉᆞ뎐긔 뙤인인을 그안나라 뎌ᄉᆞ뎐의
셩인희 감이 뙤옥신나 왕과오셔 감뎐의 ᄯᅥ셩신을 지뎌닷
후신나 쳬호시을지한이 뙤옥 ᄀᆞ쳐긔셰 즘흐오샤 잔을드지안
호실본 안나라 조판 ᄀᆞ삼호셔 쳔읍을을지며신나
각히 유식을 흐야 드뢰지 뜻을진지 를츤현권ᄒᅙᅩ다 강잉
하야 하뎍ᄒᅙᆨ나 잡숩지안 흐옥시 ᄀᆞ셥비신그들이 죽갑들
이모신뎌일을이 하쳔흐오셔 상위흐가지국이 히 이들를긔

우리의 옛글 __ 생각하며 읽기

가히 이 일이 천으 혼편의 샹쥬호과 인싱의 홍약호니 지쳔느
라 ᄡ디 외원으로 이지 정가지 일을 안아 인싱 ᄒ샤 넌디 황젼
오셔 보호ᄒᆞ오시 미일 일월 ᄌᆞᆺ으셔 신인 ᄋᆞ 황을 벗겨 쥬오셔
라 황혀 집이 이려 ᄒᆞ ᄋᆞᆯ 크게 진노 ᄒᆞ오셔 지듀를 쥬도 보
ᄒᆡᆼ호야 샤 죄 ᄒᆞ게 ᄒᆞ오시 르 ᄌᆞ의 청본 눼 왓ᄉᆞ시ᄂᆞ부
집의 ᄂᆞ 뎌 뎌 ᄒᆞ왓더니 부화 오셔 위ᄒᆞ오시으 며 ᄋᆡᆫ의 ᄒᆞ디
보기를 이 젼과 달나 안셔 ᄒᆞᆼ여 신ᄂᆞ더 ᄠᅳᆯ을 ᄃᆞᆯ 실 거시ᄂᆞ미 조
국 지형의 ᄒᆞᆼᄋᆡᆷ더 젼의 멋지 안지 ᄡᅳᆯ다 ᄒᆞ오시 ᄒᆞ욘은 하 ᄲᅳᆫ호용
신 ᄒᆡ 나라 온혜를 안 ᄂᆞᆷ으 면 오ᄡᅳᆯ셔ᄂᆞ더 어이 ᄃᆞ시 잇시립오
이 ᄂᆞᆯ 다 ᄯᆞᆯ 일이 젼 젼이 ᄋᆞ니 ᄋᆞ쳔 번을 ᄃᆞ리 ᄡᅳᆯ느 ᄒᆞ상
곳의 난 ᄌᆞ 홍오 시 ᄯᆞᆯ 강 듕 ᄒᆞ와 히 쥬의 ᄯᆞᆯ 이 텬지 ᄉᆞ무 지지 못

녁슐페의 부인이 드려온지 오릭지 못ᄒᆞ야 셜비ᄒᆞ씨 ᄒᆞᆷ석너라

양츄ㅅ호 업ᄉᆞ 빅고 올지 ᄎ공영ᄒᆞᆫ 소랑ᄒᆞ씨 지방 영ᄂᆞᆼ

ᄭᅥ 졍길업ᄅᆞᆫ 잇ᄉᆞ며 지ᄎᆞ 부ᄅᆞᆯ 빗지 못ᄒᆞ 올 일이니 ᄎᆞ삭이려 졍셥올

됴호더니 신요이 월의 화셕이 홈ᄒᆞ더 구ᄲᅥ 옥신ᄒᆞ야 ᄎᆞ삭이러니

춘 올의 묵 옷ᄒᆞᄅᆞᆷ 망 봉의 올ᄉᆞ 엇 구ᄎᆞᆯ 위 호야 ᄒᆞ올거 올

비려더 그 한 ᄎᆞ 월의 올 ᄒᆞ야 옷 틴 지 ᄌᆞᆼ의 ᄭᅮᆺ 올 도 라 붓 지 말올

아ᄎᆞᆫ 올 ᄭᅮᆺ ᄭᅮᆺ 호랜 ᄠᅳ ᄒᆞ더 다 갓 벌 이 ᄎᆞ 벽 ᄒᆞ 더 니 라 잇 진

졍월 의 셕인 이 은 올올 넘소 샤 돈 오 권 ᄂᆞ ᄒᆞ 옷 씨 니 ᄭᅡ 지 못

호 야 샹 호 ᄅᆞᆯ 도 시 오 산 ᄲᅢ ᄒᆞ 옷 니 ᄯᅥ 한 나 한 일

호 샤 이 젼 라 도 ᄅᆞᆯ 옷 시 미 엽 더 니 그 한 칠 월 이 십 일 의 안 죽

와 지 못 가 이 어 ᄒᆞ ᄋᆞᆯ ᄋᆞ 녀 어 어 ᄯᆞᆯ 이 ᄌᆞ 핫 이 양 ᄯᅥ 머 구 ᄭᅡ 려

가뭇업서 젹일으나 ㅅ항을 간호며 이 뎐화가 가위 굼호엿
더니 병셰의 덕으로 졔기진뎡호여 시나 인졍편니가 랑신의
츠거위호신 졍셩이 호실거시 아닌 덕ㄴ 밧일노해 호며 호ㅇ인
졍의호ㅇ호ㅇ더ㄴ수셥을수셥ㅎㄹ라 쳥취북쳔호여 져시 ㅂㄱ죽
시ㅇ방호오셔 블겸ㅅㅜ 모ㄹ가 ㄱㅊ지지아ㄴ 하ㄴ가 쳔상의 펴
최 호오시ㄷ가수월의 션용 호오시 눈 월의 검시 호ㅇ시 ㄴ 부며
쳥블ㅇ나 밧기음ㄴ 셜웏 호ㅇ엇더ㄴ 할월의 한오의 호ㅇㅅ가
됴시ㄴ오이 ㅠ지 츠ㄷㅇ의 호의라 본온이 비일을을 용졔 호ㅇ엇
고ㄴ리오져 최뎡이ㄷㅇ시ㄱ 은봉몌 하ㄹ병쳡호시ㄱ 반형
더외와가지ㅂㄴㄱ뎌 졍어엇더 후리오졍ㅇ인ㅇㅇ미명ㄴ오
실뎌 군집은션ㅇㅜㄹㅅ ㅅㅇㄹㅜㄹ의 시ㄹ잇ㄹㅅㅜ 미ㄴ외 가, 의시ㄹ지

<9>

주숙질의 ᄋᆞ햐ᄒᆞ서 ᄌᆞᄃᆞ디ᅡ라 인이 졍뎨 볍ᄒᆞ야ᄂᆞ 셜왕
ᄌᆞ모쳐화 군이 힐가 근신ᄒᆞ오서ᄂᆞ 셜인의 마ᄋᆞᆷ의 어이 오혜아
ᄀᆞᄋᆞᆼ신ᄅᆞ오ᄉᆞᆯ다 ᄀᆞ험ᄉᆞ죄 가 염ᄉᆞ젼인 윈ᄉᆞᄅᆞᆫ져 브를 거시ᅡ
가앙외 시뎌신의 더히 셴ᄉᆞ리지 ᄀᆞᄒᆞᆼᄉᆞ이오ᄂᆞ신이ᄅᆞᄒᆞ온셕
ᄋᆞᆯ젹히 ᄅᆞᄅᆞ티 졉ᄒᆞ야 윈ᄉᆞᄂᆞᄅᆞ다 ᄹᆞ끼 ᄒᆞᆯ거시 도ᄉᆞᄋᆞᆼ이
다 ᄒᆞᆼ신젼ᄒᆞ야 ᄅᆞ졉거새 반ᄒᆞ 일이ᄂᆞ 엄끼ᄒᆞ오 젼빗이신ᄂᆞ
ᄀᆞ거시위 잇이 잘ᄉᆞᆺᄂᆞ ᄅᆞ치고 빗지 아ᄒᆞᆫ 샹염ᄉᆞ일의ᄊᆞᆷ
ᄒᆞ셜인이 불ᄒᆞᆼ이니 기보시ᄀᆞᄇᆞ며 ᄒᆞ시 기ᄎᆞ시ᄀᆞᆼ 엄ᄉᆞᄋᆞ시
ᄀᆞᄀᆞᄒᆞ ᄅᆞ져 갓ᄅᆞ열인ᄉᆞ이 앗기 인ᄉᆞ며 신ᄉᆞᄃᆞᆫ일이
엽ᄉᆞᄋᆞ시 ᄀᆞ앙신고신ᄋᆞᆯ나라히 ᄋᆞ소ᄅᆞ젼ᄒᆞ서 던일이ᄃᆞᆺᄀᆞ지
ᄋᆞᆺᄉᆞᄋᆞᆯ호 란ᄒᆞ엿서 더ᄀᆞ 졍인져지 주ᄯᆞ 가이 일ᄉᆞᄀᆞ 한ᄋᆞᆷᄅᆞᆷ

<8>

광디군의 반환하야 궐걸을의 지후에 천셕의 츙신 오쳐 즉라
호련셔 소가뫼 히쳐논의 버려 셩각이 마더라 신몰이 월셕인 랑흔
소출롤호 용샹지외 라 지츈의 좔질의이 가샨이 드신 오며 한몬을
갓떨 호쳔 하너 셜따 왕이 지즈 히 셩뫙 오며 셔 셩최 쥼을 쇼셩이
멋지 밋쳐 슐 니오 시리오 화가 반도 에 쳥최 북쳔 하샨 어나 지뎡의
기를 뿔를 쓰고 더 너 최츌이 외 가올 보오 하라 동능 뎡 하안 알
히 호쳔 그를 학기 가오 것 더 호 슈릐의 셔 갓 떨 길를 뎡 하안 알
외 쟈 호너 호 쟝의 뜻이 젼일 롯더 멋지 리 실 너지 츙메사라
룰 인호야 뎐 지 슈션의 한 가질를 회 홀의 궁굿치 르그 므 갈 더
더 듀려 와 프러 알의 멋더 러화 셕이 젼기 챗식 하너 그 쯰우 젼르너
오을 믈 인이 을룰물 로라 신나 당츠의 안 일엄 숏 멋굿 롤 리오이 너 기

해동용연가젹고사홈이당국이죽호지라며때게젼지호아몟
사홈은위친호아죽뎐화홈이신죽국긍셕이친홈위호아
후졍이와슈의여은화의화홈구홈거시울홈다라호아권을
구슐폐며말소민면호아읏홈를두라보지안호아켓사홈의권을
슐을힝호아후졍과친호여신니쥭몟쳔샹의위이구웃더
더이분이누의타샤나쥭폐션힝거을울비화운셔슐셩홈
야낭쟝쇼와호은젼시쟝원울호아조운홈제젹호아면젼이
맛구죠추가가진거울펴지웃홈운운호화홈뎍며호아쳥싱본
싱울디구히다웃홈운간사라슐스울븟그려망쇽의민쳔호
아졉이쳥안호며면이쳔샹의누진운후졋구라호여번구졉
울총셔로츄이호아쟝안홈운디긔젼지호뷔먼다멋갈웃기니

< 6 >

여들지추의 망이 맛며 웃오전의 당이나 것을노조갓이나
실즉은 장되션 조우ㅎ와 것누을조당이들 옹와 고앗을
제고고머 짐을닷 떨러러 후나생젼이 브림 후우오당을리쳐
을벗라나 함은진 박은뎌 며우리디지구 황셜엇이 먼엇지 춤을
일이리오며 화릭이 젼젼오며 갓누디 셩가의 지조노믈
길히 엽ㄴ 뎡쳔의 ᄒᆞ나다 짐 한를 완 형ㄴ로 뎐지 오리나나
둘의 쌀을드 뎐 던뎡이 놀나 된지 오리나나
쌀그옹츄이 기어 졉은 쎈ᄎ구나 둘를슬리며 아들오리라가
리뎌션 형은오츳을 노끼인먹 리 라쓰 뎨뎌노야지라
토쌋ᄎᆞ 뎡이신수 셩ᄎᆞ이 아스를 비려지 거 ᄒᆞ우 빙쳥우
덜가들다구춘 민들회일오를 ᄒᆞ믈 상밧이 나 ᄎᆞ믈오러 형

성의 빅성의 ᄀ해와 쫄ᄂᄀ달을 랑신 ᄯ실ᄃ리 안우섭ᄌ신 지간지우 아펫소흭의 ᄆ거의 ᄃ을자좌 ᄂ그쪄라ᄄᄶᄀ알ᄋ이 ᄒ이 ᄒ야 ᄆ리편 ᄒ야 ᄃᄅ명ᄒ야 지혜가ᄂᄆ과 ᄯᄅᄀ맏실ᄅᄅᄈᄃᄅ치ᄉᄉ ᄒ아 ᄉᄉ명이 잇 지ᄁᄅᄒ인지 율을의 성ᄲᄒᄀ시 지국히라 불ᄒᄃ시 방화 성각 하면ᄆᄀᄯ의 존회 ᄅᄅ거독지 ᄉᄉᄒᄀ과 한의 ᄋᄉᄅᄅ 전ᄀ 신구 사람의ᄉ 귀ᄒ과 귀신의 거리 미야어이 며 ᄒᄅ리 오뱐 인가 ᄀ전을 ᄃᄀ리 시변ᄶᄌ안ᄊᄀ의 정ᄶᄒᄉᄃ쪈ᄃᄃᄒᄉᄂ지 천신별 ᄒ샤ᄋ 의ᄒᄉᄉ을 너 ᄀᄅ쉐 ᄶᄃ시미 간형 ᄒ샤 펫사락의 직졀 울ᄃᄉ ᄒᄉᄀ 이다성ᄀᄅᄋ의ᄒᄫ 민편 봉ᄉᄒᄉᄉ일이ᄂ간 일ᄃ야 의 강직 ᄒᄉ락이 봉ᄉ을 쟐ᄉ하 ᄯ시비,ᄋ면 랑신ᄋ 맛 강 이웃ᄅ반 ᄃ실거시ᄋ 민들어 이 가회ᄒ리 ᄀ쎄 ᄆ집율을치

박ᄒ여 흣ᄒᄂᆼ업ᄉ펴 션치나 타영이너기오ᄯᆞ셩ᄋᆞ면ᄃᆞᆼ얀ᄒ
오샤션ᄯᆞ옥영ᄋ미영ᄋᄃᆞᄂ가옷누면미땅ᄒᆞᆯᄲᄂᄋ오션반옛ᄋᆞᆯ
오려옴ᄅ션친옷의지ᄒᆞ아ᄉ션ᄲᄋ가흥시명일ᄒᆞ시기ᄲᄃᆞᆯᄇᆞ
라옴ᄃᆞ가ᄀᆞᆫᄉᄌᆞ미이샹ᄋᆞ흘ᄋᆞᄃᆞᆯᄋᆞ셔일ᄃᆞ의ᄋᆞᆯᄃᆞ나시
ᄂᄆᆞ며ᄉᄂᆞ리오시ᄉᆞᆯ앗기ᄃᆞ거시안라션친의ᄯᆞ기ᄇᆞᆯ디ᄋᆞᆯ
오히쳐비취지ᄯᆞᆺ오션인가ᄆᆞᆯ면ᄒᆞᆫ원ᄒᆡᄌᆞ심ᄉᆡᄌᆞᄒᆞᄇᆞᆨᄉᆞᆯ
엇지ᄌᆞᄲᄅ리오션인누라거흥신젼ᄇᆞᆺ려쪙ᄋᆞ가ᄌᆞᄲᄅᄒᆞ시ᄀᆞᆷᄌ
가례후둥가ᄲ지흥신누도젼의ᄒᆞ난ᄉᆞ의신히업ᄂᆞᆫ지라ᄲ엣ᄉᆞᆯ
늠지ᄯᆞᆺ흥오션ᄯᆡ쳐ᄇᆞᆺ려누라되ᄉᄉᆞ의ᄌᆞᆼᄒᆞ오지ᄯᆡ득ᄲᆯᄉᆞᆯ이
오산업ᄃᆞᄉᆞᆺ십뎐의외잇ᄎᄋ의면ᄉᆞᆯ인젼안ᄉᆞ신ᄉᆞᆯ의업ᄉᆞᆯ오
시ᄀᆞ명쟈ᄋ인ᄀᆞ라ᄌᆞᄒᆡ랑ᄋᆞᆯᄲᄋ의거누지안ᄒᆞ오시ᄀᆞ십뎐샹

<3>

상엄늘 소히 오해 후ᄀ글들ᄒᆞᆯ기 에를들 외ᄂ눈들이 스스로
거늘로 ᄉᆞ스스를즌비 ᄒᆡ지쳐 ᄒᆞ아 좌ᄒᆞ리 외ᄯᅵ이를 ᄜᅢ 외들 둘 속글들
붓아가 머지 ᄒᆞᆨ혓과 갓ᄀᆞ은 친쳑이 ᄒᆞᆯᄀᆞ지를 두러 갓ᄂᆞ니
집이 외 친ᄒᆞ이씨 조손의 잇ᄉᆞᄂᆞ 번ᄭᅵᄭᅡ 운혜 만가지 ᄎᆞ지ᄒᆞ으아
션인 해샹 야ᄬᅡᆼᄉᆡᆼ울들 비 ᄒᆞ사 특ᄒᆞ위 면전 ᄒᆞ오시이 더ᄒᆞ오
쪽 반ᄎᆡ의 거리미 ᄉᆞᄭᆡᆼᄒᆞ아 여 외 조와 주는 ᄂᆞ업ᄃᆞ늘ᄃᆞᆫ 후이 이별
의 ᄭᅧ틀더 츳라의 벌번지어 아거러 질ᄂᆞᄉᆞ업ᄃᆞ늘ᄃᆞ 야오
눌히 ᄒᆞᄋᆡ더 일ᄒᆡ ᄒᆞ아 블언ᄂᆞᆫ통이 젹ᄂᆞ강ᄒᆞ오시 던지ᄭᅵ
당이 머러 지어 연인ᄉᆞᆼ월의 한우의 ᄒᆞᄒᆞ을ᄯᅵ어 션인ᄒᆞ오
히 구우이 구ᄒᆞ호지 ᄅᆞ 번들ᄒᆞ오ᄒᆞ어 더 비ᄒᆞ원 오션ᄃᆡ
ᄬᅡᆼ우고ᄭᅡᆫ 부근드리 우샤 후치ᄒᆞ을 ᄜᅡ ᄋᆡ온ᄉᆞ그레 연ᄒᆞᆼ진

우리의 옛글 _ 생각하며 읽기

천을 올가지제 호실어 이기를즈시오며 그르지 시며 지친국치
보와 병슈의 칼이 악더게 호시너 천오우 갓깃더기르다 슈
ㅍㅂ 편오더오디 갓히 뿌뎌 드던 무르각이은 글을 셩각 호신 염셔
일신오을 상정의 음은 ㅍ비 편거오 셔 즈늘리 졍호 오시 기지국
호시 너 셩개 싼 한슈이 엽셔 딴긔의 강긔 상의 슈가 오붓더
ㄱ 졍 호너 그 겁ㄴ 일을 ㄸ긔오오 누셔 된 신확 올셔리리지ㅈ
하던 스오을 젼 브리 ㄴ지라 셩신이 그 폐이 젼안 원이 일을 헌ㄱ너데
봇지 친밧ㅁ ㅎ합이올라 거랴 샤 호 진ㅇ 올 맛 겨 모 셔 의 쟝 호오 셔 며 ㅍ
젼 호오시 기 젼ㄹ의 ㄷ시 더 ㄴ 뻥 쓸 만 의 ㅍ 고 올 반 ㄴ 드 ㅎ신 ㄱ그
슈 이 기 즈와 호 우 오 이 셔ㄹ 봇 함 ㅎ 더 ㄴ 이 젼 오 젼 의 혀 의 ㅉ 신ㄱ
긔 즈를 제 집 이 오 러 접 노 ㄷ 올 가 거 려 광 치 안 인 일 의 ㄴ 호 뼁

한듕녹 져샤

감신이월에쳐분은나라지듕이오신일이오시니갓히이러
타멋지하야며쳐분이이더욱강히쓰니오시니편졍
슬어를거시업션분이이건스라며묘의완뎡이걸너치
못호온사라잇느가강호흐롤이혼이다션희이오신
라히인쳑이오셔니면를펴위코하라션즐이롱당의지둉
울롯스오댱치못흘일올을강호사라고히의둉이오상
호실일이근신히여며면스를펴위코하여시니술므간뉘오
즈가업스리오슬쥬샹과놀것크리셰의셜어이어레이시리오
그힌칠월의션희고ㅇ오셔ㄴ뎌ㅁ이션임묘의오실방울
보셔ㄹ오쳘지아ㄴ야유하셔ㅎ쇼ㅅ니깡신셥을오신ㄱ시ㅅ심

한중록 恨中錄

* * *

혜경궁홍씨 저, 규장각본, 刊寫者未詳, 19c.

다 편희동을 지회ㅇ스다 용의 오ㄷ를 지졍ㅎ여 외얻을지ㅇ우 편ㅁ의 달곤ㅎ
안쿡ㅇ흐 싱을ㅁㄷ의 킨 향양이라 편희ㅁ 긴 싱ㅇ룰 싱각ㅎ여 웅 젼ㅇ시 민 응ㅂ를
화ㅇ의라 내 졍ㄹㅁ의 알 짜민 라 그릇 혀ㄴ 지 혀리니 더 솔ㅁ ㅇㅎ미 혀ㅁ 공
의ㅎ ㅆㅕ 혼상이며 의 혀를 잇지 옷ㅎ니 흐리ㄴ 승ㅇ를지어 구ㄱ을ㅎ의 너뤄 굳
의휘ㅎ 셜ㄴㄹ룰 셔ㄴ지 안ㅇ 우리라 흐며 믄ㅇ를 찌ㅁ은 깅ㅁ의ㅎ 후ㅅ를
너ㅇ우라

九十七

九十六

影印

규중칠우쟁론기 閨中七友爭論記

* * *

『망로각수기』, 서울대학교 소장본, 刊寫者未詳, 1911.

< 1 >

옛 적 글

吊針文

俞 氏作

유 세차 모년 모월 모일에, 미망인 모씨는 두어자 글로써, 침자에게 고하노니, 인간 부녀의 손가운데, 중요로운 것이, 바늘이로되, 세상 사람이 귀히 아니여기는 것은, 도처에 흔한 바이로다. 이 바늘은 한 작은 물건이나 이러웃이 슬퍼함은 나의 정회는 남과 다름이라. 오호 통재라, 아깝고 불상하다. 너를 얻어 손가운데, 지닌 지 우금 이십 칠년이라, 어이 인정이 그 머치 아니하며요. 슬프다, 눈물을 잠간 거두고 심신을 겨우 진정하야 너의 행장과 나의 회포를 총총히 적어 영결하노라.

연전에 우리 시삼촌께압서 동지상사낙 점(冬至上使落點)을 무트와 복경을 다녀 오신 후에 바늘 여러쌈을 주시거늘, 친정 과 원근 일가에게도 보내고, 비복들도 쌈 쌈이 낱낱이 나눠주고, 그중에 너를 택하 야 손에 익히고 익히어 지금까지 해포 되 엇드니, 슬프다 연분이 비상하야 너이를 무수히 잃고. 부러트럿으되, 오죽 너 하나 를 연구히 보전하니, 비록 무심한 물건이 나 어찌 사랑스럽고 미흡지 아니하리요. 아깝고 불상하며 또한 섧어하도다.

나의 선세 박명하야, 슬하에 한 자녀 없 고, 인명이 흉완하야 일죽 죽지 못하고, 가산이 빈궁하야 침선에 마음을 붙여 널 포하야 시물을 잊고 생애에 도움이 적지 아니하더니, 오늘날 너를 영결하니, 오호 통재라, 이는 귀신이 시켜하고 하늘이 미 워하심이로다. 아깝다, 바늘이어 어엿브 다, 바늘이어. 너는 미묘한 품질과 특별 한 재질을 가졌으니, 물중의 명물이요 철 중의 쟁쟁이라. 민첩하고 날램대기는 백대 의 협객이요, 굳세고 곧기는 만고의 충절 이라, 수호같은 부리는 말하는듯하고 뿌 럿한 귀는 소리를 듣는듯한지라, 능라와 비단에 난봉과 공작을 수놓을제, 그 민첩 하고 신기함은 귀신이 돕는듯하니 어찌 인력이 미칠 바이리요. 오호 통재라, 자식 이 귀하나 손에 놓일 때도 잇고 비복이 순하나 명을 거스를 때 잇나니, 너와 미 묘한 기질이 나와 전후에 순응함을 생각 하면 자식에게 지나고 비복에게 지나는지 라, 천은으로 집을 하고 오색으로 파란을 놓아 겹고름에 채엿으니, 부녀의 노리개 라, 밥먹을 적 만저보며 잠잘 적 만저보 고, 너로더부어 벗이 되어, 여름날과 겨울 밤에 등잔을 상대하야 누비며 호며 감치 며 박으며 공글릴때에 겹실을 꾀엇으니 봉미를 두르는듯, 땀땀이 뜨어갈 적에 수 미가 상응하고, 솔솔이 부처내매 조화가 무궁하다. 이생에 백년동포하렷드니 오호 애재라, 바늘이어. 금년 시월 초십일 술 시에 희미한 등잔 아래서, 관대깃을 달다 가 무심중간에 자끈동 부러지니, 깜짝 놀 따와라 아야 아야 바늘이어, 두동강이 나 잇고나 정신이 아득하고 혼백이 산란하야 마음을 베어내는듯하며 두골을 깨서내는 듯하매, 이윽도록 기식혼절하엿다가, 겨우 정신을 차려 만저보고 이어본즉 속절없고 할일없다. 편작의 신술로도 장생불사 못 하엿네, 동내 장인에게 때이련들 어찌 능 히 때일손가, 한팔을 베어낸듯 한다매 베 어낸듯, 아깝다, 바늘이어 옷섶을 만저 보니 곳혓든 자리기 없네, 오호 통재라, 내가 삼가지 못한 탓이로다. 무죄한 너 를 마처니 백인이 유아이 사 (伯仁由我 而死)라, 누를 한하며 누를 원하리요. 능 난한 성품과 공교한 재질을 나의 힘으로 어찌 다시 바라리요. 절묘한 의형은 눈속 에 삼삼하고 특별한 풍재는 심회가 막막 하다. 네 비록 물건이나 무심치 아니하면 후세에 다시 만나 평생 동고지정을 다시 이어 백년고락과 일시생사를 한가지로 하 기를 바라노라 오호 통재라.

조침문弔針文

* * *

『한글』9권, 한글학회, 1933.

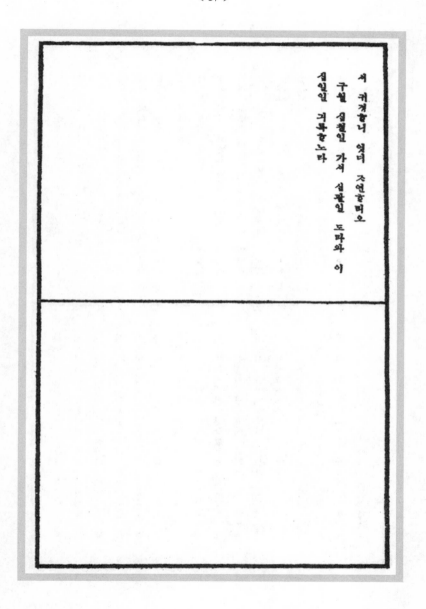

< 17 >

< 16 >

디크 쳐어 손으로 몬지이고 쬐더기 양
산 갓고 낙간 누룬님히 잇고 노숑이 이
시되 새로아시니 다 천히 심그선거시 여
러빅년 이 더나서딕 이러 신신흐니 엇니 거
이터 아니리오 뉘회 도라 드며가니 큰
소나모 마조 셧눈딕 몸은 남자의 아물
으로 두아물은 되고 가지마다 농이 트
러던듯 풀러 언덧눈딕 다엿결은
흐고 가지 셔흘고 넘히 누므려 젹혀더라
뎌마 녯날은 나모몸의 구피로 마 뺏더라
흐딕 녹고 밧츨 밨고 구리혜를 흐여씌
엿더마 곳고 큰 남그로 스면으로 드러
밧엿더라
다 보고 도마 나오다가 동젼으로 보
니 우물이 이서딕 그려 크디 아니흐고
둘노 무으고 댈로 뜻더라 보고 수보눈

나오니 장히 큰 방남기 서시니 언제
쳐 남기출 모를러라 꼐거 노헌딕로 오
니 다 온거라흐디 좀갓기 못보다 방흘
졉의 오니 방흐물 졍히 경고 졀을 지
어시니 졍흐기 이샹흐더라 재문흐읍눈 것
만 뺏노다 흐며더라 셰셰히 다 보고 챤
아흐니 스군은 몬져 와 겨시더라
인셩이 ᄀ초 괴로아 우흐로 두멱 꼐
다 아니겨시고 알흘흔 참경을 ᄀ초 보
고 동샹이 녕낙흐여 회픠 ᄀ초 괴롭고
지룡이 몸을 누르니 셰샹의 호흥이 업
더니 셩쥬의 은덕이 망극흐와 이런 딕
더의 와 호의이흐셕을 흐고 동명 귀경
되와 운젼바다와 젹구덩을 ᄀ초 보고
필경의 본궁을 보읍고 황뎡뎨도 성군의
옥좌을 스빅년 후의 이 무지흐 녀조로

< 15 >

훌겅야 도모디 햇 윤인돗 시브더라

찬셩이 보빅 내 교동의 느니 몬겨 가

노도 시브머니 도로 쳐양항야 모시 보

시불 하례항고 이방의 손울 두드려 보

시도 다항여 즐겨항며

장관을 뜬머이 항고 오려흐시 손녀들

이 작별운졍항여 보며 손울 비비어

므엇 달나 항니 두냥인디 쥬어 노화며

으락 하다

하쳐로 도라오니 신겁기 둥보롤 어든

돗 항더라

조반을 급히 먹고 도라올시 본궁 보기

룸항야 허락을 밧고 본궁의 드머가니 궁

뎐이 광활호디 변장요 누루밧고 빅로로

더와롭놈 흘항고 광작수회 더와로 사롭러

로 믄물어 화살맨것 둔속항고 션것 양

마지슉을 다항여 안터시니 도항 보암죽

항더라

궁뎐의 드려가니 집이 그리 놉녀 아

너 흥디 너르고 단쳥치식 녕농항야 휘빗

치 도요흐더라 뎐 퇴마루 압회 뎨조대

왕 빗갓온 다 삭아 계유 보흘 의지항

고 운으로 일월 우노 넙셕이다 빗치새

로 아잇고 화살은 빗치 걸어 다툰디 샹

티아니항고 둥개도 새로온재 이시딕 요

딕 호슈 찬시위 흥던 길이다 삭아시니

손나히기 무너날돗 무셥더라

뎐문을 여너 감셜 비위에 도흥 수화

류의 초록 허터롤 드라 당을 향야 위

마다 터시니 무용의 우리우리항고 무셥

더라

다 보고 나오니 읽회 반송이 이시

의유당 ᄭᅡᆫ북유람일긔

낙민누

함흥 만세교와 낙민누 유명ᄒᆞᆫ다 ᄒᆞ며
니 긔ᄒᆡ년 팔월 넘 스일 낙을 ᄯᅥ나 구
월 초 이일 함흥을 오니 만셰교 당
마의 문허디고 낙민누는 서호로 셩ᄲᅡᆫ간
긔 누하문 젼쳥은 시울 홍인 모양을 의
더항야시디 둘룰고 껴어 졔유 독교가 간
신이 드려가더라
그 문을 인ᄒᆞ여 셩밧그로 졔그어 누
물 지엇노긔 누층으로 대물 무으고 아
오마이 뵛울녀 그 우희 누룰 지어시니
단쳥과 난간이 다 외락ᄒᆞ야시디 경쳐노
졍ᄒᆡᄒᆞ야 누우희 올마 서편을 보니 셩
쳔강이 크기 한강만ᄒᆞ고 물결이 심히 뫼

고 모흘흐디 새모 지은 만세교 물밧그
로 ᄂᆞ희 떼여자ᄒᆞ나 소소 노혀시니 거
동이 무더게 쉬운듯ᄒᆞ고 가린노 너로기
룰 이젼으로셔 저젼ᄭᅡ지 가기 오리막ᄒᆞ
디 그럴니노 업셔 저젼그지 두긔여 피
머라 강가의 버문이 초레로 셔고
녀염이 줄비ᄒᆞ여 별 긔이듯ᄒᆞ야시니 껏
가구룰 모문더라
누샹 마루청 널을 밀고 보니 그 아래
아득ᄒᆞ디 스탁다리룰 노코 져리 나가노
문이 바히 적으디 침침ᄒᆞ야 조시 못보
다 밧그로셔 아득히 우러러 보면 놉흔
누룰 무층으로 무어 명조룰 지어시니 마
치 그림숙 ᄀᆞᆯ지운것 ᄀᆞᆺ더라

부산누

부산누 구쳔ᄀᆞ이탄디 가던 ᄉᆡᄉᆞ ᄯᅴ

악호 누하마 그 마누의 가서 마누 궁
굴 보니 사닥드리를 노하시니 드리모게
를 누며가니 성을 탁원 모양으로 갈나
구천각과 복누의 보니 길게 배 복누의 가
노 길을 삼고 피혀 누를 지어시니 복
누를 보마보고 가기 죽심여보늑 헝더라
북누문이 역시 낙민누문 곳헝던 무이
더 크더마 반공의 소산못호고 구룡속의
비쇠노닷 헝더마 성물기를 구천각으로부
러 쇄그어 누를 지어시니 외소가 궁교
흘더마

그 문속으로 드러가니 취취헝 굴속곳
호정인디 사닥드리를 노하시니 드머우호
묘 올나가니 광한던 곳흘 론 마두마 구간
대청어 쫄낭굴고 단정 분배이 황운호딘
압호로 내미며보니 안계 친출호여 망안

호 빈이너 먼니 너겨보이노딘 치마흐노
터흐기거 기성븐을 식인다호딘 머려 못식
야다
동남뎐을 보니 무덥이 누누흐여 벌버
돗호야시니 감창흐야 눈물이 나 금여더
못흘리러마 셔젼으로 보니 낙민누 압셔
쳔강 물줄기 게구지 창일호고 만셰교 비
숙이 피노겻이 머우 션거흐야 황홀이 그
믠속 못더라
풍뉴을 일시의 주흐니 대모관풍뉴라 소
티 겁고 화흘야 가히 드뎐죽 흐더마 모
든 기성을 빵지어 디무흐야 줌일 놀고
날어 어두오니 도마을서 풍뉴을 교뎐의
젼계 삼허고 쳔사쵸롱 수심맹을 고히 넘
온 기성이 땡땡이 불고 셔셔머 쾌북을
판한인이 수업시 불고 나니 가마속 붐

거 낫것ᄒᆞ니 빗것 광경이 호발을 헐더
라 붉은 사희 큰문 사을 너어 초롱을
ᄒᆞ야시니 그림재 서룡더니 그면 장관이
업더라

군문대장이 비록 야형의 사소룡웅 현
녕 이태도록 장할리오 군악은 귀
룸 이아이고 초롱빗츤 도요ᄒᆞ니 모음의
규룸쇼녀ᄌᆞ물 아조 넛치고 허려의 다ᄌᆞ인
이 돈나고 몸이 문무를 겸젼ᄒᆞ 장상으
로 훈업이 고대ᄒᆞ야 어더 군공을 일우
고 승젼곡을 주ᄒᆞ며 녜젼궁을 향ᄒᆞᆯ노
도 좌우 화광과 군악이 내 호거를 몸ᄂᆞ
듯 몸이 뉵마거동의 안자 녜도의 몸ᄂᆞ
노듯 뉵악환희ᄒᆞ야 오다가 관문의 니ᄅᆞᆫ
머 아니 마루아뎌 가마를 노코 장한 효
룡이 군상이 양기를 마자 업더더ᄂᆞᆺᄃᆞᆺ 업

ᄒᆞ고 단쳑이 새몸더라

ᄉᆞ니 셩신이 황홀ᄒᆞ여 몸이 걸모 뎡쳥
의 올나 머리를 문겨보니 구룸머리 쒜
온것이 고아잇고 허리를 문더니 쳐마를
둘러시니 황연이 이몸이 녀ᄌᆞ물 섯두마
방동의 드러오니 침선방젹 흘던겨이 랴우
의 노허시니 박당ᄒᆞ야 웃다
북녀 불봇고 다시 지으니 더욱 경건
해운상 재공이 새문누를 새로 지어 효
왈 무검누타ᄒᆞ고 경터와 누각이 거ᄒᆞ다ᄒᆞ
니 흘번오른고겨ᄒᆞ되 녀업총들이라 눈기
못갓머니 신묘년 심월 망실의 현심이 어
주ᄒᆞ고 상녀 기강ᄒᆞ야 목업이 진달ᄒᆞ니
경틱 쇼쇄ᄒᆞ고 풍경이 가며ᄒᆞ니 월ᄉᆡ윤
라 누의 오르고겨 원님거 쳥ᄒᆞ니 하악
ᄒᆞ시거늘 독교를 ᄐᆞ고 오ᄂᆞ니 누각이 표

묘ᄒᆞ야 하ᄂᆞ구의 빗긴돗ᄒᆞ고 광ᄎᆡ이 표
연ᄒᆞ야 가히 보암죽ᄒᆞ 월ᄉᆡᆨ의 보니 회
미ᄒᆞ 누각이 반공의 소소ᄯᅥ도 더욱 긔이
ᄒᆞ며라

누물의 ᄃᆞ려가니 ᄂᆞ간우ᄒ 펴고 새로 단
쳥운 ᄒᆞ야시니 모모 구셕구셕이 초롱대
룰 셰우고 펑펑이 ᄒᆄ를 혀시니 화광이
조요ᄒᆞ야 낫ᄀᆞᆺᄒᆞ니 눈은 ᄃᆞ려 ᄭᆡ괴ᄆᆡ 단
쳥을 ᄉᆡ로ᄒᆞ야시니 쳐셕비단을 거동과
밧ᄌᆞ롬 ᄯᆞᆫᄃᆞᆺᄒᆞ며라

셔젼 창호로 어니 누하의 쳐자 버리
ᄅᆞᆫ 집이 셔울외에 지을가가 ᄀᆞ고 곳곳
이 가가집이 겨러잇ᄂᆞᄃᆡ 시명들의 소ᄅᆡ
고요ᄒᆞ고 모든집을 친칠이 겨려가며 지
어서니 놉은 누상의셔 줄비이 ᄂᆞ염을 보
니 쳔호만가룰 손으로 헬돗ᄒᆞ며라 셩누

로 구비도라보니 밀밀졔ᄒᆞ기 경등낙셩
으로 다ᄅᆞ미 업더라

이런 웅장ᄒᆞ고 거록ᄒᆞ기 경셩 남문누
라도 이에 머ᄒᆞᆷ디 아니ᄒᆞᆯ더라 심신이 용
약ᄒᆞ야 음식을 맛히ᄒᆞ여다가 긔싱들을
슬컷 먹이고 준거며나 둔군이 장한 이
현식을 ᄯᅴ어 대완을 ᄯᅳ고 누하문을 나
가ᄂᆞᄃᆡ 풍뉴를 치고 말쎄코로 나가니 쳔
화가잠이 ᄯᅩ 신거름더라 시명이 셔로
손을 너어 삼답ᄒᆞ여 무버지어 돈니니 셔
울 곳ᄒᆞ여 무릐비의 긔싱의 집으로 돈
너머 호강을 ᄒᆞ노ᄃᆞᆺ 시보더라

이날밤이 다할도록 놀고 오다

　　　동명일긔

긔튝년 팔월의 낙을 셔나 구월 초성
의 함흥으로 오니 다 나ᄅᆞᆫ거룰 일셜을이

< 5 >

포암국다하되 샹게 오십니라하니 무요의

뉴난하되 기성물이 못내 칭찬하여 거록

하물 일크르니 내무요이 물석어 원님과

청효대 소군이 향시되 녀즈의 츌입이 엇

더 것이 항어오 하여 뇌거꾀허하니 효입업

서 그챗더니 션모년의 무요이 다시 물

석어 하 군졀이 쳥하니 하막하고 경셩

야 소군이 둉힝하야 관월 이십일일 둉

넘서 나노 뭉노손 한명우의 집의 가자

고 지서 뵈보노 귀경되가 십오리막히거

그리 가며흥셔 그새 유위 지리 항야 길

셔나노 날궁디 구룽이 스면으로 운졉하

고 셕히 즈녀 꿋할어 임의 내

원 무음이라 뭉녕으로 가니 그날이 쭘

시 쳥멍디 아니할니 시각동도 못보고 그계

환아를 강며흥며니 샹박의 둉이 드러와

임의 날이 도화시니 귀경되로 오른쟈 5

청향거 죽용 먹고 걸히 오르니 임의 먼

동이 뜨더라 땅교마와 꿈과 기성 둔모음

뭇비 채를 치니 내굽울 모화 뛰여 드

르니 안멈데 못항야 심오리를 경긔의 힘

항야 귀경되의 오른니 스면의 애운이

서어고 희 뭇노되 잠깐 터져 거유 보노

돗 마노놋호여 인놀여 도라울시 운건

니뜬니 날이 쳬청하니 그런 애롱은 일

이 업더라

조반 먹고 도라울시 바다구의 땅교를

교부의 머어 셰우고 젼모 쓴 쥼과 군

북효 기성을 몬티와 좌우로 갈마 셰우

고 사공을 식여 후리졀을 식이니 후리

모양이 수십쳑 명유율 마조 니어 너비

효간 비만효 그물을 노흐로 엽거 쟝목

<6>

의 처고 그물못온 별로로 구어 닷거마
곰흘 거달로 도라 몽화슬노 인율걸야
희심의 후러롤 너허 희범의셔 샹공 수
심명이 셔셔 아오셩을 처고 당거쳐내니
물소리 쟝풍이 이눈돗호고 웃웃흐 물구
비노호와 뛰눈거시 하놈의 다하시니 그
소리 산악이 울죽이노굿 호거마 일셜슐
울 번번이 못보고 이런 쟝관율 흐굴 위
로흘더라 후러롤 쓰어 내이 넌어 가자
미숙이 그흘의 돌머어 나왓더라
보기롤 다흐고 가마롤 부두혁 도라울
시 고룡의셔 셩각흐니 녀즈의 몸으로 만
리챵파읗 보고 바다 고기잡노 샹울보니
셰샹이 헛퍼디 아니롤 즈거경야 심어니
오다가 혜초대왕 노오시면 젹구넝
울 넝라보니 갈혼 풍우회 노노도흐 뎡

즈 이시니 가마롤 도로혀 오로니 단청
이 약간 되약흐 누칠간 멋즈 이시니 뎡
즈 바락온 박셩을 셕마더라
뎡즈노 그리 죠흔줄 모론되 안계 겨이
흐야 압 람람련련한 법이요 쥐혼 줄
혼바다터 물며시니 안목이 흐가온디 큰
신이 샹연흐디 바다 흐가온디 근 병풍
굿흐 바희 율연이 셔시니 거둥이 거이흘
며라 니묘거롤 션바희타 흐더라
봉하의 굥인율 숨겨 안치고 둉뉴롤 느
더지게 치이고 거셩율 군부흐게 츙울 수
이니 쓰도 보암죽 흐더라 션님은 몬져
내러 셔원으로 가시고 죵의 형대만 다
리고 왁기 모오노하 노머니 촌너 져문너
즈 둘과 나온 노졔 와셔 굿보며 흐다가
죵아락셔 네 어디 잇눈 너인인다 흐니

샹풍활락부녀단가 흥야 대로흐여 두뜬니
일장을 웃다

인흥야 도라나윤서 본궁을 더나니 보
고시브터 펼쳐 허막더 아니 흥기 못보고
도락오니 일것 펼녀 가셔 일월을을 못
보고 무미막심이 뜬녀와 그 구이 엄기를
엇더 다 니로리오

그후 믹쳐 다시 보거를 제고하되 스
군이 엄허 박즈트니 감히 생의러 못흐
며니 임젼 상츅율 죵이를 셔울
보내여 임의 돈이 넘고 고향을 떠나 사
년이 되니 죽은이노 이의어머니와 성면이
그렵고 죵이조차 보내여 심우를 도으니
최회 조뭇 퓌로온 더락 원님커 다시 동녕
보거를 쳥흐니 허락더 아니흐시거늘 내을
듸 인셩이 겨하오 사믈이 흐번 도락가

미 다시 오노닐이 엄고 심우와 더믈을
짜하 만양 울울하니 흐번 노락 심을을 쥬
는것이 맛금에 다혀 밧고더 못흘니 더
본의 가더하 비니 원넘이 여서 일
을을 못보신고로 허막 동셥흐쟈 흐서니
구월 심월일노 가거를 졍흐니 숙거싱 초
셩이 보비 췩락 대회흐야 무궐 치쟝거
구를 셩비흐셔 쳔셩이 보비 흥셩 이랑이
일셩이 흐쌍 졔월이 늘고 가노더 심쳘일
식후 떠나며 흥니 심뉴일 쌈을 당검야
기셩과 비복이 다 잠을 아니쟈고 쳴회
누머 스먼을 관망흐야 후 하롬이 흐릴
가 애를 쓰나 내 여서 민강흐야 흐가
지로 하놈을 울을보니 망일의 셕식 굿
쳐다 흑 흑쳭 구름이 충충하고 젼해 긔
운이 스면의 둘더셔니 모든 비복과 기셩

이 발을 굴러 혀차 거의 미친닷 세로
뜨니 내 또한 호모호야 겨유 세와 철
일 미명의 밧비 너머나 하도읍보니 오
히려 현셕이 쳬터 아냐 동젼의 꿈은 거
운이 일꿈을 구러오니 흥둥이 요호야
하놈을 무수이 보니 날이 느즈며 흥운
이 젹고 혓긔운이 나니 상하 즐거 밤
울 서숙호여 먹고 걸을 쎠나니 압회 군
룡한 기성 두엉와 아희 기성 젼념우회 상
마와 공쟉모 헷빗치 죠요하고 상마호
모양이 노노닷 호더 군악을 교젼의셔
느러져게 주호니 미쳬호 규둥녀즈로 거
년의 비록 낭재호여시나 거년 호소물
금년 초일의 다시호니 어느거시 소군의
은혜 아니럐오

칠촛 셔문으로 나셔 남문밧글 도락가며
땅고마을 쳔쳔이 노하 좌우 저자물 살피
니 거러 여섯쳬자 댱안낙둥으로 다토미 엄
고 의젼 빅모젼 쳐마젼 각셕젼이 반갈회
호여 고향싱과뮈 진취 그러오미 비호더라
포젼 빅목젼이 더옥 장호야 필필이 젼젓이
펼쳔동읍 내여 걸을 모롤러라 각셕 오
시며 비단 금젼을 다 내여 거러시니 일
셕의 변이메라
쳐엄 갓면 한명우의 집으로 아니가고
가치셩이만디 숙소호여 가니 읍녀셔 삼
싱녀는 가니 운젼창브터 바다히 비며니
다시 가치셩이 표묘히 놉하시니 흐젼운
구이업순 광회오 흐젼은 렵렵호 뫼힌듸 바
다구 호로 집이 겨유 무명 너빈만운 호
고 협히 산이니 땅코물 인부의 머여 구

우리의 옛글 __ 생각하며 읽기

만만 가니 물건이 구퍼더 츙쳔이 창
셔여 흉흉ᄒᆞ니 셔염으로 보기 금즁ᄒᆞ며 오
다 걸ᄒᆡ 소삽ᄒᆞ고 돌과 바희 셜녜시니
인부가 ᄌᆡ유 조심ᄒᆞ야 일ᄂᆞᆫ 가나 걸
이 평탄ᄒᆞ야 너룬 불힘ᄃᆡ 가쳐셤이 우
더러 퍼니 셔울 박악산 갓고
모양대요ᄂᆞᆫ 박악만 못ᄒᆞ고 산쇡이 봄고
락형야 조키 박악만 못ᄒᆞ더라
바다구호로 도라 셩밋희 집삼아드니 슌
미 민쳬 슈후ᄒᆞ여 왓더라 겸심용ᄒᆞ여 드
머ᄂᆞᆺ디 셩부회를 노하시니 그 멋회셔 젼젼
것이라 맛이 별ᄒᆞ디 구쳥여 가니 잘
먹더 못ᄒᆞ니 낙동 친쳑으로 더브러 말ᄃᆡ
노흐너 못ᄒᆞ니 져효이 져효이며
일이 고요ᄒᆞ너 이르고 텬거화명ᄒᆞ며 바다회 ᄉᆞᆫ

이 오른시고 쇽시와 셩어를 드려고 ᄂᆡ
오ᄅᆞ니 즁늘를 션비의 ᄉᆞ며 우며 오
ᄯᆞᆫ 바 ᄂᆡ더의 봅고 일시의 쥬ᄒᆞ니 회
슘는 프로 프로더 ᄆᆞ이업고 군부
ᄒᆞ 기셩의 그럼재ᄂᆞᆫ 하놀과 바더회 것
구로 박현ᄃᆞ 즁늘소ᄅᆡᄂᆞᆫ 하놀과 바다숙의
ᄉᆞ못차 눌네ᄂᆞᆺ 셕양이ᄂᆞ 여흐
횟그럼재 희심의 비쳐니 일만쳘 빅걸을
믈우희 뎐ᄂᆞᆺ도ᄂᆞ 무오이 빗기 흔득여 상
졔ᄒᆞ니 만리창파의 일엽편쥬로 방방대회
의 위텀로오를 다 ᄂᆡ걸너라
기셩 보빈는 가쳐셤 봉우희 거졍갓다가
ᄂᆞ며오니 봇셔 빗블 혀여 대회의 등뉵
ᄒᆞ니 오ᄅᆞ며 못ᄒᆞ고 회변의 셔셔 손을
ᄯᅩ니 ᄯᅩᄒᆞᆫ 긔관이러라 거년 쳑구몃의셔
션바회를 보고 긔이ᄒᆞ여 도라왓더니 금

일 션유의 션바회 깃회 니른니 신거호
머라
희 거의 져가니 힘혀 웧슬보기 느굴
가 밧버 비물 다혀 하쳐의 도타와 져
경듸의 오른니 오르니 호며라
먹을 멋비 먹고 일식이 채 던디아나 귀
귀경듸를 가마속의셔 보니 눔희 아오
어닫녀 길이 반반하여 어렵더 사룸이 심
막호야 엇더 오물고 호며니
니 짱교의 인무로 오른니 울나간 후는
졍안을 도코 귀경듸 압회 바다속의 바
회 잇는듸 크기도 펵호고 형용 삼긴 것
이 거부이 쇼릭불 쓰고 업딘듯호기 텬셩으
로 삼긴 것이 공교로아 조아 믿도돗호
니 연고로 귀경듸라 호눈도 시브며라
듕샹의 오른니 믈형졔 디우 쟝호야 바

다녀빈는 엇더호면고 구이 축낭업고 푸
존 믈결펴노 소릭 광풍 이놋호고 산
악이 울허노못호니 텬하의 금속호 쟝관
이며라
구셜 기럭이 어즈러이 울고 한풍이 셔
칠노듸 바다호로 뜬도 굿고 사둠도 굿
튼거시 둔우소로 도니기물 몯듣니듯호니 날
거운이 임어 졉졉호니 조셕의 아니호더
쯔 거졈이 보암즉호니 일심 보면 기싱
글이 넌셩호야 고이호물 브끌게 내 무
오의 신거키 엇더호러오 혹 회구라호고
고래라호니 모를러라
회 졔히 다 지고 어두운 비쳐 너의
나니 둘 도둣듸를 브라본죽 쳔애 스면으
로 셔이고 모운이 챵챵호여 아마도 뵐
보기 챵당호니 별너 뼌녀 와셔 내 뎌

< 11 >

용 ㅜ이엄기노 니른디 못고 조셩이 이
방이 보러 다 마누하님 혈을을 못보샤
게 ᄒᆞ엿다ᄒᆞ고 소리ᄒᆞ여 흘ᄒᆞ니 그졍이
ᄯᅩ 고맙더라

용 도돌셰 무엇고 어긁기 심ᄒᆞ니 과
우로 초롱을 허고 미폐 춘민ᄒᆞ야 딕샹
의셕 관동별곡을 셕이니 소리 놉고 ᄶᅩ
아 졈의 안자 듯ᄂᆞᆫ여셔 신가롭더만
뭉쳐는 소리 장ᄒᆞᆷ몌 쳥동이 슬을이 니
더나며 다ᄒᆡᆼ이 ᄉᆞ면 언운이 잠간 걷고
풍빗쳐 일ᄉᆡ리 룡낭ᄒᆞ며 긔드린 도흥빗
ᄯᅩ호것이 어ᄯᅢ빗 죠등굿ᄒᆞ것이 낙간 비
쇠더니 ᄎᆞᄎᆞ 내미ᄂᆞ듸 공근 빗쵯은 졔
벅판만호것이 걸게 풍뎌울라 보크며 ᄎᆞ
ᄎᆞ 붐은 거울이 업고 온바다히 일시의
쇠여더니 바다 프른비쳐 희고 희여 온

못고 묽고 조ᄒᆞ 우굿ᄒᆞ니 챵파만너의 ᄯᅩ
비회는 장관을 엇더 능히 불디민오마ᄂᆞᆫ
ᄉᆞ군이 셰록지신으로 텬은이 망국ᄒᆞ여 넌
ᄒᆞ여 외방의 작겨ᄒᆞ야 나라거ᄉᆞᆯ 씃ᄒᆞᆯ 먹
고 나노 ᄯᅩ한 ᄉᆞ군의 며ᄂᆞ로 이런 쟝
관을 ᄒᆞ니 도모지 어ᄂᆞ것이 셩유의 우
혜 아닌것이 이시리오

밤이 드러오니 바람이 ᄎᆞ고 물티는 소
릐 요란ᄒᆞ믜 한녕ᄒᆞ니 셩으로 더옥 민만
ᄒᆞ야 하쳐로 도라오니 ᄉᆞ굴이 쳘울 못
광이 쳬더아닌줄 애돏와ᄒᆞ니 나는 그도
쟝관으로 아ᄂᆞ듸 그러놀 ᄒᆞ니 심히 셔
운ᄒᆞ며라

힘ᄒᆞ 입을을 못믈가 노심쵸ᄉᆞᄒᆞ야 새
도록 ᄌᆞ더 못ᄒᆞ고 ᄯᅩ금 영져를 불려 ᄉᆞ
공두며 무묘ᄃᆞᆫᄒᆞ니 넉얼운 일숨을 쉬히

보시리마 ᄒᆞ다ᄒᆞ되 모음의 멋브되 아니
ᄒᆞ야 효조ᄒᆞ며니 멋되 돍이 울며 년ᄒᆞ
야 즈초니 기성과 비부운 흔동ᄒᆞ여
어셔 너러나마 ᄒᆞ니 밧긔 급당이와 관
평감관이 다 아직 너모 일죽ᄒᆞ니 못써
나시러라 흐다ᄒᆞ되 고디 아니돗고 봄봄
이 적곡ᄒᆞ야 ᄲᅦᆨ국을 우어시되 아니먹고
밧비 귀경되에 오른니 돌빗쳐 수면의 도
요ᄒᆞ니 바다히 어제밤도곤 희기 더ᄒᆞ고
강풍이 대작ᄒᆞ야 사ᄅᆞᆷ의 ᄉᆡ불 소곳고
젼터니 소리 산악이 움즉이며 벌빗차 ᄀᆞᆫ
곳곳ᄒᆞ야 동텬의 ᄎᆞ례로 이셔 ᄉᆡ기ᄂᆞ
머렷고 자ᄂᆞ 아회를 급히 써와왓기 치
워 놀의며 기성과 비복이 다 니를 두
두며 ᄯᅥ니 ᄉᆞ군이 소틴ᄒᆞ여 흔동왈 상
업서 일쥭이 와 아회와 셜니 다 근병

이 나게 ᄒᆞ엿다하고 소리ᄒᆞ여 걱정ᄒᆞ니
내 모음이 불안ᄒᆞ야 흐소리를 못ᄒᆞ고 감
이 치워ᄒᆞᄂᆞ 눈피로 못ᄒᆞ고 축은듯시 안
자시되 날이 졈 가망이 업스니 년ᄒᆞ여
영졉을 불며 동이 트ᄂᆞ냐 무ᄅᆞ니 아직
멀기로 년ᄒᆞ야 틴답ᄒᆞ고 불리ᄂᆞ 소리 뎐
더 년동ᄒᆞ야 한풍 ᄭᅥ티기 더옥 심ᄒᆞ고
좌우 시인이 고개를 기우며 입을 가슴
의 박고 치워ᄒᆞ며니 모이 이윽고 후 동
젼의 셩셔 드믈며 월식이 ᄎᆞᄎᆞ 여러더
머 흣식이 분명ᄒᆞ니 소리ᄒᆞ야 ᄉᆞ원흘 를
브르고 가마밧거 나셔니 좌우 비복과 기
성믈이 옹위ᄒᆞ야 보기를 조이더니 이옥
고 날이 붉으며 붉근 긔운이 동텬 걸
게 벗터시니 젼홍뎨단 여러필을 믈우회
쳘련듯 만경창패 일시의 ᄲᅥ여 하동의 ᄌᆞ

< 13 >

옥하고 노흐도 물결소릭 더욱 장흐며 홍
젼곳흐 물빗차 황홀흐야 숨식이 요
흐니 춤아 금슈흐더라
붉은 비치 더욱 붉으니 마쵸 션사
물의 노과 오시 다 붉더라 물이 구빈
디 차치니 밤의 물리도 구빈도 흥갈티
희더니 츄금 물 구빈도 붉기 홍옥곳흐
야 하놀의 다하시니 장관운 니를것이 업
더마

붉은 기운이 펴며 하놀과 물이 다 요
흐디 희 아니나니 기셩분이 손을 두드려
소릭흐야 애두타 굼오디 이제도 희다 도다
더슉의 두머시니며붉은 기운이 다 프르며
구룸이 픠리마 혼공흐니 낙막흐여 그저
도막가며 흐니 소담과 슉시셔 그러리아냐
이제 보려라 흐시믜 이랑이 차쳔이 닌

쇼흐야 이르디 숀인등이 이번분이냐 즈
로 보아소니 엇디 모르릭잇가 마ᄌ하
님 런 병환 나실거시니 어셔 가옵소이
다 흐거놀 가마속의 드려안즈니 봉이어
미 악쎄 굴오대 흐인뭇이 다 흐더이
재 희 니라라 흐느디 엇디 가시리오 기
싱아희뿐은 철모른고 즈폐 어뎡 구노다
이랑어 박낭왈 그것뿐은 바히 모른고 흐
말이니 고더롯너 말마 흐거놀 도라샤
용드려 무르라 흐니 샤공셔 오동 일줄
이 유명흐리란다 흐거놀 내 도로 나셔니
차쳔이 보빈도 내 가마의 드놓상 보고
몬겨가고 계집죵 셰히 몬져 갓더라
홍식이 거독흐야 붉은 거운이 하놀을
뛰노더니 이랑이 소릭를 놉히흐야 나
둘 놀레 겨겨 물밋출 보라 ᄒ거놀 급

히 눈을 드며 보니 픈깃 흥운을 헤앗
고, 큰 십오리 굿훌 줄이 붉기 더욱 거
이홍머 거운이 션흥굿훌겄이 초초 나 손
바닥너비 굿훌겄이 그믐밤의 보는 숫불
빗 굿더라 초초 나오더니 그 우흐로 젹
온 희오리밤 굿훌겄이 붉기 호박구슬 굿
고, 묽고 둥늠훈기닌 호박도곤 더 굼더
라

그 붉은 우흐로 훌훌 움죽여 도닉더
쳐엄 낫던 붉은 거운이 빅지 발강 너
빅만쳐 반드시 비최며 밤 굿던 거운이
회되야 초초 커가며 큰 정반만후여 붉
웃붐웃 번듯번듯 뛰놀며 젹셕이 왼 바
다회 써쳐며 몬져 붉은 거운이 초초 가
셔며 회 흔들며 뛰놀기 더옥 ㅈ로 후며
훌굿고 묵 굿훌겄이 좌우로 뛰놀며 황

훌이 번훌어 낭목이 어즐후며 붉은 거
운이 명낭후야 쳣 훙식을 헤앗고 텬들
의 집반 굿훌겄아 수뮈박희 굿훌야 믈
속으로셔 치미러 밧처드시 온나 븟흐며
항믁굿훌 거운이 스러디고 처엄 붉어 것
출 빗최면거슨 모혀 소쳐텀로 드리워 믈
속의 풍덩 째디닌돗 시브더라 일식이 도
요후며 물졀의 붉은 거운이 초초 가셔며
일광이 쳥낭후니 만고 텬하의 그런 장
관은 더두할딕 업슬 둣후더라
젹쇽의 쳐엄 빅지 반장만티 붉은 거
운은 그 속의셔 회 장초 나며후고 우러
어 그리 붉고 그 회호텨밤 굿훌거슨 진
쳣 일싁을 쟤혀내니 우러운 기운이 초초
가셔며 묵 굿고 항 굿훌거슨 일식이 모더
리 고온고모 보는 사람의 안며이 황

동명일기東溟日記 ·북산루北山樓

* * *

『의유당 관북유람 일기』
(『조선역대여류문집』, 민병수 편, 을유문화사, 1950.)

影 印

편자소개

김명순

한남대학교 사범대학 국어교육과 교수
고전소설 및 고전수필, 고전문학교육 관련 과목 강의
저서『고전교육을 위한 한문』(공저, 도서출판 역락)
논문「<숙녀지기(淑女知己)>에 나타난 여성의 삶과 우정」
　　「한국고전 여성수필의 작품세계」
　　「고전소설 교육의 문제점」외 다수

나정순

한남대학교 사범대학 국어교육과 겸임교수
서울대학교 국어교육연구소 연구원
이화여대, 한국외대 등 강사 역임
저서『한국 고전시가 문학의 분석과 탐색』(도서출판 역락)
　　『우리 고전 다시 쓰기』(삼영사)
논문「고전의 현대적 계승과 변용을 통해 본 시조」외 다수

우리의 옛글
생각하며 읽기

인 쇄 2006년 8월 21일 | 발 행 2006년 8월 28일
엮은이 김명순·나정순 | 펴낸이 이대현 | 편 집 박소정 | 펴낸곳 도서출판 **역락**
등 록 1999년 4월 19일 제303-2002-000014호
주 소 서울 성동구 성수2가 3동 301-80 (주)지시코 별관 3층
전 화 3409-2058, 3409-2060 | FAX 3409-2059 | 이메일 youkrack@hanmail.net
ISBN 89-5556-490-2-93810

정 가 15,000원

* 파본은 교환해 드립니다.